ANNE RAMPLING

Verbotenes Verlangen

Buch

Im Club gehen die Lichter niemals aus, hört der Champagner nie auf zu fließen. Hier, wo die Reichen und Schönen unvorstellbare Summen bezahlen für die erotischen Verlockungen von Macht und Unterwerfung, inmitten üppiger Gärten und der tropischen Hitze und in den verschwenderisch ausgestatteten Suiten voller Satin und Seide. Hier, im Eden all jener, die ihr unstillbares Verlangen der eigenen Erniedrigung geweiht haben.

Lisa, die grausame Herrscherin über dieses abgeschiedene, exotische Reich der Begierden, ist Perfektionistin. Sie kennt die Wünsche ihrer Gäste, und ihrer Phantasie sind keine Grenzen gesetzt.

Auch Elliott, Weltreisender, erfahrener Journalist und immer auf der Suche nach dem letzten Risiko, spürt die Faszination, die von ihr ausgeht. Unausweichlich erliegt er der beherrschenden Macht ihres Willens und der Sinnlichkeit ihres Körpers. Doch zum ersten Mal verliert auch Lisa die Kontrolle über sich und stürzt in ungekannte Abgründe der Sehnsucht und des Verlangens. Bis beide eines erkennen müssen – daß das wahre Eden nur dort liegt, wo es für Unschuld und aufrichtige Liebe noch nicht zu spät ist.

Kompromißlos und doch zutiefst romantisch enthüllt Anne Rampling die unerforschte Natur exotischer Liebe.

Autorin

Anne Rampling ist das Pseudonym der amerikanischen Bestsellerautorin Anne Rice, die 1941 als Tochter irischer Einwanderer in New Orleans geboren wurde und als Königin des modernen Schauerromans gilt. Ihr erotischer Roman »Verbotenes Verlangen« wurde von Gary Marshall, dem Regisseur des Filmhits »Pretty Woman«, verfilmt.

ANNE RAMPLING

Verbotenes Verlangen

ROMAN

Aus dem amerikanischen Englisch
von Angelika Weidmann

PORTO BELLO

Die amerikanische Originalausgabe erschien unter dem Titel
»Exit to Eden« bei Arbor House Publishing Co., New York

Umwelthinweis:
Alle bedruckten Materialien dieses Taschenbuches
sind chlorfrei und umweltschonend.
Das Papier enthält Recycling-Anteile

Portobello Taschenbücher erscheinen im Goldmann Verlag,
einem Unternehmen der Verlagsgruppe Bertelsmann GmbH

Einmalige Sonderausgabe April 2000

Umschlaggestaltung: Design Team München
Umschlagfoto: Superstock
Druck: Elsnerdruck, Berlin
Verlagsnummer: 55149
RM · Herstellung: Schröder
Made in Germany
ISBN 3-442-55149-8

1 3 5 7 9 10 8 6 4 2

1
LISA

Ich heiße Lisa.

Ich bin einsfünfundsiebzig groß. Mein Haar ist dunkelbraun und lang. Ich trage oft Leder, immer hohe Stiefel, manchmal handschuhweiche Jacken und hin und wieder sogar Lederröcke, und ich trage Spitzen, insbesondere, wenn ich welche finde, die mir gefallen: schneeweiße, feine, altmodische Spitzen. Ich habe helle Haut, die schnell braun wird, große Brüste und lange Beine. Auch wenn ich mich selber nicht schön finde und nie schön gefunden habe, weiß ich, daß ich es bin. Sonst wäre ich nicht Trainerin im Club.

Gute Statur und große Augen sind die wahren Grundlagen meiner Schönheit, nehme ich an, und üppiges volles Haar – und etwas in meinem Gesichtsausdruck, so daß ich meistens süß und irgendwie verloren ausschaue, aber ich kann männlichen und weiblichen Sklaven Furcht einflößen, sobald ich zu reden anfange.

Im Club bezeichnen sie mich als Perfektionistin, was kein schlechtes Kompliment ist, wenn man in einem Laden wie dem Club so genannt wird, wo jeder nach irgendeiner Art von Perfektion strebt; dieses Streben ist ein Teil des ganzen Vergnügens.

Ich gehöre zum Club, seit er aufgemacht hat. Ich habe ihn mitgegründet, seine Prinzipien mit ausgearbeitet, war bei der Begutachtung der ersten Mitglieder und der ersten Sklaven dabei. Ich habe die Regeln und Grenzen festgelegt. Und ich habe den größten Teil der Ausstattung, die dort heute benutzt wird, erdacht und entworfen. Ich habe sogar einen Teil der Bungalows und Gärten gestaltet, den Morgen-Pool und die Brunnen. Ich habe mehr als zwanzig der Suiten selbst dekoriert. Über die vielen Nachahmer muß ich grinsen. Es gibt keine echte Konkurrenz für den Club.

Der Club ist, was er ist, weil er an sich selbst glaubt. Sein Zauber und sein Schrecken wurzeln darin.

Das hier ist eine Geschichte, die im Club geschah.

Ein großer Teil der Geschichte spielt nicht einmal dort. Sie findet in New Orleans und auf dem Land in der Umgebung von New Orleans statt. Und in Dallas. Aber das ist ziemlich unwichtig.

Die Geschichte begann im Club. Und egal, wohin sie von dort aus führt, sie handelt vom Club.

Willkommen im Club.

2
LISA
Die neue Saison

Wir warteten auf die Landeerlaubnis. Der riesige Jet umkreiste die Insel langsam auf der Touristenroute. Ich nenne sie so, weil man alles so deutlich sehen kann: die zuckerweißen Strände, die kleinen Buchten und das weitläufige Gelände des Clubs – hohe Steinmauern und von Bäumen überschattete Gärten, den großen Komplex ziegelgedeckter Gebäude, halb unter Mimosen und Pfefferbäumen versteckt. Man sieht die verstreuten Rhododendronbüsche mit weißen und rosa Blüten, die Orangenhaine und die Felder voller Mohnblumen und dunkelgrünem Gras.

Vor den Toren des Clubs liegt der Hafen. Und hinter dem Gelände liegen der betriebsame Flughafen und der Hubschrauberplatz.

Alle Welt kam zur Eröffnung der neuen Saison.

Ungefähr zwanzig Privatflugzeuge blinkten silbrig in der Sonne, ein halbes Dutzend schneeweißer Jachten ankerte im grünblau glitzernden Wasser vor der Küste.

Die *Elysium* lag schon im Hafen. Sie wirkte wie ein Spielzeugschiff in einem Lichtermeer. Wer ahnte schon, daß sich dort dreißig oder mehr Sklaven an Bord befanden, die atemlos darauf warteten, nackt über Deck und ans Ufer getrieben zu werden?

Die Sklaven machen ihre Reise zum Club aus einleuchtenden Gründen in Kleidern. Aber ehe sie die Insel sehen, geschweige denn betreten dürfen, werden sie ausgezogen.

Nur nackt und unterwürfig sind sie zugelassen, und ihre ganze Habe wird bis zu ihrer Abreise in einem großen Keller unter einer Nummer aufbewahrt.

Ein sehr dünnes goldenes Armband am rechten Handgelenk mit kunstvoll eingraviertem Namen und einer Nummer identifiziert den Sklaven, obwohl während der ersten Tage eine ganze Menge mit Fettstift auf dieses umwerfend nackte Fleisch geschrieben werden wird.

Das Flugzeug neigte sich ein wenig und kam näher zum Dock. Ich war froh, daß das kleine Schauspiel noch nicht angefangen hatte.

Mir blieb ein bißchen Zeit, vor der Inspektion in Ruhe ein Stündchen in meinem Zimmer bei einem Glas Bombay-Gin mit Eis zu verbringen.

Ich lehnte mich zurück, fühlte, wie eine sanfte Wärme, eine undeutliche Erregung aus meinem Inneren aufstieg und meine ganze Hautoberfläche erfaßte. Die Sklaven waren so hinreißend ängstlich in diesen kurzen Anfangsmomenten. Ein köstliches Gefühl. Und es war nur der Anfang von all dem, was der Club für sie bereit hielt.

Ich war ungewöhnlich begeistert, wieder hier zu sein.

Ich fand die Ferien aus irgendeinem Grund immer anstrengender, die Tage in der Außenwelt seltsam unwirklich.

Und der Besuch bei meiner Familie in Berkeley war unerträglich gewesen, weil ich wieder den gleichen alten Fragen, was ich tat und wo ich den größten Teil des Jahres verbrachte, ausweichen mußte.

»Warum um Himmels willen ist es denn so ein Geheimnis? Wo fährst du hin?«

Es gab Zeiten bei Tisch, wo ich absolut nichts von dem hörte, was mein Vater sagte, und nur seine Lippenbewegungen sah. Und wenn er mir eine Frage stellte, mußte ich irgendwas erfinden wie Kopfschmerzen oder Übelkeit, weil ich den Faden verloren hatte.

Die besten Momente waren komischerweise die, die ich als kleines Mädchen gehaßt hatte: Wenn wir am frühen Abend zusammen um den Block gingen, den Hügel rauf und runter, wenn er seinen Rosenkranz betete und um uns herum die Abendgeräusche der Berkeley-Hügel zu hören waren und kein Wort gesprochen wurde. Ich fühlte mich während dieser Spaziergänge nicht etwa elend wie als kleines Mädchen, war nur still, weil er still war, und unerklärlich traurig.

An einem Abend bin ich mit meiner Schwester nach San Francisco gefahren, und wir haben zusammen in einem geschniegelten kleinen Restaurant mit dem Namen »Saint Pierre« am North Beach zu Abend gegessen. An der Bar stand ein Mann, der mich nicht aus den Augen ließ, der klassische junge Rechtsanwalt-Typ mit weißem, grobgestricktem Pullover unter der grauen Hahnentritt-Jacke, mit einem Haarschnitt, der windzerzaust aussehen sollte, und einem Mund, der zum Lächeln bereit war. Genau die Sorte, die ich in der Vergangenheit immer gemieden hatte, gleich, wie hübsch der Mund und wie strahlend der Ausdruck war.

Meine Schwester meinte: »Schau nicht hin, aber der verschlingt dich bei lebendigem Leib.«

Ich hatte größte Lust aufzustehen, zur Bar zu gehen und ein Gespräch mit ihm anzufangen, meiner Schwester die Autoschlüssel zu geben und ihr zu sagen, wir sähen uns morgen wieder. Warum kann ich das nicht, fragte ich mich ständig. Einfach mit ihm reden? Schließlich war er mit einem Pärchen zusammen und offenbar ohne Partnerin.

Wie wäre das wohl gewesen, Vanille-Sex, wie sie's nennen, in irgendeinem kleinen Hotelzimmer am Pazifik, mit diesem wunderbar gesunden Mister Heile Welt, der im Traum nicht auf die Idee gekommen wäre, mit Miss Spitzen und Leder aus dem großartigsten exotischen Sexclub der Welt zu schlafen? Vielleicht wären wir sogar in sein Apartment gegangen, irgendeine kleine Wohnung, ordentlich eingerichtet, mit Blick auf die Bucht. Er hätte Miles Davis aufgelegt, und wir hätten zusammen ein Abendessen im Wok zubereitet.

Du tickst nicht richtig, Lisa. Phantasien sind dein Handelskapital, aber nicht solche Phantasien.

Sieh zu, daß du schleunigst aus Kalifornien verschwindest.

Aber die üblichen Zerstreuungen anschließend hatten mir auch nicht viel gebracht, obwohl ich den Rodeo Drive für eine neue Garderobe geplündert und einen turbulenten Nachmittag bei Sakowitz in Dallas verbracht hatte, dann in New York *Cats* und *My One and Only* und ein paar Off-Broadway-Shows angeschaut hatte, die wirklich gut waren. Ich hatte alle Museen besucht, war zweimal in der Met gewesen, hatte jedes Ballett gesehen, für das ich Karten bekam, Bücher, massenweise Bücher und Videofilme gekauft, die für die kommenden zwölf Monate ausreichen würden.

Das alles hätte ein Vergnügen sein sollen. Ich hatte mit siebenundzwanzig bereits mehr Geld verdient, als ich jemals gedacht hatte, in meinem ganzen Leben zu verdienen. Hin und wieder versuchte ich mich zu erinnern, wie das gewesen war, als ich mir alle diese vergoldeten Lippenstifte in Bill's Drugstore auf der Shattuck Avenue gewünscht hatte und nur einen Vierteldollar für ein Päckchen Kaugummi besaß. Aber das Geldausgeben war unbefriedigend. Ich war erschöpft und ausgelaugt.

Abgesehen von ein paar ganz seltenen, bittersüßen Augenblicken, wenn Tanz und Musik in New York wirklich himmlisch waren, lauschte ich auf diese innere Stimme, die ständig sagte:

Geh nach Hause, zurück in den Club. Wenn du nicht auf der Stelle umkehrst und zurückgehst, ist er vielleicht gar nicht mehr da. Und alles, was du vor dir siehst, ist gar nicht wahr.

Seltsames Gefühl. Diese Vorstellung des *Absurden*, wie es die französischen Philosophen nennen, die mir ein solches Unbehagen verursachte, daß ich glaubte, ich würde nirgendwo einen Ort finden, um auch nur tief Luft holen zu können.

Am Anfang hatte ich die Ferien immer gebraucht, hatte es gebraucht, durch ganz normale Straßen zu gehen. Warum also diesmal diese Rastlosigkeit, diese Ungeduld, dieses Gefühl, eine Gefahr für den Seelenfrieden derer zu sein, die ich liebe?

Schließlich verbrachte ich das Ende meiner Ferien in meinem Zimmer im Adolphus in Dallas und schaute mir wieder und wieder einen kleinen Film an. *Angelo, My Love,* von dem Schauspieler Robert Duvall. Er handelt von Zigeunern in New York.

Angelo ist ein pfiffiger, schwarzäugiger kleiner Junge von etwa acht Jahren, richtig clever und intelligent und hübsch, und es ist sein Film, seiner und der seiner Familie, und Duvall hat sie einen großen Teil ihrer Dialoge selber erfinden lassen. Der Film ist realistischer als die Wirklichkeit, ein Film über ihr Leben in ihrer eigenen Zigeunerwelt. Außenseiter mittendrin, mitten in New York.

Aber es war verrückt von mir, in einem verdunkelten Hotelzimmer in Dallas zu sitzen und einen Film siebenmal anzuschauen, weil die filmische Wirklichkeit exotisch war, diesem frechen, kleinen, schwarzhaarigen Jungen zuzusehen, wie er seine kleine Freundin anruft und piesackt oder in den Umkleideraum eines Country-Western-Kinderstars geht und mit ihm flirtet, dieser furchtlose, gutherzige, kleine Junge, der mitten im Leben steht.

Was soll das eigentlich alles bedeuten, fragte ich mich wie ein Schulmädchen. Warum bringt mich das zum Weinen?

Vielleicht, weil wir alle Außenseiter sind und uns alle unseren unüblichen Weg durch die Wildnis der Normalität schlagen, die nichts als ein Mythos ist.

Vielleicht war sogar Mister Heile Welt aus der »Saint Pierre«-Bar in San Francisco eine Art von Außenseiter – der junge Anwalt, der Gedichte schreibt – und er wäre am nächsten Morgen bei Kaffee und Croissants nicht auf den Hintern gefallen, wenn ich gesagt hätte: »Rat mal, womit ich mein Geld verdiene. Nein, in Wirklichkeit ist es mehr als ein Beruf, es ist eine Berufung, es ist sehr ernst, es ist … mein Leben.«

Verrückt. Dasitzen, Weißwein trinken und einen Zigeunerfilm anschauen, das Licht ausmachen und das nächtliche Dallas anschauen, all diese glitzernden Wolkenkratzer, die wie Leitern in den Himmel ragen.

Ich lebe im Außenseiter-Himmel, nicht wahr? Wo alle geheimen Sehnsüchte befriedigt werden können, wo man nie allein ist und immer in Sicherheit. Im Club habe ich mein ganzes Erwachsenenleben zugebracht.

Ich mußte einfach wieder dorthin zurück, das ist alles.

Und nun kreisten wir wieder über Eden, und es war schon fast an der Zeit, die neu angekommenen Sklaven genau in Augenschein zu nehmen.

Mich drängte es, diese Sklaven zu sehen, nachzuschauen, ob etwas Neues, etwas ganz und gar Außergewöhnliches dabei war ... Ach, diese uralte, romantische Sehnsucht!

In jedem Jahr sind die Sklaven anders, ein bißchen klüger, interessanter, anspruchsvoller. Mit jedem Jahr, da der Club berühmter wird und mehr und mehr solche Clubs eröffnet werden, ist die Herkunft der hereinkommenden Sklaven vielfältiger. Und man weiß nie, wer da kommt, welche neue Gestalt dieses Fleisch annehmen wird.

Erst vor ein paar Tagen hatte eine sehr große Versteigerung stattgefunden, eine von drei internationalen Versteigerungen, zu denen es hinzugehen lohnt, und ich wußte, daß wir gut eingekauft hatten, Zweijahresverträge für etwa dreißig Männer und Frauen, allesamt hinreißend und mit ausgezeichneten Empfehlungen aus einigen der besten Häuser in Amerika und Übersee.

Ein Sklave wird bei einer solchen Versteigerung erst vorgeführt, wenn er oder sie ein Training abgeschlossen und jeden Test erfolgreich absolviert hat. Hin und wieder kriegen wir einen unwilligen oder wankelmütigen jungen Mann oder eine junge Frau, die beim Herumspielen mit Lederpeitschen und Strapsen mehr oder weniger zufällig mitgeschwemmt wurde. Diese Sklaven befreien wir sehr schnell und zahlen sie aus. Wir mögen keine Verluste. Aber der Sklave kann nichts dafür.

Allerdings ist es erstaunlich, wie viele von ihnen ein Jahr später auf den teuersten Versteigerungsbühnen auftauchen. Und wenn wir sie dann kaufen – und das tun wir, wenn sie schön und stark genug sind –, erzählen sie uns später, daß sie, seit sie freigelassen worden waren, nur noch vom Club geträumt haben.

Aber um den Faden wieder aufzugreifen: Solche Fehler geschehen nicht bei den großen Versteigerungen.

Vor dem Verkauf werden die Sklaven zwei Tage lang von einem Prüfungskomitee begutachtet. Sie müssen perfekten Gehorsam, Wendigkeit und Flexibilität beweisen. Die Empfehlungsschreiben und Papiere werden wieder und wieder geprüft. Die Sklaven werden nach Ausdauer und Temperament bewertet; sie werden nach einer Reihe körperlicher Kriterien klassifiziert, und man kann, wenn man will, allein aufgrund des ausführlichen Katalogs und der Fotos sehr gut einkaufen.

Natürlich wiederholen wir diese Bewertungen für unsere eigenen Bedürfnisse und nach unseren eigenen Standards, sobald die Sklaven zu uns kommen. Aber es ist sichergestellt, daß die Ware aus diesen Versteigerungen erstklassig ist.

Und kein Sklave gelangt in den Ausstellungsraum der Auktion, wo er gekonnt auf einer beleuchteten Plattform bereit steht, um von unzähligen Händen und Augen begutachtet zu werden, wenn er nicht ein fabelhaftes Exemplar ist.

Zu Beginn pflegte ich selbst zu den wichtigsten Versteigerungen zu gehen.

Es ging nicht nur um das Vergnügen, mir diejenigen dieser Grünschnäbel herauszupicken, die ich haben wollte – und egal, wieviel Training sie bereits genossen haben, sie *sind* Grünschnäbel, bis wir sie ausgebildet haben –, es ging auch um die Aufregung bei diesen Auktionen selbst.

Unabhängig davon, wie gut ein Sklave oder eine Sklavin vorbereitet worden ist, die Auktion ist eine Katastrophe. Es gibt viel Gezitter, strömende Tränen, das entsetzliche Alleinsein des nackten Sklaven auf dem sorgfältig ausgeleuchteten Sockel, all diese köstliche Anspannung und dieses so exquisit wie ein Kunstwerk dargebotene Leiden. Es ist in jeder Hinsicht so gut wie irgendein Club-Programm, das ich je erarbeitet habe.

Stundenlang läßt man sich durch den riesigen, mit Teppichen

ausgelegten Ausstellungsraum treiben und schaut sich einfach nur um. Die Wände sind immer in beruhigenden Farben gestrichen: Zinnoberrot oder Blaukehlcheneierblau. Die Beleuchtung ist perfekt. Und der Champagner ist hervorragend. Es gibt keine störende Musik. Der Rhythmus ist das eigene Herzklopfen.

Man kann die Kandidaten anfassen und befühlen, wenn man sie inspiziert, auch denjenigen eine Frage stellen, die gnadenlos ungeknebelt sind (sprachtrainiert nennen wir es. Es heißt, darauf trainiert zu sein, niemals zu sprechen, es sei denn, man richtet das Wort an sie, niemals die leisesten Wünsche oder Vorlieben zum Ausdruck zu bringen). Manchmal machen einen die anderen Trainer auf ein hübsches Exemplar aufmerksam, vielleicht, weil sie meinen, sie könnten es sich selbst nicht leisten. Gelegentlich sammelt sich eine Gruppe von Käufern um eine außergewöhnliche Schönheit, die ein Dutzend oder mehr vielsagende Positionen einnehmen und einem Dutzend Befehlen gehorchen muß.

Ich habe mir nie die Mühe gemacht, einen Sklaven bei einer Auktionsvorbesichtigung zu peitschen oder zu fesseln. Es gibt genug Leute, die das nur allzugern tun, und man braucht nur abzuwarten und zuzuschauen. Und die wenigen während des Bietens ausgeteilten Schläge können einem alles sagen, was man wissen muß.

Außerdem bekommt man jede Menge überflüssige Weisheiten zu hören: Dieser Sklave bekommt viel zu leicht blaue Flecken, da kriegst du nie genug für dein Geld, und diese Haut fühlt sich kätzchenweich an, ist aber äußerst zäh, oder solche kleinen Brüste sind wirklich die besten.

Man kann durchaus etwas daraus lernen, wenn man sich mit dem Champagner zurückhält. Aber die richtig guten Trainer geben nur wenig von sich selbst oder von den armen, zitternden Opfern, die sie untersuchen, preis. Ein richtig guter Trainer kann alles erfahren, was er wissen will, indem er sich einem Sklaven nähert und ihm oder ihr unvermittelt eine Hand auf den Nacken drückt.

Es ist auch kein geringer Teil des Vergnügens, die anderen

Trainer zu sehen, die aus der ganzen Welt zusammenkommen. Wie Götter und Göttinnen wirken sie manchmal, wenn sie aus den schwarzen Limousinen steigen: in abgewetzten Jeans und aufgeknöpften Hemden aus der allerfeinsten indischen Baumwolle oder eine über die Schulter gerutschte Seidenbluse, die fast auseinanderfällt. Wildes Haar und dolchscharfe Fingernägel. Oder die kühlen Aristokraten im schwarzen Dreiteiler, mit eckigen, silbergefaßten Brillen und perfekt gekämmtem, kurzem Haar. Ein Durcheinander von Sprachen (auch wenn sich Englisch als Sprache der Sklaven international mehr oder weniger durchgesetzt hat), und das bei einem Dutzend verschiedener Nationalitäten jeweils besondere Gepräge von dem, was fast immer ein herrisches Dominanzgehabe ist. Selbst bei denen mit den süßen Gesichtern, den scheinbar Unschuldigen, ist unterschwellig diese Macht erkennbar.

Ich erkenne Trainer, wenn ich sie sehe. Ich habe sie überall erspäht, in dem schmuddeligen kleinen Zelt im Tal der Könige in Luxor, auf der Veranda des Grand Hotel Olafsson in Port-au-Prince.

Es gibt diese untrüglichen, verräterischen Zeichen wie das breite schwarze Lederuhrarmband und die hohen Absätze, die man in einem gewöhnlichen Laden niemals finden wird. Und dann die Art und Weise, in der sie jeden Mann und jede Frau im Raum mit den Augen ausziehen.

Jeder ist potentiell ein nackter Sklave, sobald man erst einmal Trainer geworden ist. Und man wird von einer Aura hochkarätiger Sinnlichkeit umgeben, die man fast nicht abschütteln kann. Die nackte Kniekehle einer Frau, die kleine Falte, wo ein bloßer Arm sich gegen den Leib drückt, die Art, wie ein Männerhemd sich über der Brust spannt, wenn er die Hände in die Taschen steckt, die Hüftbewegung eines Kellners, wenn er sich nach einer auf den Boden gefallenen Serviette bückt: wo man auch hingeht, sieht man dergleichen und fühlt dieses ständige Surren der Erregung. Die ganze Welt ist ein Club der Lust.

Ein ganz besonderes Vergnügen bei den Auktionen besteht darin, diese ganz wenigen superreichen Individuen zu beobachten, die sich in ihren Häusern oder Landsitzen Trainer halten und bei den Versteigerungen Sklaven für ihren eigenen Bedarf erwerben. Sie sind oft verblüffend, diese Privatbesitzer, ein seltsamer Haufen.

Ich erinnere mich an einen gutaussehenden Achtzehnjährigen in Begleitung von zwei Leibwächtern, der mit großem Ernst den Katalog durchblätterte, jedes Opfer durch seine violette Sonnenbrille musterte, sich ihm dann näherte, um es bedächtig zu kneifen. Er war ganz in Schwarz gekleidet, bis auf ein Paar taubengraue Handschuhe, die er nie auszog. Ich konnte diese Handschuhe beinahe selber fühlen, wenn er einen der Sklaven kniff. Wo immer er hinging, seine Leibwächter folgten ihm auf Schritt und Tritt, und der Trainer, einer der Besten, muß ich dazusagen, war immer gleich neben ihm. Sein Vater hatte sich einen Trainer und zwei Sklaven über viele Jahre gehalten, und nun war es an der Zeit, daß der Sohn den »Sport« zu genießen lernte.

Er entschloß sich für einen sehr robusten Jungen und ein Mädchen.

Wenn ich sage, ein Junge und ein Mädchen, so rede ich wohlverstanden nicht von Kindern. Der Club und die angesehenen Auktionshäuser handeln aus einsichtigen Gründen nicht mit Kindern. Die privaten Trainer sind klug genug, sie nicht zu uns zu schicken. Wenn sich mal ein Teenager durch Tricks oder mit falschen Papieren reinschmuggelt, fliegt er auf der Stelle wieder raus.

Mit Jungen oder Mädchen meine ich eine Sorte von Sklaven, die unabhängig von ihrem Alter jung aussehen und sich jung benehmen. Es gibt dreißigjährige Sklaven, die sich als Jungen oder Mädchen qualifizieren. Und es gibt neunzehn- oder zwanzigjährige Sklaven, die sogar in Fesseln und gedemütigt ein Gebaren von solcher Ernsthaftigkeit und verletzter Würde bewahren, daß man sie als Frauen oder Männer anerkennt.

Wie auch immer, dieser achtzehnjährige Gebieter kaufte zwei sehr jugendliche, muskulöse Sklaven, und ich erinnere mich daran, weil er bei der Versteigerung des Mädchens den Club überbot. Sie war eine jener sonnengebräunten, blonden Kreaturen, die niemals eine Träne vergießen, egal, wie hart sie bestraft werden, so daß der Gebieter immer mehr in Wallung gerät. Ich wollte sie unbedingt haben, und ich erinnere mich, daß ich etwas aufgebracht war, als ich sah, wie sie gefesselt und abtransportiert wurde. Der junge Gebieter sah es, und ich sah ihn zum ersten und einzigen Mal an jenem Tag lächeln.

Ich mache mir immer Sorgen um diese Sklaven, die an Privatbesitzer verkauft werden. Nicht, daß sie nicht vertrauenswürdig wären, diese Eigentümer. Um in einem angesehenen Sklavenauktionshaus oder bei einem angesehenen Privattrainer einkaufen zu können, muß man vertrauenswürdig sein, die Angestellten müssen getestet und gutgeheißen worden und das Haus muß sicher sein. Aber es ist einfach einsam und gruselig, nur einer von zwei oder drei Sklaven auf einem großen Landsitz zu sein.

Ich weiß es, denn ich habe es mit achtzehn erlebt. Egal, wie gutaussehend oder schön der Gebieter oder die Gebieterin auch sein mag, egal, wie häufig Partys oder andere Unterhaltungen stattfinden, egal, wie gut und energisch die Trainer sind, es gibt zu viele Momente, wo man mit seinen Gedanken allein gelassen wird.

Am Anfang fürchten die Sklaven den Club. Sie haben eine Heidenangst davor. Aber der Club ist eigentlich ein großer Mutterleib. Er ist eine riesige Gemeinschaft, wo niemand vernachlässigt wird und wo die Lichter niemals ausgehen. Kein wirklicher Schmerz oder Schaden wird irgendwem zugefügt. Im Club gibt es niemals Unfälle.

Aber wie gesagt, ich gehe zur Zeit nicht zu den Versteigerungen, und ich war schon seit einiger Zeit nicht mehr dort.

Ich bin einfach zu sehr mit meinen anderen Pflichten beschäftigt – dem Überwachen unserer kleinen Zeitung, *The Club Gazette,* und der Befriedigung der unersättlichen Nachfrage nach Andenken und Neuheiten, die im Clubladen verkauft werden.

Weiße Lederklatschen, Strapse, Stiefel, Augenbinden, sogar Kaffeetassen mit dem Clubmonogramm – wir können einfach nicht genug gestalten und liefern. Und diese Gegenstände enden nicht in Schlafzimmern irgendwo in den Staaten. In San Francisco und New York werden sie zusammen mit älteren Ausgaben der *Gazette* viermal so teuer wie ursprünglich verkauft. Das heißt, daß diese Souvenirs uns inzwischen repräsentieren. Um so wichtiger ist es, erstklassige Qualität zu liefern.

Dann sind die neuen Mitglieder bei ihren ersten Besuchen zu begleiten, und man muß ihnen die nackten Sklaven persönlich vorstellen.

Und dann ist da natürlich die überaus wichtige Schulung, das Training und das Perfektionieren der Sklaven, worin meine eigentliche Arbeit besteht.

Ein guter Sklave ist nicht nur ein durch und durch sexualisiertes Wesen, das bereit ist, dir jeglichen Wunsch im Bett zu erfüllen. Ein guter Sklave kann dich baden, massieren, mit dir reden, wenn du das willst, mit dir schwimmen, mit dir tanzen, dir Drinks mixen, dir dein Frühstück mit dem Löffel füttern. Du brauchst nur den entsprechenden Wunsch zu äußern, dann kannst du auch einen Sklaven haben, der fähig ist, Gebieter oder Gebieterin zu spielen und dich zum Sklaven zu machen, wenn dir der Sinn danach steht.

Nein, es bleibt mir keine Zeit mehr, zu den Versteigerungen zu gehen.

Und außerdem habe ich festgestellt, daß es ebenso spannend ist, die neue Sklavenlieferung abzuwarten und mir denjenigen auszusuchen, den ich trainieren will.

Wir kaufen riesige Mengen, mindestens dreißig auf einmal, wenn die Auktionen groß genug sind, und ich bin nie enttäuscht worden. Außerdem habe ich jetzt schon seit zwei Jahren die erste Wahl. Das heißt, ich wähle vor allen anderen Trainern denjenigen Sklaven aus, den ich selber ausbilden will.

Es kam mir vor, als kreise das Flugzeug schon seit einer Stunde.

Ich wurde immer ungeduldiger. Ich fühlte mich wie in einem existentialistischen Theaterstück. Dort unten ist meine Welt, aber ich kann nicht hinkommen. Vielleicht habe ich mir das alles nur eingebildet. Warum zum Teufel können wir denn nicht endlich landen?

Ich wollte nicht mehr an den verträumten Mister Heile Welt in San Francisco denken oder an das andere Dutzend glattrasierter Gesichter, die ich in Dallas oder New York gesehen hatte. (War er tatsächlich auf dem Weg zu unserem Tisch im »Saint Pierre« gewesen, als wir so plötzlich aufbrachen, oder hatte meine Schwester das erfunden?) Ich wollte nicht mehr an das »normale Leben« oder die kleinen Ärgernisse der Ferienwochen denken.

Aber solange wir hier oben waren, zappelte ich im Netz. Ich konnte die Atmosphäre des Großstadtverkehrs nicht abschütteln, das endlose, oberflächliche Gerede, die Stunden mit meiner Schwester in Kalifornien und ihr Gejammer über Karrieren, Liebhaber, teure Psychiater und »bewußtseinserweiternde Gruppen«. All dieses Gewäsch über »Bewußtseinsebenen« und den »befreiten Geist«.

Und dann die Mißbilligung meiner Mutter, während sie die Liste für das Kommunionsfrühstück zusammenstellte und meinte, wenn die Leute zur Beichte gingen, wären Psychiater überflüssig; altmodischer Katholizismus gepaart mit ihrem müden Gesichtsausdruck und der unveränderlichen Unschuld in ihren kleinen, schwarzen Augen.

Ich war noch nie so gefährlich nah drangewesen, ihnen alles über »dieses gewisse Kurheim« zu erzählen, das immer in den Klatschspalten erwähnt wurde, über diesen skandalösen »Club«, über den sie im *Esquire* oder im *Playboy* gelesen hatten. »Ratet mal, wer den gegründet hat. Ratet mal, was wir im Club mit ›Bewußtseinsebenen‹ machen.«

Ach, traurig. Barrieren, die man nie beseitigen kann.

Man tut Leuten nur weh, wenn man ihnen die Wahrheit über Dinge sagt, die sie nicht verstehen können. Man stelle sich mal das Gesicht meines Vaters vor. (Er wäre sprachlos.) Und stell dir mal einen verwirrten Mister Heile Welt vor, der hastig den Kaffee und die Croissants im Speisesaal des Pacific Coast Hotel bezahlt. (»Nun, ich denke, ich sollte dich jetzt nach San Francisco zurückfahren.«) Nein, stell's dir lieber nicht vor.

Lieber lügen, und zwar gut, wie Hemingway sagte. Die Wahrheit zu sagen, wäre ebenso bescheuert, wie sich in einem vollen Fahrstuhl umzudrehen und zu sagen: »Also, wir sind alle sterblich; wir werden sterben, wir werden begraben und vermodern. Also, wenn wir lebend aus diesem Fahrstuhl kommen ...« Wen interessiert das?

Ich bin fast zu Hause, fast okay.

Wir überflogen jetzt die Insel, und die Sonne spiegelte sich grell in der Oberfläche von einem halben Dutzend Swimmingpools. Sie blitzte auf den hundert Giebelfenstern im Hauptgebäude. Und überall in dem grünen Paradies unter mir war Bewegung, Leute auf der Krocketwiese und der Frühstücksterrasse, kleine Gestalten, die auf den Reitwegen neben ihren reitenden Gebietern oder Gebieterinnen herliefen.

Endlich kündigte der Pilot die Landung an, eine freundliche Aufforderung, die Gurte anzulegen.

»Gleich sind wir da, Lisa.«

Ich fühlte, wie sich die Luft in der Kabine ganz leicht veränderte. Ich schloß die Augen und stellte mir einen Augenblick lang dreißig »perfekte« Sklaven vor, unter denen es mir ausnahmsweise schwerfallen würde, meine Wahl zu treffen.

Gib mir einen echt außergewöhnlichen Sklaven, dachte ich, eine wahre Herausforderung, etwas richtig Interessantes ...

Ich fühlte mich plötzlich aus unerfindlichen Gründen so, als müßte ich gleich zu heulen anfangen. Und in meinem Kopf geschah etwas. Wie eine kleine Explosion im Zeitlupentempo. Fragmente von Gedanken oder Phantasien, Bruchteile und Stücke, die von einem Traum zurückblieben. Aber worum ging es? Es verschwamm beinahe zu schnell, um es herauszufinden.

Irgendwie das Bild von einem Menschen, aufgebrochen, durchdrungen, aber nicht im wörtlichen Sinn. Eher wie durch ein delikates sadomasochistisches Ritual bloßgelegt – bis man die Hand ausstreckt und das klopfende Herz berührt. Ein Wunder, denn in Wahrheit hat man nie das klopfende Herz von jemandem gesehen, und bis zu diesem Augenblick der Berührung hat man es einfach für ein Märchen gehalten.

Keine gute geistige Verfassung. Ein ziemlich unbehaglicher Gedanke.

Ich höre mein eigenes Herz. Ich habe den Puls von Hunderten und Aberhunderten von anderen Herzen gehört und gefühlt. Und egal, wie gut die Sklaven sind, egal wie exquisit, in zwei Stunden ist alles wie immer.

Darum will ich wieder hier sein, nicht wahr?

Das ist es, was ich mir wünschen sollte.

3

ELLIOTT
Die Anreise

Man sagte mir, ich solle die Kleider mitbringen, die ich tragen wolle, wenn die Zeit zur Abreise gekommen sei. Woher sollte ich wissen, wonach mir der Sinn stehen würde, wenn die Zeit zur Abreise gekommen war? Ich hatte einen Zweijahresvertrag mit dem Club unterschrieben, und ich dachte nicht darüber nach, wann ich abreisen würde. Ich dachte daran, wann ich ankommen würde.

Ich packte also ziemlich schnell zwei Koffer und zog die »entbehrlichen Kleider«, wie man mir gesagt hatte, für die Reise an. Dann packte ich noch das Übernachtungsköfferchen mit dem, was ich an Bord brauchen könnte.

Im letzten Augenblick warf ich noch meinen Smoking obendrauf, weil ich dachte, weiß der Teufel, vielleicht geh' ich nach Monte Carlo, wenn es vorbei ist, und verspiele jeden Pfennig, den sie mir für die zwei Jahre bezahlt haben. Es schien genau das Richtige zu sein, was man mit diesen hunderttausend Dollar machen konnte. Ich meine, es war einfach absurd, daß sie mir überhaupt etwas bezahlten. Ich hätte sie bezahlt.

Ich packte auch mein neues Buch ein, selbst wenn ich nicht recht wußte, wozu. Es mochte noch immer in ein paar Buchläden zu kaufen sein, wenn ich wieder rauskam, falls die Kriege im Mittleren Osten noch immer im Gange waren. Fotobücher hatten die Tendenz, eine Weile herumzuliegen, aber man konnte ja nie wissen.

Ich hatte einfach die Vorstellung, ich müßte einen Blick hineinwerfen, sobald ich den Club wieder verließ, vielleicht sogar im Flugzeug ein bißchen darin blättern. Vielleicht war es wichtig, mich daran zu erinnern, was ich gewesen war. Würde ich mich dann nicht mehr für einen ganz guten Fotografen halten? Vielleicht war in zwei Jahren alles nur noch Schrott.

Und El Salvador – das Buch, das nicht gemacht wurde, das Buch, das ich unvollendet zurückließ –, nun, dafür war's jetzt zu spät.

Alles, woran mir im Moment lag, war, dieses unbehagliche Gefühl loszuwerden, daß ich eigentlich tot sein müßte, weil irgendein Arschloch mir dieses Gefühl eingeimpft hatte, es sei ein Wunder, daß ich noch lebte und atmete und herumlief.

Der letzte Abend war seltsam. Ich hatte das Warten gründlich satt. Seit dem Moment, wo ich den Vertrag unterschrieben hatte, hatte ich nur noch gewartet, Aufträge von *Time* abgelehnt, auf die ich mich sonst gestürzt hätte, und mich von allen Leuten, die ich kannte, zurückgezogen. Und dann endlich der Anruf.

Die gleiche freundliche, wohlerzogene Stimme. Ein amerikanischer »Gentleman«, oder ein Amerikaner, der sich wie ein britischer Gentleman benimmt, ohne den britischen Tonfall, irgendwas in dieser Art.

Ich schloß das Haus in Berkeley ab, ging zu Max's im Opera Plaza und nahm einen Drink. Hübsch, diese Menschenmenge vor dem Hintergrund von Messing, getöntem Glas und Neonlichtern zu betrachten. Einige der bestaussehenden Frauen in San Francisco kommen ins Opera Plaza. Man sieht sie in dem italienischen Restaurant, Modesto Lanzone oder im Max's. Fabelhaft geschminkte Damen mit perfekt frisiertem Haar, in Couturier-Kleidern. Ein wundervoller Anblick.

Nicht zu vergessen der große Buchladen, der seinen Namen verdient, »ein sauberer, gut beleuchteter Ort«, wo ich ein halbes Dutzend Simenon-Krimis, ein paar Ross MacDonalds und Le Carrés für die Reise kaufte, anspruchsvolle Fluchtlektüre, wie ich sie morgens um drei im Hotelzimmer lesen würde, während die Bomben auf Damaskus fielen.

Beinahe hätte ich zu Hause angerufen, um mich noch mal zu verabschieden, aber ich tat es nicht. Ich nahm ein Taxi zu der Uferadresse.

Nichts als ein verlassenes Lagerhaus, bis das Taxi abgefahren war und ein gut angezogener Mann erschien, einer dieser unbeschreiblichen Typen, wie man sie überall im Bankenviertel der Städte zur Mittagszeit sieht, grauer Anzug, warmer Händedruck.

»Sie müssen Elliott Slater sein.« Er geleitete mich hinaus auf den Pier.

Eine hübsche Jacht lag vor Anker, totenstill wie ein weißes Geisterschiff, dessen Lichterkette sich im schwarzen Wasser spiegelte, und ich ging allein die Gangway hinauf.

Ein anderer Mann tauchte auf, der wesentlich interessanter aussah, jung oder wenigstens in meinem Alter, mit ansprechend unordentlichem blonden Haar und tief gebräunter Haut. Er hatte die weißen Hemdsärmel bis zu den Ellbogen hochgekrempelt und zeigte wunderschöne Zähne, als er lächelte.

Er führte mich zu meiner Kabine und nahm mir die Koffer ab.

»Die werden Sie jetzt zwei Jahre nicht wiedersehen«, sagte er ausgesprochen freundlich. »Ist irgendwas drin, was Sie vielleicht brauchen, Elliott, nur für die Reise? Alles aus Ihrer Kabine wird anschließend hineingetan, Brieftasche, Paß, Ihre Uhr, alles, was Sie hier zurücklassen.«

Ich war ein bißchen erschrocken. Wir standen sehr nah nebeneinander im Gang, und mir wurde klar, daß er wußte, was ich war und wo er mich hinbrachte. Er arbeitete nicht einfach nur auf der Jacht.

»Machen Sie sich keine Sorgen«, sagte er. Er stand direkt unter der Lampe, und ich sah ein paar Sommersprossen auf seiner Nase und sonnengebleichte Strähnen in seinem Haar. Er zog einen kleinen Gegenstand aus der Tasche, ein Goldkettchen mit einer Namensplakette. »Geben Sie mir Ihr rechtes Handgelenk«, sagte er.

Meine Nackenhaare sträubten sich bei der Berührung seiner Finger, als er mir das Armband anlegte und den Verschluß einschnappen ließ.

»Ihre Mahlzeiten werden durch diesen Schlitz hier geschoben. Während der Fahrt werden Sie niemanden sehen und mit niemandem sprechen. Aber der Arzt wird noch zu einer letzten Untersuchung vorbeikommen. Bis dahin wird die Tür nicht abgeschlossen.«

Er öffnete die Kabinentür. Drinnen herrschte sanftes Bernsteinlicht. Dunkelgemasertes Holz unter einer Schicht von Kunstharzlack. Seine Worte hallten in meinem Kopf wider. *Bis dahin wird die Tür nicht abgeschlossen.* Das Armkettchen war lästig, es klebte wie Spinnweben an mir. Ich las meinen Vornamen auf dem Namensschildchen und so was wie einen Code aus Zahlen und Buchstaben darunter. Meine Nackenhaare sträubten sich wieder.

Die Kabine war okay. Üppige, braune Ledersessel, rundum Spiegel, eine breite Koje mit zu vielen Kissen, ein eingebauter Videobildschirm mit einer Bibliothek von Filmen auf Video-CD darunter, viele Bücher. Ausgerechnet Sherlock Holmes, und dann die erotischen Klassiker, *Geschichte der O., Justine, Dornröschens Erwachen, Dornröschens Bestrafung.*

Es gab eine Kaffeemaschine mit Kaffeebohnen in einem Glasbehälter, einen Kühlschrank mit französischem Mineralwasser und amerikanischem Soda, ein Tonbandgerät und ungeöffnete Päckchen hübsch dekorierter Spielkarten. Ich nahm eine der Taschenbuchausgaben von Sherlock Holmes in die Hand.

Dann ging, ohne ein Klopfen, die Tür auf. Ich schrak zusammen.

Es war der Arzt, keine Frage, in einem gestärkten weißen Kittel. Mit ungezwungenem, liebenswürdigem Ausdruck stellte er die unvermeidliche schwarze Tasche ab. Ohne den Kittel und die schwarze Tasche wäre ich nie auf die Idee gekommen, daß er Arzt war. Er sah aus wie ein schlaksiger Jugendlicher, fast noch ein bißchen verpickelt und schlaff, und sein kurzes braunes Haar war so zerzaust, wie nur kurzes Haar zerzaust sein kann. Vielleicht hatte er gerade einen vierundzwanzigstündigen Bereitschaftsdienst hinter sich. Höflich, aber besorgt nahm er sofort sein Stethoskop und bat mich, das Hemd auszuziehen. Dann zog er einen Karteiordner aus der Tasche und klappte ihn auf dem Bett auf.

»Herr Elliott Slater«, sagte er, kratzte sich am Hinterkopf und schaute mich prüfend an. Er klopfte meine Brust ab. »Neunundzwanzig. Bei guter Gesundheit? Keine Probleme irgendwelcher Art? Regelmäßig beim Arzt?« Er drehte sich um, um noch mal die Kartei zu konsultieren und einen Blick auf den unterschriebenen Gesundheitsreport zu werfen. »Das ist alles untersucht worden«, sagte er mit singendem Tonfall, »aber wir möchten Sie dennoch von Angesicht zu Angesicht befragen.«

Ich nickte.

»Sie treiben Sport, nicht wahr? Sie rauchen nicht. Das ist gut.«

Mein Hausarzt hatte natürlich nicht gewußt, wozu die Untersuchung diente, als er den Bericht ausfüllte. »Tauglich für die Teilnahme an einem langfristigen, anstrengenden athletischen Trainingsprogramm«, hatte er unten in seiner beinahe unleserlichen Handschrift in das weiße Feld gekritzelt.

»Alles scheint in Ordnung zu sein, Herr Slater«, sagte der Arzt und verstaute den Ordner wieder in seiner Tasche. »Essen Sie vernünftig, schlafen Sie ordentlich, genießen Sie die Reise. Durch die Fenster werden Sie nicht viel sehen können; sie sind mit einem Film überzogen, der alles etwas verschwommen erscheinen läßt. Und eines raten wir Ihnen: keine sexuelle Stimulation während der Reise.« Er schaute mir direkt in die Augen. »Sie wissen, was ich meine …«

Ich schrak zusammen, aber ich versuchte, es mir nicht anmerken zu lassen. Er wußte also auch Bescheid. Ich gab keine Antwort.

»Wenn Sie im Club ankommen, sollten Sie sich in einem Zustand sexueller Spannung befinden«, sagte er auf dem Weg zur Tür. Er hätte mir ebenso sagen können, ich solle ein Aspirin nehmen und ihn nächste Woche anrufen. »Sie sind dann leistungsfähiger. Ich werde jetzt die Tür abschließen, Herr Slater. Sie wird sich automatisch öffnen, falls es einen Notfall an Bord geben sollte – es gibt mehr als ausreichend Sicherheitsvorkehrungen –, aber ansonsten wird sie nicht aufgeschlossen werden. Haben Sie noch eine Frage?«

»Hmm. Eine letzte Frage!« Ich konnte mir das Lachen nicht verkneifen. Aber mir fiel nichts ein. Mein Herz pochte ein bißchen zu schnell. Ich schaute ihn einen Moment an. »Nein, danke, Doktor«, sagte ich dann, »ich glaube, es ist alles besprochen. Es wird hart werden, mir keinen runterzuholen, denn ich habe nie gewollt, daß mir Haare auf den Handflächen wachsen.«

Er lachte so unvermittelt, daß er wie ein ganz anderer Mensch aussah. »Genießen Sie's, Herr Slater«, sagte er und versuchte, sein Grinsen unter Kontrolle zu bekommen. Die Tür schloß sich hinter ihm, und ich hörte, wie der Schlüssel umgedreht wurde.

Geraume Zeit saß ich auf dem Bett und starrte auf die Tür. Zwischen meinen Beinen rührte sich etwas. Aber ich beschloß zu versuchen, das Spiel mitzuspielen. Es war, als wäre ich wieder zwölf Jahre alt und hätte einfach aufgrund allgemeiner Prinzipien ein schlechtes Gewissen. Zudem war mir klar, daß er recht hatte. Es war besser, bei der Ankunft im Club alle Systeme startklar und aktionsbereit zu haben, statt mit leerem Tank zu landen.

Und soweit ich wußte, beobachteten sie mich durch die Spiegel. Ich war ihnen ausgeliefert. Erstaunlich, daß auf dem Armkettchen nicht »Sklave« stand. Ich hatte sämtliche Formulare selbst unterschrieben.

Ich nahm ein Buch aus dem Regal ... keine erotische Literatur, machte es mir auf den Kissen bequem und begann zu lesen. James M. Cain. Fabelhaft, aber ich hatte es schon gelesen. Ich griff nach dem Sherlock Holmes. Es war eine wundervolle, vollständige Faksimile-Ausgabe der Originalgeschichten im *Strand Magazine,* mit kleinen Federzeichnungen illustriert. Dergleichen hatte ich seit Jahren nicht in Händen gehalten. Es war vergnüglich, Holmes wiederzubegegnen; ich erinnerte mich an gerade so viel, daß es interessant war, und nicht genug, um mir den Spaß zu verderben. Was man ein gutes, sauberes Vergnügen nennt. Nach einer Weile legte ich das Buch hin und konsultierte erneut das Bücherregal, in der Hoffnung, vielleicht etwas von Sir Richard Burton oder Stanleys Buch über das Wiederfinden von Livingstone zu entdecken. Fehlanzeige. Und Burton hatte ich vor Tagen in meinen Koffer gepackt und vergessen. Zum ersten Mal fühlte ich mich als Gefangener. Prüfte die Tür, um festzustellen, daß sie abgeschlossen war. Was, zum Teufel, soll's? Schlaf ein bißchen.

Zwischendurch fiel es mir manchmal schwer, die Spielregeln einzuhalten.

Ich duschte oft, legte mich in die Badewanne, machte Liegestütze, las sämtliche James M. Cains noch mal, *Die Rechnung ohne den Wirt, Doppelte Abfindung* und *Serenade in Mexiko*, und schaute mir sämtliche Videofilme an.

Ein Film ging mir echt unter die Haut. Er war nagelneu, noch in der braunen Versandtüte, und ich machte ihn als letzten auf. Es war eine kleine Geschichte über die Zigeuner in New York mit dem Titel *Angelo, My Love*. Ich wünschte, es gäbe ein paar Fortsetzungen davon, alle über die gleichen Zigeuner und den gleichen kleinen Jungen Angelo.

Aber ich fand es verwunderlich, daß es einen solchen Film in dieser Sammlung von klassischen Bogart-Krimis und diesem *Flashdance*-Flitterkram gab. Ich holte die Verpackung wieder aus dem Papierkorb. Die Kassette war per Eilpost ausgerechnet aus einem Videoladen in Dallas erst zwei Tage vor unserer Abfahrt abgeschickt worden. Seltsam. So als habe jemand ihn gesehen, gemocht und spontan für die Kabinen der Jacht bestellt. Ich fragte mich, ob irgendwer an Bord ihn auch anschaute. Kein Geräusch drang je in die Kabine.

Ich schlief viel. Genauer gesagt, ich glaube, ich habe die meiste Zeit geschlafen. Ich überlegte sogar, ob irgendwelche Drogen in dem Essen waren, das durch die Tür geschoben wurde. Aber ich glaube, nicht, denn ich fühlte mich bestens, wenn ich aufwachte.

Hin und wieder wachte ich mitten in der Nacht auf und begriff, was ich getan hatte.

Ich war auf dem Weg zum Club, diesem merkwürdigen Ort für zwei Jahre, und wie sehr ich auch betteln und flehen würde, vor Ablauf der zwei Jahre würde ich nicht von dort wegkommen. Aber das war das wenigste. Es ging um das, was dort geschehen würde. Und ich erinnerte mich an meinen Meister, meinen Trainer, meinen geheimen Sexualmentor, Martin Halifax, der wieder und wieder, bis zum Schluß, wiederholt hatte, zwei Jahre seien zu lang.

»Geh für sechs Monate, Elliott, meinetwegen für ein Jahr. Du kannst dir einfach nicht vorstellen, was der Club ist. Du bist noch nie länger als ein paar Wochen irgendwo eingesperrt gewesen. Und das war nichts dagegen, Elliott. Der Club ist riesig. Und es geht um zwei Jahre.«

Ich mochte nicht mehr mit ihm streiten. Ich hatte tausendmal gesagt, daß ich mich dort verlieren wolle, keinen Bock mehr auf Zweiwochentrips und exotische Wochenenden hätte. Ich wolle darin untergehen, so tief hineintauchen, bis ich kein Zeitgefühl mehr hätte oder an einen Tag glaubte, an dem die Zeit abgelaufen sei.

»Komm schon, Martin, du hast sämtliche Unterlagen hingeschickt«, hatte ich gesagt. »Sie haben mich untersucht und akzeptiert. Wenn ich nicht tauglich wäre, hätten sie mich nicht genommen, nicht wahr?«

»Du bist tauglich«, hatte er nachdenklich erwidert. »Du kannst mit dem, was dort geschieht, umgehen. *Aber ist es wirklich das, was du willst?*«

»Ich will keine halben Sachen, Martin, ich will alles oder nichts. Das habe ich die ganze Zeit gesagt.«

Ich hatte alle Regeln und Vorschriften auswendiggelernt. Ich würde hunderttausend Dollar für meine Dienste erhalten. Und zwei Jahre lang wäre ich ihr Eigentum, mit dem sie machen konnten, was sie wollten.

Ich überlegte, wieviel sie von ihren »Gästen« verlangten, jenen, die uns benutzen würden, wenn sie uns schon soviel bezahlten.

Und nun befand ich mich an Bord der Jacht, und es gab keinen Weg mehr zurück. Ich konnte das Meer hören, auch wenn ich es nicht zu sehen oder wirklich zu riechen vermochte. Ich drehte mich um und schlief wieder ein.

Ich konnte es kaum mehr erwarten, endlich anzukommen. Ich wollte jetzt sofort dort sein. Ich stand in der Nacht auf und prüfte wieder die Tür, um mich zu vergewissern, daß sie verschlossen war, und das machte die Begierde in mir unkontrollierbar, so daß sie sich in einem Wirrwarr schmerzvoller und köstlicher Träume entlud.

Anschließend war ich ein bißchen traurig, aber ich hatte nur diesen einen Fehler gemacht – so zu kommen wie ein katholischer Junge in einem feuchten Traum.

Ich habe viel über Martin nachgedacht, und darüber, wie alles anfing, das »heimliche Leben«, wie er es nannte, und ich für mich selber auch.

»Das Haus« war so oft erwähnt worden, bis ich schließlich jemanden dazu brachte, damit rauszurücken. Und es war so schwer gewesen, dort anzurufen, und dann wieder so leicht, an einem Sommerabend um neun Uhr vor dem riesigen viktorianischen Gebäude zu landen. Der Verkehr strömte bergauf an mir vorbei, als ich abbog und den kleinen Fußweg unter den großen, gerade gewachsenen Eukalyptusbäumen zu dem schmiedeeisernen Tor entlangging. (»Kommen Sie zu der Tür im Tiefparterre.«)

Nicht mehr diese alltäglichen Huren in schwarzen Korsagen und Pfennigabsätzen (»Warst du ungezogen? Hast du die Peitsche verdient?«) oder die gefährlichen kleinen, milchgesichtigen Strichjungen mit den Harte-Männer-Stimmen. Das hier würde eine Sadomaso-Luxustour der Spitzenklasse werden.

Und vorab das gepflegte Gespräch.

Kleine Lampen in dem weitläufigen, dunkel getäfelten Saal, nicht heller als Kerzen, die die Gemälde und Tapisserien an den Wänden beleuchteten. Orientalische Paravents, dunkelrote und goldene Paisley-Vorhänge. Dunkel lackierte Fenstertüren mit

Spiegeln statt Glasscheiben an der gegenüberliegenden Wand, und ein großer, bequemer lederner Armsessel, die schattige Gestalt eines Mannes, den Fuß auf der Ottomane, hinter dem Schreibtisch.

Martin, bald mein Liebhaber, mein Mentor, mein Therapeut, mein großzügiger Partner im innersten Heiligtum. Groß, schwarzhaarig, jugendliche Stimme, an den Schläfen ergraut, ganz der Universitätsprofessor mit braunem V-Ausschnitt-Pullover und offenem Hemdkragen, kleine, intelligente, durchdringende Augen. Augen, die ständig etwas Wunderbares zu entdecken schienen. Das Glänzen einer altmodischen goldenen Uhr auf dem schwarzen Haar seines Handgelenks.

»Stört Sie Pfeifenrauch?«

»Im Gegenteil.«

»Balkan Sobranie«-Tabak, sehr angenehm.«

Ich war nervös, saß still auf dem Sessel, meine Augen wanderten über die Wände, die alten Landschaftsbilder unter dem gesprungenen Lack, die kleinen emaillierten Figurinen auf dem Mahagonischrank. Eine andere Welt. Ein dicker Strauß purpurner Blumen in einem Zinnkrug vor der Marmoruhr. Der Teppich von dieser weichen, samtenen, pflaumenfarbenen Qualität, die man heute nur noch auf den Marmortreppen ganz alter Hotels findet. Geräusche von oben im Haus. Knarrende Dielen, dumpfer Klang von Musik.

»So, Elliott, ich möchte, daß Sie mir jetzt etwas erzählen«, sagte er mit natürlicher Autorität, als sei das alles nie wiederholt worden, hätte sich nie zuvor ereignet. »Ich möchte, daß Sie sich entspannen und mir berichten, an welcher Art von Phantasien Sie sich im Laufe der Jahre erfreut haben. Sie brauchen nicht anschaulich zu werden. Das sind wir selbst. Wir sind darin Meister.«

Er lehnte sich zurück, seine Augen wanderten über die Zimmerdecke, ein Hauch von Grau in den Augenbrauen, der Pfeifenrauch stieg als dicke Wolke empor und löste sich auf.

»Und falls es Ihnen schwerfällt, über Ihre Phantasien zu sprechen, so können Sie sie auch aufschreiben, wenn Sie das vorziehen. Ich kann Sie ein Weilchen allein lassen, mit Papier und Bleistift, oder auch der Schreibmaschine, wenn Ihnen das lieber ist…«

»Aber ich dachte, daß Sie die Dinge hier in Gang halten, daß es sich sozusagen um eine eigenständige Inszenierung handelt, eine Welt für sich …«

»Das ist es auch, Elliott, keine Sorge. Wir nehmen die Sache in die Hand. Ganz und gar. Sobald Sie durch die Tür dort treten. Wir haben tausend Ideen, tausend bewährte Methoden, die Dinge zu tun. Aber es ist wichtig, daß wir erst reden, über Sie, über Ihre Vorstellungen. Ein guter Einstieg. Möchten Sie eine Zigarette, Elliott?«

Es war niederschmetternd, festzustellen, daß ich den Anfang machen, die Sache in Gang bringen mußte. Ich war darauf eingestellt gewesen, mich zu unterwerfen, als ich an die Tür kam. »Ja, ich bin schuldig. Bestraft mich.« Wie zermürbend, mich sagen zu hören: »Ich möchte jetzt durch jene Tür gehen.«

»Bald«, hatte er mit einem kleinen Lächeln geantwortet. Seine Augen wurden sanfter, weiteten sich und wurden samtweich, während sie mich musterten. Es war die Gelassenheit eines Mannes, der dich dein Leben lang gekannt hat. Ein solcher Mann kann niemandem wehtun. Das Gesicht des Hausarztes, des Universitätslehrers, der deine Besessenheit für den Gegenstand versteht und respektiert, der perfekte Vater …

»Wissen Sie, ich bin nicht der Typ, den man hier erwarten würde«, hatte ich etwas schwerfällig gesagt. Himmel, er war ein gutaussehender Mann. Besaß eine grundlegende Eleganz, die ein junger Mann nie haben kann, egal wie hübsch er ist.

»Als Student war ich eine ziemliche Plage«, sagte ich. »In meiner Familie gelte ich als launisch. Ich lasse mir ungern befehlen. Wenn es um Männer-Vergnügen geht, entspreche ich jedem Klischee. Ich will damit nicht prahlen, verstehen Sie mich nicht falsch.« Ich war auf meinem Stuhl ein wenig unbehaglich herumgerutscht. »Ich finde es herrlich, mit zweihundertzwanzig Stundenkilometern um die Laguna Seca zu rasen und mein Leben zu riskieren, die gefährlichsten Skihänge, die man finden kann, runterzuschießen, ein ultraleichtes Flugzeug von fünf Kilogramm mit einer Teetasse voll Treibstoff so hoch und so schnell wie möglich zu fliegen.«

Er hatte mir mit einem Nicken bedeutet weiterzureden.

»Das ist alles irgendwie zwanghaft, töricht. Zwei Jahre lang war ich jetzt Fotograf. Aber in gewisser Weise ist das die gleiche Routine. Immer größere Gefahren. Die Situationen, in die ich geraten bin, sind verrückt. Das letzte Mal hat's mich in El Salvador fast erwischt, weil ich, wie irgendein reicher Schuljunge auf Ferientrip die Sperrstunde ignoriert hatte …«

Ich mag eigentlich nicht darüber reden. Diese grauenhaften, endlosen Sekunden, in denen ich zum ersten Mal in meinem Leben meine eigene Uhr ticken hörte. Ich konnte mich nicht davon losmachen, es immer wieder vor mir zu sehen, was *beinahe* passiert wäre: TIME-LIFE-FOTOGRAF VON TODESKOMMANDO IN EL SALVADOR NIEDERGESCHOSSEN. Das Ende von Elliott Slater, der statt dessen in Berkeley den großen amerikanischen Roman hätte schreiben, in Gstaad hätte skilaufen können.

Wäre keine zwei Mal in den Abendnachrichten erwähnt worden.

»Das ist sehr oft der Typ Mann, der hierherkommt, Elliott«, sagte er ruhig. »Die Art von Mann, der in der realen Welt vor nichts und niemandem zurückweicht. Der Mann, der es gewöhnt ist, Macht zu haben, und der die Nase davon voll hat, andere einzuschüchtern. Er kommt zu uns, um sich umkrempeln zu lassen.«

Ich glaube, darüber habe ich gelächelt. Umkrempeln.

»Feilen Sie nicht an den Phantasien herum, Elliott. Reden Sie einfach drauflos. Sie sind offensichtlich sehr redegewandt. Die meisten Männer, die zu uns kommen, sind redegewandt. Sie haben scharfsinnige, komplizierte Vorstellungen, hochentwickelte Phantasien. Ich höre diese Phantasien nicht wie ein Arzt. Ich höre sie als Geschichten. Wie ein Literat, wenn Sie wollen. Möchten Sie etwas trinken, damit Ihnen das Sprechen leichter fällt? Scotch? Oder vielleicht ein Glas Wein?«

»Scotch«, hatte ich geistesabwesend geäußert. Ich wollte

nicht betrunken sein. »Ich hatte eine bestimmte Phantasie«, sagte ich, während er aufstand und zur Bar ging. »Eine Phantasie, die mich verfolgte, als ich noch ein Junge war.«

»Erzählen Sie.«

»Himmel, Sie können sich gar nicht vorstellen, wie verrucht es war, solche Phantasien zu haben, und ich dachte, ich wäre irgendwie gestört, weil alle anderen das Klappfoto im *Playboy* und die Cheerleader auf dem Footballfeld anglotzten.«

»Johnny Walker Black Label«. Glück gehabt. Nur ein bißchen Eis. Schon das Aroma und das schwere Kristallglas in meiner Hand taten ihre Wirkung.

»Wenn Leute ihre Phantasien erzählen, reden sie oft nur von dem, was akzeptabel ist«, sagte er, setzte sich wieder hinter den Schreibtisch und lehnte sich zurück. Er trank nichts, zog nur an seiner Pfeife. »Sie reden über Klischees, erzählen aber nichts von dem, was sie sich tatsächlich vorstellen. Wie viele Ihrer Mitschüler, meinen Sie, hatten wohl die gleichen Phantasien?«

»Also gut, ich pflegte mir so was wie einen griechischen Mythos vorzustellen«, sagte ich. »Wir waren junge Leute in einer großen griechischen Stadt, und alle paar Jahre wurden sieben von uns – Sie wissen schon, wie in dem Theseus-Mythos – als Sex-Sklaven in eine andere Stadt geschickt.«

Ich trank ein Schlückchen Scotch.

»Es war ein heiliges Abkommen«, fuhr ich fort, »und eine Ehre, auserwählt zu werden, doch wir hatten Angst. Wir wurden in den Tempel gebracht und die Priester sagten uns, wir müßten uns alles gefallen lassen, was uns in der anderen Stadt widerfahren würde; unsere Genitalien wurden den Göttern geweiht. Es geschah über unzählige Generationen hinweg, doch die älteren Jungen, die es mitgemacht hatten, sagten uns nie, was ablaufen würde.«

»Hübsch«, sagte er leise. »Und dann …«

»Sobald wir in der anderen Stadt ankamen, wurden uns die Kleider weggenommen. Wir wurden an den Meistbietenden versteigert, dem wir mehrere Jahre zu dienen hatten. Es schien, als würden wir den reichen Männern, die uns kauften, Glück bringen. Wir waren Symbole der Fruchtbarkeit und der männlichen Kraft, wie Priapus im römischen Garten oder Hermes an der griechischen Tür.«

Wie seltsam es war, das zu erzählen, selbst einem Mann, der der perfekte Zuhörer zu sein schien. Nicht der geringste Hinweis darauf, daß er schockiert sein könnte.

»Wir wurden von unseren Herren gehegt. Aber wir waren keine Menschen. Wir waren ihnen vollständig ausgeliefert, das heißt, wir waren etwas, mit dem man spielte.« Ich nahm langsam einen Schluck. »Etwas, das man schlagen durfte«, sagte ich, »sexuell foltern und aushungern – wir wurden zum Vergnügen unserer Herren durch die Stadt getrieben, gezwungen, stundenlang im Zustand sexueller Erregung am Tor zu stehen, während die Passanten uns anstarrten, solches Zeug. Es war eine religiöse Angelegenheit, uns zu quälen, während wir unsere Angst und Demütigung für uns behielten.«

Hatte ich das alles wirklich gesagt?

»Fabelhafte Phantasie«, sagte er sehr offen und zog die Augenbrauen leicht hoch. Er schien nachzudenken. »Die allerbesten Zutaten. Sie haben nicht nur die ›Erlaubnis‹, die Erniedrigung zu genießen, sie ist sogar religiös fundiert. Gut.«

»Hören Sie, mein Bewußtsein ist ein Zirkus mit drei Manegen.« Ich lachte kopfschüttelnd.

»So ist das bei allen Sadomasochisten«, antwortete er. »Die ›Zirkustiere‹ lassen *uns* fast nie im Stich.«

»Es muß einen Bezugsrahmen geben«, erwiderte ich. »Alles ganz sauber. Es wäre unerträglich, wenn man wirklich gezwungen würde. Und dennoch muß es einen gewissen Zwang geben.«

Ich hatte das Glas auf den Tisch gestellt, und er war augenblicklich aufgestanden, um es neu zu füllen.

»Ich meine, es muß Einverständnis und Zwang geben, damit es eine wirklich gute Phantasie ist«, sagte ich und beobachtete ihn. »Dennoch muß es eine Demütigung sein, mit einem inneren Kampf zwischen jenem Teil, der sie will, und dem, der sie nicht will; und die größte Erniedrigung besteht darin, daß man einwilligt und anfängt, es zu mögen.«

»Ja.«

»Wir waren Gegenstand sowohl der Verachtung als auch der Verehrung. Wir waren Mysterien. Wir durften niemals sprechen.«

»Einfach unbezahlbar«, flüsterte er.

Was hatte er in diesen Stunden des Gesprächs wirklich gehört? Etwas wirklich anderes, Neues, Einzigartiges? Vielleicht hatte er nur erfahren, daß ich genauso war wie tausend andere Männer, die durch seine Tür gekommen waren.

»Und Ihr Gebieter, der Mann, der Sie in der anderen Stadt gekauft hat ...«, hatte er gefragt. »Wie sieht er aus? Was für Gefühle haben Sie in bezug auf ihn?«

»Sie werden lachen, wenn ich es Ihnen erzähle. Er verliebt sich in mich. Und ich mich in ihn. Romantische Kettenreaktion. Am Ende triumphiert die Liebe.«

Er hatte nicht gelacht, nur freundlich gelächelt und wieder an seiner Pfeife gezogen.

»Aber er hört nicht auf, Sie zu bestrafen oder zu mißbrauchen, wenn er anfängt, Sie zu lieben ...«

»Nein, niemals, dafür ist er ein viel zu korrekter Bürger. Aber da ist noch etwas.« Ich fühlte, wie mein Puls schneller wurde. Warum, zum Teufel, überhaupt davon reden?

»Ja?«

Ich fühlte zum ersten Mal eine sich langsam verstärkende Furcht, eine Unsicherheit, warum ich eigentlich hergekommen war. »Nun, in der Phantasie kommt auch eine Frau vor ...«

»Hmm.«

»Sie ist die Frau des Gebieters, nehme ich an. Nein, ich weiß es. Und manchmal hat es etwas mit ihr zu tun.«

»In welcher Weise?«

»Ich will nichts mit Frauen zu tun haben«, sagte ich.

»Verstehe.«

»Es gibt Tausende von Gründen, warum man einen Mann oder eine Frau als Liebespartner, als Geschlechtspartner wählt, nicht wahr? Es ist nicht mehr so wie früher, als es schwierig war, die Grenzen zu überwinden.«

»Nein, so ist es nicht mehr«, sagte er. Aber er hatte einen Moment gezögert, ehe er antwortete. »Und Sie waren sowohl mit Frauen als auch mit Männern zusammen?«

Ich nickte. »Mit zu vielen von beiden.«

»Und sie gehört zu der Phantasie?«

»Ja. Verdammt. Ich weiß nicht, warum ich sie erwähnt habe. Irgendwie erhoffe ich von ihr eine Art von Barmherzigkeit, Zärtlichkeit, und sie interessiert sich immer mehr für mich – den Sklaven ihres Mannes –, aber dann ist sie noch schlimmer.«

»Inwiefern?«

»Sie ist sanft und liebevoll, aber sie ist gleichzeitig rauher, strenger und grausamer. Die Demütigung ist wie ein Scharfmacher. Wissen Sie, was ich meine? Seltsam.«

»Ja ...«

»Sie ist nicht immer da. Aber früher oder später ...«

»Ja.«

»Aber es geht völlig an der Sache vorbei.«

»Wirklich?«

»Ich will damit sagen, ich mag männliche Liebhaber, männliche Gebieter, wenn Sie so wollen. Das ist es, was ich sagen will. Deswegen bin ich gekommen. Wegen der Männer. Ich habe gehört, Sie haben wunderbare Männer hier, die besten ...«

»Ja«, bestätigte er. »Ich denke, Ihnen wird das Album gefallen, wenn die Zeit gekommen ist, Ihre Wahl zu treffen.«

»Ich soll die Typen auswählen, die mich dominieren?«

»Natürlich. Das heißt, wenn Sie wollen. Sie können die Wahl natürlich auch uns überlassen.«

»Also, es müssen Männer sein«, erklärte ich. »Männer sind für mich das exotische Geschlecht, das heiße Geschlecht. Das Geschlecht für wilde, rauhe Abenteuer ...«

Er nickte lächelnd.

»Es geht nichts über dieses Gefühl, mit jemandem zu sein, der so zäh ist wie man selbst. Wenn Frauen ins Spiel kommen, wird es immer irgendwie sentimental, schrill, romantisch ...«

»Wen haben Sie in der Vergangenheit *geliebt* – wirklich geliebt –, Männer oder Frauen?« wollte er wissen.

Schweigen.

»Warum ist das wichtig?«

»Na, Sie wissen genau, warum es wichtig ist«, sagte er sehr freundlich.

»Einen Mann. Und eine Frau. Zu verschiedenen Zeiten.« Laß das ruhen, bitte.

»Sie haben sie in gleicher Weise geliebt.«

»Zu verschiedenen Zeiten ...«

Drei Monate mußten vergehen, ehe wir uns wieder in demselben Zimmer miteinander unterhielten – obgleich ich nach allem, was inzwischen geschehen war, niemals erwartet hatte, je wieder vollständig angekleidet in einem Zimmer zu sitzen und mit ihm zu reden – und er sagte: »Es ist nicht nötig, daß du noch für irgend etwas hier zahlst, Elliott; das will ich dir sagen. Ich kann etwas mit drei oder vier interessanten ›Gebietern‹ arrangieren, die für alle Ausgaben aufkommen. Du kommst her wie immer, aber auf ihre Kosten. Wenn du herkommst, gehörst du ihnen.«

»Nein. Geld ist mir in diesem Zusammenhang verdammt unwichtig, und ich bin dafür noch nicht bereit ...« Von einem anderen vollständig dominiert zu werden, der mit seiner Phantasie die meine ersetzt. Nein, noch nicht. Nichts überstürzen. Es ist so schon hart genug.

Aber es war wie eine Wendeltreppe, die sich aus dem Untergeschoß nach oben wand, und ich wollte bis nach ganz oben klettern.

»Ich hätte gern eine Frau«, sagte ich plötzlich. Habe *ich* das wirklich gesagt? »Nun, ich meine, ich ... Also, eine Frau«, fuhr ich fort. »Ich ... ich glaube, die Zeit dafür ist reif, eine richtig gutaussehende Frau, die weiß, was sie tut. Ich will nichts über sie wissen, und ich will auch nicht ihr Foto aus irgendeinem Album aussuchen. Du suchst sie aus. Sorg dafür, daß sie gut ist, großartig, daß sie die Sache in die Hand nehmen kann. Es ist Zeit ... ich meine, ich bin reif, von einer Frau beherrscht zu werden, meinst du nicht?«

Martin lächelte wohlwollend.

»Wie der Geist sagt, der aus der Wunderlampe steigt: ›Ja, Herr.‹ Eine Frau sollst du haben.«

»Sie soll gut aussehen – sie braucht nicht schön zu sein, versteh mich richtig –, und sie soll das, was sie tut, richtig tun …«

»Natürlich«, nickte er geduldig. »Aber, sag mal …« Er zog an seiner Pfeife und blies gemächlich den Rauch aus, »glaubst du, du möchtest die Dame in einem viktorianischen Schlafzimmer kennenlernen, in einem echt altmodischen Dekor? Einem richtig damenhaften Zimmer mit Spitzenvorhängen, einem Himmelbett und allem Drum und Dran?«

»O Gott. Kann das denn wahr sein?«

Immer weiter die Wendeltreppe hinauf, durch eine Etage wundervoller Träume in die nächste.

Und nun, ein halbes Jahr später, wohin war ich unterwegs? Zum Club.

»Genau das will ich«, hatte ich gesagt. Sobald ich die Regeln und Vorschriften durchgelesen hatte, fuhr ich hin, wartete über eine Stunde in dem kleinen Wartezimmer auf ihn und schaute wieder und wieder auf die Uhr. »Warum hast du mir bislang nie etwas darüber gesagt?«

»Für den Club muß man reif sein, Elliott.«

»Ich bin jetzt reif dafür. Den vollen Zweijahresvertrag, das ist genau das, was ich will.« Ich ging erregt auf und ab. »Wie lang dauert es, bis ich hinkomme, Martin? Ich könnte übermorgen reisefertig sein. Ich könnte heute nachmittag fertig sein.«

»Den vollen Zweijahresvertrag?« hatte er gefragt und dabei jedes Wort betont. »Ich möchte, daß du dich hinsetzt und einen Schluck trinkst. Ich meine, wir sollten uns erst einmal ein bißchen ausführlicher über das unterhalten, was in El Salvador geschah, Elliott. Was ist da passiert, mit dem Todeskommando und so weiter?«

»Du verstehst mich nicht, Martin. Ich renne nicht vor irgendwas weg. Ich habe dort etwas über Gewalt gelernt. Daß sie nicht real zu sein braucht, um zu wirken.«

Er hörte sehr aufmerksam zu.

»Wenn ein Mann sich der Gewalt auszusetzen sucht«, sagte ich, »sei es Krieg, Sport, Abenteuer, so will er, daß sie symbolisch sein soll, und meistens glaubt er auch, daß sie es tatsächlich ist. Und dann kommt der Moment, wenn jemand *wirklich* ein Gewehr an deinen Kopf hält. Und du *wirklich* beinahe stirbst. Dann erkennst du, daß du die ganze Zeit die Wirklichkeit mit dem Symbol verwechselt hast. In El Salvador habe ich das gelernt, Martin. Ich laufe nicht davor weg. Es ist einfach nur der Grund, warum ich hier bin. Ich suche Gewalt, so, wie ich es immer getan habe. Ein Gefühl von Gefahr, Martin. Das liebe ich. Ich glaube, ich möchte fertiggemacht werden. Aber ich möchte nicht wirklich verletzt werden, und ich will mit Sicherheit nicht sterben.«

»Verstehe«, hatte er gesagt. »Ich glaube, du hast es sehr gut ausgedrückt. Aber für einige von uns, Elliott, mag Sadomasochismus nur eine Phase sein. Er mag Teil der Suche nach etwas anderem sein ...«

»Dann ist es für mich eine Zweijahresphase, Martin. Dann ist der Club ideal für meine Suche.«

»Davon bin ich nicht überzeugt, Elliott.«

»Es entspricht nahezu meiner Kindheitsphantasie, siehst du das nicht? Einem griechischem Gebieter für mehrere Jahre verkauft zu werden. Es ist einfach perfekt ...«

»Zeit spielt in einer Phantasie keine bedeutende Rolle ...«, widersprach er.

»Martin, die Würfel sind in dem Augenblick gefallen, wo du mir von dem Ort erzählt hast. Wenn du jetzt die Formulare nicht unterschreiben willst, werde ich einen anderen Weg finden ...«

»Werd doch nicht gleich sauer.« Er hatte mich mit seinem unbeschwerten Lächeln sofort entwaffnet. »Ich werde die Formulare unterschreiben. Und für zwei volle Jahre, wenn du das willst. Aber laß dich daran erinnern, daß in der Kindheitsphantasie, die du mir erzählt hast, eine Menge unterschiedlicher Elemente enthalten waren.«

»Das ist zu schön, um wahr zu sein!«

»Mag sein, daß du eine Person suchst, und nicht ein ganzes System«, fuhr er fort. »Aber wenn du zum Club gehst, Elliott, dann ist es das System – in seinem vollen, bemerkenswerten Glanz –, das du bekommst!«

»Ich will das System«, hatte ich geantwortet. »Das kann ich mir einfach nicht entgehen lassen! Wenn's auch nur halb so gut ist, wie du sagst, würde ich es mir für nichts in der Welt entgehen lassen wollen!«

Der Vertrag also über zwei Jahre im Club mit seinen männlichen und weiblichen Sklaven, männlichen und weiblichen Gästen, männlichen und weiblichen Leitern, Trainern, Dienstboten. Fein.

In Ordnung. Das ist genau das, was ich will. Ich glaube, ich werde es nicht aushalten können. Wie kann das irgendwer aushalten? Und genau das ist es, was ich will.

Tut nicht gut, darüber nachzudenken, während ich enthaltsam sein will.

Nach sechs Tagen auf See war ich wie ein von einer läufigen Hündin besessener Rüde, als ich endlich hörte, wie sich der Schlüssel im Schloß drehte.

Es war am Nachmittag, und ich hatte sehr lange geschlafen und kam gerade frisch geduscht und rasiert aus dem Badezimmer. Vielleicht wußten sie das. Sparte ihnen Arbeit.

Es war der junge, blonde Bursche mit der tiefen Sonnenbräune und den hochgekrempelten weißen Ärmeln.

Er kam wieder lächelnd herein.

»Also, Elliott«, sagte er. »Wir sind achtzehn Stunden vom Hafen entfernt. Du darfst nicht reden, es sei denn, du wirst angesprochen. Ansonsten tu, was man dir sagt.«

Zwei andere Männer waren bei ihm, aber ich sah sie nicht richtig. Sie hatten mich sofort umgedreht und mir die Hände auf den Rücken gebunden. Ich erhaschte einen Blick auf eine lederne weiße Augenbinde, ehe sie mir übergestreift wurde. Heimliche Panik. Wenn sie doch die verdammte Augenbinde nicht benutzen würden. Ich fühlte, wie mir die Hose aufgeknöpft und die Schuhe ausgezogen wurden.

Es ging los, geschah wirklich. Mein Schwanz war auf der Stelle hart. Aber es war die Hölle, die absolute Hölle, nichts sehen zu können.

Ich erwartete einen Knebel, aber er kam nicht, und kaum war ich ausgezogen, wurden mir die Handgelenke mit Ledermanschetten gefesselt und über den Kopf gehoben. Nicht allzu schrecklich. Nicht schrecklicher, als stramm gefesselt zu sein.

Ich wurde auf den Gang geführt, und trotz des ganzen Trainings war ich ziemlich beklommen.

Es war, als hätte man mich mit einem Aphrodisiakum vollgepumpt. Als sie meine Hände über den Kopf an einen Haken hängten, bereute ich, daß ich in all diesen Nächten allein in der Kabine die Spielregeln eingehalten hatte.

Ich hatte keine Ahnung, wo sie mich hingebracht hatten, außer, daß es irgendwie klang, als wäre es ein großer Raum. Ich konnte die Anwesenheit anderer spüren. Ich hörte kleine Geräusche von ihnen. Ich hörte so was wie ein Wimmern, als wäre einer der Sklaven in meiner Nähe kurz davor zu weinen. Ich erkannte, daß es eine Sklavin war.

Also waren wir tatsächlich gemischt, Männer und Frauen, genau wie sie es angekündigt hatten. Ich konnte es mir nicht vorstellen. Und die Geräusche der Frau verwirrten mich. Vielleicht fühlte ich mich besonders machtlos, weil ich sie nicht beschützen konnte. Oder es setzte mir zu zu wissen, daß ich im stillen in der gleichen Weise litt wie sie. Ich wußte es nicht.

Die Augenbinde war widerwärtig. Ich konnte nicht umhin, sie zu hassen. Ich rieb mein Gesicht an meinem Arm, um sie loszuwerden, aber ohne Erfolg. Ich mußte es aufgeben.

Zum hundertsten Mal schoß mir durch den Kopf, daß Martin vielleicht recht gehabt und ich einen riesigen Fehler begangen hatte.

Das Training in Martins Haus in San Francisco, was war das schon? Und die kurzen Aufenthalte auf dem Land, so beängstigend sie auch gewesen waren, was war das im Vergleich zu dieser Situation? Aber mit dem allerstärksten, allersüßesten Gefühl der Erleichterung dachte ich: »Zu spät, Elliott. Du kannst nicht mehr sagen: ›Schluß, aus, fertig, Jungs, jetzt gehen wir alle ein ordentliches Steak essen und ziehen uns ein paar Bier rein!‹« Will sagen, es ist vorüber, weil's jetzt losgegangen ist. Das ist das Schöne daran. Es ist Wirklichkeit, wie Martin gesagt hatte.

Und dann überkam mich plötzlich dieses wilde Gefühl, zum ersten Mal in meinem Leben ganz und gar *drin* zu sein. Ich hatte meinem eigenen Leben diese unabwendbare Gewalt angetan, und dieses Gefühl war ungeheuer aufregend. In jenem Moment wäre ich für nichts in der Welt umgekehrt.

Die Geräusche, die ich hörte, bedeuteten ohne Zweifel, daß immer mehr Sklaven hereingebracht wurden. Ich hörte das Tappen ihrer nackten Füße und das Klappern der Absätze der Trainer. Ich hörte hin und wieder ein Stöhnen, das Klirren einer Kette oder das Knirschen des Metallringes am Haken. Die Ledermanschetten saßen stramm um meine Handgelenke.

Vor allem hörte ich kleine Seufzer, Wimmern. Männliche und weibliche Stimmen. Und es klang, als drängen einige dieser Laute durch Knebel hindurch.

Ich war sicher, daß jemand, ein Mann, in einiger Entfernung strampelte, und eine schimpfende Stimme bestätigte dies auf der Stelle, nannte ihn beim Namen und befahl ihm, sich zu »benehmen«. Mit einem »Du weißt es ganz genau«-Ton in der Stimme. Ich hörte einen scharfen Peitschenknall und ein lautes Stöhnen. Dann folgte ein richtiges Verdreschen, so scharfe Geräusche, daß sie sich anfühlten wie Finger, die über meine Haut strichen.

Ich zitterte. Es wäre schrecklich, auf diese Weise für schlechtes Betragen bestraft zu werden. Es war in Ordnung, wenn man zu jemandes Vergnügen gedemütigt wurde und ein exotischer

Held des Schmerzes war. Hier, im Lagerraum des Schiffes, bedeutete es, ein Versager zu sein, ein schlechter Sklave.

Das Prügeln schien endlos weiterzugehen. Ich hörte die unregelmäßigen Schläge des Gurts näher kommen, Grunzen, Stöhnen.

Ich spürte Bewegung um mich herum. Der Gurt traf mich am Schenkel, dann auf dem Hintern, aber ich stand ganz still und gab keinen Laut von mir.

Stunden verstrichen.

Arme und Beine schmerzten. Ich schlief ein Weilchen und wachte wieder auf, fühlte mich rundum nackt, die Leidenschaft in mir wie einen Knoten.

Einmal wachte ich auf und merkte, daß ich mich wand, als versuchte ich, einen anderen Körper zu berühren, so stark war die Begierde, und ein dicker Gürtel traf mich.

»Steh gerade, Elliott«, sagte eine Stimme, und voller Scham erkannte ich, daß es die des jungen Blonden mit den hübschen Zähnen war.

Dann spürte ich seine große, kühle Hand flach auf dem Fleisch, das er eben geschlagen hatte. Er kniff kräftig zu. »Nur noch sechs Stunden, und sie wollen dich in Höchstform.« Er legte seinen Daumen auf meine Lippen, um mir zu bedeuten, ich solle still sein. Als ob ich gewagt hätte, etwas zu sagen.

Mir brach am ganzen Körper der Schweiß aus. Ich wußte nicht, ob er weggegangen war oder direkt neben mir stand. Es war mir peinlich, daß ich nicht perfekt gewesen war, und dennoch war ich so köstlich erregt, fühlte dieses herrliche Stechen von Lust und Schmerz in den Lenden.

Als ich wieder erwachte, wußte ich, daß es tiefe Nacht war.

Eine innere Uhr sagte es mir, aber auch die Totenstille auf dem Schiff, auch wenn ich nicht hätte sagen können, welche Geräusche ich vorher wahrgenommen hatte.

Es war einfach stiller, sonst nichts.

Ein unwillkommener Gedanke an mein Zuhause, das letzte Wochenende mit meinem Vater in Sonoma, das Flackern des Kaminfeuers im Spielzimmer, er mir gegenüber, jenseits des grünen Filzes des Billardtischs, er macht sich bereit für seinen nächsten Stoß. Der letzte Regen der Saison rinnt über die Fenster, und eine völlig unerwartete Rebellion steigt in mir auf, etwas, das traurigerweise zu nah an Boshaftigkeit grenzt. *Du hältst dich für so ungeheuer weltklug und erfahren, du meinst, du hättest immer alles vorausgesehen, jede kleinste Bewegung verstanden, du hast die möglichen Muster einer jeden »Phase« analysiert, bewertet und vorausgesagt, noch ehe sie überhaupt angefangen hatte, und mir Abhandlungen über Masturbation,* Playboy *und* Penthouse *geschenkt, als ich vierzehn war, und dann die beiden Zweihundert-Dollar-Callgirls in Las Vegas zu meinem sechzehnten Geburtstag – nicht eine, verdammt noch mal, nein, gleich zwei – und dann das Bordell, dieses grandiose Bordell, voll von schwarzäugigen, lachenden kleinen Jungs in Tanger. All das hochtrabende Gequatsche darüber, wie gesund das sei, wie ungesund Mutters Vorstellungen seien, die Notwendigkeit, das Wort wieder Fleisch werden zu lassen, die Poesie des erweiterten Horizonts, nun, ich habe dir etwas zu erzählen, das dich glattweg umhauen wird. Dad, weißt du, was dein Sohn wirklich will?*

»Das kann doch nicht dein Ernst sein. Du wirst doch nicht für zwei Jahre an einen solchen Ort gehen!«

Bei unserem letzten Telefongespräch sagte er: »Das wirst du nicht machen. Ich will, daß du mir sagst, wer diese Leute sind. Ich fahre noch heute abend nach Berkeley.«

»Dad, gib's auf, ja? Schreib mir an die New Yorker Adresse, die ich dir geschickt habe. Die Briefe werden geöffnet werden, aber ich bekomme sie. Und versuch nichts Drastisches, Dad. Engagiere keine Philip Marlowes oder Lew Archers, um mich ausfindig zu machen, okay?«

»Elliott, ist dir klar, daß ich dich dafür einsperren lassen kann? Ich könnte dich ins Irrenhaus in Napa stecken lassen. Warum tust du das, Elliott?«

»Ach, Dad. Ich tu's zum Vergnügen, das Wort wieder Fleisch werden zu lassen *(so wie die Callgirls und die arabischen Jungs)*, ganz einfach zum Vergnügen, eine Reise zum Mond.« *Und es ist noch etwas anderes, das auch ich nicht genau benennen kann, ein Ausloten der Seele, ein Erforschen, eine Weigerung, außerhalb jener dunklen, heißen, inneren Welt zu leben, die hinter dem zivilisierten Gesicht existiert, das ich im Spiegel sehe. Es reicht weit, weit zurück.*

»Mir jagt das höllische Angst ein. Hörst du, was ich sagen will? Die Sache im Mittleren Osten konnte ich verkraften. Aus El Salvador hatte ich dich in weniger als zwei Stunden nach deinem Anruf raus. Aber das hier, Elliott, dieser Sex-Club, dieser Ort ...«

»Dad, es ist viel weniger gefährlich als in El Salvador. Dort, wo ich hingehe, gibt's weder Bomben noch Knarren. Die Gewalt ist nur scheinbar. Ich dachte, ein Mann mit deiner Erfahrung wäre der letzte, der ...«

»Du gehst zu weit.«

Zu weit?

Dad, wir haben die Erdatmosphäre schon verlassen. Wir landen auf dem Mond.

Ich wußte, daß es Morgen war, weil ich hörte, wie sich rundum Leute regten. Ungefähr eine Stunde später wurde es wirklich lebendig. Türen wurden geöffnet. Ich hörte Schritte, meine gefesselten Hände wurden vom Haken genommen und die Ledermanschetten entfernt. Ich wurde aufgefordert, die Hände in den Nacken zu legen.

»Nehmt mir diese verdammte Augenbinde ab!« dachte ich. Ich wurde vorwärts geschoben und fühlte einen anderen nackten Leib direkt vor mir. Hände stützten mich, als ich das Gleichgewicht zu verlieren drohte, und bewegten mich einen Schritt zurück.

Ich war wie wahnsinnig. Ich konnte mich kaum beherrschen, mir die Augenbinde herunterzureißen. Aber der Augenblick war gekommen, und ich würde nicht ausflippen. Mein Herz schlug in rasendem Stakkato. Mein Bewußtsein war vollständig leer.

Plötzlich berührten mich wieder Hände. Ich erstarrte. Ein Lederriemen wurde an meinem Schwanz befestigt. Meine Eier wurden angehoben und nach vorn gezogen, die lockere Haut wurde gegen meinen Schwanz gebunden und der kleine Gurt straffgezogen.

Als ich gerade dachte, ich würde deswegen ausflippen, wurde mir endlich die Augenbinde abgenommen.

Eine Sekunde lang kniff ich die Augen zusammen. Dann erkannte ich, über die Köpfe und Schultern vor mir hinweg, einen schmalen Flur und eine Metalleiter, die hinauf in das blendende Sonnenlicht an Deck führte.

Auf Deck war viel Lärm. Rufe, Geschrei, sogar Gelächter, und ich sah, wie eine Sklavin die Leiter hinaufgezwungen wurde, und einen Aufseher, der sie mit einem Riemen antrieb. Es war eine Sklavin mit sehr feinem, üppigem, rotem Haar, das wie eine Wolke über ihren Schultern schwebte; der Anblick ihrer Nacktheit lähmte mich völlig. Sie kletterte schnell die Leiter hinauf und verschwand im Sonnenschein. Ich habe mich nie entscheiden können, wer, wenn ausgezogen, nackter ist, ein Mann oder eine Frau. Aber der Anblick dieser vollen weiblichen Hüften und der schmalen Taille machte mich noch rasender.

Wir drängten alle voran.

Ich wurde gestoßen und bekam dann einen Hieb mit dem Riemen. Ich sah den verträumten jungen Blonden, bevor er mich die Leiter hinaufschickte.

»Los, an Deck, Elliott«, sagte er in der gleichen, herzlichen Weise, bevor ich den Hieb seines Gürtels fühlte. »Und halte die Hände im Nacken.«

Als ich oben ankam, hörte ich die Befehle: »Auf den Boden schauen« und »Vorwärts«, und dennoch sah ich das blaue Wasser und den weißen Strand.

Ich sah die Insel.

Üppige, niedrige Bäume, Rosenspaliere vor den weißgekalkten Mauern, Terrassen übereinander wie die Hängenden Gärten von Babylon, durchbrochen von fluoreszierenden Bougainvillea-Blüten im tropischen Dunkelgrün. Auf den Terrassen saßen Leute an Tischen, Hunderte und Aberhunderte, vielleicht Tausende. Das ist es. Wirklich. Der Kloß in meinem Hals wurde steinhart.

Martins wiederholte Warnungen fielen mir ein, daß dich kein Training für ein System vorbereiten kann, das so gut funktioniert wie dieses hier. Sie konnten dir alles darüber erzählen, aber der Anblick, die Ausmaße, sind immer ein unkalkulierbarer Schock.

Scharfe, schnelle Kommandos wurden gegeben. Direkt vor mir rannten Sklaven über das Deck und die breite Gangway hinunter.

Perfekte Körper, spielende Muskeln, fliegendes Haar, die hüpfenden, tänzelnden Bewegungen der Frauen in krassem Gegensatz zu den kraftvollen Schritten der Männer.

Ich konnte gegen das, was geschah, nicht rebellieren, ich konnte es aber auch nicht akzeptieren. Und einen verrückten Augenblick lang bezweifelte ich nicht die Realität dessen, was um mich herum geschah, sondern die Realität all dessen, was mir je zuvor widerfahren war.

Ich war, als ich mit den anderen die Gangway hinunterging, davon überzeugt, daß mein ganzes bisheriges, bequemes Leben eine Illusion gewesen war. Ich kann nicht beschreiben, wie unglaublich real alles war. Ich war immer Sklave gewesen.

Ich mußte mit den anderen mithalten und ganz genau tun, was man mir sagte. Der blonde Bursche tauchte wieder wie eine Art Dämon auf (beinahe hätte ich gesagt: »Du schon wieder, du kleines Mistvieh.«), und sein sonnengebräunter Arm beugte sich, als er mich beinahe zärtlich mit seinem Gürtel schlug.

»Auf Wiedersehen, Elliott«, sagte er mit äußerst freundlicher Stimme. »Viel Vergnügen im Club.«

Ich blitzte ihm mein giftigstes Lächeln zu, aber ich war irritiert. Als ich die Gangway verließ, schaute ich die rebenbewachsenen Mauern und die endlose Kette von Terrassen hinauf in die sanftblaue Kuppel des wolkenlosen Himmels.

Eine weitere junge Bedrohung peitschte die Sklaven einen Zickzackweg hinauf. Es blieb nichts anderes übrig, als mit den anderen an ihm vorbeizurennen und die Hiebe einzustecken.

Der Treiber hieß uns ungeduldig, schneller zu laufen. Und ich fragte mich, warum wir gehorchten, warum es so wichtig war zu tun, was er sagte. Schließlich sind wir alle zum Vergnügen der unzähligen Gäste da oben auf den Terrassen hergebracht worden. Würde es ihnen nicht genausoviel Vergnügen bereiten, jemanden stolpern und zum Auspeitschen herausgeholt zu sehen?

Doch wenn jemand stolperte, so jedenfalls nicht ich. Darum geht es wirklich, dachte ich. Ich will ihnen gefallen. Wir benehmen uns nicht nur wie Sklaven, wir denken auch wie Sklaven.

4
LISA
Liebe auf den ersten Blick

Es war schwindelerregend heiß und das Gelände so bevölkert, daß ich das laute, stetige Summen der Unterhaltungen bis in den leeren Korridor hören konnte, als ich zu meinem Zimmer eilte.

Ich hatte keine Zeit mehr für diesen friedlichen Drink oder den Spaziergang im Garten, ich konnte nicht einmal zuschauen, wie die Sklaven von der Jacht getrieben wurden.

In einer Stunde wären sie in der Eingangshalle versammelt, und ich hatte noch nicht einmal die Kartei durchgesehen.

Wir haben immer vollständige Beschreibungen nebst Lebensgeschichte, Kommentaren und Fotografien über jeden Sklaven, und ich habe gelernt, der Kartei ebensoviel Aufmerksamkeit zu widmen wie dem Sklaven selbst.

Als ich die Tür aufmachte, sah ich, daß Diana mich erwartete, ohne Schmuck, mit luftig gebürstetem Haar, so wie ich es am liebsten habe. Manche Trainer meinen, kleine, subtile Verzierungen machen den Sklaven nackter. Das finde ich nicht.

In Räumen wie den unseren, mit dicken Wollteppichen, altertümlichen Samtvorhängen und all dem kleinen Zubehör der Zivilisation, wirkt die Sklavin wie eine lodernde Flamme.

Inmitten der dunklen, fließenden Farben, zwischen den Video-Bildschirmen und dem niedrigen, geschnitzten Mobiliar ist sie so durch und durch animalisch und so unendlich mysteriös, wie es nur das Tier Mensch sein kann.

Und wenn man sie in einen Raum bringt, der so unverschämt ausgestattet ist wie mein Zimmer – zwischen haitianischen Gemälden, Farnen und primitiven Steinskulpturen –, dann wirkt sie so üppig und reif, daß man Weihrauch riecht, wo keiner ist, und den Rauch und das Salz von Fleisch allein beim Anschauen schmeckt.

Nichts kommt diesem Augenblick gleich, wenn sie dort zum ersten Mal wieder vor mir steht, egal wie viele ich in den Fluren und Gärten gesehen habe, wenn ich ihre vollen, schwingenden Brüste sehe, das feuchte Dreieck ihrer Scham, während sie meine Befehle erwartet.

Diana ist geschmeidig und graziös wie eine Tänzerin, das weißblonde Haar fällt ihr glatt über die schmalen Schultern und den Rücken. Ihr Gesicht steht im Widerspruch dazu, denn es ist ganz scharf geschnitten. Breite, fast schmollende Lippen und die rundesten, wachesten Augen, die ich je gesehen habe. Aber was mich an ihr wirklich fesselt, ist ihr französischer Akzent. Ich habe versucht, seine Wirkung zu analysieren, mich daran zu gewöhnen, doch er ist einer ihrer undefinierbaren Vorzüge, der einfach immer bleibt.

Ich konnte sie nicht in den Arm nehmen und küssen. Es blieb keine Zeit dafür. Ich sah den riesigen Stapel von Karteiordnern vor dem weißen Computer auf meinem Schreibtisch. Sämtliche Daten sind im Computer gespeichert, aber ich mag es, die Fotos und die Karten in die Hand zu nehmen. Ich lasse mir immer die Ordner bringen, egal wie vorsintflutlich das erscheinen mochte.

»Mach die Fenster auf, meine Liebe«, sagte ich.

»Ja, Lisa.«

Der Bombay-Gin wartete, das Glas stand schon mit Eis gefüllt bereit, die Limonen frisch geschnitten. Bombay-Gin ist der einzige, den ich pur trinken kann, und ich trinke ihn nie anders.

Aus dem Augenwinkel beobachtete ich, wie sie sich mit der ihr eigenen katzenhaften Geschmeidigkeit bewegte, ihre langen Hände griffen langsam und wie verliebt nach der Kordel, mit der man die schweren, purpurfarbenen Vorhänge öffnet.

Seit drei Jahren lebt sie, wie man so sagt, in diesen Mauern. Einmal im Jahr verschwindet sie für einen sechswöchigen Urlaub. Ich muß gestehen, daß ich mich gefragt habe, wohin sie fährt, was sie tut und wie sie während dieser Zeit ist. Es wird gemunkelt, daß Clubmitglieder ihr Filmverträge, die Ehe und luxuriöse, private Arrangements an exotischen Orten angeboten haben. Aber das ist nicht besonders ungewöhnlich für die Sklaven hier. Es ist einer der Gründe, warum wir sie für längere Zeit unter Vertrag nehmen und warum wir sie so gut bezahlen.

Einmal sah ich sie angezogen vor der Abreise in den Urlaub, als sie Arm in Arm mit einer anderen Sklavin zu dem wartenden Flugzeug ging. Jemand hatte mir berichtet, daß sich fünf von ihnen zusammengetan hätten, um ein Schloß in den Schweizer Alpen zu mieten. Diana war schon für den Schnee in einen weißen, pelzbesetzten Mantel und einen weißen Pelzhut gekleidet. Sie sah aus wie eine Russin, wie eine riesenhafte Ballettänzerin, die die anderen Mädchen wie Zwerge erscheinen ließ, als sie in großen, lockeren Schritten über das Flugfeld ging, das Kinn erhoben, ihr kleiner französischer Mund ganz natürlich gestülpt, als sei sie immer bereit, geküßt zu werden.

Aber jene Diana kenne ich nicht. Ich kenne nur die nackte, diensteifrige Sklavin, die Tag und Nacht für mich da ist. Sie ist die personifizierte Perfektion, falls es so etwas gibt, und in der tiefen Stille der Nacht habe ich es ihr oft gesagt.

Die Sonne strömte durch die Fenstertüren, und die großen, belaubten Äste des kalifornischen Pfefferbaumes bildeten einen Spitzenschleier vor dem blauen Sommerhimmel.

Der Himmel war zu klar. Das leise Klimpern von Windglöckchen drang vom Garten herein; ein südwärts schwebender Wolkenfetzen löste sich unvermittelt auf.

Sie kniete sich neben mich, ich ließ meine Finger über ihre Brüste streifen – perfekte Brüste, nicht zu groß –, und ich fühlte ihre stille Ergebung, so wie ich sie gern hatte, wenn sie auf den Fersen sitzend kniete und ihre Augen beim Senken des Blickes feucht wurden.

»Gieß ein«, sagte ich und begann, die Kartei durchzusehen. »Hast du dich ordentlich betragen, während ich fort war?«

»Ja, Lisa, ich habe mich bemüht, es allen recht zu machen«, sagte sie. Ich nahm ihr das Glas aus der Hand, wartete ein paar schmerzhafte Sekunden, damit der Gin abkühlte, und nahm einen tiefen, kalten Schluck, der sofort eine angenehme Wärme in meiner Brust verbreitete.

Sie kauerte neben mir wie eine Katze, bereit, aufzuspringen und ihre Arme um meinen Hals zu legen. Ich wäre nicht wirklich fähig gewesen, ihr zu widerstehen, aber ich hatte die Beklemmungen der Ferien noch nicht abgeschüttelt. Es war, als kreisten wir noch immer dort oben.

Ich machte eine kleine Geste, die für sie »okay« bedeutete. Sie richtete sich auf den Knien auf und drückte sich an mich, die Inkarnation der Sanftheit. Ich drehte mich um und küßte ihren großen, gespitzten Mund. Ich konnte sehen, wie das Gefühl sie durchdrang und in ihre Glieder fuhr, ihre Nacktheit offenbarte alles. Konnte sie meine innere Steifheit fühlen? Sie zog mit leicht geöffneten Lippen die Augenbrauen zusammen, als ich sie losließ.

»Wir haben jetzt keine Zeit«, flüsterte ich. Es war wirklich nicht nötig, ihr das zu sagen. Sie war die bestausgebildetste Sklavin, die ich je gehabt hatte. Doch da war diese Sanftheit zwischen uns, und die erregte sie ebensosehr wie die Distanz, die ihr immer die Tränen in die Augen trieb.

Ich wandte mich dem Computerbildschirm zu und tippte schnell »Vorläufiger Bericht« ein. Augenblicklich begannen die grünen Buchstaben über den Bildschirm zu flimmern. Fünfzig neue Sklaven. Die Zahl überraschte mich.

Von dreißig aus der Auktion wußte ich schon, aber dazu kamen zwanzig aus Einzelverkäufen. Und alle mit Zweijahresverträgen! Unsere neuen Regeln und Vorschriften wurden also angewendet. So schnell hatte ich das nicht erwartet. Ich hatte gedacht, wir hätten wieder ein paar Sechsmonatler, im besten Fall Jährlinge darunter, die freigelassen würden, wenn sie gerade ihre Höchstform erreicht hatten. Wir brauchen wirklich zwei Jahre, um einen Sklaven zu trainieren und den Gegenwert unseres Geldes wiederzubekommen, aber viele sind einfach nicht dazu bereit.

Zeit für die Originalkartei.

Von jedem Sklaven gibt es ein großes Foto auf der Innenseite des Ordnerdeckels. Ich ging sie schnell durch. Sechs, sieben, zehn legte ich sofort beiseite, alles Schönheiten, und irgendwer würde sie lieben und quälen. Aber nicht ich.

Doch hier war eine hinreißende Frau mit üppig braunem, lockigem Haar und einem ovalen amerikanischen Gesicht.

Ich befreite mich langsam von Diana und führte sie tiefer, so daß sie ihre Arme um meine Taille legte. Ich fühlte ihr köstliches Gewicht gegen mich gelehnt, ihre Stirn stupste an meinen Bauch, und mit der rechten Hand strich ich ihr übers Haar. Sie zitterte. Sie war immer eifersüchtig auf die neuen Sklaven. Und ihre Brüste fühlten sich sehr heiß an. Fast spürte ich, wie ihr Herz klopfte.

»Hast du mich vermißt?« fragte ich.

»Verzweifelt vermißt, Lisa«, gab sie zurück.

Ich merkte mir den Namen der neuen Sklavin: Kitty Kantwell. Sie war ziemlich groß, über einssiebzig, es würde Spaß machen, sie zu trainieren, ihr Intelligenzquotient wurde als bemerkenswert hoch aufgeführt. Magister in Journalismus, viel gereist, Wetteransagerin in Los Angeles, eine Zeitlang eine eigene Talkshow in San Francisco, trainiert in einem privaten Club in Bel Air von einer Pariserin namens Elena Gifner. Die Trainerin kannte ich nicht, aber wir hatten schon gute Ware bei der Gifner gekauft. Ich blätterte zu dem Foto zurück.

»Hat man viel an dir gearbeitet?« fragte ich. Ich hatte die Erlaubnis gegeben, Diana zu bearbeiten. Sie brauchte das. Reine Instandhaltung war nicht ausreichend.

»Ja, Lisa«, sagte sie. Ihre Stimme zitterte. Ich hob das Haar in ihrem Nacken an. Sie war fiebrig heiß. Ich wußte, daß das Haar zwischen ihren Beinen inzwischen triefend naß war.

Das Mädchen auf dem Bild war eindeutig eine amerikanische Schönheit, der Typ »Mädchen des Monats«, und die perfekte Wetteransagerin. Ich konnte sie mir in den Spätnachrichten vorstellen. Mit großen runden Augen wie Diana, aber etwas weltläufiger, und mit diesem hinreißenden Knochenbau. Nicht zu übersehen war die scharfe Intelligenz in ihrem Gesicht, eine

Andeutung von Neugierde. Ein gesundes amerikanisches Mädchen mit Cheerleaderbrüsten.

Die schau' ich mir auf jeden Fall mal an.

Ich nippte am Gin und beeilte mich, die steifen Ordner einen nach dem anderen aufzuklappen. Diana küßte mich.

»Hör auf.«

Ich starrte auf das Foto eines Mannes.

Blond, einsneunundachtzig. Ich schaute das Bild noch einmal an und war für einen Moment nicht in der Lage, die Intensität meiner Reaktion zu begreifen, es sei denn, sie rührte von dem Gesichtsausdruck dieses Mannes her.

Auf den Fotos lächeln sie nicht oft. Sie starren geradeaus, als würden sie von der Polizei fotografiert. Manchmal ist ihre ganze Verwundbarkeit darin bloßgelegt, die Angst. Sie begeben sich in Gefangenschaft, sie wissen nicht, was passieren wird, vielleicht ist es ein gewaltiger Irrtum. Aber er lächelte, amüsiert und klug.

Dichtes blondes Haar, beinahe lockig, ein wenig in die Stirn gefallen, gut geschnitten um die Ohren und den Hals. Graue, vielleicht blaue Augen hinter dem blassen Rauchglas einer Brille, nur der obere Teil der Gläser war gefärbt, so daß sie über den Wangen klar waren. Und dieses Lächeln. Für das Foto trug er einen schwarzen Rollkragenpulli, hatte die Arme verschränkt, statt sie seitlich hängen zu lassen. Ein erstaunlich entspanntes Foto.

Ich blätterte bis ans Ende des Ordners, um ihn nackt zu sehen. Ich lehnte mich zurück, starrte das Bild an und nippte dabei am Gin.

»Schau dir das an«, sagte ich. Diana hob den Kopf, und ich zeigte ihr die beiden Fotos. »Eine Schönheit«, flüsterte ich und tippte auf das Bild von Slater. Ich machte Diana Zeichen, mein Glas nachzufüllen.

»Ja, Lisa«, sagte sie und legte soviel Verletztheit in ihre Worte, wie zulässig war. Sie füllte mein Glas, als sei die Geste von immenser Bedeutung. Ich küßte sie wieder.

Auf dem Aktfoto hielt er die Arme an den Seiten, aber mit dem gleichen Anflug von Amüsiertheit, obwohl er sie ein wenig zu verbergen suchte. Vielleicht hatte ihm jemand gesagt, er solle nicht lächeln. Ein verblüffendes Gefühl von Präsenz ging von dem Bild aus. Er verbarrikadierte sich nicht hinter einer Attitüde, einem Phantasiebild von sich selbst. Makelloser Körper, ein wahrhaft kalifornischer Körper, mit feinen Sportlermuskeln und kräftigen Waden. Nicht überentwickelt. Und echter Strandbräune.

Elliott Slater, Berkeley, Kalifornien. Neunundzwanzig Jahre. Ausgebildet in San Francisco von Martin Halifax.

Nun, das war interessant. Meine Heimatstadt. Und Martin Halifax war nicht weniger als der Weltbeste und ein Freund, wie ich keinen anderen je gehabt habe. Vielleicht ein bißchen verrückt, aber sind wir das nicht alle?

Ich hatte in Martin Halifax' viktorianischer Villa in San Francisco gearbeitet, als ich zwanzig war. Nur fünfzehn dämmrig beleuchtete und elegant möblierte Zimmer, und dennoch war es mir wie ein ganzes Universum vorgekommen, so weitläufig und mysteriös wie der Club. Martin Halifax war es gewesen, der das Solarium für Sklaven perfektioniert hatte, mit der kleinen Tretmühle und dem Exercycle, auf dem die Sklaven die Pedale treten mußten, während sie bestraft wurden. Man mußte schon ein Kalifornier sein, sogar ein so bleicher wie Martin, um sich etwas so Gesundes auszudenken.

Martin Halifax und sein Haus hatte es schon lange vor dem Club gegeben, und in gewisser Weise war er für den Club ebenso verantwortlich wie ich selbst oder wie der Mann, der ihn finanziert hatte. Es war Martins Entscheidung gewesen, nicht mit einzusteigen. Er hatte San Francisco und das Haus einfach nicht aufgeben wollen.

Ich überflog den handschriftlichen Report von Martin. Martin schrieb furchtbar gern.

»Dieser Sklave ist ein ungewöhnlich gebildeter Mann, finanziell unabhängig, möglicherweise reich, und trotz der Vielfalt von Interessen besessen von dem Wunsch, Sklave zu werden.«

Eine Vielfalt von Interessen. Doktor in englischer Literatur an der Universität Berkeley. Meine alte Alma Mater. Für den

Doktor sollte er das Purpurherz bekommen. Intelligenzquotient nicht ganz so hoch wie von Kitty Kantwell, aber dennoch extrem hoch. Aktivitäten: freischaffender Fotograf im Bereich Rock, Berühmtheiten, häufige Kriegsberichterstattung für *Time-Life*. Autor von zwei Fotobüchern: *Beirut: Vierundzwanzig Stunden* und *San Francisco Tenderloin Down and Out*. Besitzt eine Kunstgalerie im Castrodistrikt, eine Buchhandlung in Berkeley. (Welche? Ich kenne sie alle. Wird nicht erwähnt.) Fanatischer Liebhaber gefährlicher Situationen und gefährlicher Einzelsportarten.

Das war wirklich ungewöhnlich. Wie sein Gesicht.

Ich schaute auf die Uhr. Die Sklaven würden erst in einer dreiviertel Stunde in die Eingangshalle kommen, und ich hatte schon meine zwei, dessen war ich sicher. Entweder Kitty Kantwell oder Elliott Slater, und ich brauchte Elliott Slater nur anzuschauen, um zu wissen, daß ich verrückt werden würde, wenn ich nicht als erste wählen durfte.

Aber ich durfte zuerst wählen.

Warum also diese aufwallende Sorge? Das plötzliche Gefühl, etwas schrecklich Wichtiges sei irgendwie außer Reichweite? Verdammt, ich war nicht mehr im Flugzeug. Die Ferien waren vorüber. Ich war zu Hause.

Ich schob die anderen Ordner beiseite und begann, über Slater nachzulesen.

»Sklave präsentierte sich zum Training am 7. August letzten Jahres.« (Vor neun Monaten. Absolut phänomenal, daß er hier war. Aber andererseits weiß Martin, was er tut.) »Entschlossen, sich dem intensivsten Programm zu unterwerfen, das wir anbieten, widerstand jedoch jeglicher Verbindung mit einem Meister außerhalb des Hauses, obgleich ihm nach fast jeder Gruppentätigkeit mehrere begeisterte Angebote gemacht wurden.

Äußerst zäh und stark. Erfordert harte Bestrafung, um ihn zu beeindrucken, ist dagegen in einer Vielzahl von Umständen sehr leicht gedemütigt, fast bis zur Panik ... Eine subtile Starrköpfigkeit kommt bei diesem Sklaven durch, die nicht erkennbar ist, es sei denn ...«

Ich hielt inne. Das wollte ich lieber auf meine Weise und mit dem größten Genuß selber herausfinden. Ich blätterte, in Kenntnis von Martins Vorliebe für die Beschreibung von Einzelheiten, ein paar Seiten weiter.

»Sklave für kurze Zeit im Marin-County-Landsitz eingekerkert; fand das volle Wochenprogramm sehr anstrengend, wünschte aber fast sofort, dorthin zurückzukehren. Schläft im Anschluß an sämtliche Veranstaltungen äußerst gut. Während der Ruhepausen liest er ständig, Klassiker, Trivialliteratur und manchmal Gedichte. Süchtig nach Krimis und James-Bond-Thriller, liest andererseits russische Romane von vorn bis hinten.« (Das war wirklich interessant. Wer hätte gedacht, Martin, der Spion?) »Der Sklave ist ein Romantiker. Dennoch zeigt er *bislang* keine Anhänglichkeit an irgendeinen Gebieter, verlangt nur nach dem, was immer ich für die Zukunft empfehle, und sagt, daß er das will, *was er am meisten fürchtet.*«

Ich schaute das Foto wieder an. Eckiges Gesicht, ebenmäßige Züge, der Mund ein wenig voll. In dem Lächeln konnte man auch einen winzigen Anflug von Spott, etwas Hämisches entdecken. Es müßte ein Wort für Häme geben, das nicht ganz so negativ klingt. Er hatte ein »nettes« Gesicht, das mit dem Wort Häme nicht in Verbindung zu bringen war.

Himmel, vor zwei Wochen hätte ich ihm in Berkeley auf der Straße begegnen können, in der Bar in …

Immer mit der Ruhe, Lisa.

Du hast tausend Karteien über Sklaven aus San Francisco gesehen. Und wir haben kein Leben außerhalb dieser Insel, nicht wahr? Die Informationen in diesem Ordner sollen uns, wie du den neuen Trainern wieder und wieder gesagt hast, *hier* helfen.

Ich überflog die Zusammenfassung der Trainingsgeschichte.

»Überrascht, den Sklaven direkt im Anschluß an eine zweiwöchige Veranstaltung auf dem Land wiederzusehen, wo er fast ohne Unterbrechung von einer Reihe von unbekannten Gästen bearbeitet wurde. Alte russisch-preußische Gräfin in ihn verliebt (siehe unten). Sklave erklärt, daß er, wenn sich keine langfristige Einkerkerung arrangieren ließe, woanders hinginge.

Geld spielt keine Rolle. Sklave erwähnte mehrfach, daß ihm die jüngeren Gebieter angst machen, doch wünscht er nicht, sie zu meiden. Sagt, es sei besonders erschreckend, von jemandem gedemütigt zu werden, der schwächer ist als man selbst.«

Ich blätterte bis zum Ende. »Schicke ihn mit wärmsten Empfehlungen (*ideal* für den Club!), *muß allerdings betonen, daß dieser Sklave ein Neuling ist. Vorsicht!* Auch wenn ich für seine Bereitschaft und geistige Stabilität bürgen kann, muß ich darauf hinweisen, daß sein Training noch nicht lange dauert! Auch wenn er hier Tests mit weiblichen Aufsehern bestanden hat, so waren es doch streßreiche Situationen für den Sklaven, der offensichtlich Frauen mehr fürchtet als Männer. Der Sklave weigert sich jedoch, über Frauen zu sprechen, und sagt, er tue alles, um vom Club akzeptiert zu werden. Ich wiederhole: Vorsicht! Der Sklave reagierte gut auf Frauen, wurde offensichtlich von Frauen äußerst erregt, doch sie verursachten in dem Sklaven heftige Konflikte.«

Ich hatte einen Verdacht in bezug auf das Gesicht. Ich blätterte in dem Ordner, bis ich mehrere kleine Fotos fand. Ich hatte recht. Bei den Profilaufnahmen, wenn Elliott Slater nicht in die Kamera schaute, sah er hart, beinahe kalt aus. Etwas wirklich Gefährliches in dem geistesabwesenden Gesicht. Ich blätterte zu dem Lächeln zurück. Sehr liebenswert.

Ich klappte den Ordner zu, ohne die »Bemerkungen zu den Gebietern und Gebieterinnen, die den Sklaven schätzen« zu lesen. Wer weiß, was Martin sonst noch alles geschrieben hatte. Martin hätte Romancier werden sollen. Oder vielleicht hätte Martin genau das werden sollen, was er ist.

Ich saß da und schaute den Ordner an. Dann klappte ich ihn wieder auf und betrachtete Slater noch einmal.

Ich spürte Diana neben mir. Fühlte ihre Wärme und ihr Bedürfnis. Und ich konnte noch etwas in ihr fühlen, eine gewisse Betroffenheit über meine Anspannung.

»Ich werde zum Abendessen nicht zurück sein«, sagte ich. »Hol die Bürste, und zwar schnell. Und ich will etwas kühles Chanel für mein Gesicht.«

Kaum war sie auf dem Weg zur Kommode, drückte ich auf den Knopf auf meinem Schreibtisch.

Sie hielt das Chanel in einem kleinen Eisschrank im Ankleidezimmer kühl und brachte es mir mit einem sauberen Flanelltüchlein.

Ich tupfte mir das Gesicht ab, während sie mir das Haar bürstete. Niemand bürstet mein Haar so gut wie sie. Sie kann das.

Die Tür ging auf, ehe sie fertig war. Daniel, mein Lieblingsdiener, kam herein.

»Schön, daß du wieder da bist, Lisa, wir haben dich vermißt«, sagte er. Er warf einen Seitenblick auf Diana. »Richard sagt, die Sklaven werden in fünfundvierzig Minuten unten in der Halle sein. Er braucht dich. Eine besondere Angelegenheit.«

So ein Pech.

»In Ordnung, Daniel.« Ich machte Diana Zeichen, sie solle mit dem Bürsten aufhören. Dann drehte ich sie zu mir und schaute sie an. Sie senkte den Kopf, und ihr weißblondes Haar fiel um ihre Schultern. »Ich werde sehr beschäftigt sein«, sagte ich. »Ich möchte, daß mit Diana gearbeitet wird.«

Ich konnte ihren leichten Schock fühlen. Unsere heißesten Augenblicke hatten wir immer, nachdem wir getrennt gewesen waren, und am späteren Nachmittag hätten wir Zeit, nicht wahr? Sie wußte das natürlich.

»Graf Solosky ist hier, Lisa. Er hat schon nach ihr gefragt, und man hat ihn abschlägig beschieden.«

»Ach, der gute alte Graf Solosky, der einen internationalen Star aus ihr machen will, ja?«

»Genau der«, sagte Daniel.

»Mach sie ihm zum Geschenk. Fessele sie hübsch mit Bändern, irgendwas in der Richtung.«

Diana warf mir einen bestürzten Blick zu, aber sie schmollte hinreißend.

»Wenn er sie nicht sofort brauchen kann, sorg dafür, daß man sie bis spät in der Bar bearbeitet.«

»Sie hat dich doch nicht verärgert, Lisa?«

»Ganz und gar nicht. Ich bin noch nicht ganz angekommen. Wir sind zwei Stunden da oben rumgekreist.«

Das Telefon klingelte.

»Lisa, wir brauchen dich im Büro.« Es war Richard.

»Bin gerade angekommen, Richard. Laß mir zwanzig Minuten, dann bin ich da.« Ich legte auf.

Diana und Daniel waren fort. Himmlische Stille.

Ich nahm einen weiteren kühlen Schluck Gin und klappte den Ordner wieder auf.

»Elliott Slater. Berkeley, Kalifornien ... Ausgebildet in San Francisco von Martin Halifax.«

Nicht einfach Heimat, jene Orte – Berkeley, San Francisco –, wo man nur hingeht, um jene spezielle Strafe zu erleiden, die man Ferien nennt. Nein. Dort waren auch die Meilensteine der langen Reise, die mich auf diese Insel, in dieses Zimmer gebracht hatten.

Halb benommen erinnerte ich mich daran, wie alles angefangen hatte. Am Anfang hatte es für mich keinen Martin Halifax gegeben.

Ich sah das Hotelzimmer, in dem ich zum erstenmal Liebe gemacht hatte, falls man es so nennen kann, und erinnerte mich an die hitzige, verbotene Begegnung, den Ledergeruch, das liebliche Gefühl, mich einfach gehenzulassen.

Gab es irgendeine Erregung wie diese erste Erregung? Wie seltsam alles gewesen war, diese langen Stunden davor, als ich davon träumte – von einem erbarmungslosen, grausamen Gebieter, einem Drama von Strafe und Unterwerfung ohne wirkliche Gefahr – und nicht wagte, mit irgendeinem Menschen darüber zu sprechen; dann lernte ich Barry kennen, so gutaussehend wie in den Liebes-Comics, ausgerechnet in der Universitätsbibliothek von Berkeley, nur ein paar Häuserblocks von zu Hause entfernt, und er fragte mich so selbstverständlich über das Buch aus, das ich gerade las, die trübseligen Phantasien von Masochisten, von ihren Psychiatern aufgezeichnet, die bewiesen, ... was? Daß es auch andere wie mich gab, Leute, die im Namen der Liebe gefesselt, gestraft und gequält werden wollten.

Und dann flüsterte er mir bei unserem ersten Zusammentreffen ins Ohr, daß es genau das war, was er wollte, daß er wisse, wie man es macht, und zwar gut. Er arbeitete am Wochenende als Hoteldiener in einem kleinen, eleganten Hotel in San Francisco, und dort könnten wir hingehen.

»Wir machen nur das, was du willst«, hatte er gesagt, und das Blut pochte in meinen Ohren, nachdem die Küsse so wenig bewirkt hatten.

Ich hatte solche Angst, als ich die Marmortreppen hinaufstieg – den Fahrstuhl in der Eingangshalle konnten wir nicht benutzen –, als er die kleine, dunkle Suite aufschloß. Und dennoch war es genau das, was ich wollte. Fremde Umgebung. Und seine Bestimmtheit, seine Zielstrebigkeit, sein unbeirrbarer Sinn für den richtigen Moment und die Grenzen und wie sie mit unendlicher Sanftheit immer weiter verschoben wurden.

Es war die Glut, die sich um so schneller verzehrte, weil ich kaum wußte, wer er war.

Nicht einmal heute könnte ich mich an sein Gesicht erinnern. Nur daß er hübsch war, daß er jung war, daß er gesund aussah, wie jeder junge Mann in Berkeley, daß ich das Haus und die Straße kannte, wo er wohnte.

Das Spannende war diese Anonymität gewesen, daß wir zwei Tiere waren, daß wir verrückt waren, daß wir in Wirklichkeit rein gar nichts voneinander wußten. Ein stilles High-School-Mädchen, zu ernsthaft für ihre sechzehn Jahre, und ein College-Student, kaum zwei Jahre älter, der Baudelaire las, rätselhafte Sprüche über Sinnlichkeit machte, pastellfarbene Sherman-Zigaretten rauchte, die man direkt beim Hersteller bestellen mußte, der wollte, was ich wollte, und einen Platz hatte, wo wir es tun konnten, eine vernünftige Angelegenheit.

Wir machten dissonante, aber schöne Musik. Und die Gefahr? War die erregend gewesen? Nein, sie war eine häßliche Unterströmung gewesen, die erst schwand, als die Nacht vorüber war, als ich ihm erschöpft und schweigend aus dem Hotel gefolgt und durch die Hintertür hinausgeschlüpft war, erleichtert, daß nichts »Entsetzliches« passiert war, daß er nicht wahnsinnig war. Gefahr war keine Würze, sie war nichts als der Preis, den ich in jenen Tagen zu zahlen hatte.

Im Mutterleib des Clubs gab es diesen Preis nicht – das war seine Eigentümlichkeit, sein Beitrag, sein Daseinszweck. Niemandem wurde je etwas zuleide getan.

Ich habe ihn zweimal gesehen, als er ein Zusammentreffen mit seinem Freund David vorschlug und wir den Nachmittag zu dritt verbrachten, als die Intimität verloren war und ich plötzlich den Eindruck hatte, wir wären keine ebenbürtigen Partner mehr; ich bekam Angst. Ein plötzlicher Anfall von Gehemmtheit. Als er einen anderen Freund mitbringen wollte, fühlte ich mich betrogen.

Lange, qualvolle Abende anschließend, als ich durch die Innenstadt von San Francisco wanderte, Gesichter prüfte, die mir begegneten, in die Eingangshallen der großen Hotels schaute und dachte, ja, irgendwo, irgendwo gibt es einen Mann, einen eleganten, erfahrenen Mann, einen neuen Anfang, eine Person, unendlich viel klüger, herrischer, diskreter.

Zu Hause neben dem Telefon mit den Kleinanzeigen vor mir. Ist das ein verschlüsselter Code für das, was ich meine? Wage ich es, die Nummer anzurufen? Ich machte die üblichen Erfahrungen – Seniorenbälle, Kinobesuche –, murmelte hin und wieder etwas, um Lustlosigkeit, Rastlosigkeit zu entschuldigen, dieses ekelhafte Gefühl, eine Mißgeburt zu sein, ein heimlicher Verbrecher. Wanderte an den Ladentheken vorbei, wo die Lederhandschuhe in der Glasvitrine lagen und ein wenig düster auf dem weißen Seidenpapier in der flachen Schachtel aussahen.

Ja, die hätte ich gern, diese langen, engen schwarzen Handschuhe ... Und den breiten Ledergürtel um die Taille, der mich einschnürt wie ein exotischer Hüfthalter, ja, und schwarze Seide und hohe, enganliegende Stiefel, sobald ich sie mir leisten könnte. Und schließlich, ungläubig und erregt errötend, in einem Buchladen in der Nähe des Berkeley-Campus die Entdeckung jenes schockierenden französischen Klassikers, den andere bereits seit Jahren kannten und der in seinem glatten, weißen Einband so unschuldig wirkte: *Die Geschichte der O.*

Nein, du bist nicht allein.

Ich fühlte alle Blicke auf mich gerichtet, als ich das Buch bezahlte. Noch immer rot und mit glasigen Augen saß ich im Café Méditerranée, las Seite um Seite, scherte mich nicht darum, ob mich jemand sehen, mich ansprechen, Kommentare dazu abgeben könnte, und klappte es erst zu, als ich es zu Ende gelesen hatte, starrte durch die offenen Türen auf die Studenten, die im Regen die Telegraph Avenue entlangeilten, und dachte, daß ich mein ganzes Leben nicht nur mit der Phantasie leben wollte, nicht einmal, wenn …

Aber ich habe Barry nie wieder angerufen. Es war auch nicht eine dieser rätselhaften persönlichen Kleinanzeigen; es war keine dieser platten Botschaften, die zwischen Sadisten und Masochisten ausgetauscht wurden. Es war eine höchst unschuldig wirkende kleine Anzeige in einer Lokalzeitung in San Francisco gewesen:

Besondere Bekanntmachung: Es werden noch Anträge für die »Roissy Academy« angenommen. Zu diesem späten Zeitpunkt sollten sich nur Anwärter melden, die mit dem Trainingsprogramm vollständig vertraut sind.

Roissy, der Name des legendären Landsitzes, zu dem O in dem französischen Roman gebracht wird. Ein Mißverständnis war ausgeschlossen.

»Sie verwenden aber doch keine Peitsche, ich meine, irgendwas, das wirklich Verletzungen und schlimme Schmerzen verursachen kann …«, hatte ich ins Telefon geflüstert, nachdem wir vereinbart hatten, woran wir einander bei der Kontaktaufnahme in einem Restaurant in San Francisco erkennen würden.

»Nein, meine Liebe«, sagte Jean-Paul. »Niemand tut das, außer in Büchern.«

Ach, die Höllenqual dieser lange zurückliegenden Momente, die geheimen Hoffnungen und Träume …

Jean-Paul hatte so europäisch ausgesehen, als er sich von dem Tisch im Enrico's erhob. Samtjackett mit schmalen Aufschlägen. Wie ein hinreißender, dunkeläugiger französischer Schauspieler aus einem Visconti-Film.

»Eine wahrhaft sinnliche amerikanische Frau, was für ein Schatz«, hatte er geflüstert, als ich den Kaffee ausgetrunken hatte. »Aber warum hier Zeit verschwenden? Komm mit.«

Ja, Höllenqual, das war das Wort dafür, so jung zu sein, so triebhaft und so furchtsam … Irgendein heidnischer Engel muß mich in jenen Tagen beschützt haben.

Meine innere Uhr läutete stummen Alarm. Richard wartete, und jetzt waren wir die heidnischen Engel. Wir hatten nur noch knapp eine halbe Stunde, bevor die neuen Sklaven in die Empfangshalle kamen.

5
ELLIOTT
»A Walk on the Wild Side«

Ich dachte, diese meerseitigen Terrassen wären der ganze Club und sobald wir in den Garten kämen, würden uns die ausladenden Äste der Bäume vor den bewundernden Blicken schützen. Irrtum.

Ich beugte den Kopf und schnappte nach Luft, denn ich traute meinen Augen nicht. Der Garten erstreckte sich in endlose Ferne, überall standen leinengedeckte Tische, besetzt mit elegant gekleideten Männern und Frauen, und Hunderte nackter Sklaven mit Tabletts mit Wein und Essen bedienten recht unbekümmert die Menge.

Zahllose Gäste bewegten sich von und zu den Buffet-Tafeln unter dem filigranen Laubwerk der kalifornischen Pfefferbäume, lachten, schwatzten in kleinen Gruppen, und natürlich starrte auch noch die Menge auf den Terrassen des Hauptgebäudes wie zuvor herab.

Es war nicht bloß das Ausmaß des Gartens oder die Menschenmenge, die mich schockierten.

Es war diese merkwürdige Art, in der diese Menschenmenge jeder anderen glich, mit Ausnahme des verblüffenden Schauspiels der nackten Sklaven.

Das Aufblitzen goldenen Schmucks auf gebräunten Armen und Hälsen, Sonnenstrahlen, die sich in Gläsern spiegelten, das Klirren von Silberbesteck auf Porzellantellern – dunkel gebräunte Männer und Frauen in Beverly-Hills-Eleganz beim Essen, als sei es völlig normal, von einer Herde splitternackter Männer und Frauen bedient zu werden –, und natürlich war da auch die Ansammlung von ungefähr fünfzig zitternden, demütigen Neuankömmlingen, die mit klopfenden Herzen am Tor standen.

Die abgewandten Rücken und die in ernste Gespräche vertieften Gesichter zu sehen, war ebenso niederschmetternd wie unverblümt angestarrt zu werden.

Aber es ging andererseits alles unheimlich schnell.

Die neuen Sklaven drängten sich zusammen, und einige neue Treiber näherten sich. Sie ließen uns gerade genug Zeit, zu Atem zu kommen, dann wurde uns befohlen, einen Gartenweg entlangzurennen.

Ein kräftiger, rothaariger Sklave übernahm die Führung, nachdem er dazu aufgefordert worden war, ein weiterer folgte, vorwärtsgepeitscht von den Treibern, die etwas erfahrener wirkten als die Horde auf der Jacht. Sie waren kräftig gebaut wie der blonde Seemann, aber sie waren alle in weißes Leder gekleidet, enge Hosen und Jacken, und ausgestattet mit Riemen, mit denen sie uns vorantrieben.

Ihre Garderobe war offenbar auf die pastellfarbenen Tischdecken, die großen Blumenhüte der Frauen, die weißen oder khakifarbenen Shorts und gestreiften Baumwollkreppjacken der Männer abgestimmt.

Ich bereitete mich innerlich auf den Anblick einer Treiberin vor, aber es gab keine, obgleich jede Menge umwerfender Frauen den Garten bevölkerten. Wo immer ich hinschaute, sah ich kurze Röcke, perfekt geformte Beine, helle, hochhackige Sandalen.

Das Gras, so weich es war, kratzte an meinen Füßen. Ich war benommen von der üppigen Vegetation rundum, den duftenden Jasmin- und Rosensträuchern überall, den Vögeln in goldenen Käfigen, riesigen blauen und grünen Aras, rosafarbenen und weißen Kakadus. In einem riesigen, barocken Käfig steckten Dutzende schnatternder Kapuzineräffchen. Und der Gipfel waren freilebende Pfauen, die überall zwischen den Blumen im Gras pickten.

Ein Paradies also, dachte ich, und wir sind die Vergnügungssklaven, wie auf einem altägyptischen Grabfresko, wo die Sklaven nackt und die Herrschaften vornehm gekleidet sind. Wir würden benutzt und genossen werden wie die Speisen und der

Wein. Wir waren in eine unzensierte Geschichte der Dekadenz geraten und wurden mitten durch den Garten des Herrn getrieben.

Mir blieb die Puste weg, allerdings nicht vom Laufen. Es war die Flut der Gefühle und die Geilheit, die einen neuen Höhepunkt erreicht hatte.

Die die Tische bedienenden Sklaven waren unglaublich gelassen. Überall sah ich gut geölte Körper, verziert mit ein wenig Silber oder einem Kragen aus weißem Leder; Schamhaar und Brustwarzen, die mich erschreckten, wo immer ich hinschaute. Ich bin einer davon, dachte ich. Das ist meine Rolle, und an diesem Drehbuch ist nichts zu ändern.

Wir wurden schneller vorangetrieben, die Aufseher peitschten uns ziemlich kräftig mit ihren Riemen. Und die Hiebe begannen zu brennen.

Ich spürte diese schleichende, anschwellende Wärme, die gleichzeitig erregt und schwächt. Während die anderen Sklaven sich in die Mitte des Wegs drängten, um den Schlägen auszuweichen, wurde ich starrköpfig. Ich ließ die Schläge einfach regnen.

Der Pfad schlängelte und bog sich tausendfach. Mir wurde klar, daß wir um den Garten herumliefen. Wir wurden vorgeführt. In meinem Hirn gab es eine kleine, psychische Explosion. Es gab kein Entrinnen mehr. Ich konnte nicht einfach ein Codewort sagen und für ein Bad und eine Massage aussteigen.

In der Tat hatte ich nichts mehr selbst zu entscheiden. Vielleicht zum erstenmal in meinem Leben.

Wir liefen ganz nah an einer mit Steinplatten gepflasterten Terrasse vorbei. Köpfe wandten sich um, Gäste, Mitglieder – wer immer sie waren – zeigten auf uns und gaben Kommentare ab. Ein junger, dunkelhaariger Treiber bot eine echte Show mit seinem Riemen.

Irgendwo in meinem Hinterkopf sagte ich mir: »Es ist sein Job, uns windelweich zu prügeln, warum sich also widersetzen? Wir sind hier, um zunichte gemacht zu werden, unseren Willen brechen zu lassen.« Aber ich schaffte es nicht, dies im Auge zu behalten. Ich war schon dabei, etwas von der Grundperspektive zu verlieren, »sich verlieren« – genau das, was ich, wie ich Martin erklärt hatte, unbedingt wollte.

Die Szene um uns herum kam mir bekannt vor. Wir kamen wieder an den Schwimmbecken und dem hohen Maschendrahtzaun der Tennisplätze vorbei.

Wir waren tatsächlich fast wieder dort angelangt, wo wir angefangen hatten, und jetzt wurden wir in Richtung der Gartenmitte getrieben, wo die Tische sich vor einer großen, weißen Bühne fächerartig ausbreiteten. Es war eine Art Pavillon, wie man sie in kleinen Parks findet, wo an Sonntagen Kapellen spielen, ausgestattet mit einem Laufsteg, wie man ihn bei Modenschauen benutzt.

Mir wurde heiß und kalt, je nachdem, wie man es nennen will, als ich die Bühne sah.

In Null Komma nichts befanden wir uns im Schatten der Mimosenbäume hinter dem Pavillon. Die Treiber scheuchten uns grob zusammen, befahlen uns dann, einander nicht zu berühren, und über die Lautsprecheranlage tönte eine dieser glatten, fließenden Radiosprecherstimmen: »Meine Damen und Herren, die Anwärter befinden sich jetzt beim Pavillon zur Besichtigung.«

Einen Moment lang übertönte mein Herzklopfen alles andere. Dann hörte ich Händeklatschen, das sich von den Tischen erhob, von den Terrassenmauern widerzuhallen und sich dann im leeren blauen Himmel zu verlieren schien.

Um mich herum spürte ich das Zittern und die Furcht, als hingen wir alle an dem gleichen Lebensfaden.

Eine große Sklavin mit einer Fülle glatten, goldenen Haars drückte ihre lieblichen Brüste an mich.

»Sie werden uns doch nicht etwa einzeln diesen Steg entlangschicken?« fragte sie leise.

»Doch, gnädige Frau, ich glaube, das werden sie«, hörte ich mich flüstern und errötete bei der Erkenntnis, daß wir zwei nackte Sklaven waren, die miteinander sprachen, voller Angst, die Treiber könnten uns hören.

»Und das ist nur der Anfang«, sagte der rothaarige Sklave rechts neben mir.

»Warum zum Teufel können wir nicht einfach Drinks servieren oder so was?« knurrte die Blonde, ohne die Lippen zu bewegen.

Einer der Treiber drehte sich um und schlug sie mit dem Riemen.

»Miststück!« zischte sie. Ich schob mich zwischen sie und den Treiber, sobald er sich abgewandt hatte. Als er sich wieder umdrehte, schien er es nicht zu bemerken, schlug einfach einen anderen Sklaven.

Die Blonde kuschelte sich sozusagen an mich. Und zum erstenmal kam mir in den Sinn, daß die Frauen es etwas leichter haben, weil man nicht sehen kann, was sie fühlen. Alle männlichen Sklaven hatten eine volle, demütigende Erektion.

Wie auch immer, das hier würde die Hölle werden. Gefesselt zu sein, das war das eine, mit der Meute zum Laufen gezwungen zu werden war auch schlimm genug. Aber mich zu zwingen, allein diesen Steg entlangzulaufen? *Wenn ich nicht reif dafür wäre, Martin, dann hätten sie mich nicht genommen, stimmt's?*

Die Menge schien durch die Zellteilung zu wachsen, überall war Bewegung in Richtung des Pavillons, und die leeren Tische füllten sich augenblicklich.

Ich wollte fortlaufen. Nicht, daß ich das wirklich im Sinn gehabt hätte. Ich wäre keine zwei Schritte weit gekommen, aber ich war echt in Panik darüber, daß ich, wenn sie mich allein da oben auf die Bühne scheuchten, zurückweichen oder bocken könnte. Meine Brust hob und senkte sich, aber gleichzeitig war es, als habe man mir ein Aphrodisiakum gespritzt. Die Blonde drängte sich an mich mit ihren seidenweichen Armen und Schenkeln. Ich kann nicht einfach ausflippen, sagte ich mir. Ich kann nicht beim allerersten Test versagen.

Ein weißblonder junger Mann mit eisblauen Augen trug sein Handmikrophon im Pavillon auf und ab und erzählte dem Publikum, die neuen Anwärter seien eine fabelhafte Bande. Er trug die gleichen weißen Lederhosen und die Weste mit offenem

Hemdkragen wie die Treiber, doch darüber eine gut geschnittene Baumwolljacke, die ihm ein noch tropischeres Aussehen verlieh.

Einzelne Mitglieder drängten herbei und setzten sich neben dem Laufsteg ins Gras, Trauben von Leuten standen weiter hinten unter den Bäumen.

Dann wurde ein absolut hinreißender Leckerbissen dunklen, weiblichen Fleisches in die Mitte des Pavillons gezwungen, und ein Treiber hielt ihr die Handgelenke über den Kopf. Es war besser als bei den üblichen Sklavenauktionen, und die nackte Handelsware wand sich im Zugriff des Treibers.

»Alicia aus Westdeutschland«, verkündete der Mann mit dem Mikrophon dem applaudierenden Publikum. Der Treiber drehte Alicia im Kreis, ehe er sie schubste, damit sie den langen Steg hinunterginge.

Nein, dachte ich, pfiff es vielleicht sogar zwischen den Zähnen. Ich sollte Mitleid mit ihr haben, statt auf ihr kleines, rundes Hinterteil und ihr schamrotes Gesicht zu starren. Ich sitze in der gleichen Tinte.

In einer Art köstlicher Qual drehte sie sich am Ende der Rampe herum und eilte zurück zum Zeremonienmeister, wobei sie sich offensichtlich bemühte, nicht zu rennen.

Die Menge wurde lauter. Sogar ein paar Frauen hatten sich hübsch zusammengefaltet, um sich näher an der Bühne ins Gras setzen zu können.

Nein, unmöglich. Sie können alles mit mir anstellen, solange ich passiv sein kann, aber ich kriege mich niemals dazu, das zu tun. Und wie oft hatte ich erklärt, daß ich es bei Martin oder anderswo immer schaffte, das zu tun, was man von mir verlangte?

Das sind kleine Fische, Elliott. Der Club ist riesig … Ja, aber ich bin reif dafür, Martin. Selbst du hast es gesagt.

Als nächster war ein junger Mann namens Marco oben, mit einem harten, festen kleinen Hintern und äußerst hübschem Gesicht. Er war genauso rot wie Alicia und so steif wie ein Stock. Er bewegte sich linkisch, aber ich glaube kaum, daß das irgendwem auffiel. Es schien, als würde die Menge rauher, als löste ein männlicher Sklave etwas aus, das das Mädchen nicht bewirken konnte.

Als die Hand des Treibers meine Schulter packte, konnte ich mich nicht rühren. Himmel noch mal, da sind fünfzig andere Sklaven, laß mich in Ruhe.

»Du mußt es tun!« flüsterte der kleine Blonde.

»Das soll wohl ein Witz sein!« flüsterte ich zurück.

»Halt den Mund! Beweg dich, Elliott!« Der Treiber versuchte, mich voranzuschubsen, und war offensichtlich verblüfft, daß ich mich nicht rührte. Der Zeremonienmeister drehte sich um, um zu sehen, woher die Verzögerung kam. Ein anderer Treiber packte augenblicklich meine Handgelenke, und ein dritter schob mich vorwärts zu den Stufen.

Ich hatte den Ausdruck »die Fersen in den Boden graben« oft gehört, aber ich hatte es bis zu diesem Moment noch nie gemacht und wußte, daß ich vollständig die Kontrolle verloren hatte.

Sie hievten mich gewaltsam auf die Bühne, genau so, als befänden wir uns auf einem römischen Marktplatz, und zwei gutaussehende Typen mit kräftigen Armen halfen den drei anderen, so daß ich keine Chance hatte.

»Das kann ich nicht!« sagte ich strampelnd.

»O doch, das kannst du«, sagte einer ironisch, »und du wirst es tun, auf der Stelle!« Unvermittelt ließen sie mich los und stießen mich vor den Zeremonienmeister, als wüßten sie, daß es mir zu peinlich wäre, mich umzudrehen und zu bocken.

Donnernder Applaus dröhnte von überall her. Es war genau die Art von Lärm, den sie bei einem Rodeo veranstalten, wenn der abgeworfene Reiter wieder auf sein sich bäumendes Pferd steigt. Eine Sekunde lang sah ich nichts vor mir als Licht. Aber ich rührte mich nicht. Ich stand hilflos auf dem römischen Versteigerungsblock wie alle anderen Importwaren. Soviel hatte ich immerhin geschafft.

»Komm schon, Elliott, den Steg entlang«, sagte der Zeremonienmeister in freundlichem, schmeichelndem, blödem Tonfall, die Hand schützend auf dem Mikrophon. Aus den vorderen Reihen der Zuschauer auf der Wiese tönte ein Chor von Pfiffen und aufmunternden Zurufen. Es kam mir vor, als ginge ich wieder zurück, um so schnell wie möglich von der Bühne zu kommen, aber in Wirklichkeit setzte ich einen Fuß vor den anderen und lief den Steg entlang.

Mein Geist hatte sich verflüchtigt – das hier war jenseits der Demütigung; es war Hinrichtung, es war, als würde man über die berüchtigte Schiffsplanke ins Meer getrieben werden. Schweiß brach mir aus allen Poren, und dennoch war ich so hart, wie ich es noch nie gewesen war.

Ich konnte wieder Einzelheiten erkennen, die Augen, die mich musterten, und ich hörte das Klatschen und Gesprächsfetzen, nur die Töne, keine Wörter. *Das System – in seinem ganzen bemerkenswerten Glanz.* Absichtlich verlangsamte ich meine Schritte. Ich gehörte zu diesen Leuten, und es war fast ein Gefühl wie ein Orgasmus. Ich holte tief Luft.

Zu wenden und wieder zurückzugehen war ein bißchen leichter. Warum zum Teufel zwang ich mich denn dazu, all die Leute anzuschauen, die mich anstarrten, ihnen direkt in die Augen zu schauen? Lächeln, Kopfnicken, kleine anerkennende Pfiffe. Ihr Lumpen, ihr!

Sei nicht dreist, Elliott. Tu's nicht. Aber ich fühlte, wie sich das Lächeln über meinem Gesicht ausbreitete. Ich blieb stehen, verschränkte die Arme und zwinkerte der hinreißenden Dame mit der dunklen Haut zu, die unter ihrem weißen Hut grinste. Gebrüll tönte aus den vorderen Rängen. Lautes Klatschen. Teufel noch mal, nicht nur lächeln und aus den Augenwinkeln auf alle anderen schielen. Wirf doch der kleinen Brünetten in weißen Shorts ein Küßchen zu. Und überhaupt, warum lächelst du nicht alle hübschen Mädchen an, schenkst ihnen allen ein Augenzwinkern und ein Küßchen?

Gelächter und Applaus von allen Seiten. Eine richtige Jubelwelle breitete sich bis unter die Bäume aus. Von überall her warf man mir Kußhändchen zu, »Recht-hast-du«-Fäuste von den Männern. Warum nicht eine kleine Mannequin-Drehung, nicht lang, nur ein bißchen Zeit lassen, sie anschauen, Teufel noch mal?

Dann fiel mein Blick direkt zu meinen Füßen auf eine Reihe von unglaublich wütend dreinschauenden Kerlen, eine Bande, der man nicht in einer dunklen Gasse begegnen möchte, und alle funkelten mich an, während der Zeremonienmeister nur mit offenem Mund staunte.

»Die Show ist vorbei, Elliott!« zischte mir einer mit zusammengebissenen Zähnen zu. »Komm, Elliott, sofort!«

Ich erstarrte. Aber mir blieb nichts anderes übrig, als meinen Fans zuzuwinken und direkt auf sie loszugehen. Ich würde mich nicht fortzerren lassen.

Ich senkte den Kopf und ging auf sie zu, als hätte ich sie gar nicht wahrgenommen, war ganz und gar wieder der gehorsame Bube, und im nächsten Moment hatten sie meine Arme gepackt und schleuderten mich die Stufen hinunter, wo ich auf Händen und Knien im Gras landete.

»Okay, Mister Persönlichkeit«, hörte ich einen mit vor Wut zitternder Stimme sagen. Ein anderer stieß mich mit dem Knie vorwärts.

Ich sah nur ein Paar weißer Lederstiefel vor mir, und mein Kopf wurde niedergedrückt, so daß meine Lippen das Leder berührten, ob ich wollte oder nicht.

Dann packte eine Hand meine Haare und riß meinen Kopf in die Höhe, bis ich in ein Paar sehr dunkelbrauner Augen schaute. Ziemlich umwerfend anzuschauen, und ich spürte, daß es wahrscheinlich Teil der Lust und der Qual sein würde, daß mir sogar die Küchenjungen hier gegen meinen Willen das Blut zum Kochen bringen konnten.

Aber dieser hatte eine Stimme, die einem die Seele erwürgen konnte.

»Oh, du bist echt clever, nicht wahr, Elliott?« fragte er mit eisiger Wut. »Du hast wohl noch viele Tricks in deinem Ärmel.«

Und keine Ärmel, dachte ich, aber ich sprach es nicht aus. Die Sache stand schon schlimm genug. Genauer gesagt, katastrophal, und ich begriff noch nicht ganz, wie es so schnell soweit gekommen war. Ich konnte einfach nicht glauben, was ich da eben abgezogen hatte.

Die anderen Treiber rückten heran, als sei ich ein gefährliches Tier, und die Sklavenshow ging unter tosendem Applaus wieder weiter wie zuvor.

Unmöglich, dieses Gefühl von Scham, von Mißgeschick zu beschreiben. Ich hatte schon einen Bock geschossen, verflucht noch mal. Ich war da oben in Panik geraten und hatte versagt.

Ich versuchte, demütig dreinzuschauen, weil ich wußte, das Schlimmste, das ich tun konnte, war, etwas zu meiner Verteidigung zu äußern.

»Das war eine Premiere für uns, Elliott«, sagte der Braunäugige. »Diese kleine Nummer, die du gerade gebracht hast. Du hast dir wirklich einen Namen gemacht.«

Fein geschnittenes Gesicht und aufreizend volltönende Stimme. Seine Brust platzte fast aus dem Hemd.

»Was, glaubst du, wird wohl der Meister der Postulanten mit dir machen, Elliott«, fragte er, »wenn er von deinem kleinen Bravourstück erfährt?«

Er hielt mir etwas vor die Nase, eine dicke Fettkreide.

Ich glaube, ich habe »Scheiße« oder so was gesagt.

»Keinen Mucks«, drohte er, »es sei denn, du willst auch noch geknebelt werden.«

Ich fühlte den Druck der Fettkreide auf meinem Rücken und hörte, wie er buchstabierte, was er offenbar schrieb: »Stolzer Sklave«.

Ich wurde auf die Füße gezerrt. Irgendwie war das Aufrechtstehen noch schlimmer. Ich spürte den Riemenhieb eines Treibers. Und dann einen Hagel von Schlägen, der mich zusammenzucken ließ.

»Schau zu Boden, Elliott«, befahl der Treiber. »Die Hände in den Nacken!« Er drückte die Fettkreide auf meine Brust, und ich versuchte, nicht mit den Zähnen zu knirschen, als er noch mal das gleiche schrieb und wieder deutlich buchstabierte. Ich konnte mir nicht erklären, warum so eine Kleinigkeit so erniedrigend war, und das Gefühl der Reue in mir wandelte sich erneut in Panik.

»Warum nicht an den Auspeitschpfahl?« fragte einer der anderen, »das würde ihn für die Empfangshalle unheimlich auflockern.«

Hört mal, Jungs, ich bin doch nur der Neue auf dem Spielplatz.

»Nein, wir halten ihn frisch für den Meister der Postulanten«, sagte der erste, »und für was immer der Meister beschließt.«

Er hob mein Kinn mit der Kreidespitze.

»Versuch nichts anderes mehr, Blauauge«, sagte er. »Du ahnst gar nicht, in welchem Schlamassel du sitzt.«

Während ich zur Seite geschoben und angewiesen wurde, still zu stehen, warf ich einen Blick auf die »braven Jungs und Mädchen«.

Der rothaarige Sklave promenierte gerade mit all der angemessenen Demut und erntete ein Pfeifkonzert. Die kleine Blonde starrte mich an, als wäre ich ein Held oder so was. Die Hölle.

Was war mit mir los, daß ich dieses Kasperletheater spielen mußte? Es war alles in Ordnung gewesen, bis ich sie anschauen mußte, bis ich lächeln mußte.

Und jetzt stand ich mit dem ganzen System quer, von dem ich aufgenommen werden wollte; bekämpfte es, statt mich ihm zu ergeben, genauso, wie ich draußen alles bekämpfte.

Du bist reif dafür, Elliott. Du kannst mit dem, was da passiert, umgehen. Aber ist es das, was du wirklich willst?

Ja, verdammt noch mal, Martin. Und irgendwie ließ dieser kleine Fehltritt die Disziplin und die Demütigung noch wirklicher erscheinen als zuvor.

6
LISA
Alles wie gehabt

Als ich eintrat, stand Richard am Fenster seines Büros, die Sonnenbrille in das rotblonde Haar geschoben und offensichtlich dabei, die neuen Sklaven unten im Garten zu beobachten.

Er richtete sich sofort auf und kam lächelnd in seiner langsamen, graziösen Art auf mich zu, die Daumen in die Potaschen gehakt. Er hatte tiefliegende Augen, ziemlich buschige Brauen und diese tiefen Furchen in seinem gebräunten Gesicht, die Texaner aufgrund der trockenen Hitze dort schon sehr jung bekommen und niemals zu verlieren scheinen. Ich konnte ihn nie anschauen, ohne an seinen Spitznamen im Club zu denken, Richard, der Wolf.

»Lisa, mein Schatz«, sagte er. »Wir haben dich vermißt. Frag nicht, wie sehr, sonst machst du dir nur Sorgen. Gib mir einen Kuß.«

Mit vierundzwanzig war er der jüngste Hauptverwalter und Meister der Postulanten, den wir je hatten, und er war einer der größten Trainer im Club.

Ich bin der Meinung, daß körperliche Größe keine Rolle spielt, daß alles am Verhalten liegt, aber wenn man das Verhalten Richards hat, dann wird Größe einfach teuflisch.

Er handhabte die Sklaven mühelos, peitschte sie, rüttelte sie auf, und alle seine Bewegungen waren dabei so langsam, so träge, daß seine Kraft sie immer wieder verblüffte. Und er hatte trotz seiner tiefliegenden, oft zusammengekniffenen Augen einen eigenartig entwaffnenden Ausdruck von Offenheit und Neugier und unmittelbarer Zuneigung zu jedem Sklaven, den er sah.

Er war der perfekte Postulantenmeister, weil er die Dinge ausgesprochen gut erklären konnte. Als Verwalter war er einfach der beste. Er war immer amüsiert über das, was er zu tun hatte, und hatte das Wesen des Clubs total verinnerlicht. Er kümmerte sich fast krankhaft um die Sklaven, die direkt unter seinem Befehl standen. Er »glaubte« an den Club, eine offenkundige Tatsache, die mich jetzt mit erschreckender Frische traf und mich leicht verwirrte, als ich meinen Arm um ihn legte und ihm die Lippen auf die Wange drückte.

»Ich hab' euch auch vermißt, alle miteinander«, sagte ich. Meine Stimme klang fremd. Ich war noch nicht wieder im Einklang mit mir selbst.

»Kleine Problemchen, meine Schöne«, sagte er.

»Ausgerechnet jetzt, wo sie fast fertig sind?« Ich meinte die Postulanten. »Kann das nicht warten?«

»Ich glaube, du kannst es schnell erledigen, aber es braucht dein Fingerspitzengefühl.« Er glitt hinter seinen Schreibtisch und schob einen Ordner zu mir. »Neues Mitglied. Jerry McAllister. Voller Service für das ganze Jahr. Empfohlen von einem halben Dutzend Mitgliedern, die alle hier sind und mit ihm reden und ihm sagen, was er tun soll, aber er weiß nicht, wie und wo anfangen.«

Voller Service hieß, der Mann hatte den höchsten Mitgliedsbeitrag, zweihundertfünfzigtausend Dollar, gezahlt, um kommen und gehen zu können, wann immer es ihm beliebte. Er hätte das ganze Jahr hier wohnen können, wenn er gewollt hätte, aber das tun sie nie.

Der Club funktioniert ein bißchen wie eine Bank, weil nie alle am gleichen Abend einzahlen.

Ich setzte mich an den Schreibtisch und klappte den Ordner auf. Vierzigjähriger Heimcomputer-Millionär aus dem kalifornischen Silicon-Valley, riesiger Besitz in San Mateo County, Privatjet.

»Er hat mit seinen Freunden auf der Terrasse ein paar Drinks genommen«, berichtete Richard, »jetzt wartet er in seinem Zimmer auf ein bißchen Hilfe. Wünscht sich eine junge, dunkelhaarige, dunkelhäutige Sklavin. Ich habe Cynthia hingeschickt, aber er hat sie zurückgeschickt. Sagt, er brauche ein bißchen Führung, eine ›praktische Demonstration‹, wie sie es in der Computerwelt nennen. Ich dachte, du könntest mal reinschauen, mit ihm reden und ihm versprechen, daß du heute nachmittag noch mal vorbeikommst.«

»Nicht wenn ich es verhindern kann«, sagte ich und griff zum Telefon. »Holt mir Monika sofort an den Apparat.« Monika war die einzige Trainerin, der ich die Lösung des Problems zutraute, und falls sie nicht zu erreichen war, mußte ich hingehen. Sie war glücklicherweise da.

»Hallo, Lisa, war gerade auf dem Weg nach unten.«

»Mach einen Umweg, Monika, ja?« Ich sagte ihr alles Nötige über Mister Jerry McAllister – heterosexuell, leichter Raucher, leichter Trinker, vermutlich Kokain-Konsument, Workaholic und so weiter. »Bitte Deborah, mit ihm zu arbeiten. Sag ihm, du kämst direkt nach der Belehrung zurück. Aber Deborah schafft's wahrscheinlich auch so. Sie könnte Peter Pan in einen Marquis de Sade verwandeln, ohne ein Wort zu sagen.«

»Okay, Lisa, verlaß dich auf mich.«

»Danke dir. Fünfzehn Minuten. Verpaß die Indoktrination nicht. Versprich ihm, daß wir beide im Laufe des Nachmittags vorbeikommen.«

Ich legte auf und schaute Richard an.

»Gut so?«

»Natürlich. Ich hatte nur gedacht, du wolltest es selbst in die Hand nehmen. Wir hätten auch ein paar Minuten später anfangen können …«

Der gleiche Blick, den ich schon bei Diana und Daniel gesehen hatte.

»Ich bin noch ein bißchen müde von den Ferien«, sagte ich, ehe er mir die unvermeidliche Frage stellen konnte. »Das Flugzeug hatte Verspätung.«

Ich überflog die anderen Unterlagen. Der Trainer für menschliche Ponys war hier, der Mann, der uns die Sklaven vollständig ausgerüstet mit Zaumzeug und Beißstange und Zügeln zum Ziehen der Rikschas und Karren verkaufen wollte.

Hmm. Nett. Warum verursachte mir das augenblicklich Kopfschmerzen?

»Kümmere dich nicht um das Zeug«, sagte Richard. »Den netten kleinen Stall schauen wir uns morgen an.« Er ließ sich auf dem Stuhl auf der anderen Seite des Schreibtischs nieder.

»Und was ist das hier ...«, fragte ich und nahm die gekritzelte Telefonnotiz in die Hand, »... dieser Knabe, der behauptet, er sei gezwungen worden?«

»Ein Haufen Unsinn. Hübscher kleiner Faun, Typ Perserknabe; erklärte den Jungs auf der Jacht, er sei in Istanbul gekidnappt worden. Er lügt. Er kommt aus New Orleans und hat kalte Füße gekriegt.«

»Bist du ganz sicher?«

»Wir haben ihn gleich heute früh reingeholt. Lawrence arbeitet im Moment mit ihm. Ich wette zehn zu eins, er hat inzwischen gestanden, daß er einfach Angst gekriegt hat. Falls er gefangen worden ist, dann im Palast von Darius kurz vor dem Einmarsch Alexanders.«

Ich griff nach dem Telefon.

Keiner von uns stört gern einen Meister mit einem Sklaven in seinem Privatstudio, aber diese Geschichte mußte sofort geklärt werden.

Die Klingel ist sehr leise, und es ist interessant zu sehen, wie die verschiedenen Sklaven darauf reagieren. Bei manchen wird der Zauber vollständig gebrochen. Für andere erhöht es das Gefühl der Abhängigkeit. Der Gebieter unterbricht, um ans Telefon zu gehen, während der leidende Sklave auf weitere Untersuchungen oder Prüfungen wartet.

Lawrence antwortete mit der ihm eigenen diskreten Flüsterstimme.

»Ja?«

»Wie läuft's?« fragte ich.

Langsames, kräftiges Lachen.

»Er hat alles gestanden. Es war alles erfunden. Er war einfach in Panik geraten. Aber du solltest die Geschichte hören, die er sich ausgedacht hat. Ich werde dir die Bänder geben.« Er gab dem Sklaven in seinem Zimmer einen Befehl. »Das Beste ist die Geschichte, er sei mit Drogen vergiftet worden«, sagte er, »und nackt im Orient-Expreß nach Norden befördert worden. Im Orient-Expreß! Die große Frage ist jetzt, schicke ich ihn für drei Tage zur Strafe nach unten oder knöpfe ich ihn mir selber vor?«

»Knöpf ihn dir vor. Wenn er solche Angst hat, scheint es mir wichtig, daß du das machst. Bestraf ihn für die Lügen, aber, du weißt schon, keine harte Arbeit. Sonst ist er verloren.«

»Genau das dachte ich auch. Aber bestraft soll er werden.«

»Und gib mir die Bänder. Die Geschichte will ich mir anhören.« Ich legte auf.

Ein fabelhaftes Drehbuch flimmerte mir durch den Kopf, etwas so Ausgeklügeltes wie eine Fahrt durch einen Vergnügungspark. Wir sollten einen Zug auf dem Gelände haben, mit einer großen, altmodischen Dampflokomotive und verschnörkelten alten Eisenbahnwagen – Sklaven damit an die verschiedenen Orte der Anlage bringen, sie auf dem Bahnsteig an Mitglieder versteigern lassen, Sklaven für kleine Treffen in den Schlafwagen des Zuges bereitstellen.

Nicht der Orient-Expreß, sondern der Eden-Expreß. Das gefiel mir. Ich sah die vergoldete Zierschrift schon vor mir: Eden-Expreß. Ja, alles ganz edwardianisch. Und falls wir größer wurden und die ganze Insel einnähmen, bräuchten wir tatsächlich ein Transportmittel. Wir könnten Kilometer von Schienen legen …

»Na, du wirst ja richtig sanft«, sagte Richard plötzlich.

Mir kam es jedenfalls sehr plötzlich vor. Ich hatte mich gerade in einem weißen Kleid in den Eden-Expreß steigen sehen.

»Im vergangenen Jahr hättest du den Jungen zwei Wochen lang hart arbeiten lassen.«

»Meinst du?« Ich trug einen weißen Hut und eine kleine, weiße Handtasche, gekleidet ungefähr wie das Mädchen, an das sich der alte Mann in *Citizen Kane* erinnert, das Mädchen, das er viele Jahre zuvor auf der Fähre gesehen und niemals vergessen hatte. »Sie trug ein weißes Kleid …« War es das, was er sagte? Süßer Wahn zu denken, daß mich jemand so in Erinnerung behielte. Irgendwo in meinem Gepäck hatte ich ein neues, weißes Kleid und einen weißen Strohhut mit langen Bändern …

»Ich meine natürlich, daß deine Entscheidung richtig war«, sagte Richard.

Ich schaute ihn an und versuchte, ihm zuzuhören.

»So oder so wird es wirken«, fuhr er fort. »Das ist das Tolle. Solange es Bestimmtheit und Führung gibt, wirkt alles.«

»Der Junge hat Schiß«, sagte ich. Er redete von dem Jungen, oder?

»Wie spät ist es?« fragte ich.

»In fünfzehn Minuten sind sie unten in der Halle. Und sag mir nicht, auf wen du ein Auge geworfen hast. Laß mich raten.«

»Ich will's nicht hören«, sagte ich und zwang mich zu einem kleinen Lächeln.

Richard hatte immer recht. Er konnte die Kartei durchsehen und die Sklaven ihren zukünftigen Trainern zuordnen, wußte unfehlbar, wer wen auswählen würde. Die anderen mußten sich um die Sklaven raufen, ich war zuerst dran.

»Ein gewisser blonder Herr namens Elliott Slater«, neckte er.

»Wie machst du das?« Mein Gesicht wurde warm. Ich mußte rot geworden sein. Lächerlich, weil wir dieses Spiel schon tausendmal gespielt hatten.

»Elliott Slater ist ein zäher Bursche«, sagte er. »Einer, der vor nichts zurückschreckt. Und außerdem ist er schön.«

»Schön sind sie alle«, sagte ich, weil ich nichts zugeben wollte. »Und dieses Mädchen aus L.A., Kitty Kantwell?«

»Scott hat sich schon in sie verliebt. Ich wette, du wählst Elliott Slater.«

Scott war der Trainer unter den Trainern. Er, Richard und ich bildeten das, was die anderen die »heilige Dreieinigkeit« nannten, und wir waren es, die den Club tatsächlich leiteten.

»Du meinst, ich sollte Scott zuliebe …«, sagte ich. Scott war ein Künstler von einem Trainer. Und wen immer er auswählte, binnen kürzester Zeit würde er im Unterrichtszimmer der Trainer als Vorbild vorgeführt werden. Aufregende Erfahrung für einen Sklaven.

»Unsinn«, lachte Richard. »Scott ist genauso verliebt in Slater. Aber er hat ihn sozusagen aufgegeben, weil er dich kennt. Und Slater kommt von deinem Mentor, Martin Halifax aus San Francisco. Wie hat Martin es ausgedrückt? ›Liest russische Romane von vorn bis hinten‹?«

»Okay, Richard!« sagte ich und versuchte, beiläufig zu klingen. »Martin ist romantisch. Aber wir haben hier Wesen aus Fleisch und Blut.«

Das Gespräch bereitete mir Unbehagen. Wieder das verzweifelte Gefühl, daß etwas fürchterlich Wichtiges verlorenginge. Echte Kopfschmerzen. Hätte keinen Gin trinken sollen.

»Lisa liebt Elliott!« sang er leise vor sich hin.

»Halt die Klappe«, sagte ich ärgerlich und überraschte uns beide damit. »Ich meine, wir wollen abwarten, was passiert. Ihr Kerle fangt an, mir zu clever zu sein.«

»Komm, laß uns langsam nach unten gehen«, meinte er. »Weg von diesen Telefonen, ehe sie wieder klingeln.«

»Gute Idee.«

Die Sklaven sammelten sich vielleicht schon.

»Ich wette, du wählst Slater. Wenn nicht, bin ich einen Hunderter los.«

»Unfair, mir das zu sagen, findest du nicht?« Ich zwang mir ein Lächeln ab.

Scott erwartete uns in der Halle. Seine enganliegende schwarze Lederhose und -weste saßen wie eine zweite Haut.

Er begrüßte mich mit einem warmen Willkommenskuß und legte mir den Arm um die Taille. Die Trainer hatten ihm den Spitznamen Panther gegeben, und er verdiente ihn, genauso wie Richard den Namen Wolf verdiente. Körperliche Zärtlichkeit war leicht mit ihm; wir hatten nie miteinander geschlafen, was eine nette Spannung verursachte, ein nettes kleines Flirren, wann immer wir uns berührten. Allein schon wenn man Scott beobachtete, wie er einen Raum durchquerte, konnte man einiges über Sinnlichkeit lernen.

Ich umarmte ihn einen Augenblick lang innig. Er war ganz Muskeln und Hitze. »Wenn es um einen gewissen Sklaven namens Elliott Slater geht«, sagte ich, »versuch nicht, mir Honig um den Bart zu schmieren. Das ist unfair.«

»Was Lisa wünscht, soll Lisa haben«, antwortete er mit einem weiteren, innigen Kuß. »Aber nicht so schnell, wie du denkst.«

»Was soll das heißen?«

»Dein Knabe hat's in sich, Schätzchen. Er hat gerade im Pavillon eine kleine Vaudeville-Show abgezogen, die das Haus zum Toben gebracht hat.«

»Was hat er?«

»Ein gelungenes Aufmischen der ganzen Vorführung«, lachte Scott. »Sie haben ihn schon ausgesondert.«

»Richard«, sagte ich und schaute ihn an.

»Erwarte nicht, daß ich so nachsichtig sein werde wie du eben, meine Liebe«, sagte Richard. »Ich bin nicht einer, der plötzlich sanft wird.«

7
ELLIOTT
Urteilsspruch in der Empfangshalle

Mein Herz fing an zu stolpern, als mir klar wurde, daß die Show im Pavillon zu Ende war. Die anderen wurden zusammengetrieben und wie Schulkinder in Zweierreihen weggeführt.

Einer der Aufseher kam schließlich zu mir und befahl mir, mit gesenktem Blick loszugehen.

Wir bekamen viel Spott und Kommentare von den Tischen. Die Worte »Stolzer Sklave« flackerten wie Neon in meinem Hirn.

Mehrfach forderte mich der Treiber auf, zur Musterung stehenzubleiben. Irgendwie schaffte ich es auch, hielt den Blick gesenkt und ignorierte die Gespräche, die um mich herum, zum Teil auf englisch, zum Teil auf französisch, geführt wurden.

Die Artigen waren inzwischen außer Sicht.

Sehr bald gelangten wir zu einem flachen Gebäude, halb unter Bananenstauden und Laubwerk verborgen, und betraten einen mit Teppich ausgelegten Korridor, der in eine weitläufige, hell beleuchtete Halle führte.

Die Sklaven waren schon versammelt, als wir ankamen, und eine Art Schulung hatte begonnen.

Ich merkte, daß ich rot wurde, als wir ziemlich auffällig seitlich an der Gruppe bis ganz nach vorn gingen.

Ein junger, schmalgesichtiger Mann mit rötlichem Haar unterbrach seine Rede, als er uns sah, und fragte: »Was haben wir denn da?«

»Den stolzen Sklaven, Sir«, antwortete der Aufseher mit erstaunlichem Groll. »Es brauchte drei Treiber, um ihn auf die Bühne im Garten zu zwingen ...«

»Oooh, ja«, unterbrach ihn der Rothaarige.

Die Worte dröhnten durch die Halle. Die Artigen starrten mich mit Sicherheit alle an. Wieder versuchte ich, das Schamgefühl, das ich empfand, zu analysieren, aber es half nichts.

»Gleich am Anfang schon so stolz, Mister Slater?« sagte der Rothaarige. Es versetzte mir einen Stich, daß er mich beim Namen nannte. Dabei hatte er nicht einmal auf das dünne Goldkettchen geschaut. Es war großartig. Ich wagte nicht hochzuschauen, aber ich konnte dennoch sehen, daß er nicht nur groß, sondern auf elegante Weise auch sehr sehnig war und seegebräunt, als habe er lange Zeit auf der Jacht verbracht.

Außerdem sah ich Glaswände zu beiden Seiten von uns, und Männer und Frauen dahinter. Einige Leute waren hinter dem Rothaarigen versammelt.

Alle beobachteten die kleine Szene. Diese seltsame Gruppe mußten die Trainer sein, die echt Harten des Clubs, weil sie soviel Schwarz trugen.

Schwarze Lederstiefel, Röcke, Hosen, mit weißen Blusen oder Hemden. Schwarze Riemen hingen an Ösen von ihren Gürteln. Martin hatte gesagt, daß im Paradies nur die höchste Kaste in schwarzes Leder gekleidet sein würde. Ich war nicht immun gegen diese Wirkung.

Der Mann begann auf und ab zu gehen, als mustere er mich, und seine ganze Haltung, die Art, wie er das Gewicht verlagerte, strahlte Gewalt aus.

Ich war ziemlich geschockt, als ich rechts hinter ihm, der Versammlung gegenüber, vier offensichtlich verängstigte Sklaven entdeckte, die einen mit feuchten Gesichtern, die anderen schamrot. Sie trugen Fettkreideschriften auf Brust oder Bauch. Alle waren sie mit Riemen kräftig bearbeitet worden. Meine Kumpel, die Unartigen, dachte ich unglücklich. Gar nicht gut.

Es war der altmodischste Klassenraum, in dem ich mich je befunden hatte, so einer, wo einen der Lehrer im Gehrock nach vorn zerrte und vor der ganzen Klasse verprügelte.

»Ich habe von Ihrer kleinen Vorstellung im Garten gehört, Mister Slater«, sagte der rothaarige Trainer, »von Ihrem kleinen Schönheitsauftritt auf dem Laufsteg.«

Sie wählen diese Typen aufgrund ihrer Stimme aus, dachte ich. Er *ist* der Lehrer im Gehrock, direkt einem Dickens-Roman entsprungen. Entschuldigen Sie bitte, ich glaube, ich würde jetzt lieber *Robinson Crusoe* lesen ...

»Wir würden Ihnen den Preis für Eigeninitiative dieser Saison verleihen, wenn wir einen zu vergeben hätten.«

Ich schüttelte ein wenig den Kopf, um zu zeigen, daß ich das, was ich getan hatte, für entsetzlich hielt. Es war entsetzlich.

»Wir wollen hier keine Eigeninitiative, Elliott«, sagte er und kam näher, so daß seine Größe fast so bedrohlich wirkte wie seine Stimme. Männer von dieser Größe sollte man auf der Stelle betäuben und ihnen jedes Bein um zwölf Zentimeter kürzen. »Du bist ein Sklave. Es sieht so aus, als falle es dir ein wenig schwer, dies im Kopf zu behalten.« Eine kurze, wirkungsvolle Pause. »Wir sind da, um dir bei deiner Schwierigkeit zu helfen, sie sozusagen auszurotten, zusammen mit deinem Stolz.«

Ich brauchte nicht so zu tun, als fühlte ich mich elend. Jeder Zentimeter meiner nackten Haut war Schmach. Die verdammte Stille um mich herum war nervenzerrüttend. Ich hatte wieder das gleiche Gefühl wie auf der Jacht, daß es jenseits von hier keine andere Wirklichkeit mehr gab. Ich war immer dieser ungezogene kleine Junge gewesen, der die schwersten Strafen verdiente, und die reale Welt hatte sich um diese simple Tatsache herum geformt.

Um die Sache noch schlimmer zu machen, kam eine der Trainerinnen heran. Okay, du wußtest, daß das früher oder später passieren mußte. Also reiß dich zusammen. Aber das Wort »wehrlos« nahm in meinem Bewußtsein eine neue Dimension an. Ich konnte ihren Schatten sehen, ihr Parfüm riechen.

Gerüche und Sex, Zunder für Reaktionen.

Ich sah ihre Stiefel, hübsch und eng um ihre Knöchel geschmiegt. Ich hörte mein Atmen, mein eigenes Herzklopfen. (Sei standhaft, Elliott, keine neue Panik.) Sie war groß, wenn auch bei weitem nicht so groß wie der rothaarige Boß, der mich bedrohlich überragte, und sie war so delikat wie ihr Parfüm, mit einem Schleier langen, dunkelbraunen Haars.

Plötzlich packte ein Trainer meinen Arm und riß mich herum. Ich brauchte sie nicht mehr zu sehen, aber mit dem Rücken exponiert zu sein, ließ mich erstarren.

Ich schaute zu Boden, hörte ein leises Klicken und wußte, daß es das Lösen des Riemens war, der von seinem Gürtel hing. Jetzt kommt's klasse.

Scharfe Schläge auf Schenkel und Waden. Es ging darum, nicht zu zucken und keinen Ton von sich zu geben. Dann wurde ich herumgerissen und vor dem Mann auf die Knie gezwungen. Ich mußte mich auf die Hände stützen, um nicht aufs Gesicht zu fallen.

Diesmal trafen die Peitschenhiebe meinen Nacken, und das hatte ich nicht erwartet. Er schlug so kräftig zu, daß ich ein Stöhnen runterschlucken mußte. Ich roch das Leder seiner Stiefel und Hosen, und plötzlich küßte ich seine Stiefel und war verwundert, es zu tun, ohne dazu aufgefordert worden zu sein. Mein Verstand stand still.

»Aha, das ist schon besser«, sagte der Trainer. »Jetzt zeigt sich Hoffnung, sogar so was wie Stil.«

Ich stand unter leichtem Schock.

»Steh auf und leg deine Hände in den Nacken, wo sie hingehören. Stell dich da rüber zu den anderen bestraften Sklaven.«

Ein paar kurze Hiebe und die neue Demütigung, mich zu der wilden Horde gesellen, reglos der Klasse gegenüberstehen zu müssen.

Reihe um Reihe hinreißender Leiber, nackter Schenkel, rosiger Organe in üppigen Haarbüscheln. Und zum ersten Mal sah ich verglaste Beobachtungslogen, sowohl hoch oben als auch auf unserer Ebene, und dahinter lauter aufmerksame Gesichter von Männern und Frauen.

Was für ein Publikum. Und das Peitschen war noch nicht vorbei. Ein weiterer Schauer von Hieben von des Trainers Riemen, und wieder der Kampf, nicht zu zucken und keinen Ton von sich zu geben.

Ich kämpfte um innere Ruhe, um Stille, kämpfte mich durch

das Gefühl völliger Minderwertigkeit hindurch, um irgendwie nachzugeben. Der Schmerz prickelte und brannte.

Einen wilden Augenblick lang sah ich die große Trainerin zu meiner Rechten, sah Licht und Schatten in ihrem kantigen Gesicht mit den riesigen braunen Augen. Hinreißend, einfach hinreißend.

Mein Herz überschlug sich. Na und? Die anderen Sklaven wurden auch gebrochen, nicht wahr?

»Wie steht's jetzt mit deinem Stolz, Elliott?« fragte der Trainer und stellte sich vor mich hin. Er hielt den Riemen stramm zwischen beiden Händen und legte ihn an meine Lippen.

Ich küßte ihn, wie Katholiken am Karfreitag das Kruzifix küssen, und mit dem Gefühl des Leders an meinen Lippen breitete sich Wärme in meinem ganzen Leib aus.

Es war ein Moment absoluter Erleichterung. Ich ließ meine Lippen auf dem Leder. Mir schwindelte. Unter der Hitze schmolz sämtlicher Widerstand.

Ich schaute ihn nicht einmal an, aber ich hatte das Gefühl, daß er es gemerkt hatte, daß etwas Tiefgreifendes geschehen war. Ich meinte, ein paar Sekunden lang bewußtlos gewesen zu sein, als er den Riemen wegnahm und links neben mich trat.

»Und jetzt wollen wir mal das Kinn heben und unsere folgsamen Mitschüler richtig anschauen«, murmelte der rothaarige Trainer. Diesen Haufen von lieben, artigen Kleinen, das soll wohl ein Scherz sein. Ich schaute sie genauso an, wie er verlangt hatte.

»Die Klasse schaut jetzt die bestraften Postulanten an«, befahl er. Alle Augen richteten sich auf die Fünferbande.

»Und nun werden wir den Unterricht fortsetzen, als hätten diese kleinen Unterbrechungen nicht stattgefunden«, sagte der Trainer. »Aber falls einer unserer bösen Buben oder Mädchen es wagt, einen Muskel zu rühren oder einen Laut der Klage oder des Leides von sich zu geben, dann sind wir gezwungen, erneut zu unterbrechen.«

Er ging mit großen Schritten von mir weg und stellte sich vor die erste Reihe der Postulanten, so daß ich ihn zum ersten

Mal ganz sehen konnte. Außergewöhnlich groß, ja, und mit sehr breiten Schultern über einer schlanken Brust, rotes Haar wie Stroh. Ein seidenes Piratenhemd mit langen, weiten Ärmeln und Spitzen an den Manschetten. Hübscher Kerl, natürlich, auch wenn seine Augen unter den buschigen Brauen fast begraben waren, »wie glühende Kohlen« würde man in drittklassigen Romanen sagen.

»Wie ich vor dieser bedauerlichen Unterbrechung sagte«, begann er sehr ruhig und langsam, »seid ihr nun alle Eigentum des Clubs. Ihr existiert für seine Mitglieder, für ihr Vergnügen, euch anzuschauen, zu berühren, zu schlagen oder zu erniedrigen, euch zu bearbeiten, wie es ihnen gefällt. Ihr habt keine andere Identität als die von Sklaven. Und von euren persönlichen Trainern werdet ihr ernährt, trainiert und versorgt.«

Seine Stimme klang jetzt nicht nur ruhig, sondern beinahe freundlich.

Aber ich sah, daß die Sklaven sich krümmten: Er schaute sie wieder an, und sie schossen heimliche Blicke auf ihn. Vielleicht fällt es ihnen schwerer, dachte ich, weil sie keinen Mist gebaut hatten. Vielleicht konnte man die zwei Jahre durchstehen, ohne je Mist zu bauen, und am Ende an einem Nervenzusammenbruch sterben. Aber was konnte schlimmer sein als das hier? Die niedrigste Stufe. Wie fein.

»Aber ihr werdet auch ausgebildet«, sagte er, »ihr werdet lernen. Diese Trainer werden mit oder ohne eure bewußte Mitarbeit herausfinden, was euch beschämt, erregt, schwächt oder stärkt, was euch zu Höchstleistungen treibt. Doch in erster Linie geht es um das Vergnügen eurer Gebieter, der Mitglieder des Clubs, das sie zu vergrößern suchen. Daß ihr die Strafe braucht, daß ihr euch danach verzehrt, sie haben müßt, gleich wie verängstigt und reuevoll ihr euch in diesem Augenblick fühlen mögt, daß ihr euch auf dem modernen Versteigerungsmarkt von den besten Auktionatoren habt anbieten lassen – alles das gehört zu den interessantesten und köstlichsten Fügungen, die die Natur bietet. Da hier mit euch erbarmungslos und unermüdlich gearbeitet wird, werdet ihr bekommen, was ihr ersehnt, doch in einer Weise, die ihr euch nie habt vorstellen können, und alle eure wildesten Träume werden den tiefgreifendsten Prüfungen unterzogen werden.

Und auch dies wird alles für eure Gebieter getan, und für eure Trainer, die eure Herren repräsentieren und wissen, was diese wünschen. Ihr werdet für eure Gebieter perfektioniert und zu Höchstleistungen gebracht. Der Club besteht für eure Herrinnen und Herren, die Gäste.«

Er hielt inne und ging mit verschränkten Armen langsam vor den Postulanten auf und ab. Einen kurzen Augenblick lang drehte er mir den schlanken Rücken zu. Der Riemen baumelte an seinem Gürtel. Ich sah mehrere Sklaven erschaudern und hörte das leise Wimmern eines Sklaven neben mir.

»Ihr werdet gleichzeitig erfreut und beunruhigt sein zu hören, daß ihr Gegenstand schonungsloser Aufmerksamkeit sein werdet, daß ständig und unermüdlich an euch gearbeitet werden wird. Ungefähr dreitausend Mitglieder sind gegenwärtig zur neuen Saison anwesend, und die Schlafzimmer und Suiten sind zu drei Viertel besetzt. Schönheit, Abwechslung, Intensität ... das ist es, was die Gäste erwarten, und ihr Appetit ist unersättlich. Ihr werdet von den Clubmitgliedern niemals vernachlässigt werden.«

Ich versuchte mir einzubilden, daß ich diese Worte mit den anderen zusammen hörte, daß ich im Garten nicht ausgeflippt war und mein Training auf dem besten Weg sei.

»Natürlich wird bestens für euch gesorgt werden«, fuhr er fort, »ihr bekommt dreimal täglich zu essen, manchmal in Gesellschaft eurer Herrinnen und Herren, manchmal allein. Ihr werdet baden, Sport treiben und euch bräunen, werdet massiert, poliert und eingeölt werden. Und niemals wird euch eine Strafe wirklichen körperlichen Schaden zufügen. Eure Haut wird niemals verletzt oder verbrannt oder in irgendeiner nicht wiedergutzumachenden Weise beschädigt werden. Ihr werdet unter ständiger Aufsicht sein, mit euren Trainern in Reichweite. Noch nie hat es hier Unfälle gegeben, und wir werden dafür sorgen, daß auch in Zukunft keine passieren.

Aber ihr seid dazu da, Vergnügen zu bereiten, ihr werdet zu diesem Zweck versorgt, zu diesem Zweck gepeitscht, zu diesem Zweck erniedrigt und unbarmherzig sexuell erregt, um euch in jeder Hinsicht für eure Gebieterinnen und Gebieter zu einem Objekt der Lust zu machen.«

Er war mit dem Rücken zu mir vor mir stehengeblieben und berührte die Brüste einer kleinen Sklavin, die besonders verstört schien. Sie weinte, und Tränen liefen über ihr winziges Gesicht. Ihr ganzer Körper schien sich vor ihm zu beugen, als er mit den Fingern über ihren winzigen Bauch strich.

»Nun, ihr seid allesamt pauschal dem Club vorgestellt worden«, redete er weiter und trat zurück. »Aber heute abend wird diese Vorstellung dramatischer ablaufen, mit besonderen Darbietungen, in denen ihr eine wichtige Rolle spielen werdet.«

Galt das auch für uns? Was zum Teufel würde mit uns geschehen?

»Und um euch darauf und auf euer gesamtes Trainingsprogramm vorzubereiten, werdet ihr nun einem Trainer übergeben, der euch aufgrund eurer individuellen Eigenschaften auswählt und euch in die Gruppe seiner herkömmlichen Sklaven eingliedern wird.

Euer persönlicher Trainer wird euch besser kennenlernen, als ihr euch selber kennt; sie oder er wird euer gesamtes Verhalten und eure körperliche Verfassung beobachten, eure Übungen und euer Spezialtraining überwachen, mit den Gästen verhandeln, die eure Gegenwart und eure Dienste wünschen; sie oder er wird euch zu Disziplin anhalten, euch weiterentwickeln, euch perfektionieren, bis ihr als Sklaven des Clubs voll einsatzfähig seid.

Und zum Schluß noch eine Warnung: Wenn ihr meint, austrainiert zu sein, wenn ihr glaubt, die Peitsche und der Riemen und der Trainer und der Meister und die Herrin könnten euch mit nichts mehr überraschen, dann habt ihr im Club noch viel zu lernen. In der Tat ist es weise, wenn ihr euch darauf einstellt, daß die kommenden Trainingsmonate eine Serie von Schockerlebnissen sein werden. Das heißt: Erwartet das Unerwartete, und findet euch damit ab, daß die Kontrolle von Geist und Körper in allen ihren Aspekten anderen obliegt. Wenn ihr kooperiert, wenn ihr euch eurem Trainer in jeder Hinsicht unterwerft, wird es leichter sein, aber es wird mit eurer oder ohne eure Unterwerfung geschehen.

Was von diesem Augenblick an eure Pflicht ist«, fuhr er mit erhobener Stimme fort und schaute dabei uns Bestrafte an, »sind absolutes Schweigen und absoluter Gehorsam, eure vollständige Unterwerfung unter alle, die euch trainieren, euch hier benutzen und hier über euch stehen. Hier auf dieser Insel gibt es niemanden und nichts, der niedriger steht als ihr; nicht einmal der gewöhnlichste Küchenjunge oder der Gärtner stehen unter euch. Ihr seid echte Sklaven, echtes Eigentum, und ihr dürft niemals die geringste Geste, Bewegung oder Reaktion – oder ihr Fehlen – zeigen, die als Ungehorsam oder Stolz betrachtet werden könnten.

Doch euer größtes Vergehen«, sagte er und wandte sich wieder den anderen Sklaven zu, »ist jeglicher Gedanke an Flucht, nicht zu reden von dem Versuch, davonzulaufen. Jegliches Betteln, freigelassen zu werden, wird ebenso schwer geahndet wie ein Fluchtversuch. Muß ich hinzufügen, daß es kein Entkommen gibt? Die Bestrafung dieser Vergehen bedeutet, daß die jeweilige Strafzeit nicht auf die Dauer eurer Zeitverträge angerechnet wird.«

Er drehte sich zu uns um. Ich fühlte, daß seine Augen auf mir ruhten, doch ich schaute an ihm vorbei nach vorn, und diese zauberhafte, schwarzhaarige Sklavin erwiderte trotz ihrer Tränen den Blick.

Die große, braunhaarige Trainerin konnte ich nicht entdecken. Wo war sie? Daß es ihr möglich war, sich in diesem Raum wie ein normales menschliches Wesen zu bewegen, während ich hier als Gefangener stand, war einigermaßen erschreckend. Der Trainer näherte sich.

Ich sah die weiche, schimmernde Seide seines Hemds, das schmale Spitzenband an seinem kräftigen Handgelenk. Mir taten die Beine weh. Ich kämpfte um Standfestigkeit, während er vor uns auf und ab ging. Ich hörte wieder ein lautes Wimmern.

»Aber das sind seltene Delikte«, fuhr der Trainer fort. »Häufiger ist, wie ihr an dieser kleinen Auswahl sehen könnt, der Stolz. Starrsinn, die impulsive Rebellion, damit müssen wir uns heute auseinandersetzen. Fünf ungehorsame Sklaven, die sich selbst vollständig entehrt haben, noch ehe ihr eigentlicher Dienst begonnen hat.«

Als er erneut innehielt und uns der Reihe nach musterte, sah ich, daß ein großes Metallgerüst herangerollt wurde. Es war eine weiße Plattform auf schweren Laufrollen, mit zwei dicken Stahlpfosten auf beiden Seiten, die eine lange, hohe Stange trugen. Es unterschied sich nicht sonderlich von einem Kleidergestell, mit dem man Mäntel im Laden herumfährt. Nur daß das Gerät nicht zum Aufhängen von Kleidern gedacht war. Die Pfosten waren zu hoch und zu stark, und die Haken, die an der Querstange befestigt waren, zu dick.

Der Trainer warf einen Blick darauf und ging dann auf die erste der bestraften Sklavinnen rechts von mir zu.

»Jessica«, sagte er schnell. »Ungehorsam, furchtsam, duckmäuserisch, versuchte, vor jenen davonzukrabbeln, die sie prüften!« sagte er mit trockenem Spott. Wieder hörte ich das Wimmern. »Fünf Tage in der Küche zum Schrubben von Töpfen und Pfannen – auf Knien und als Spielzeug des Küchenpersonals sollte sie ihre wahre Aufgabe schätzen lernen.« Er schnippte mit den Fingern, es entstand Bewegung, und die Sklavin stöhnte laut.

Gleich darauf sah ich sie. Sie wurde kopfüber in die Höhe gehoben, und weiße Ledermanschetten wurden um ihre Knöchel gelegt. Dann wurde sie an dem zwischen den Manschetten befindlichen Schnürwerk an den Haken gehängt.

Das kann mir doch nicht passieren, so kopfüber aufgehängt zu werden! Aber, stell dir vor, das wird gleich geschehen. Und diesmal brauchst du nichts zu tun. Einfach nur still stehen und abwarten. Flink wurde ihr mit schwungvoller Schrift das Wort »Küche« auf den Rücken geschrieben.

Der nächste Sklave wurde bereits verurteilt: »Eric, für Starrsinn und das Widerstreben, den einfachsten Anforderungen seines Treibers zu gehorchen. Ich würde sagen, fünf Tage in den Pferdeställen zum Versorgen der Pferde und als Pferd für die Stallknechte dürften ausreichen«, sagte der Trainer. Dann sah ich aus dem Augenwinkel, wie der kräftige Sklave, mit der gleichen Leichtigkeit wie die Frau zuvor, mit gefesselten Knöcheln an den Haken gehängt wurde.

Mein Herzklopfen entsprach ganz und gar meiner mißlichen Lage. Ja, Sir, man wird dich in wenigen Sekunden genauso kopfüber aufhängen, und was dann? Fünf Tage jenseits des Erlaubten! Himmel, nein! Zeit, Schluß zu machen. Stromkreis überlastet. Fabrikationsfehler. Sicherung brennt gleich durch.

»Eleanor, eigenwillig, unabhängig, sehr stolz, mit Sicherheit kratzbürstig zu den Gästen.« Eine Blonde, schon mit schwarzem Leder geknebelt, wurde an mir vorbeigetragen. »Fünf Tage in der Wäscherei, eine gute Ausbildung im Waschen und Bügeln«, sagte der Trainer, als das entsprechende Wort auf ihren hübschen Rücken geschrieben wurde.

Mein Kopf entleerte sich. Es war außer mir nur noch ein Sklave übrig. Küche, Ställe, huuuh. Nein, das kann nicht sein. Schreib das Drehbuch neu.

Ich sah wieder die Trainerin links neben mir. Parfüm. Klappern von zarten, spitzen Absätzen.

»Gregory«, verkündete der rothaarige Trainer, »sehr jung, sehr töricht und sehr leichtsinnig, eher ein Vergehen aus Tolpatschigkeit und Nervosität, würde ich meinen ...«

Der Sklave stöhnte flehentlich ohne jede Hemmung.

»Fünf Tage Dienst mit dem Zimmermädchen sollten reichen und die Nervosität ein bißchen heilen, ein ordentliches Krafttraining mit Besen und Scheuerlappen.«

Jetzt stand ich allein da und sah zu, wie der bronzefarbene Gregory mit seinem kurzen schwarzen Kraushaar kopfüber an die Stange gehängt wurde.

Gehorsam hielt er die Hände in den Nacken, wie die meisten anderen, nur die ungehorsame Eleanor wand sich heftig, trotz oder wegen der wiederholten Hiebe mit dem Gürtel.

»Elliott«, sagte der Trainer, der neben mir stand. Ich fühlte plötzlich seine Hand unter meinem Kinn. »Stolz, eigenwillig, ein bißchen zu individualistisch für den Geschmack seiner Gebieterinnen und Gebieter, muß ich leider sagen.«

Es war unerträglich. Ich glaubte, den Saukerl lachen zu hören.

Aber hinter mir hörte ich die Frauenstimme.

»Richard, den will ich haben«, sagte sie leise.

Alle Systeme auf Notstrom. Den Leitungen brennen die Isolierungen durch. Gleich bricht ein großes Feuer aus.

Sie näherte sich, süßes, blumiges Parfüm, dunkle Silhouette in meinem Augenwinkel, scharfkantige, schmale Hüften, spitze Brüste.

»Das weiß ich«, gab der rothaarige Mistkerl leise zurück. »Aber die Strafe ...«

»Überlaß ihn mir«, sagte sie. Die Stimme wie ein Samthandschuh in meinem Nacken. »Ich habe eben im Büro eine Ausnahme gemacht, weil ich weiß, daß es so am besten ist. Und du weißt, daß ich das hier am besten handhaben kann.«

Mir standen am ganzen Leib die Haare zu Berge. Das Parfüm war Chanel, und es kam in kleinen Wellen, wie von ihrem Puls getragen.

»Lisa, die Ausnahme war dein Vorrecht ... Aber ich bin der Direktor der Postulanten, und das hier ist ein Routinefall ...«

Lisa. Ich hatte das Gefühl, mich zu winden, aber ich hatte mich nicht gerührt. Die Hand des Mannes berührte wieder mein Kinn und hob es in die Höhe.

»Elliott«, fuhr er fort.

»Ich habe die erste Wahl, Richard«, sagte sie mit knisternder Stimme. »Und die möchte ich jetzt sofort treffen.« Sie kam näher, ihre Spitzenbluse berührte beinahe meinen Arm. Ich war kurz davor, in Flammen aufzugehen. Ich sah ihren engen, kurzen schwarzen Lederrock, ihre langen, schmalen Hände. Großartige Hände, wie die Hände von Kirchenheiligen.

»Natürlich«, sagte der Trainer. »Und du kannst ihn dir selbstverständlich jetzt auswählen, aber er muß trotzdem erst bestraft werden, ehe die Ausbildung beginnen kann.«

Er hielt noch immer mein Kinn und musterte mein Gesicht. Ich fühlte seinen Daumen an meiner Wange. Aber mein Bewußtsein war leer.

»Elliott, schau mich an«, befahl er.

Standhaft, Elliott. Schau den netten Mann an. Tiefliegende, graue Augen, lebhaft, launisch.

»Laß uns mal hören, was für eine Stimme unser junger, stolzer Postulant hat«, sagte er und bewegte dabei kaum die Lippen, so als würde er laut denken. Er war nah genug zum Küssen. »Schau mich an, und sag mir ganz ehrlich, daß dir die Schande, die du auf dich geladen hast, leid tut.«

Elliott Slater ist verloren.

»Nun?«

»Es tut mir leid, Herr«, hörte ich mich leise sagen. Nicht schlecht für jemanden, der fünf Minuten zuvor gestorben war. Aber das Sprechen hieß, wieder in die Situation zurückzukehren, und der Mistkerl mußte das wissen. Es war fürchterlich, ihn direkt anzuschauen, dabei ihren dunklen Schatten zu sehen und ihr Parfüm zu riechen.

Ein Flackern in seinen Augen, ein Zittern der Augenlider.

»Ich nehme das in die Hand, Richard ...«, sagte sie ein kleines bißchen scharf.

Ich schloß für eine Sekunde die Augen. Will ich, daß sie den Streit gewinnt? Was will ich, und was spielt es für eine Rolle, was ich will?

»Wir schließen einen Kompromiß«, sagte er und hielt noch immer mein Gesicht mit fester Hand. Er musterte mich, als sei ich ein wissenschaftlich interessantes Spezimen. »Sagen wir, nur drei Tage harte Arbeit, Saubermachen der Toiletten, und dann zu Lisa, der Perfektionistin, wie sie es wünscht.«

»Richard!« flüsterte sie. Ich fühlte ihren Zorn wie eine Hitzewelle.

Und dies war nun meine persönliche Trainerin, diese Schattengestalt, dies war die Zukunft und drei Tage in den Toiletten, um darüber nachzudenken, falls ich noch denken konnte.

»Du hast verdammt großes Glück, Elliott«, fuhr Richard, der Trainer, fort. Ich zitterte sichtbar. Warum sollte ich weiterhin versuchen, es zu verbergen? »Die Perfektionistin hat die erste Wahl unter allen Sklaven, und jene, die sie ausgewählt hat, sind die besten Künstler im Club. Aber in Zukunft mag es vorkommen, daß du auf Arbeit in den Toiletten hoffst und darum betest, wenn sie Fehler an dir findet.«

Sie war vor mich getreten, aber ich wagte es noch nicht, meinen Blick von seinen Augen zu nehmen. Dennoch konnte ich sehen, daß sie sehr zart war und ihr dunkles, gewelltes Haar eher einen Umhang als einen Schleier bildete. Große, dunkle Augen durchbohrten mich.

Da war noch etwas an ihr, etwas Fühlbares, das ich nicht benennen konnte. Ich glaube nicht, daß Leute eine Aura haben, daß sie Wellen aussenden. Aber von ihr schien eine Urkraft auszugehen. Ich konnte sie fühlen. Ich hatte sie die ganze Zeit gefühlt. Wie ein Geräusch, das zu leise war, um vom Gehirn bewußt wahrgenommen zu werden.

Als der Trainer mit lauterer Stimme den Befehl wiederholte: »Drei Tage Toiletten reinigen«, nahm sie meinen Kopf zwischen beide Hände. Ich empfand etwas so Unerhörtes bei ihrer Berührung, daß ich sie auch angeschaut hätte, selbst wenn es nicht genau das gewesen wäre, wozu sie mich zwang. Es war wie ein elektrischer Kontakt.

Sie war wirklich hinreißend, ihr Gesicht köstlich hager und schattig, ihr roter Mund ein kleines bißchen trotzig, und in ihren Augen, die mich direkt anschauten, ein Hauch von Unschuld, sie schienen überhaupt nicht wahrzunehmen, daß ich ihren Blick erwiderte.

Mein Bewußtsein war schon wieder leer. Von ihr konnte ich nicht gefoltert, besessen werden! Gegenüber dieser zerbrechlichen Kreatur sollte ich machtlos sein? Doch mein Schwanz war vom vierten Gang in den Overdrive übergegangen. Und das sah sie mit absoluter Sicherheit. Nichts konnte ihr entgehen, ihr nicht. Sie ließ mich los.

Ich sah, wie die in weißes Leder gekleideten Henker auf

mich zukamen, und konnte nicht einmal klar genug denken, um in Panik zu geraten. Sie hoben mich auf, schwangen mich kopfüber.

Pures Staunen, jenseits von Panik – sie hatten es getan, verdammt noch mal –, ich sah nichts, dann fühlte ich, wie die breiten, weichen Manschetten um meine Knöchel gelegt und an den Haken gehängt wurden.

Die Fettkreide grub sich in meinen Rücken – ich verlor den Faden der Buchstaben, was mir irgendwie als ein Versagen erschien –, und ich versuchte verzweifelt, meinen Körper am Schaukeln zu hindern, während mir das Blut in den Kopf stieg.

Dann geriet ich in Panik. Ich drehte vollständig durch. Aber das spielte keine Rolle, weil ich völlig hilflos dort hing und es niemand merkte. Das Gestell knarrte, begann zu schaukeln, und wir schaukelten mit. So einfach war das, und so unerträglich.

Die Stimme des Trainers erläuterte, daß die bestraften Postulanten unter den denkbar unbequemsten Bedingungen arbeiten und schlafen würden, daß ihre Strafe erbarmungslos und ermüdend und für niemanden ein Vergnügen wäre und daß sie im Laufe der folgenden Tage von der Klasse zum weiteren, besseren Verständnis von Ungehorsamkeit und deren Folgen besucht werden würden.

Wir wurden langsam zu der offenen Tür gerollt. Mein ganzer Körper fühlte sich wie geschwollen an. Der Club verschluckte uns wie ein riesiges Maul. So auf den Kopf gestellt, wie wir waren, hätten wir genausogut in eine andere Dimension transportiert werden können. Ich versuchte, nicht in den auf dem Kopf stehenden Raum zurückzuschauen.

»Und jetzt«, hörte ich die Stimme, »können die Trainer ihre Sklaven auswählen.«

8
LISA
Alles, was Ihr wünscht, Herr

Natürlich mußten sie ihn nach unten schicken, nicht wahr? Wer hatte denn all diese Vorschriften über das harte Bestrafen am Anfang erlassen? Und es war Routine; selbst wenn bislang noch niemand eine solche kleine Szene geliefert hatte, hatte Richard völlig recht.

Es war neun Uhr, als ich schließlich die Schlafzimmertür zumachte.

Dämmerlicht durch die Vorhänge, und die unvermeidliche nächtliche Brise, die unsere Insel abkühlt. Warum konnte sie das Feuer nicht kühlen, das in mir brannte?

Die Badesklaven waren zwei meiner Lieblinge, Lorna und Michael, beide blond und klein und absolut hinreißend. Sie waren schon dabei, die Lichter anzumachen.

Sie ließen Wasser einlaufen, ohne zu fragen, wie ich es haben wollte, legten meine Nachtgewänder bereit und schlugen mein Bett auf. Als sie mich sanft mit Shampoo und Seife bearbeiteten, wurde ich endlich schläfrig. Mit zarter Hand rieb mich Michael anschließend mit Öl ein, trocknete mein Haar und bürstete es.

»Wir haben dich vermißt, Lisa«, flüsterte er und küßte meine Schulter.

Er blieb noch, als Lorna schon gegangen war, und tat lauter überflüssige Dinge. Fabelhafter Körper, dickes Organ. Warum nicht? Aber nicht heute.

»Das ist alles, Mike«, sagte ich.

Er kam leise durchs Zimmer und küßte mich noch einmal auf die Wange. Ich schlang einen Arm für eine Sekunde um ihn und lehnte mich an seine Schulter.

»Du arbeitest zu hart, Lady Boss«, sagte er, den Mund zum Küssen bereit.

Ich schloß die Augen, und das Flugzeug flog im Kreis. Meine Schwester schaute über den Tisch im »Saint Pierre« und sagte: »Warum erzählst du uns nie was über deine Arbeit?«

»Ah!« Ich machte die Augen auf und erschauderte. Beinahe wäre ich weggesackt. »Ich muß jetzt schlafen«, sagte ich.

»Zu zweit schläft man besser als allein.«

»Michael, du bist ein Schatz. Aber heute abend bringt's nichts.«

Ich lag ruhig und still unter der weichen, dicken, weißen Bettdecke. Ich starrte auf die dünne Baumwollspitze des Betthimmels.

Okay. Sie mußten ihn nach unten schicken. Also gut.

Ich konnte nicht aufhören, ihn mir vorzustellen, wie er in der Empfangshalle ausgesehen hatte. Zehnmal schöner als auf den Fotos, nein, hundertmal. Und blaue Augen, ja, echt superblaue Augen, und der Körper Spitzenklasse. Preisverdächtig. Aber es war diese unerschütterliche Würde, die Art und Weise, wie er einfach dastand und alles hinnahm, wie Alkibiades in Ketten.

Schmachtfetzen, Lisa, versuch doch endlich zu schlafen.

Okay, er hat sie verdient, die drei Tage in den Toiletten. Aber habe ich das verdient, drei Tage, bis er wieder raufkommt?

Ich hatte keine fünf Minuten mit Richard allein gehabt, um ihm zu sagen, was ich von ihm hielt, oder fünf Minuten, ohne an Elliott Slater zu denken, wie er auf Händen und Knien den Kachelboden schrubbte.

Gleich nachdem alles vorüber war, hatte ich mich in meinem Büro eingeschlossen und die Korrespondenz aufgearbeitet, die sich seit dem letzten Jahr angesammelt hatte. Bestellscheine, medizinische Formulare, Rechnungen, neue Ausstattungsentwürfe, angenommen, klassifiziert, abgeschickt, was auch immer … Versprochen, morgen mit dem Ponytrainer zu reden. Dann das übliche Abendessen mit den neuen Mitgliedern, Fragen beantworten, kleine Besichtigungsrunden durch das Gelände. Mister Jerry McAllister war glücklich. Alle waren glücklich. Vielleicht war sogar Elliott Slater glücklich. Wer weiß?

Tatsächlich war die »Erste Nacht« so großartig verlaufen wie immer, und niemand würde sich einen Teufel drum scheren, wenn ich einfach verschwände.

Und was nun?

Ich starrte an den Betthimmel über mir, als wäre ich nicht eben in Michaels Armen beinahe eingeschlafen. Erinnerungen kamen hoch. Fetzen aus der Vergangenheit schwebten um mich herum, Gesichter, die Gestalt annehmen, Stimmen, die sprechen wollten.

Ich lauschte auf den Wind durch die offenen Türen, auf das Rauschen der Blätter.

Denk nicht an ihn. Sie haben ihn ja nicht in ein fernes Land verkauft.

Und denk nicht an die Vergangenheit. Wie kann man Erinnerungen verhindern? Wenn man die Vergangenheit so durchdenkt, dann ist es, als könne man sie verändern, in Ordnung bringen, vielleicht sogar zum ersten Mal verstehen. Die Erinnerungen waren übrigens den ganzen Tag präsent gewesen, lungerten in psychischen Schattenzonen wie ein feindliches Heer, bereit zum Angriff.

Ich sah den Highway, der südwärts aus San Francisco führt, dann den dichten Zypressenwald von Monterey, die hohen, spitzgiebligen Häuser hinter den bemoosten Steinmauern, den schmalen Kiesweg, die Privatstraße, die sich vor uns schlängelte, während sich hinter uns die Tore schlossen. Ich saß so steif neben Jean-Paul auf dem dunkelblauen Polster der Limousine, die Hände im Schoß gefaltet. Ich versuchte sogar einmal, meinen Rock über die Knie zu ziehen. Völlig absurd.

Jean-Paul sprach mit ruhiger Stimme.

»Die ersten Tage werden die schwierigsten für dich sein. Es wird einen Moment geben, wo du erkennst, daß du nicht entkommen kannst, und du wirst in Panik geraten. Aber dein Trost ist folgendes: Du kannst nichts dagegen tun.« Er hielt inne und schaute mich prüfend an. »Wie fühlst du dich jetzt?«

»Ängstlich«, flüsterte ich. »Und aufgeregt.« Aber die Worte verdörrten in meiner Kehle. Ich wollte sagen, egal, was ich empfinde, ich würde um keinen Preis umkehren. Ich sah die hölzerne Pforte und das Pförtnerhaus. Die Limousine glitt auf eine Ziegelgarage mit spitzem Giebeldach zu, die gleiche Tudor-Architektur wie das Landhaus unter den Bäumen direkt vor uns.

Finsternis verschlang uns, als wir in die Garage fuhren, und in einem plötzlichen Anfall von Angst faßte ich nach Jean-Pauls Hand. »Du wirst immer wissen, wie es läuft, nicht wahr?«

»Natürlich. Und jetzt überleg noch mal. Gibt es irgendwas, was du sagen oder fragen möchtest? Weil ich dich ausziehen werde. Du wirst nur nackt zugelassen. Ich muß dir die Kleider wegnehmen. Du darfst niemals versuchen, mit dem Boß oder den Knechten zu reden. Sie würden dich dafür bestrafen.«

»Wirst du mich holen kommen ...?«

»Natürlich, wie verabredet in genau drei Monaten.«

(Ich muß in drei Monaten zum Semesterbeginn in Berkeley sein, unbedingt.)

»Denk an alles, was ich dir gesagt habe, an die Etappen, die du durchlaufen wirst: Wenn du entsetzliche Angst hast, denk daran, wie aufregend das alles ist. Sei in dieser Hinsicht ehrlich mit dir selbst – und denk dran, daß du nichts ändern kannst. Du bist jeglicher Verantwortung enthoben, du kannst dich nicht selbst retten.«

(Rette dich selbst. Rette deine Seele. Mein Vater, der die Bücher auf meinem Bett betrachtet, die neuen Romane, die Taschenbuch-Philosophie. »Lisa, du hast noch nie Geschmack gehabt oder Urteilsvermögen, nur eine Neigung zum übelsten Schund, den du im Buchladen finden kannst, aber zum ersten Mal fürchte ich um deine unsterbliche Seele.«)

Ich fühlte meine Brustwarzen glühend heiß unter der Bluse, der dünne Zwickel meines Höschens war triefnaß zwischen meinen Schenkeln. Jean-Paul beugte sich herüber und küßte meine Wange. Er strich mein Haar über die Schultern zurück.

Mein Haar war damals noch länger als heute, und sehr dick, sehr schwer.

Ich fühlte, wie Jean-Pauls Hand meine Handgelenke faßte und sie mir hinter den Rücken drückte, ich hörte das Schneiden der Schere durch den Stoff meiner Bluse, und der Fetzen fiel auf den dunkelblauen Teppich des Wagens.

Sobald ich nackt war, zerrte er mich aus der Limousine.

»Beug den Kopf«, sagte er, »und schweig.«

Der Zementboden war kühl unter meinen Füßen, und das Licht aus der Tür blendete mich. Er küßte mich wieder. Und als ich den Motor in der geschlossenen Garage aufheulen hörte, wurde mir klar, daß er wegfuhr.

Ein junger Diener in grauer Uniform war inzwischen herausgekommen. Er packte meine Handgelenke und stieß mich zur Tür. Die Härchen auf meinen Armen fühlten sich an wie eine schützende Hülle. Meine Brustwarzen pulsierten, und ich fragte mich, ob dieser Fremde, dieser Mitverschwörer in einer geheimen Sexwelt, die Feuchtigkeit zwischen meinen Beinen sehen konnte.

»Den überdachten Weg benutzen wir im Winter«, sagte er. Die Stimme eines älteren Mannes. Gebildet. Neutral. »Du wirst bis kurz vor das Haus gehen, dann wirst du auf die Knie fallen und so bleiben. Im Haus wirst du immer auf Knien sein.«

Wir gingen den Fußweg hinauf. Ich fühlte seine behandschuhte Hand fest um meine Handgelenke, Licht fiel hell, doch irgendwie wäßrig durch das dicke Milchglas der vergitterten Fenster. Ich sah nichts als eine kahle Mauer vor mir. Grünpflanzen drückten sich gegen das Glas. Ich dachte in plötzlicher Panik, daß die Limousine inzwischen den Highway erreicht haben mußte und daß ich nicht geknebelt worden war. Ich hätte schreien können.

Aber dann hätte er mich geknebelt. Dessen war ich sicher. Man hatte es mir gesagt.

»Laß dich von der Freundlichkeit der Diener nicht täuschen«, sagte der Mann nah an meinem Ohr. »Wenn sie dich in irgendeiner anderen Position als kniend antreffen, wenn sie auch nur die geringste Ungehörigkeit entdecken, dann werden sie es unweigerlich deinem Herrn berichten. Und der Grund dafür ist ganz einfach: Wenn sie einen Fehler an dir finden, wird dein Gebieter dich ihnen übergeben, damit sie dich bestrafen. Darauf warten sie nur. Ganz besonders auf so ein frisches, junges Mädchen mit so zarter Haut. Eine kleine Novizin. Also noch mal, laß dich nicht von ihren Aufmerksamkeiten täuschen.«

Wir waren um die Kurve gekommen, und der Weg war nun mit Teppich belegt. Für meine Knie natürlich. Am Ende des langen Ganges sah ich eine Tür. Mein Herz klopfte wild.

»Du mußt jedermann im Haus absolute Unterwürfigkeit erweisen. Niemals den Fehler begehen, es daran mangeln zu lassen. So, und jetzt auf Hände und Knie.«

Was ist mir von dem, was folgte, in Erinnerung geblieben?

Die Tür schwang weit auf, die große, luxuriöse, moderne Küche, die enormen Kühlschranktüren, die glänzende Edelstahlspüle und die Köchin in gestärktem, weißem Leinen, die Schürze um ihre üppige Taille gebunden, die sich umdrehte, um mich von ihrem Holzschemel aus anzuschauen.

»Oh, die ist aber süß.« Ein Lächeln kräuselte über ihr rundes Gesicht.

Dann der Schock beim Anblick der weitläufigen Diele mit Marmortischen und Spiegeln, und stillen Salons mit Spitzengardinen, die die Sonne durch einen Rahmen schwerer Vorhänge filterten. Und ich durchquerte nackt dieses gediegene Reich bis zum Arbeitszimmer des Gebieters, der hinter seinem Schreibtisch saß, das Telefon am Ohr, einen Bleistift in der Hand.

Ein erster Blick auf den Gebieter, nur für den Bruchteil einer Sekunde, mit gesenktem Kopf. Ich mußte bis in die Mitte des dunkelblauen Perserteppichs krabbeln.

Glöckchen klangen durchs Haus. Irgendwo zwitscherten Kanarienvögel, das leise Geräusch von Flügeln gegen Käfigstangen.

»Oh, ja, ja natürlich. Ich habe einen anderen Anruf. Ich rufe Sie wieder an.« Starker britischer Akzent. Aristokratisch und ausdrucksstark. Klicken des Telefons. »Ja, sie ist hübsch, sehr hübsch. Richte dich auf, mein Liebling. Ja, ich *mag* sie. Sie eignet sich wunderbar. Komm her, junge Schönheit.«

Ich krabbelte um den Schreibtisch herum, wie er verlangt hatte, bis ich seine Schuhe und die Schöße seines dunkelroten Satinmantels über dunkleren Hosenbeinen sah. Eine Hand berührte mein Gesicht, meine Brust. »Hmm, wirklich hübsch.« Jedes Wort so deutlich und doch so schnell gesprochen. »Viel hübscher, als ich zu hoffen gewagt hatte.«

»Ja, Sir«, sagte der Bedienstete. »Und kein Firlefanz.«

»Schau mich an, Lisa.« Er schnalzte mit den Fingern.

Hageres Gesicht, scharf gezeichnete Knochen, die schwarzen Augen fast unnatürlich lebhaft. Dichtes graues Haar, von Stirn und Schläfen nach hinten gekämmt. Gutaussehend, ja. Sogar außergewöhnlich. Wie das Timbre seiner Stimme waren auch seine Augen ohne Alter, eher schelmisch und beinahe jung.

»Laß sie hier. Ich werde nach dir rufen.« Selbstverständlicher Befehlston. »Ich habe eigentlich keine Zeit dafür«, überlegte er, »aber ich werde mir die Zeit nehmen. Folg mir, junges Fräulein.«

Die Tür zu einem ungewöhnlichen Zimmer ging auf. Eng, grell beleuchtet von der Sonne, durch bleiverglaste Fenster hindurch. Ein langer, polierter Tisch mit ledernen Hand- und Fußschellen, die an Lederriemen von den Ecken baumelten. An der Wand ein Gestell mit Peitschen, Gurten, Schellen, Rüstungen. So wie in Jean-Pauls Studio, wo er jenen, die auf seine diskreten Anzeigen in den unwahrscheinlichsten Zeitungen antworten, »Disziplin« lehrt. Ich bin gut ausgebildet worden.

Aber das hier ist eine Beförderung, es ist das erste Bewerbungsgespräch, der Beginn einer Laufbahn.

Leise bewegte ich mich auf Händen und Knien über das dunkle, rosenfarbene Parkett auf das weiche Rechteck eines roten Perserteppichs zu. Herzklopfen. Das Geräusch seiner Schuhe.

»Auf die Füße, meine Liebe, so ist es recht.« Ich fühlte, wie dünne Lederriemen sich um meinen Kopf legten. Panik.

»Pschhht. Aber, aber, haben wir denn so große Angst?« Seine rechte Hand legte sich um meine linke Brust, ich fühlte seinen weichen Satinmantel an meinem Rücken. »So, ganz still, die Hände hinter dem Rücken gefaltet. Du möchtest doch hübsch aussehen für deinen Gebieter, nicht wahr?« Lippen an meinem Gesicht. Ich schmolz unter der Zärtlichkeit. Alles, was Ihr wünscht, Gebieter.

Mein Geschlecht schien unmöglich heiß, prall. Ich fühlte die schmalen Riemen auf der Stirn, den Wangen, die Nase entlang. Meine Zunge schnellte heraus, um die Lippen zu berühren.

»Katzenzünglein!« flüsterte er in mein Ohr und zwickte mir in den Po. Ein Hauch von Kölnisch Wasser, ein leises, tonloses Lachen. Er bündelte meine Haare, drehte sie zu einem festen, mit Haarnadeln gespickten Knoten. Der Riemenhelm schloß sich in schnellen, zerrenden Bewegungen stramm um meinen Kopf und den Haarknoten. Ein Korsett legte sich um meine Taille, unter meinen Armen hindurch. Ich bemühte mich, keinen Laut von mir zu geben. Ich zitterte zu heftig.

»Schscht, mein kostbarer Schatz. Du bist ein Baby, ein hinreißendes, winziges Baby, nicht wahr?« sagte er. Er stand vor mir und hakte das enge Korsett über der Rundung meines Bauches ein, und mit jedem weiteren Haken arbeitete er sich bis hinauf zu meinen Brüsten. Der Lederpanzer umschloß mich, drückte mit Halbschalen, die die Brustwarzen frei ließen, meinen Busen in die Höhe.

»Großartig«, sagte er und küßte plötzlich meine Lippen durch die Maske aus dünnen Riemen. Unerträgliche Spannung. Das Korsett war jetzt vollständig angepaßt. Es war, als trüge es mich, als hätte ich weder Gewicht noch eigene Kraft.

»Wundervoll«, sagte er und holte meine Brustwarzen vorsichtig unter dem Leder hervor, zog daran, um sie länger zu machen, härter. Wie geübt er war, wie geschickt und schnell.

»Und nun diese hinreißenden Arme, was machen wir denn mit diesen hinreißenden Armen?« *Alles, was Ihr wünscht, Gebieter.* Ich reckte meinen Hals, versuchte, meine Unterwerfung durch eine Wellenbewegung zu demonstrieren. Jeder Atemzug schien sich an der brennenden Hülle des Korsetts zu brechen. Gieriges Zucken zwischen meinen Beinen.

Er verschwand aus meinem verschwommenen Blickfeld und kam fast augenblicklich mit einem seltsamen Paar lederner Handschuhe zurück. Ich sah sofort, daß sie geschnürt werden konnten. Er drehte mich herum und schob schnell meine Finger in das schwarze Glacéleder, zog es sorgfältig über die Hand und das Handgelenk, dann desgleichen mit der anderen Hand, bis die Handschuhe bis über die Ellbogen glatt anlagen. Ich fühlte das Zerren der Schnürsenkel, meine Arme wurden aneinandergefesselt und heftig nach hinten gezogen, so daß meine Brüste noch weiter herausragten. Mein Gesicht brannte unter den Riemen. Mir kamen die Tränen. Würde ihm das gefallen oder ihn verärgern? Ich war vollständig gefesselt, außerstande, mir in irgendeiner Form zu helfen. Mein Atem ging schneller, unregelmäßig. Gefesselt.

»Nun, nun«, sagte er wieder mit seinem britischen Akzent, der auch das einfachste Wort exotisch klingen ließ.

Ich sah seine langen, knochigen Finger – mit feinem schwarzem Flaum auf der Oberseite der Finger –, die mir ein Paar hochhackiger Stiefel hinhielten. Es schien ausgeschlossen, auf so hohen Absätzen zu laufen. Er stellte sie mit offenem Reißverschluß auf den Boden, ich stieg hinein und fühlte augenblicklich, wie sie bis zum Knie festgezogen wurden. Unerträglich süß der feste Griff seiner Hand, als er das Leder glättete. Es war fast, als stünde ich auf Zehenspitzen, nur daß der Spann so weit nach hinten gebogen war.

»Gut, ausgezeichnet. Jean-Paul hat uns deine Maße geschickt, und er ist sehr genau, weißt du. Er macht nie einen Fehler.« Er nahm mein Gesicht in die Hände und küßte mich durch die Riemen hindurch. Das Begehren brannte bis zur Schmerzgrenze in mir. Ich dachte, ich würde umfallen.

»Aber wir haben noch mehr göttlichen Schmuck für mein kleines Spielzeug«, sagte er. Ich kannte diesen Schmuck, die runden, schwarzen Gewichte, die er an meine Brustwarzen klammerte, die hängenden Ohrringe, die er mit ihrem Dorn in meine Ohren hakte, so daß sie in das Ohrinnere ragten und Schauder durch mich hindurchjagten. Ich konnte nicht mehr stillhalten.

»So, nun bist du ordentlich ausgestattet, mein hinreißendes kleines Mädchen«, sagte er. »Und jetzt wollen wir mal sehen, aus welchem Holz du geschnitzt bist. Geh vor mir her, und zwar graziös. Schau genau hin.«

Fingerschnippen.

Die hohen Absätze klapperten laut über das Parkett, bis ich den Teppich wieder erreichte. Mein Körper pochte vor Begierde, bebte vor Hitze.

Er führte mich zu den beiden weichen Samtsofas, die vor dem Kaminfeuer einander gegenüberstanden. Ich fühlte die Wärme der Glut scharf auf meiner Haut. Süße Wärme.

»Nun knie dich hin, Liebling«, sagte er, »mit gespreizten Beinen.« Ich versuchte zu gehorchen, die Stiefel waren so eng und steif, daß ich mich tolpatschig bewegte. Er setzte sich vor mich auf das Sofa. »Reck mir deine Hüften entgegen, Liebling«, sagte er. »So ist's recht, göttlich. Dein Gebieter findet dich wirklich sehr schön.«

Als er verstummte, hörte ich mich selber leise schluchzen. Die Tränen flossen in Strömen. Ich war mit dem Korsett, den Handschuhen, den Stiefeln so stramm gefesselt, daß ich das Gefühl hatte, irgendwo in einer Welt zu schweben, wo Stärke und Schwerkraft keine Bedeutung hatten. Er beugte sich vor und küßte meine Brüste, zwickte sie und leckte an den Warzen, an den Klammern der Gewichte. Ich fühlte, wie meine Hüften unkontrollierbar vorwärtszuckten. Ich dachte, ich würde ihm in die Arme fallen.

»Ja, mein kostbarer Schatz«, flüsterte er in mein Ohr. Er küßte meinen Mund. Heiße, starke Finger stützten meinen Busen über dem Korsett. »Jetzt stell dich hin«, sagte er und hob mich auf. »Dreh dich für mich um. So ist's recht. Die Fersen zusammen. Ja, und diese lieblichen Tränen.«

Das Zimmer war ein dämmriges Wunderland aus Formen

und Licht, das Gleißen des Feuers hinter dem Messingschirm, die schlanke Gestalt des schwarzhaarigen Mannes, der ebenfalls aufgestanden war und mich mit verschränkten Armen betrachtete, mir flüsternd Befehle erteilte.

»Ja, jetzt wieder andersherum, sehr gut, die Fersen zusammen, immer zusammen, das Kinn schön in die Höhe gereckt.«

Und schließlich fühlte ich seine Arme um mich. Ich konnte das Weinen nicht unterdrücken, schluchzte über die Kraft seiner Arme, den Anblick seiner Schultern, die Berührung seiner Brust. Er umfing mich, drückte mich an seinen glatten Satinmantel, meine Brüste schmerzten, seine Lippen berührten meinen Mund zwischen den Riemen hindurch. Ich fühlte, daß ich gleich überfließen würde. Ich konnte es nicht mehr zurückhalten.

Was hatte ich in jener ersten Nacht empfunden, als alles vorüber war, ich neben ihm lag und mein Fleisch noch immer von seinem Fleisch prickelte?

Wie die darauffolgenden drei Monate zusammenfassen? Die unzähligen Abendgesellschaften und die gewalttätige Intimität mit jenen namenlosen, fremden Gästen, die endlosen Nachstellungen des frechen, boshaften, kleinen Dienstmädchens mit dem Dreschflegel, der Morgenlauf durch den Garten im Frühling, wenn der Gebieter auf seinem Lieblingswallach neben mir herritt und die Außenwelt so fern und unglaubwürdig war wie ein Märchen?

Und die unvermeidliche Demütigung der Strafen durch das Personal, wenn ich es nicht geschafft hatte, zu gefallen, mich zu unterwerfen, korrekt zu antworten, mit ausdrücklicher Willfährigkeit zu reagieren.

War ich je in Panik geraten? Am ersten Morgen vielleicht, als ich den Reitweg sah und wußte, daß ich mit auf den Rücken gebundenen Armen rennen mußte. Oder als ich zum ersten Mal von der Köchin übers Knie gelegt wurde, zappelte und über die Ungerechtigkeit heulte. Aber ich war nie wirklich panisch geworden.

Die Panik überfiel mich an einem Morgen Ende August, als Jean-Paul in dem kleinen, weißgetünchten Zimmer hinter der Küche, in dem ich schlief, auf und ab ging und immer wieder sagte: »Überleg es dir ganz genau, bevor du antwortest. Weißt du, was es bedeutet, daß er dich für ein weiteres halbes Jahr haben will? Begreifst du nicht, was du wegwirfst, wenn du das Angebot ablehnst? Schau mich an, Lisa, verstehst du das?«

Er hatte sich heruntergebeugt und mir in die Augen geschaut.

»Du weißt, was das heißt, eine solche Gefangenschaft. Meinst du, es sei leicht für mich, so was noch mal für dich zu finden? Und du brauchst es, das weißt du ganz genau. Es ist dein Traum. Willst du daraus aufwachen? Ich kann dir nicht versprechen, eine andere Stelle dieser Art für dich zu finden, wenn du wieder zur Vernunft gekommen bist. Eine so grandiose Gefangenschaft wie diese hier.«

Spar dir deine Sprüche.

»Ich dreh' durch, wenn ich nicht weggehe. Ich will nicht hierbleiben. Ich habe von Anfang an gesagt, daß ich zum Wintersemester in der Schule sein muß ...«

»Du kannst ein Semester später anfangen. Ist dir klar, wie viele ich habe, die dich ersetzen können ...?«

»Ich muß jetzt weg, verstehst du das nicht? Das ist nicht mein Leben, jedenfalls nicht mein ganzes Leben!«

Innerhalb einer Stunde waren wir auf dem Weg nach San Francisco. Wie seltsam es war, wieder Kleider anzuhaben, aufrecht zu sitzen, durch die Windschutzscheibe der großen Limousine zu schauen.

Wie sah die Stadt nach diesen Monaten aus? Wie war es, im Hotelzimmer zu liegen und das Telefon anzustarren? In zwei Wochen würde das Semester beginnen. Mein Körper wand und versteifte sich im Fieber. Orgasmus. Schmerz.

In jener ersten Nacht saß ich im Flugzeug nach Paris, mit dem Geld, das ich verdient hatte, ohne auch nur zu Hause anzurufen.

Tagelang trieb ich mich wie betäubt in den Cafés auf dem

linken Seine-Ufer herum. Der Verkehrslärm, das Gedränge der Passanten erschreckten und quälten mich, als sei ich aus einer gepolsterten Zelle entlassen worden. Mein Körper verzehrte sich nach dem Klopfer, dem Riemen, dem Schwanz, dem ungeheuren, besänftigenden, quälenden Reichtum an Aufmerksamkeit! Orgasmus. Schmerz.

Zwei triste Verabredungen mit einem Studenten der Sorbonne, Abendessen und Streit mit einem alten Freund aus Amerika, ein langweiliger Abend lauen Liebemachens mit einem amerikanischen Geschäftsmann, den ich dreist und völlig grundlos in der Hotelhalle aufgegabelt hatte.

Der lange Heimflug, die Massen auf dem Campus, die jungen Männer mit glasigen Augen, von Drogen und Ideen verdorben, die die braungebrannten Mädchen ohne BH unter ihren T-Shirts nicht zu sehen schienen, Geschwätz über Pot, Sex, Revolution, Frauenrecht, das größte soziologische Versuchslabor der Welt.

Allein im Zimmer des Saint-Francis-Hotels tätigte ich schließlich den unumgänglichen Anruf, nachdem ich stundenlang das Telefon angestarrt hatte.

»Ja«, hatte Jean-Paul sofort enthusiastisch geantwortet. »Ich habe genau das Richtige für dich. Er ist bei weitem nicht so reich wie unser anderer Freund, aber er besitzt ein wunderschön möbliertes viktorianisches Haus in Pacific Heights. Er wird von deiner Erfahrung beeindruckt sein. Er ist fürchterlich streng. Wie lange dauern die Weihnachtsferien? Wann bist du reisefertig?«

War es Sucht? *Das ist nicht mein Leben!* Ich bin Studentin, eine junge Frau. Es gibt Dinge, die ich tun muß …

Da war der Mann in Pacific Heights gewesen, dann das Paar, ein junger Mann und eine junge Frau, beide sehr geschickt, die das Zimmer in Russian Hill ausschließlich für ihre Sklaven bereithielten. Und eine weitere Woche – »auf keinen Fall länger, Jean-Paul!« – mit dem Gebieter auf jenem wundervollen Landsitz in Hillsborough, als er neben mir auf dem Bett saß und seine Hand die meine schmerzhaft drückte, während er sagte:

»Du weißt, daß es töricht von dir ist, mich zu verlassen. Jean-Paul sagt, ich dürfe dich nicht bedrängen, keinen Druck auf dich ausüben. Siehst du denn nicht, was du verschleuderst? Ich würde dich morgens zur Schule gehen lassen, wenn du das wünschst. Solange du so gehorsam bist wie sonst. Ich würde dir alles geben, was du brauchst, solange du so hingebungsvoll bleibst, wie du es immer warst.«

Ich schluchzte leise, während er redete und redete.

»Ich brauche dich«, sagte er. »Ich muß dich besitzen, vollständig besitzen, damit ich dich alles fühlen mache, was du fühlen kannst. Ach, wenn ich doch nur weniger Gewissen hätte und weniger rücksichtsvoll wäre, würde ich dich nie wieder von hier fortgehen lassen. Es könnte so aufregend sein, durch den Schleier hin- und herzuwechseln. Ich würde dich anziehen und in die Oper mitnehmen, neben dir in der Loge sitzen und dir verbieten, zu sprechen oder die Hände zu bewegen, dich dann wieder herbringen, entkleiden, besitzen. Jeden Mittag würde ich dich, sobald du aus der Schule kommst, nackt durch den Garten jagen …« *Ich würde, ich würde, ich würde …* »Ach, du weißt, daß du das willst, du willst mir gehören, du gehörst mir …«

In jener Nacht fuhr ich per Anhalter nach San Francisco zurück. Der Fahrer sagte wieder und wieder: »Junge Studentinnen wie Sie sollten nicht einfach zu fremden Männern ins Auto steigen.«

Anschließend die Monate des Verweigerns, nein, ich kann nicht, nein, ich will nicht, nicht wieder. Ich will studieren, will nach Europa gehen. Ich will sein, was die Welt normal nennt. Ich will mich verlieben, heiraten, Kinder kriegen. Ich will, ich will … ich verbrenne. Ich bin in der Hölle.

Jean-Paul war sauer, angewidert. »Du bist meine beste Schülerin, mein Kunstwerk.«

»Verstehst du denn nicht? Es überwältigt mich. Wenn ich es wieder tue, komme ich da nie wieder raus. Kannst du das nicht einsehen? Es frißt einfach alles auf. Ich war kurz davor, den Verstand zu verlieren.«

»Das willst du doch!« Zorniges Flüstern. »Du kannst mir nichts vormachen. Du bist dazu geboren, du bist eine Sklavin, und du wirst dein ganzes Leben lang unvollständig sein ohne einen Gebieter.«

»Ruf mich nie mehr an.«

Ein Klopfen an der Tür? Klopfen an der Traumtür?

Ich setzte mich im Bett auf. Verschwommene Geräusche von Gesprächen aus dem Garten unten, Gäste, die die Wege entlangspazierten. Die Dunkelheit lichtete sich ein wenig, die Silhouetten der Bäume hinter den Scheiben wurden deutlicher.

Ja, es klopfte, so leise, daß es eine Halluzination zu sein schien. Und ich hatte das abwegige Gefühl, Elliott Slater stünde dort draußen. Unmöglich. Er war unten, vermutlich in Fesseln. Und wie, um alles in der Welt, konnte ich annehmen, daß er, selbst wenn er könnte, in dieses Zimmer käme?

Ich drückte auf den kleinen Knopf auf dem Nachttisch und die Tür öffnete sich. Ein Schlitz gelben Lichts aus dem Korridor, eine Gestalt, nackt, perfekt, wie sie alle perfekt sind, aber eine viel zu kleine Gestalt, um Elliott Slater zu sein. Es war Michael, der wiedergekommen war und im dunklen Zimmer nichts sehen konnte.

»Lisa?«

»Was gibt's, Mike?« Ich hätte nicht benommener sein können, wenn ich wirklich geschlafen, wirklich geträumt hätte. Die Vergangenheit war anscheinend auch eine Droge.

»Sie brauchen dich im Büro, Lisa. Sie sagen, dein Telefon müsse wohl ausgeschaltet sein.«

Unmöglich. Ich stelle das Telefon nie ab, und heute ist die Erste Nacht...

Doch aus dem Augenwinkel sah ich das kleine, blinkende Lämpchen des Telefons. Die Klingel, was war mit der Klingel los? Und dann erinnerte ich mich, daß ich sie selbst abgestellt hatte.

»Richard sagt, sie hätten unten ein Mädchen mit falschen Papieren«, erläuterte Michael. »Sie ist nicht einmal alt genug, um zum Abschlußball zu gehen.«

»Wie, zum Teufel, kommt die hier rein?«

»Lisa, wenn ich mit siebzehn von diesem Ort gewußt hätte, wärc ich mit dem Fallschirm hier abgesprungen.« Er stand schon vor dem offenen Schrank, bereit, mir beim Anziehen zu helfen.

Ich blieb einen Augenblick sitzen; ich haßte es, daß sie mich brauchten. Aber es war besser als dieser Schlaf, der kein Schlaf, diese Träume, die keine Träume waren.

»Michael, schau doch mal, ob es in der Bar einen guten Rotwein gibt«, sagte ich. »Anziehen kann ich mich allein.«

9
ELLIOTT
Besuch im Dunkel

Es war dunkel.

Ich stand wieder auf meinen Fußballen, den Kopf vornübergebeugt, die gefesselten Handgelenke an einem Haken, wie auf der Jacht. Schon die zweite Nacht. Angenehme Träume. In der Nähe waren andere Sklaven, und hin und wieder ging die Tür auf und ein Wärter kam vorbei und betupfte unsere wunden Beine und Hintern mit Öl. Wundervolles Gefühl. Weniger oft kam ein Wärter und bot uns Wasser an, an dem wir nur schlürfen durften.

Den ganzen Nachmittag und Abend hatten wir die Toiletten geputzt – nicht die Bäder in den Bungalows und Suiten, sondern die öffentlichen Toiletten auf allen Etagen der Clubgebäude, die zu den vielen Gesellschaftsräumen und Schwimmbädern gehören: richtige Sklavenarbeit mit Schrubbern und Bürsten, die meiste Zeit auf Händen und Knien. Die stämmigen Aufseher, die unsere Arbeit überwachten, eine fröhliche Mannschaft unerbittlicher Prachtkerle, hatten mit ihren Stiefelspitzen und den unvermeidlichen Lederriemen einen Spitzentag.

Etwas so göttlich Degradierendes kann man in keinem Puff zusammenbrauen – diese sublime Unausweichlichkeit jeder erdenklichen Demütigung und Gewalt. Es war ein achtstündiges Aufreizen bis hin zum absoluten Höhepunkt, aber sie sorgten dafür, daß wir diesen Höhepunkt niemals erreichten.

Tausend Blicke auf Salons und Bars – die Schönen und Privilegierten gönnten uns keinerlei Aufmerksamkeit – trugen erfreulich zu dieser genußvollen Folter bei. Und die Aufseher ihrerseits verwöhnten sich, wenn sie Gelegenheit dazu hatten, mit kleinen, einseitigen Vergnügungen und Spielereien, nur um uns daran zu erinnern, was ein Höhepunkt ist.

Aber das Geniale, der eigentliche Zweck bestand darin, einen mürbe zu machen. Es zermürbt die Nervosität, die Hemmungen, die Furcht, daß hinter jeder Ecke eine unmögliche Prüfung lauert.

Ich fühlte, wie die Schranken aus meinem Bewußtsein schwanden.

Und ich war ein Teil des Systems. Es wirkte. Ich war dankbar für die unbequeme Ruhezeit, und seltsamerweise akzeptierte ich, daß ich in sechs Stunden wieder in grellem Licht putzen würde, während die gutgekleideten Mitglieder kamen und gingen. Drei Tage lang! Und das eigentliche Training hatte noch nicht einmal angefangen.

Und das eigentliche Training lautete: Fräulein Dunkelhaar-Dunkelaugen-Schöne-Hände mit dem Namen Lisa. Elliott, du hast das große Los gezogen.

Laß das lieber. In meinem Bewußtsein verschwamm alles, sobald ich sie mir vorzustellen, mich an ihre Stimme zu erinnern versuchte.

Es war besser, an irgend etwas anderes zu denken. Besser, zu hoffen, daß ich nach drei Tagen Schrubber-und-Bürsten-Fegefeuer fit für die Hölle sein würde.

Oder war es der Himmel?

Da lag das Problem: es war beides.

Ich mußte halb eingeschlafen sein, als ich ein ungewohntes Geräusch aus dem Schatten hörte. Stiefel auf dem Marmorboden, wahrscheinlich vor mir, vor dem schmalen Teppichstreifen, auf dem meine schmerzenden Füße ruhten. Aber wer war es? Ein helles, klickendes Geräusch.

Ich machte die Augen auf.

Rechts vor mir stand eine Gestalt. Groß, aber nicht so groß wie all die Männer, die hier waren. Und da war dieser süße, berauschende Duft von »Chanel«.

Kein Zweifel. Sie war da. Die Frau meines Lebens.

Das Licht streifte ihr langes, glattes Haar. Es glitzerte in ihren Augen.

Alles an ihr war dunkel, bis auf Schimmern eines Rings an einem ihrer Finger. Dann blitzte Licht von ihrer Stiefelsohle her auf, und etwas Glitzerndes in ihrer Hand, während sie näher kam, das leuchtende Weiß ihrer Bluse mit winzigen, schimmernden Perlmuttknöpfen und ihr Gesicht wurden sichtbar, als weiche die Finsternis dem Licht.

Wäre es nicht so dunkel gewesen, hätte ich die Augen niedergeschlagen, wie wir zu tun geheißen waren. Aber ich starrte sie einfach an.

Sie trat näher, und ich fühlte ihre kleine, heiße Hand auf meiner Wange und die Berührung von etwas Kühlem an meinen Lippen.

Ich roch das kräftige, fruchtige Aroma des Weins und öffnete den Mund. Köstlicher Claret, gut gekühlt. Ich nahm einen tiefen Schluck, und als das Glas weggezogen wurde, leckte ich mir mit der Zunge über die Lippen.

Ihre Augen waren riesig, dunkel und klar.

»Genießt du deinen kleinen Strafaufenthalt zwischen Besen und Eimern?« fragte sie leise und ohne den geringsten Anflug von Ironie.

Ich hörte mich mit einem lauten Auflachen antworten.

Nicht besonders klug. Ich erstarrte, doch ich sah an dem Licht auf ihrer Wange, daß sie lächelte.

Ihr nackter Unterarm streifte meine Hüfte, und ihre Hand streichelte meine Kehrseite.

»Hmm!« Ich zuckte zu schnell zusammen und versteifte mich zu abrupt. Meine Beinmuskeln waren nicht das einzige, das steif wurde.

»Ungezogener Junge«, sagte sie. Sie drückte auf einen der Striemen, und ihre Finger jagten den gleichen Schock durch mich hindurch wie oben in der Empfangshalle.

Mein Puls raste. Ich fühlte ihn in den Schläfen. Ihr Busen berührte beinahe meine Brust, bevor sie einen Schritt zurücktrat.

»Was hast du hier unten gelernt?« fragte sie.

Wieder lachte ich beinahe. Ich war sicher, daß sie es gehört hatte.

»Absolut gehorsam zu sein, Madam«, sagte ich. Es lag eine winzige Spur von Ironie darin, aber es entsprach nun mal der Wahrheit.

Was jetzt kam, war schlimmer als alle Besen und Schrubber. Und die Aufreizungen des Tages machten es noch schlimmer. Sexuelle Befriedigung war in meinem gegenwärtigen Zustand nur mehr ein Mythos. Die berauschende Geilheit würde ewig andauern, mit ihren Höhen und Tiefen, und das hier war einer der Gipfel. Er wuchs sich zum Mount Everest aus, um die Wahrheit zu sagen.

»Nenn mir etwas Bestimmtes«, sagte sie ernst, »etwas, das du gelernt hast und das neu für dich war. Wenn das der Fall ist.« Ihre Stimme hatte nichts künstlich Dramatisches. Sie klang intim und seltsam verletzlich. Ein Hauch von Chanel. Ein Lichtschimmer streifte ihren kleinen Mund.

Ich versuchte zu überlegen. Aber ich konnte an nichts anderes denken als an die untere Hälfte meiner Anatomie; und daran, wie sie aussah und wie sie duftete und wie ihre Finger sich angefühlt hatten.

Sie hob wieder das Weinglas, und ich trank langsam und holte tief Luft. Es half nicht viel.

»Was hast du gelernt?« fragte sie noch einmal, und es klang eine gewisse Schärfe mit. So, als würde sie mich mit dem Lineal schlagen, wenn ich das Einmaleins nicht sofort hersagte.

»Daß ich Angst habe«, sagte ich zu meiner eigenen Überraschung.

»Angst«, wiederholte sie. »Vor den Männern, mit denen du zu tun hast?« fragte sie dann. »Oder vor mir?«

»Vor beiden«, sagte ich. »Und ich weiß nicht, wen ich mehr fürchte.«

Ich bereute es auf der Stelle und hätte es gern zurückgenommen. Ich begriff nicht, wie mir das herausgerutscht war.

Ich würde ein Sprachtraining durchmachen, wie Martin und seine Kunden es nannten, das heißt, ich würde abgerichtet werden, mehr oder weniger rituelle Antworten zu geben. Und rituelle Antworten waren keine Anmacher, sie verbargen alles.

»Hat dich die Putzbrigade … bearbeitet?« wollte sie wissen.

»Natürlich, wenn sich die Gelegenheit dazu bot«, erwiderte ich. Mein Gesicht brannte. »Aber sie taten es mehr mit Wasser und Seife und Schimpfworten. Es blieb nicht viel Zeit für irgendwas anderes.«

Sagte *ich* das? Zu *ihr?*

»Du bist ein harter Brocken, nicht wahr?« meinte sie. Wieder ohne Ironie. Sie klang eher vage.

»Nur, wenn es Ihnen recht ist, Madam.« Das war endlich eine hübsche rituelle Antwort. Aber sie klang verdammt sarkastisch.

Mein Herz klopfte zu laut. Zu schnell.

Sie schien jedoch wieder zu lächeln, aber nicht offen, nicht frei. »Warum hast du Angst vor mir?« fragte sie. »Bist du schon mal von einer Frau bestraft worden?«

»Nicht besonders oft, Madam.« Ich spürte einen kleinen Kloß im Hals. Nur diese hinreißenden Geschöpfe in Martins Haus, in diesen überladenen, viktorianischen Schlafzimmern, die mir eine winzige Kostprobe gegeben und mich zur Raserei gebracht hatten. Und diese russische Gräfin auf dem Landsitz, die nur zuschaute. Das war aufregend gewesen – aber nicht aufregend genug, um mich gegen das zu wappnen, was in diesem Moment geschah.

»Bist du zu gut, um von einer Frau bestraft zu werden, Elliott?« flüsterte sie. Rituelle Frage.

»Nicht, wenn die Frau gut ist«, sagte ich. Verdammt, Elliott. Reiß dich zusammen.

Aber sie lachte. Sie versuchte, es zu verbergen, aber ich hatte es gehört, dieses kleine Auflachen.

Ich sah mich plötzlich, wie ich sie küßte, mit Küssen überwältigte, ihr die Spitzen und die Perlmuttknöpfe von der Bluse riß. Ich konnte nicht auf andere Weise an sie denken, nur in meinen Armen, sie küssend, ihren Mund öffnend. Nett. Du setzt dich ganz schön in die Nesseln, mein Freund.

Wieso versetzte sie mich nicht einfach in diesen bewußtlosen Zustand? Ich meine dieses Untergehen in grellem, weißem Licht vor lauter Angst, wie ich es im Pavillon und dann in der Empfangshalle empfunden hatte?

»Hast du tatsächlich *solche* Angst vor mir, Elliott?« fragte sie. Das Blut brodelte in meinen Wangen. Aber das konnte sie nicht sehen, es war zu dunkel. »Es klingt nicht so, als hättest du wirklich Angst.«

Ich sah die weißen Spitzen über ihrer Brust. Ich sah die blassere Haut ihres langen Halses. Ihre Stimme berührte etwas Verwundbares und Unerforschtes tief in meinem Inneren.

»Ich habe Angst«, sagte ich.

Pause.

»Das solltest du wohl auch«, sagte sie dann, als vertraue sie mir ein bedeutendes Geheimnis an. »Ich bin ungeheuer verärgert darüber, daß du dich in diese mißliche Lage gebracht hast, und ich werde dafür sorgen, daß du es bereust.«

Ich schluckte und bemühte mich, keine Grimasse zu schneiden, das ironische Grinsen zu unterdrücken.

Sie stellte sich auf die Zehenspitzen, und ihr Haar berührte meine nackte Schulter, ihr Parfüm überwältigte mich. Ich fühlte ihre Lippen auf meinem Mund, Hochspannung, die Spitzen ihrer Bluse an meiner nackten Brust. Doppelter Schock, der mir den Atem raubte, ihr nasser kleiner Mund, der sich öffnete. Mein Schwanz berührte das weiche Leder ihres Rocks. Ich saugte heftig an ihr, drückte ihre Lippen weiter auseinander, stieß meine Zunge in sie, mein Schwanz drückte sich gegen sie. Sie ließ mich los und tänzelte zurück.

Ich reckte mich so weit vor, wie meine Lederfesseln es zuließen und küßte sie heftig auf den Hals, ehe sie ausweichen konnte.

»Laß das«, sagte sie und sprang weiter zurück.

»Ich bin Ihr Sklave«, flüsterte ich. Ich meinte es ehrlich. Aber ich konnte mir nicht verkneifen hinzuzufügen: »Und außerdem komme ich von diesem verdammten Haken gar nicht los.«

Für einen Augenblick schien sie zu überrascht und aufgebracht, um etwas zu sagen. Sie funkelte mich an. Und sie rieb die Stelle, wo ich meinen Kuß gelandet hatte, als hätte ich sie gebissen, was natürlich nicht der Fall war.

»Du bist verflucht unverbesserlich!« schimpfte sie wütend, aber es lag etwas Zaghaftes, Verständnisloses in ihrem Tonfall und in ihrem Ausdruck.

»Das wollte ich nicht«, sagte ich echt zerknirscht. Was für ein Schlamassel. »Ehrlich, das wollte ich nicht. Ich wollte es wirklich nicht. Ich bin hergekommen, weil ich alle Regeln befolgen will. Ich will nicht ständig in solche Schwierigkeiten geraten.«

»Halt den Mund.«

Angespannter Moment. Blut pochte in meinem Schädel und an ein paar anderen Stellen. Ich fragte mich, ob sie hier für die wirklich Unverbesserlichen ein Gefängnis hatten. Vielleicht mußten die überführten Missetäter aneinandergekettet Gräben graben. Würde man mir einen fairen Prozeß machen? Würde sie gegen mich aussagen? Würde Martin ein Telegramm schicken und um Nachsicht bitten? Voraussichtlich nicht.

Sie kam vorsichtig näher, als wäre ich ein wildes Tier. Ich schaute sie nicht an.

»So, ich werde dich noch einmal küssen«, flüsterte sie. »Und du wirst stillhalten.«

»Ja, Madam.«

Sie stand zu meiner Rechten, achtete darauf, mich nicht zu berühren, und dann kam wieder der 300-Volt-Schock. Diesmal fühlte ich sie in Flammen aufgehen. Ich dachte, ich würde sie einfach nur küssen. Es war so heiß. Sie lehnte sich an meine Seite. Sie hatte den Arm um mich gelegt. Und als sie schließlich losließ, drehte ich den Kopf weg. Mount Everest, ganz und gar.

»Ich warte auf dich, Elliott«, sagte sie.

»Ja, Madam.« Ich war noch immer unfähig, sie anzuschauen. Unter Folterqualen hörte ich, wie ihre Schritte sich entfernten.

10

LISA

Miss Teenage America

Ich rannte zum Verwaltungsgebäude, als würde ich gejagt.

Ich hatte leichtes Fieber. Ständig faßte ich an meinen Mund, weil meine Lippen prickelten, als hätte er ihnen etwas angetan, indem er mich küßte wie der Held einer Gymnasiastenromanze. Ich hatte seinen Geruch noch in der Nase, den salzig-sauberen Geruch seiner Haut.

Ja, hundertmal attraktiver als auf den Fotos.

Aber sein Benehmen war es, das mich umhaute, sein Benehmen, das alles irgendwie in eine andere Perspektive rückte. Denn wenn er lächelte und wenn er sprach, kam sein Charakter zum Vorschein.

Hör auf, Lisa.

Er ist ein gesunder, heißblütiger Amerikaner, der hier ist, um zwei Jahre lang den Sklaven zu spielen, der zufällig genau weiß, wie man seinen Charme bei einer Frau spielen läßt, wie man seine Augen und seine Stimme einsetzt.

Ich war im Augenblick viel zu angespannt. Hätte nicht versuchen sollen, ihn so schnell abzuchecken, hätte niemals das Telefon abschalten und die anderen im Büro so lange warten lassen dürfen, nur um nach unten zu gehen und ihn zu sehen!

Wirklich, nach unten zu schleichen und ihn auf den Mund zu küssen, als säßen wir auf dem Rücksitz eines Chevrolet! Das mußte aufhören, gar keine Frage, das konnte nicht drei Tage lang so weitergehen! Drei Tage. Die Stimme war wie der Ausdruck in seinen Augen. Unheimlich präsent. Das ist genau das, was wir von ihnen wollen, nicht wahr, daß wir ihre Phantasien übernehmen und zu ihren Phantasien werden. Was ist also daran so außergewöhnlich, daß es bei ihm tatsächlich so ist?

Um elf Uhr abends war der Club von einem Ende der Insel bis zum anderen noch immer voller Leben, Lichter flackerten in Hunderten von verhangenen Fenstern, der Himmel darüber ein makelloses Dunkelblau unter der leuchtenden Scheibe des Vollmonds.

Ich ging an den Türen des mit dunklen Teppichen ausgelegten Kasinos entlang, wollte nicht gesehen oder angesprochen werden, schaute nur aus dem Augenwinkel auf die nackten Sklaven, die elegant mit hochgehaltenen Tabletts durch das endlose Meer von Tischen segelten, Bestellungen entgegennahmen, Wein servierten, Liköre und exotisch gefärbte und dekorierte Drinks.

Hinter dicken, schwach beleuchteten gläsernen Wandpaneelen strampelten und wanden sich die ausgestellten Sklaven in ihren Fesseln, die Gliedmaßen mit Gold oder Silber poliert, winzige Edelsteine im Schamhaar. Auf der Bühne am anderen Ende wurde ein kleines Schauspiel aufgeführt, in dem zwei griechische Sklavinnen in kostbaren Ketten von ihren römischen Herren schwer bestraft wurden.

In den stilleren Gesellschaftsräumen, wohin Clubmitglieder ihre gehorsamen Sklaven mitgebracht hatten, war das Drama von intimerer Art. Über den dunklen, glitzernden Flaschen der Bar drehte sich ein Dutzend junger Männer mit gesenkten Häuptern und hoch über den Köpfen gefesselten Händen leise auf einem Karussell wie eine Gruppe Statuen von Michelangelo.

Ich sah Scott, den Panther, meinen dunklen, hübschen, genialen Trainer, in angeregter Unterhaltung mit einem alten englischen Lord, der kürzlich Mitglied geworden war, nachdem er monatelang nur herumgelungert hatte. Der Anblick von Kitty Kantwell, die zu seinen Füßen kauerte und mit auf den Teppich gepreßten Lippen still auf seine Befehle wartete, erregte mich kurz.

Scott hatte also Kitty ausgewählt. Gut so. Wahrscheinlich hatte er Kitty sofort in die neue Trainerstunde mitgenommen und zur Demonstration benutzt. Ich hätte hingehen sollen, hätte vielleicht etwas Neues gelernt. Das war endlich wieder die Denkungsart der alten Lisa, ganz im Einklang mit dem Hier und Jetzt, wie man so schön sagt.

Nichts als Wunschdenken, Mädchen. Drei Tage hier unten. Nein. In Wahrheit war mir, seit ich gelandet war, nichts harmonisch und gelungen erschienen. Schon vor meiner Abreise war nichts in Ordnung gewesen.

Außer, gerade eben Elliott Slater geküßt zu haben, was halten wir denn davon?

Richard, der Wolf, stand von seinem Schreibtischsessel auf, als ich eintrat.

»Tut mir leid, daß wir dich geweckt haben, Lisa«, sagte er. »Habe versucht, dich früher zu erwischen, aber ...«

»Dafür bin ich doch da. Was gibt's denn?«

Zwei Aufseher, ein bißchen verschmutzt und staubig nach einem langen Tag, standen mit verschränkten Armen da und gaben sich größte Mühe, mit den weißen Wänden zu verschmelzen.

Und vor dem Schreibtisch saß ein Mädchen in einem kurzen, gegürteten, weißen Frotteemantel, schluchzte theatralisch und schlug sich mit der Faust aufs Knie.

»Miss Teenage America«, sagte Richard. »Die Ärzte sagen, sie ist keinen Tag älter als siebzehn.«

Wäre nicht die Szene wegen Elliott gewesen, hätte ich sie in der Empfangshalle sicher wahrgenommen. Üppige Brüste unter dem schlabbrigen Bademantel, und lange, wundervoll geformte Beine. Zornig warf sie ihre dunklen Locken zurück, stülpte ihre Unterlippe vor und kniff die Augen zusammen, die sich ängstlich mit Tränen füllten, als Richard mir bedeutete, ich solle seinen Stuhl nehmen.

»Sie können mir das nicht antun! Sie müssen mich nehmen!« sagte sie schrill. Ihre Lippen waren vom Weinen beinahe wund. Ihr ganzes Gesicht verzerrte sich, sie schüttelte den Kopf und schlug wieder mit der Faust auf ihr Knie. Es war nicht leicht zu glauben, wenn man sie so anschaute, aber sobald sie den Mund aufmachte, war es eindeutig.

Richard schob mir den Bericht der Ärzte hin. Er sah erschöpft aus, seine tiefliegenden Augen waren ein wenig gerötet, aber die ganze Angelegenheit amüsierte ihn. Ich lächelte nicht. Für mich war das eine ermüdende Geschichte, und mit ihr zu reden war der mieseste Teil davon.

»Hör zu«, sagte ich. »Du bist zu jung, um hier zu bleiben. Deine Papiere sind gefälscht.«

»Das stimmt nicht!« sagte sie. »Ich bin einundzwanzig. Ich bin von Ari Hassler ausgebildet worden, Scheiße, und ich kann …«

»Hast du mit Hassler gesprochen?« fragte ich Richard.

»Er streitet alles ab, sagt, sie hätte ihn an der Nase herumgeführt«, berichtete Richard müde. »Sie hat eine gefälschte Geburtsurkunde und einen gefälschten Führerschein …«

»Die sind nicht falsch, ich bin alt genug, um hier zu sein, was soll denn dieser Quatsch?«

»Du bist minderjährig, und du gehörst nicht hierher«, sagte ich. »Du wirst noch heute abend abreisen.«

Ich sah Richard an.

»Was anderes krieg ich auch nicht aus ihr raus, immer die gleiche Leier.« Er senkte die Stimme. »Ich wette, sie ist nicht die einzige.«

»Nun, dann hol die anderen!« knurrte ich. »Laß die ganze Gruppe noch mal untersuchen. Wenn Minderjährige darunter sind, müssen sie sofort raus.«

»Bitte …« Sie beugte sich vor. Ihre Hände klammerten sich beinahe bescheiden an ihren Bademantel. »Erlauben Sie mir, hierzubleiben. Sie haben Papiere, die besagen, daß ich einundzwanzig bin. Was befürchten Sie denn? Sie können mir doch nicht erzählen, daß Sie mich nicht haben wollen. Schauen Sie mich an. Ich habe die anderen gesehen. Ich bin mindestens so gut …«

»Überleg dir, wo du hinwillst«, sagte ich eisig. »Einen netten Privatflug nach Miami und von dort Erster Klasse, wo immer du hinwillst. Du reist sofort ab.«

»Ich will hierbleiben! Begreifen Sie denn nicht, was es für

mich bedeutet! Sprechen Sie mit meinem Ausbilder, er wird Ihnen sagen, daß ich perfekt bin. Schauen Sie doch, ich bin tauglich, ich bin von den Besten trainiert worden.«

»Okay, schick sie nach Los Angeles.«

»Nein!« kreischte sie. Sie biß sich auf die Lippe. Ihr Blick wurde ein wenig nachdenklich und wohl auch ein bißchen realistisch. Mit leiser Stimme murmelte sie: »New York.«

»Also gut, New York. Zwei Nächte im Plaza und tausend Dollar.« Ich sah sie an. »Investiere sie klug, wie man so schön sagt.«

»Miststück!«

»Oh, ich würde dir gerne Manieren beibringen, ehe du abreist«, fauchte ich sie an.

Sie musterte mich und überlegte fieberhaft.

»Mach, daß du wegkommst«, sagte ich.

»Nennen Sie mir nur einen einzigen triftigen Grund, warum Sie mir das antun«, flehte sie. Die Tränen, die ihr über die vollen Wangen rannen, waren hübsch anzuschauen, aber ihre Augen waren kalt wie Stein. »Sie wissen ganz genau, daß die Mitglieder hingerissen von mir wären, geben Sie's zu. Was, zum Teufel, ist denn mit Ihnen los, daß sie jemanden wollen, der sechs Jahre älter ist als ich, Himmel noch mal?«

»Schätzchen, die Welt ist grausam. Aber hast du schon mal den Begriff ›volljährig‹ gehört? Wir wollen nichts mit Verrückten zu tun haben, genausowenig wie mit Minderjährigen oder mit widerspenstigen Sklaven. Komm in fünf Jahren wieder, vielleicht, ganz vielleicht, reden wir dann mit dir. Aber versuch nicht, uns unter einem anderen Namen zum Narren zu halten. So, und jetzt verschwinde. Fliegt sie so bald wie möglich nach Miami.«

»Ich hasse dich, du Miststück!« schrie sie. Der Trainer versuchte, sie hochzuheben, aber sie stieß ihm den Ellbogen in den Bauch. »Das können Sie nicht mit mir machen, meine Papiere sind in Ordnung. Rufen Sie doch Ari an!« Der Aufseher hatte ihr den Arm um die Taille gelegt. »Ich werde es der *New York Times* erzählen!«

»Spar dir die Mühe«, sagte ich.

Sie versuchte, sich aus dem Klammergriff des Aufsehers zu befreien.

»Aber wenn du es wirklich ernst meinst: In Bungalow H sind zwei Reporter von der *New York Times*. Und ein Typ von NBC ist im Hauptgebäude im fünften Stock.«

»Wofür haltet ihr euch eigentlich? Ich werde euren verdammten Club in die Luft jagen?«

»Alle möglichen Leute haben Geschichten über uns gebracht, Schätzchen. Geh mal in die Bibliothek und schau nach. Und wenn ein Sklave ›auspackt‹, so fürchte ich, kommt er damit auf die letzte Seite der Regenbogenpresse, zusammen mit den Tränendrüsenstorys ehemaliger Callgirls und Pornostars, die Jesus entdeckt haben. Was die *Times* angeht, so schlag dir das wieder aus dem Kopf. Hast du schon mal den Begriff ›nur druckreife Nachrichten‹ gehört?«

Die Aufseher hoben sie hoch. Sie strampelte wie eine Wilde, während sie durch die offene Tür hinausgeschleppt wurde.

Als die Tür leise hinter ihnen zuging, schauten Richard und ich uns an.

»Ari ist auf Leitung eins.«

Ich nahm den Hörer ab.

»Gott im Himmel, Lisa. Ich begreif' das nicht. Das Mädchen kann keine sechzehn sein. Wenn doch, dann fang ich an zu spinnen.«

»Ari. Ich habe sie eben gesehen. Miss Teenage America. Spar dir deinen Sermon.«

»Ich sage die Wahrheit, Lisa. Sie hat jede Menge Papiere. Hast du sie getestet, Lisa? Sie hat zwei Jahre als Cocktailkellnerin im Village gearbeitet. Lisa, sie ist eine Stange Dynamit, glaub mir, sie kann nicht erst sechzehn sein, sie hat mir alle möglichen Tricks beigebracht.«

»Wir kaufen nicht mehr bei dir, Ari, endgültig«, sagte ich.

»Lisa, das könnt ihr mir nicht antun. Seht ihr denn nicht ...«

»Selbst wenn sie Raquel Welchs Körper und Greta Garbos Kopf hätte ...«

»Lisa, sie hätte den Herrgott persönlich hinters Licht geführt.

Ich habe euch die beste Ware diesseits der Rocky Mountains verkauft. Ihr könnt von niemandem bessere Sklaven aus den Oststaaten beziehen ...«

»Schon mal von Gregory Sanchez in New Orleans gehört, oder von Peter Slesinger in Dallas? Du hast uns eine Minderjährige angedreht, Ari, ein sechzehnjähriges Mädchen. Wir können uns nicht auf dich verlassen, Ari. Auf Wiedersehen.«

Ich hängte auf.

Ich lehnte mich an die hohe Rückenlehne des Sessels und schaute zur Zimmerdecke.

»Ich hab' mir die Unterlagen der beiden anderen angeschaut, die er uns verkauft hat«, sagte Richard und ging, die Hände in den Taschen, zum Pult hinüber. »Keine Probleme, wirklich. Der Sklave ist mindestens dreiundzwanzig, wenn nicht ein bißchen älter, und die Frau ist neunundzwanzig.« Er musterte mich. »Beste Ware«, fügte er mit leicht geneigtem Kopf hinzu.

Ich nickte.

»Und das Geld?«

»Laß es ihm«, sagte ich. »Sie wird keinen Pfennig davon sehen, wie ich Ari kenne, und ich will nicht mehr mit ihm reden. Ich mag nicht Polizist für Kinder und Lügner spielen.«

»Aber das ist es ja gerade«, sagte Richard kühl, »sie war kein Kind mehr.«

Er blinzelte wie stets, wenn er ernst war, so daß seine Augen kleiner und leuchtender wurden. »Sie hatte wahrscheinlich mit elf zum erstenmal ihre Tage und verlor ihre Unschuld, wenn man diesen Ausdruck noch verwenden will, mit dreizehn. Sie war genau das, was sie zu sein behauptete. Hat wahrscheinlich sechs Monate in Aris Privatgemächern gearbeitet. Sie hatte einen Orgasmus, als ich sie angefaßt habe. Wenn man sie mit dem Klopfer schlägt, wird ihre Haut richtiggehend lebendig.«

Ich nickte.

»Diese Argumente kenne ich auswendig. Von Katmandu bis Kansas steht unser Name für: ›Keine Minderjährigen, keine

Verrückten, keine Gefangenen, keine Drogen. Nur mündige Erwachsene‹!«

Er wandte seinen Blick mit den leicht wehmütigen und nachdenklich zusammengekniffenen Augen ab, und wie immer verstärkten all die tiefen Falten seinen Gesichtsausdruck. Er fuhr sich mit gespreizten Fingern durchs Haar.

»Sei nicht so hart«, sagte er verhalten. »Ich hab' sie ausgewählt. Ich hab' sie hergebracht.«

»Ich kann es nicht leiden, Leute für etwas zu loben, was als Selbstverständlichkeit von ihnen erwartet wird. Soll ich jetzt eine Ausnahme machen und dich loben?«

»Meinst du denn, die Vorschrift ist gerecht? Nach dem, was sie getan und gelernt hat?«

»Willst du mich zur Oberlehrerin oder Sozialhelferin machen?« Ich war sauer. »Darf ich dich daran erinnern, für den Fall, daß du es vergessen haben solltest, was das hier ist? Es handelt sich hier nicht um ein paar zwielichtige Zimmer, in die du dich am Samstagabend verkriechst, um die Phantasien auszuleben, von denen du die ganze Woche geträumt hast. Das hier ist total. Es ist eine Welt, die dich aufsaugt und die Wirklichkeit aller anderen Welten ausschaltet, die du je gekannt hast. Es ist Wirklichkeit gewordene Phantasie!«

Ich verstummte. Ich kochte. Ich versuchte, meine Stimme zu senken.

»Denk daran, was jene Jahre bedeuten«, fuhr ich fort. »Ich meine die Jahre zwischen sechzehn und einundzwanzig – was sie bedeuten.«

»Sie bedeuten heute nicht mehr Keuschheit und Gehorsam«, sagte er.

»Es sind nicht einfach gewöhnliche Jahre im Leben eines Menschen! Es ist ihre Jugend, die sie uns schenken will, und wir brauchen nichts derartig Wertvolles von ihr oder von irgendwem sonst. Wir können unsere Feuer mit wesentlich billigerer und nützlicherer Energie füttern. Mir ist egal, wie willig sie ist, wie schön, wie anstellig! Was meinst du, was aus ihr werden würde … nach zwei Jahren?«

»Verstehe«, meinte er.

Ich war nicht sicher, ob das stimmte. In meiner Stimme hatte ein Hauch Hysterie mitgeklungen. Ich sah ständig den Landsitz in Hillsborough vor meinem geistigen Auge, meinen ersten Gebieter. Die Streitereien mit Jean-Paul. Ach, wenn es doch damals einen Martin Halifax gegeben hätte.

Allein die Größe und die Last des Clubs drückten mich plötzlich. Was mochte noch alles passieren, ehe die neue Saison wirklich in Gang kam?

»Ich weiß nicht, was mit mir los ist«, sagte ich zögernd. »Hin und wieder geht mir dieser Ort wohl doch an die Nieren.«

»Na ja, die Jugend war für uns alle ziemlich kompliziert, nehme ich an. Vielleicht bereuen wir alle irgendwas in bezug auf jene Teenager-Jahre ...«

»Ich bereue gar nichts«, unterbrach ich ihn. »Aber ich war auch nicht mit sechzehn oder achtzehn oder zwanzig im Club – darum geht es hier. Ich konnte kommen und gehen, rein und raus. Für mich war's kein Tanz auf dem Hochseil ohne Netz.«

Er nickte.

»Aber es geht nicht nur um die Minderjährigen selbst«, sagte ich. »Jeden Tag wird mehr über uns geschrieben. In gewissen Kreisen sind wir sehr gut bekannt. Ich bin bereit zu wetten, daß es jedem – und ich meine wirklich jedem x-beliebigen –, der mit uns in Kontakt kommen will, auch gelingt. Aber niemand darf je die Möglichkeit haben, bei uns eine Geschichte über Minderjährige oder Verrückte oder Gefangene auszubrüten.«

Es war in der Tat überraschend, daß bislang noch niemand dergleichen behauptet hatte. Alles, was bisher über uns veröffentlicht worden war, war hinter unserem Rücken geschehen, ohne unsere Einwilligung oder unser Wissen. Für nichts von dem, was geschrieben worden war, hatte es auch nur den geringsten Beweis gegeben; nichts als verschwommene Luftaufnahmen, auf denen kaum etwas zu sehen war. Noch nie war ein Reporter dienstlich hier eingedrungen.

Und dafür gab es jede Menge Gründe. Clubmitglieder wurden sofort ausgeschlossen, wenn sie auch nur mit der winzigsten öffentlichen Erwähnung in Verbindung gebracht wurden, und die hohen Beiträge, die sie zahlten, sowie die von uns durchgeführten Maßnahmen schlossen jegliches Eindringen spionierender Reporter ganz und gar aus.

Kameras waren auf dem Gelände nicht zugelassen. Unser eigenes Monitor-System machte keine Aufzeichnungen, so daß es nichts zu stehlen gab. Und die elektronischen Anlagen an sämtlichen Ausgängen zerstörten eventuell eingeschmuggelte Filme oder Magnetbänder.

Und was die Sklaven, die Aufseher, die Fahrer und all die anderen Angestellten betraf, so war es eine simple ökonomische Frage. Sie bezogen fabelhafte Gehälter, und die Sozialleistungen waren, gelinde gesagt, berauschend. Getränke, Essen, Sklaven, wenn sie welche haben wollten, das Personal-Schwimmbad, der Strand. Nur ein paar Verärgerte, solche, die rausgeflogen waren, hatten je das Schweigen gebrochen; aber ihre Geschichten waren schlecht geschrieben und selbst für die Skandalpresse, von der sie publiziert wurden, armseliges Zeug gewesen; wie ich es dem Mädchen gesagt hatte.

»Es geht nicht darum, ob das Mädchen fähig und bereit dazu ist«, sagte ich. »Es geht darum, vorsichtig zu sein und sauber zu bleiben.«

»Okay«, sagte Richard, »aber inzwischen steckt zu viel Geld in der Sache, als daß man sich darüber so aufregen müßte. Und alles, was ich sagen will, ist, daß manche von diesen Minderjährigen nicht minderjähriger sind als ich.«

»Mach dir nichts vor. Nicht jedermann in dieser Welt hat Angst vor Geld.« Da klang Häme mit. Mir wurde das alles zu unfreundlich. »Richard, es tut mir leid«, sagte ich. »Ich stehe heute irgendwie neben mir. Meine Ferien waren einfach zu lang. Mir stinkt es, nach Hause zu fahren. Die Außenwelt zerrt an meinen Nerven.«

»Natürlich ...«, sagte er leise.

Ein seltsames Gefühl überkam mich plötzlich wieder. Ich sah

Elliott Slaters Gesicht, fühlte seinen Mund. Überraschend fiel mir wieder dieser Typ in der Bar in San Francisco ein, Mister Heile Welt. Drei Tage dort unten. Mein Gott, war ich müde. Jetzt könnte ich einschlafen. Die Erinnerungen würden vielleicht einfach verschwinden.

»Na, für heute abend hast du deine Pflicht für deine Sklaven und ihre Herren getan«, meinte Richard. »Wie wär's, wenn du jetzt abhauen und dich ein bißchen amüsieren würdest?«

Eine subtile Veränderung in Richards Gesicht.

Dann erkannte ich, daß es nur eine Reaktion auf die Veränderung in meinem eigenen Gesicht war.

»Mich ein bißchen amüsieren?« wiederholte ich fragend.

Er musterte mich. Nickte. Besorgter Ausdruck in seinem Gesicht.

»Hast du eben gesagt, ich solle mich ein bißchen amüsieren?«

Er wartete.

»Ich will, daß man eine Ausnahme macht, Richard. Elliott Slater. Ich will, daß er freigelassen und morgen nachmittag in mein Zimmer gebracht wird.«

»Hmm. Du bist tatsächlich nicht du selbst, wie du eben gesagt hast. Du kriegst den jungen Mann in drei Tagen.«

»Nein«, widersprach ich. »Du hast dich vor der ganzen Meute öffentlich durchgesetzt. Mach jetzt privat eine Ausnahme. Ich will Slater morgen nachmittag haben. Am Morgen rühren sie ihn nicht an; um zehn ein Bad und Ruhepause. Punkt eins in meinem Zimmer. Gib sofort die Anweisungen durch. Keiner wird etwas merken. Die anderen Postulanten sind viel zu beschäftigt, die Trainer sind, wie wir alle wissen, völlig überarbeitet, und mir ist es scheißegal.«

Er schwieg eine Weile. Dann sagte er: »Du bist der Boß.«

»Ja, der Boß und die Vordenkerin ...«, ließ ich vernehmen.

»Selbstverständlich«, meinte er ruhig. »Wenn dir so viel daran liegt. Morgen nach dem Essen.«

Ich stand auf und ging zur Tür.

»Irgendwas stimmt ganz und gar nicht, nicht wahr?« sagte er.

»Was?«

»Und es hat nicht erst während der Ferien angefangen«, fuhr er leise fort. »Es braut sich schon seit einiger Zeit zusammen.«

»Nein.« Ich schüttelte den Kopf. »Ich bin einfach erschöpft. Sorg dafür, daß sie mir Slater um ein Uhr schicken. Machst du das?«

»Einverstanden, meine Liebe. Hoffentlich wirkt es.«

11
LISA
Willkommen im Haus

Irgendwas stimmt nicht, irgendwas braut sich seit einiger Zeit zusammen? Reue wegen dieser Teenager-Jahre? Es mußte einen Grund für diesen hinterhältigen Überfall der Erinnerungen geben, nicht wahr?

Hoffentlich wirkt es.

Ich stand im Garten vor dem Verwaltungsgebäude und schaute zu den Sternen hinauf. Japanische Lampions flackerten leise in den Blumenbeeten. Lilien im dunklen Geflecht des Immergrüns waren so weiß wie der Mond.

Mein Mund fing an zu prickeln, als küsse er mich wieder. Und er war nur ein paar Schritte entfernt, nicht wahr?

Weißt du, daß heute dreitausend Mitglieder hier sind, Elliott Slater? Oh, ja, wir sind wirklich erfolgreich.

Vom anderen Ende der Insel das ferne Geräusch eines Flugzeugs. Miss Teenage America fliegt schon zurück zu den Scheinheiligkeiten und Absurditäten der Jugend. Tut mir leid, und viel Glück.

Aber ich bereute nichts, das war es nicht. Richard irrte sich zumindest in dieser Hinsicht. Es wäre eine Lüge zu behaupten, ich hätte nicht mit jenen ersten Liebhabern schon das gemacht, was ich wollte, und mich dann, indem ich mich gegen Jean-Paul wehrte, geweigert weiterzumachen.

Etwas braute sich vielleicht in der Tat zusammen, etwas, das ich nicht verstand, aber ich hatte immer meine eigenen Entscheidungen getroffen.

Mit Sicherheit hatte ich an jenem Abend, als Martin Halifax das erste Mal anrief, meine eigene Entscheidung getroffen.

Natürlich hatte ich schon von ihm gehört, dem mysteriösen

Besitzer dessen, was man »Das Haus« nannte. In einem Anflug ambivalenter Gefühle hatte ich beinahe den Hörer aufgelegt.

»Nein, Lisa«, hatte er gesagt, »ich habe eine andere Möglichkeit für dich. Etwas, das dir im Moment vielleicht leichter fällt. Du könntest es mal von der anderen Seite her versuchen.«

Amerikanische Stimme. Wie die älteren Priester in meiner Kindheit, jene, die nicht wie protestantische Pastoren klangen, sondern wie echte irisch-katholische Priester der alten Schule.

»Die andere Seite?«

»Aus den besten Sklaven werden die besten Herren«, sagte er. »Ich würde sehr gern mit dir reden, Lisa. Darüber, daß du, wie soll ich sagen, ein Teil des Hauses werden könntest. Wenn du aus irgendwelchen Gründen fürchtest hierherzukommen, könnten wir uns woanders treffen, wo immer du möchtest.«

Die gemütliche Höhle in dem viktorianischen Gebäude, das man »Das Haus« nennt. Seltsam und amüsant wie meines Vaters Bibliothek, außer, daß es hier kostbarere Dinge gab, daß sie stärker von den Geräuschen der Außenwelt abgeschnitten war. Keines der katholischen Bücher in den Regalen. Kein Staub.

Martin selbst. Diese wunderbare Stimme verband sich endlich mit dem freundlichsten Gesicht, das ich je gesehen hatte. Einfach, unaffektiert, erstaunlich direkt.

»Ich hatte anfangs nur einen Verdacht, eine Vermutung«, sagte er. Seine Fingerspitzen berührten sich einen Moment, ehe er die Hände auf dem Tisch faltete. »Daß es dort draußen, gefangen im Netz des modernen Lebens, Hunderte von anderen Männern und Frauen wie mich gibt, vielleicht Tausende, die durch die Bars ziehen, durch die Straßen und die – ungeachtet der Gefahren und Krankheiten, der Lächerlichkeit und der Himmel weiß von was noch – einen Ort suchen, wo sie diese kleinen Dramen inszenieren können, diese befriedigenden und beängstigenden kleinen Dramen, die wir im Geist wieder und wieder durchleben.«

»Ja.« Ich glaube, ich mußte lächeln.

»Ich meine, daran ist nichts Unrechtes, verstehst du. Ich habe es nie für Unrecht gehalten. Nein. Jeder von uns hat im Inneren eine dunkle Kammer, wo die wahren Sehnsüchte blühen; das Entsetzliche daran ist, daß diese seltsamen Blüten nie das Licht des Verständnisses eines anderen erblicken. In dieser Kammer des Herzens ist es dunkel und einsam.«

»Ja.« Ich lehnte mich, unerwartet entwaffnet und interessiert, ein wenig vor.

»Ich wollte ein ganz außergewöhnliches Haus errichten«, sagte er, »so außergewöhnlich wie die Kammer in unserem Innern. Ein Haus, wo die Sehnsüchte ans Licht kommen dürfen. Ein Haus, das sauber, warm und sicher sein sollte.«

Sind wir Masochisten allesamt Poeten? Sind wir alle Träumer und im Grunde unseres Herzens Dramatiker? In seinem Ausdruck lag etwas so Unschuldiges, so Selbstverständliches. Er hatte nicht die leiseste Spur von Unanständigkeit oder Scheinheiligkeit oder von schwarzem Humor an sich, wie die Scham sie so oft erzeugt.

»Im Laufe der Jahre habe ich festgestellt, daß es mehr von unseresgleichen gibt, als ich hier je empfangen oder befriedigen kann, daß die Spielarten der Sehnsüchte weit vielfältiger sind, als ich je angenommen hatte.«

Lächelnd hatte er innegehalten.

»Ich brauche eine Frau, Lisa, eine junge Frau. Aber sie darf nicht eine bloße Angestellte sein. Es gibt keine herkömmlichen Angestellten im Haus. Sie muß wissen, was wir empfinden, um mit uns zu arbeiten. Du weißt, daß es nicht ein gewöhnliches Bordell ist, Lisa. Es ist ein Ort der Eleganz und manchmal der Schönheit. Du magst mich für verrückt halten, wenn ich das behaupte, aber es ist ein Ort der Liebe.«

»Oh, ja.«

»In der Liebe muß es Verständnis geben, Respekt vor den tiefsten, innersten Geheimnissen. Mitgefühl für die eigentlichen Wurzeln der Sehnsüchte.«

»Ich verstehe. Ich weiß es.«

»Komm mit nach oben. Ich zeige dir die Räumlichkeiten. Wir sind keine Therapeuten. Wir sind keine Ärzte. Wir stellen keine Fragen über das Warum oder Wozu. Wir glauben einfach nur an dieses Refugium, diese kleine Festung für jene, die ihr ganzes sexuelles Leben im Exil verbracht haben. Wir sind für diejenigen da, die das wollen, was wir bieten.«

Altmodische Räume, hohe Zimmerdecken, gedämpftes Licht auf tapezierten Wänden. Das Solarium, das Klassenzimmer, das Elternschlafzimmer, und nun das Boudoir, das mich erwartet, Satinpantöffelchen, die Peitsche, die Klatsche, der Riemen, die Rüstung; die perfekte Illusion bis hin zu den Daguerreotypen in den ovalen Goldrähmchen auf der Frisierkommode; die versilberte Haarbürste, die Parfümflakons, in deren Kristallfacetten sich das Licht bricht, die taufrischen Rosen zwischen dem Farn in der Silbervase.

»Für die geeignete Person ist die Bezahlung ausgezeichnet, wenn ich so sagen darf, aber in Wirklichkeit ist es eher so, als wäre man Mitglied in einem Club.«

»Oder einem religiösen Orden.«

Leises, respektvolles Lachen. »Ja.«

Wochenende für Wochenende machte ich die Fahrt über die Brücke zu jenen mysteriösen Zimmern, den verlorenen, verletzlichen Fremden, dem Klima von Freundlichkeit und Sinnlichkeit, dem Ort, den sie »Das Haus« nennen. Mein Haus.

Oh, ich weiß ganz genau, was sie empfinden, weiß, was ich sagen muß – und manchmal sind Worte alles –, ich weiß, wann Druck auszuüben ist und wann ich den zarten Kuß geben muß.

Vielleicht hatte ich es endlich unter Kontrolle, so, wie ich es immer gewollt hatte.

Dann, zwei Jahre später, der märchenhafte Nachtflug nach Rom, als Martin und ich in der ersten Klasse wundervoll beschwipst waren, und die lange Fahrt in der Limousine durch die hügelige, grüne Landschaft nach Siena.

Eine Wochenendkonferenz mit anderen Stars der geheimen Welt des exotischen Sex: Alex, einer von Martins alten Schützlingen, aus dem »Haus« in Paris, Christine aus Berlin. Ich erinnere mich nicht mehr an alle, nur, daß sie alle sehr vornehm und klug waren, daß in der Villa über der Stadt der Wein in Strömen floß, an all die köstlichen Abendessen und an jene dunkeläugigen Italienerjungen, die wie Schatten durch die Halle glitten.

Mr. Cross war mit fünf Leibwächtern in seinem Privatflugzeug gekommen. Drei Mercedes-Limousinen schlängelten sich den Hügel zur Villa hinauf. »Wann sagt mir endlich jemand, um was es hier eigentlich geht?«

»Du hast doch sicher schon von ihm gehört«, sagte Martin. Die Hotelkette und das Presseimperium von Sexzeitschriften – *Dreambaby, Xanadu* – und die Gattin aus Mississippi, die nichts davon mitkriegte, was ablief, und eine Pizza verlangte.

»Unwirkliches Geld«, seufzte Martin mit leicht hochgezogener Augenbraue. »Die beste Sorte.«

War das möglich? Wir versammelten uns alle um den Tisch aus dem sechzehnten Jahrhundert, um darüber zu diskutieren.

Ein Nobel-Club irgendwo in der Welt, wo sich keine Regierung einmischen würde, mit all den Vergnügungen, die Martin Halifax und andere so clever entwickelt hatten. Stell dir das vor ...

»Nun, also ein echter Zufluchtsort«, sagte Alex. »Luxusausstattung, gutes Essen, Schwimmbäder, Tennisplätze, alles, was dazugehört. Und dann Sex. Jede Art von Sex. In gewisser Weise eine Therapie, wenn man es genau betrachtet. Ärzte werden uns ihre Patienten schicken.«

Bei dem Wort Therapie zuckte ich zusammen. Martin haßte das Wort.

Und die ruhige Stimme von Mr. Cross, dem Mann am anderen Ende des Tischs, unserem Financier.

»Also, es gibt da eine karibische Insel. Dort wäre es beinahe wie in einer autonomen Region, mit unseren eigenen Gesetzen. Aber wir würden dennoch den Schutz der Regierung genießen. Wir könnten uns unbesorgt, geschützt vor irgendwelchen Interventionen oder gewaltsamen Übergriffen, einrichten. Ich will sagen, daß wir dort strikt legal wären. Wir hätten unsere eigene Klinik, falls nötig, unsere eigene Polizei ...«

Atemberaubende Geldsumme. Alles schwieg.

»Sehen Sie«, fuhr Mr. Cross fort, »unsere Nachforschungen haben ergeben, daß es Tausende von Leuten, möglicherweise Millionen gibt, die für die Sex-Ferien ihrer Träume eine Menge zu zahlen bereit wären. Sadomasochismus, seltsame Vorlieben, Disziplin, Fesseln – was auch immer: das wollen sie, und zwar ganz besonders, wenn es gut gemacht ist und keine Gefahr bedeutet.«

»Und wir bieten ihnen eine saubere, gutgeführte Institution mit absolutem Luxus«, sagte Alexander. »Ein Erlebnis, das ihnen, egal zu welchem Preis, niemand anderes bieten kann.«

»Es muß eine Atmosphäre der Sinnlichkeit sein«, fuhr Mr. Cross fort. »Eine Atmosphäre, in der es schick ist, alles auszuleben, was man will.«

Martin hatte Bedenken.

»Es gibt etwas, das Sie nicht zu berücksichtigen scheinen. Die Mehrheit derer, die so etwas wollen, sind Masochisten. Sie sind passiv. Und das ist etwas, das sie nicht einmal ihren Ehepartnern eingestehen können.«

»Uns können sie es eingestehen«, sagte Mr. Cross.

»Nein«, entgegnete Martin. »Sie sprechen von Leuten mit Geld, von Leuten mit Rang und Namen, die sich solche Ferien leisten können. Was läßt Sie glauben, daß sie in ein riesiges Gelände dieser Art kommen würden, wo sie andere treffen könnten, die sie kennen? Im »Haus« besteht unser größtes Problem in der Diskretion. Darin, daß kein Gast den anderen zu sehen bekommt. Die Leute schämen sich ihrer masochistischen Neigungen zu sehr.«

»Es gibt aber Möglichkeiten, die Sache *en vogue* werden zu lassen«, sagte ich. Kurzes Schweigen. Mich faszinierte der Gedanke. Die Idee war wundervoll.

»Ja, aber wie?« Alex schaute mich an. »Wie statten wir es aus, wie organisieren wir's, wie bieten wir's dem Publikum an?«

»Also gut«, sagte ich. »Wir wollen berühmte Leute, reiche Leute, Leute, die nicht wollen, daß sie aufgrund ihrer masochistischen Neigungen, dafür, daß sie sich gerne peitschen und fesseln lassen, zur Zielscheibe des Spotts werden. Okay. Wir schaffen eine Situation, in der sie es nicht zugeben müssen, in der die Mitgliedschaft im Club nicht damit gleichgesetzt wird. Die Mitglieder, die auf die Insel kommen, sind allesamt ›Gebieter‹ und ›Gebieterinnen‹, die öffentlich und privat von vorne bis hinten von einer gut ausgebildeten Mannschaft von Sklaven und Sklavinnen bedient werden. Sie sind die Gäste eines Kublai Khan in Xanadu, die hier sind, um die Tänzer und Tänzerinnen und den Harem zu genießen, es sei denn natürlich, daß sie sich in die Intimität eines schallisolierten Schlafzimmers zurückziehen wollen, um nach einem Sklaven zu klingeln, der mit all dem entsprechenden Wissen auch als ›Gebieter‹ oder ›Gebieterin‹ fungieren kann.«

Mr. Cross lächelte.

»Mit anderen Worten, die Mitglieder sind immer dominant.«

»Machos«, sagte Alex mit hochgezogenen Augenbrauen und einem trockenen, spöttischen Lachen.

»Genau«, gab ich zurück. »So verkaufen wir's weltweit. Komm in den Club und lebe wie ein Sultan, als Herr über alle um dich herum. Im Club gesehen zu werden, bedeutet nicht notwendigerweise etwas anderes, als hier zu sein und die kleinen Darbietungen zu genießen, zu schwimmen, braun zu werden und von Kopf bis Fuß verwöhnt zu werden.«

»Das könnte gehen«, sagte Martin. »Das könnte wunderbar klappen, glaube ich.«

»Aber die Sklaven selbst«, fragte Mister Cross, »die Belegschaft, von der ihr gesprochen habt?«

»Die sind überhaupt kein Problem«, sagte Alex. »Das ist eine andere Sorte von Menschen. Junge Leute aus allen Lebensbereichen, Singles, die es in jeder großen Stadt gibt, die jungen Frauen, die Vögeln als Sport betrachten, die jungen Männer, die gerade aus dem Ei geschlüpft sind.«

»Ja«, meinte Martin. »Die gutaussehenden Kinder, die Starlets, Erste-Klasse-Nutten, die Tänzer in einer Las-Vegas- oder Broadway-Show sein möchten. Bieten Sie ihnen Unterkunft und Verpflegung im Paradies und ein hohes Gehalt, und, glauben Sie mir, sie werden Ihnen die Tür einrennen.«

»Ich glaube, wir müssen klein anfangen, um es richtig zu machen«, sagte ich. »Es muß sorgfältig aufgebaut werden, sauber. Nichts Schäbiges. Diese Art von Sex hat ganz eigene Rituale, Grenzen und Gesetze.«

»Natürlich, darum haben wir euch geholt«, sagte Mr. Cross. »Wie wäre es mit einem kleinen Strandclub ...«

Und schau mal, was fünf Jahre später daraus geworden ist. Dreitausend Gäste auf der Insel in dieser Nacht.

Und die Nachahmer, die »Oasen« in Mexiko und in Italien, die noblen Großstadtclubs in Amsterdam und Kopenhagen, der in Berlin, wo alle Mitglieder Sklaven und die Belegschaft die Herren sind, und das weitläufige Bad in Kalifornien, die unsere größte Konkurrenz darstellen? Die unvermeidlichen Versteigerungshäuser und die privaten Trainer? Und diese rätselhafte Legion, die es immer gegeben hatte, die Privatbesitzer?

War es unvermeidlich, war es der richtige Augenblick gewesen? Hätte ein anderer es organisiert, diskret Reklame dafür gemacht, ein großes Geschäft, wenn wir nicht die ersten gewesen wären?

Wen interessiert's? Waren Hosenlatze in ihrer Zeit unumgänglich oder die Kastratensänger, die himmelhohen, weißen Perücken des Ancien régime, die umwickelten Füße im kaiserlichen China oder die Hexenprozesse, die Kreuzzüge, die Inquisition? Man setzt etwas in Bewegung. Es kommt in Schwung. *Es existiert.*

Schwung. Für mich war es, Jahr für Jahr, eine Manie.

Versammlungen und Entwürfe und Zeichnungen und Diskussionen, Inspektionen der Gebäude, Auswählen der Stoffe, Farben, Formen der Schwimmbäder. Anstellung der Ärzte, Krankenschwestern, Ausbildung der besten Sklaven zu Herrschern für die »Behandlung« der masochistischen Mitglieder, die nicht einmal ihre eigenen Gelüste kannten. Ausführen, Korrigieren, Ausweiten. Erst zwei Gebäude, dann drei, dann die Gesamtanlage. Motive, Ideen, Gebühren, Verträge, Abmachungen.

Und immer die wohltuende Genugtuung, die eigenen Phantasien, die geheimen Träume berauschende Wirklichkeit werden zu lassen. Nur, daß sie inzwischen fast unkalkulierbare Ausmaße angenommen hatte.

Ich konnte mir bessere Sachen ausdenken, als die, die meine Gebieter mit mir gemacht hatten. Ausgefeiltere Sachen. Die Quelle ist einfach unerschöpflich. Das ganze Leben besteht aus Variationen bestimmter Themen. Jetzt sah ich andere, die darin aufgingen, staunend und verwundert, die Beiträge und Variationen einbrachten. Die Flamme brennt immer heller und heller.

Aber meine Leidenschaft?

Leidenschaft? Was ist das?

Mit Gewißheit würde es keine Gebieter mehr geben. Zu einem gewissen Zeitpunkt war diese Art von Intimität vollständig verwirkt, und manchmal weiß ich nicht, warum. Lag es daran, daß ich tatsächlich lieber die Herrin war, weil es sich nicht allein um die Erregung handelte, sondern um das Gefühl, ganz genau zu wissen, was meine Sklaven, meine Liebhaber, wirklich empfanden? Ich glaube, ich hatte sie wirklich in der Hand. Mein Wissen und mein Verständnis durchdrangen sie. Sie gehörten mir durch und durch.

Was Liebe angeht, nun, das hatte ich nie erlebt, oder? Nicht im konventionellen Sinn. Aber was ist Liebe, wenn nicht das, was ich für jeden von ihnen in jenen Momenten fühle?

In dem schummrigen Alkoven meines Himmelbetts hatte ich die allerbesten der männlichen Sklaven gehabt, einfach unglaubliche Körper.

Zwischen Wollen und Haben verstreichen im Club genau dreißig Sekunden.

Sie in die Unterwerfung peitschen, ihnen zu vögeln befehlen. Staunen über ihre Hitze, ihre Stärke, ihre Kraft, die ich befehlige, diesen außergewöhnlichen männlichen Körper, der mir gehört.

Dann das Notieren ihrer Reaktionen in der Computerdatei. Lernen, wie man sie jedesmal besser manipuliert.

Und die Sklavinnen mit ihren seidigen Fingerspitzen und leckenden Zungen. Leslie, Cocoa, die liebreizende und zur Zeit vernachlässigte Diana, mein Liebling, die mit mir in der Dunkelheit kuschelt, einer weltumspannenden Dunkelheit, weich an weich.

Mitternacht in Eden. *Ist es denn Eden?* Irgendwo schlägt eine altmodische Uhr.

Zwölf Stunden bis Elliott Slater. Und was ist an diesem blonden, blauäugigen Mann so Besonderes? Wird er nicht sein wie alle anderen?

12
ELLIOTT
Weiße Baumwolle

Die Korridore bildeten ein Labyrinth. Unzusammenhängende Teile des Clubs zogen an mir vorbei, ohne einen wirklichen Eindruck zu hinterlassen. Ich wußte nur, daß sie sich am Ende des Seils befand, das mich hier durchzerrte. Sie hatte mich aus der Tiefe befreit, und man brachte mich zu ihr.

Ich war aus einem sehnsüchtigen Traum von ihr aufgewacht. Es war überflüssig zu behaupten, es sei irgend etwas anderes gewesen. Während des ganzen Morgens hatte ich ihr Gesicht aufblitzen gesehen, Fragmente des Traumes, und ich hatte die Spitzen ihrer Seidenbluse an meiner Brust, die fast elektrische Berührung ihres Mundes gefühlt.

Wer, zum Teufel, war sie wirklich? Wie war sie?

Dann war etwas Ungewöhnliches geschehen. Wir hatten bei Tagesanbruch auf Händen und Knien zu putzen angefangen, aber die Aufseher waren sanft mit mir umgegangen. Keine spöttischen Beleidigungen, kein Riemen.

Sie mußte die Anordnung gegeben haben, aber was hatte es zu bedeuten? Es war nur zu leicht, beim Schrubben darüber nachzudenken. Zu leicht, an sie zu denken.

Als wir unser Mittagessen in dem kahlen, kleinen Speisezimmer bekamen – natürlich auf Händen und Knien –, war mir aufgefallen, daß sich hier nichts so abspielte, wie ich es erwartet hatte.

Unabhängig von dem, was Martin mir gesagt hatte, hatte ich ausgedehnte Phasen der Langeweile vorhergesehen, eine unvermeidliche Untätigkeit, die das Ganze verwässern würde.

Nun, es gab keine Langeweile. Und ich war von Anfang an nicht auf der Höhe des Geschehens gewesen. Und jetzt diese reichlich verhängnisvolle Sehnsucht nach ihr, diese unvorhersehbare Reaktion auf ihren Duft, ihren Anblick, ihre Berührung.

Wenigstens diesen Teil mußte ich unter Kontrolle kriegen. Im Zweifelsfall hatte sie schon tausend Sklaven wie mich ausgebildet, und letztlich waren sie ihr völlig egal, genauso wie mir die »Gebieter« und »Gebieterinnen« egal waren, die mich unter Martins wachsamem Auge im Haus trainiert hatten.

Mir war sogar Martin verdammt egal, wenn man es bei Licht betrachtete. Ich mochte ihn natürlich, liebte ihn vielleicht gar; und – das ist wahr – der Gedanke an ihn törnte mich an. Aber wenn es um Sex ging, um das wundervoll ausgeklügelte, sadomasochistische Ritual, dann war mir absolut Wurscht, wer es ausführte, abgesehen von einigen ästhetischen Kriterien.

Und jetzt justierte sich mein Geist auf *sie*. Sie gewann die Oberhand. So, als materialisiere sie sich dort, wo nur eine vage Gestalt gewesen war. Mir behagte das ganz und gar nicht.

Doch die leise, pulsierende Erregung war schlimmer geworden, das Gefühl, wirklich ein Sklave zu sein, ihr völlig ausgeliefert zu sein, und meine Hände und Knie wurden immer wunder.

Als ich dann ins Bad gebracht wurde, wußte ich, daß ich zu ihr gehen würde. Köstliche, heiße Dusche, exquisite Massage – so lebten die artigen Jungs.

Dazu kam die Provokation, so viele andere glänzende Leiber auf den Massagetischen zu sehen, und die Badesklaven, die wie eine Herde kleiner Nymphen und Faune zwischen den Blumentöpfen mit Fuchsien und Farnen herumhuschten und mit Zahnpasta-Reklame-Lächeln besänftigend schnatterten (»Du darfst jetzt reden, Elliott, wenn du magst«).

Warum hatte ich mich gefürchtet zu fragen, was los war? Warum hatte ich gewartet, bis der hübsche, kleine Ganymed, der mit seinen stählernen Fingern an mir arbeitete, sagte: »Du gehst zur Chefin, Elliott, du solltest vorher ein bißchen schlafen.«

Wenn ich bis dahin vor mich hingedöst hatte, so machte mich das hellwach.

»Die Chefin?« fragte ich.

»Das ist sie«, hatte er erwidert. »Sie leitet den Club. Sie hat ihn praktisch erfunden. Und sie ist deine Trainerin. Viel Glück.«

»Die Chefin«, murmelte ich. Eine ganze Kette von Knallfröschen war in meinem Schädel explodiert.

»Mach die Augen zu«, befahl er. »Glaub mir, du wirst diese Pause dringend nötig haben.«

Ich hatte geschlafen. Mußte geschlafen haben. Ich muß total erschöpft gewesen sein, denn plötzlich fand ich mich wieder, wie ich an die in fabelhaften Ornamenten bleiverglaste Zimmerdecke starrte. Neben mir stand der Aufseher und sagte: »Komm, Elliott, die Perfektionistin lassen wir nicht warten.«

Nein, natürlich nicht.

Und so verstrichen die letzten Augenblicke meines Lebens vor Lisa im Labyrinth.

Wir blieben stehen. Weißer Korridor, üppig geschnitzte Doppeltür. Stille. Okay. Du bist viel zu stabil für einen Nervenzusammenbruch.

Der Aufseher schnippte mit den Fingern.

»Geh rein, Elliott, und warte still auf den Knien.«

Die Tür schloß sich hinter mir. Er war fort, und ich fühlte die Panik so stechend wie noch nie zuvor.

Ich war in einem großen, vollständig in Blautönen gehaltenen Raum mit grellen Tupfern, die das Licht auffingen. Es gab keine elektrische Beleuchtung. Nur die Sonne erhellte durch blau und violett geblümte Vorhänge vor den Fenstertüren das Zimmer.

Quadratmeterweise dunkelroter Teppich, an den Wänden riesige Renoirs und Seurats, viele haitianische Gemälde – brillante Arbeiten, ein haitianischer Himmel über grünen Hügeln und dunklen, stangengestaltigen Haitianern bei der Arbeit, beim Spiel, beim Tanz.

Es gab langgesichtige afrikanische Masken, indianische Masken in leuchtend rotem und grünem Lack. Elegante, gewundene afrikanische Holz- und Steinskulpturen standen hier und da zwischen Palmen und Farnen. Und zu meiner Linken war mit dem Kopfende zur Wand ein breites Messingbett.

Das Ding erinnerte mich an einen riesigen goldenen Käfig. Es war mit Schnörkeln und Stangen verziert und mit weißer Baumwollspitze verhangen, die es in eine durchsichtige Wolke hüllte. Berge von spitzenbesetzten Kissen türmten sich auf dem gerüschten Baumwollüberwurf. Ein Laubennest war es, ein phantasievolles Ding, das Männer oft besonders schätzen, aber selber nicht auf die Reihe kriegen und es darum den Frauen in ihrem Leben überlassen, es zu erfinden.

Ich stellte mir vor, wie ich darauf zuging. Ich trug einen schwarzen Smoking und hatte ein Blumensträußchen in der Hand, gewöhnliche Margeriten, und bückte mich, um ein Mädchen zu küssen, das in dem Bett lag.

Diese Art von Bett. Aber es lag kein »Mädchen« darin. Sie war nirgendwo zu sehen.

Zeit, die Intensität des Zimmers zu genießen, die wundervolle Art und Weise, mit der es das Verbotene andeutete, selbst an diesem verbotenen Ort. Die leisen Bewegungen der grünen Äste hinter den geblümten Gaze-Vorhängen muteten an wie ein Tanz.

Ich fühlte, wie mir das Blut in den Kopf schoß, eine plötzliche Orientierungslosigkeit. Als hätte sich eine Falltür geöffnet und ich wäre in eine geheime Kammer gestürzt. Das ganze Zimmer verwirrte mich plötzlich und ohne jeden Grund: das Durcheinander silberner Gerätschaften vor dem runden Spiegel der Frisierkommode, Dosen, Parfümflaschen, Bürsten. Ein hochhackiger schwarzer Satinschuh, der neben dem Stuhl lag. Diese ganze schneeweiße Spitzenpracht.

Ich setzte mich auf die Fersen und schaute mich um, wünschte, mein Gesicht wäre nicht so heiß, wünschte, mir wäre nicht so heiß. Ich war in den stickigen viktorianischen Frauenschlafzimmern in Martins Haus gewesen, aber das hier war anders, ungekünstelt, beinahe ein bißchen verrückt. Nicht ein Bühnenbild für all die Verrücktheiten hier, sondern ein echtes Zimmer.

Es gab reihenweise Bücher. Die Regale an der gegenüberliegenden Wand waren voll, und alle waren abgegriffen, als habe sie jemand tatsächlich gelesen. Taschenbücher und Hardcover durcheinander, manche mit Klebestreifen geflickt.

Ich starrte vor mich hin, auf alles und nichts; auf einen weißen Lederriemen mit einem Paar lederner Handschellen, der von der Decke baumelte, auf den schwarzen Satinschuh, der auf der Seite lag.

Und als sich mit fast unhörbarem Klicken irgendwo eine Tür öffnete, standen mir die Härchen im Nacken zu Berge.

Sie war aus dem Bad gekommen; ich konnte den duftenden Dampf des Bads riechen, einen dieser durchdringend süßen Blumendüfte, sehr angenehm, und ein anderes Aroma, sauber und etwas rauchig, mischte sich mit dem Parfüm: ihr Geruch.

Sie bewegte sich geräuschlos durch das Zimmer in mein Blickfeld. Sie trug weiße Satinsandalen mit hohen Pfennigabsätzen, wie der schwarze neben dem Stuhl. Und darüber trug sie nichts als ein kleines, weißes, spitzenbesetztes Hemdchen, das ihr über die halben Schenkel reichte. Der Schlüpfer war aus Baumwolle. Pech.

Das Gefühl eines Körpers unter Nylon läßt mich mehr oder weniger kalt. Aber ich verliere den Kopf bei einem Körper in zarter Baumwolle.

Unter dem Hemdchen waren ihre Brüste nackt, und ihr Haar hing wie ein dunkler Jungfrau-Maria-Schleier über ihre Schultern; durch den Stoff konnte ich das dunkle Dreieck zwischen ihren Beinen sehen.

Wieder hatte ich das Gefühl, daß Kraft von ihr ausging. Schönheit allein konnte nicht diese Wirkung hervorrufen, nicht einmal in diesem verrückten Zimmer, auch wenn sie zweifellos wirklich schön war.

Ich hätte mich ohne ihre Erlaubnis nie auf die Fersen setzen dürfen. Und sie so direkt anzuschauen war eine Verletzung der Spielregeln, aber ich tat es trotzdem.

Ich schaute zu ihr auf, wenn auch mit leicht gesenktem Kopf, und als ich ihr kleines, scharfkantiges Gesicht sah, ihre großen, beinahe nachdenklichen, braunen Augen und wir uns gegenseitig anstarrten, verstärkte sich das Gefühl ihrer Kraft.

Ihr Mund war unbeschreiblich sinnlich. Sie trug einen glanzlosen Lippenstift, so daß das tiefe Rot natürlich wirkte, und ihre leicht herabhängenden Schultern wirkten aus rätselhaften Gründen ebenso erregend wie die vollen Hügel ihrer Brüste.

Aber die Elektrizität, die von ihr ausging, war nicht die Summe all der fabelhaften körperlichen Details. Nein. Es war, als strahle sie unsichtbare Hitze ab. Sie glimmte in dem knappen Hemdchen und den zarten Satinsandalen. Man konnte den Rauch nicht sehen, aber man wußte, daß er da war. Sie hatte etwas beinahe Unmenschliches an sich. Sie ließ mich an ein altmodisches Wort denken. Wollust.

Ich senkte den Blick. Auf Händen und Knien bewegte ich mich auf sie zu und hielt inne, als ich ihre Füße erreicht hatte. Ich fühlte die Kraft, die von ihr ausging, die Hitze. Ich drückte meine Lippen auf ihre nackten Zehen, auf den Spann über dem Satinriemen, und wieder fühlte ich diesen seltsamen, verwirrenden Schock, der meine Lippen prickeln ließ.

»Steh auf«, sagte sie leise, »und falte die Hände auf dem Rücken.«

Ich erhob mich, so langsam ich konnte; als ich gehorchte, war ich sicher, daß mein Gesicht rot angelaufen war. Es war nicht die übliche Emotion. Ich überragte sie, und obgleich ich sie nicht wieder anschaute, konnte ich sie genau sehen, sah das Tal zwischen ihren Brüsten, die dunkelrosigen Kreise ihrer Brustwarzen unter dem dünnen Hemd.

Sie streckte die Hand aus, und ich zuckte beinahe zurück, als ich ihre Finger durch mein Haar streichen fühlte. Sie packte meinen Kopf und massierte ihn mit den Fingern, daß mir Schauer den Rücken hinunterrannen. Dann ließ sie ihre Finger langsam über mein Gesicht wandern, wie es eine Blinde getan hätte, um es zu erkunden, befühlte meine Lippen, meine Zähne.

Es war die Berührung von jemandem, der vor Fieber glühte, ihre tanzenden, heißen Fingerspitzen, das alles aufgeladen durch ein leises Geräusch, das sie mit geschlossenen Lippen von sich gab, wie das Schnurren einer Katze.

»Du gehörst mir«, sagte sie, noch leiser als ein Flüstern.

»Ja, Madam«, gab ich zur Antwort. Hilflos sah ich zu, wie ihre Hände zu meinen Brustwarzen wanderten, sie zwickten und herausforderten und wie mein Körper sich anspannte. Das Gefühl schoß hinunter in meinen Schwanz.

»Mir«, sagte sie.

Ich hatte den Drang, ihr zu antworten, aber ich sagte kein Wort, mein Mund ging auf und zu, während ich auf ihren Busen starrte. Dieser süße, saubere, rauchige Duft stieg mir wieder in die Nase, überflutete mich. Ich ertrage das nicht, dachte ich. Ich muß sie haben. Sie setzt eine völlig unbekannte Waffe gegen mich ein. Man kann mich nicht so foltern in diesem stillen Schlafzimmer. Es ist einfach zuviel.

»Geh ein Stück zurück, bis zur Zimmermitte«, sagte sie leise und monoton und ging dabei vorwärts. Ihre Fingerspitzen drückten und zerrten noch immer an meinen Brustwarzen. Plötzlich zwickte sie sie so kräftig, daß ich die Zähne zusammenbeißen mußte.

»Oh, empfindlich sind wir, nicht wahr?« sagte sie. Unsere Blicke trafen sich wieder. Die Hitze leuchtete in ihren Augen, ihre roten Lippen öffneten sich und ließen blitzend weiße Zähne sehen.

Beinahe hätte ich sie angefleht, beinahe hätte ich »bitte« gesagt. Mein Herz klopfte so wild, als sei ich gerannt. Ich war kurz davor zu bocken, vor ihr zurückzuweichen, zu versuchen, ihre Kraft zu erschüttern. Aber es bestand nicht die geringste Möglichkeit, daß ich es tun oder auch nur versuchen könnte.

Sie stellte sich vor mir auf die Zehenspitzen. Ich konnte sehen, daß sie über mir nach etwas gegriffen hatte. Ich schaute nach oben und sah die weißen Ledermanschetten mit Schnallen, die an dem weißen Lederriemen baumelten.

Daß ich die Dinger vergessen hatte, erschien mir wie ein tödlicher Fehler. Aber was spielte es am Ende für eine Rolle?

»Heb die Hände hoch«, ordnete sie an. »Nein, nicht so hoch,

mein großer Schöner. Nur über deinen Kopf, so daß ich dran kann. Fein.«

Ich fühlte mich erschaudern. Eine kleine Symphonie anspannender Zugeständnisse. Ich glaube, ich schüttelte den Kopf.

Das Leder wurde zunächst um mein linkes Handgelenk gelegt und stramm festgezurrt, dann um das rechte. Meine Handgelenke wurden über Kreuz zusammengebunden. Ich stand so hilflos da, als hielten mich sechs Männer fest, und sie ging zur gegenüberliegenden Wand und drückte auf einen Knopf. Geräuschlos zog sich der Lederriemen über mir in die Zimmerdecke, und meine gefesselten Handgelenke wurden hoch über meinen Kopf gezogen.

»Er ist sehr stark«, sagte sie, als sie graziös auf ihren hohen Absätzen wieder zurückkam. »Möchtest du versuchen, dich zu befreien?« Das Hemdchen glitt ihre Schenkel hinauf, das kleine Nest aus Haaren piekte durch den weißen Stoff.

Ich schüttelte den Kopf. Ich wußte, daß sie mich wieder berühren würde. Die Spannung war unerträglich.

»Du bist unverschämt, Elliott«, sagte sie. Ihre Brüste streiften mich fast. Ihre Finger lagen flach gespreizt auf meiner Brust. »Es heißt: ›Nein, Madam‹ und: ›Ja, Madam‹, wenn du mit mir sprichst.«

»Ja, Madam.« Schweiß brach mir aus allen Poren. Ihre Finger wanderten über meinen Bauch, ihr rechter Zeigefinger bohrte sich in den Nabel. Ich konnte nicht stillhalten. Schnell ließ sie die Hand tiefer sinken und berührte meinen Schwanz.

Ich bewegte die Hüften rückwärts von ihr fort. Ihre linke Hand legte sich in meinen Nacken. Sie trat neben mich und ihre rechte Hand kniff kräftig in die weiche Haut meiner Hoden, die Fingernägel gruben sich hinein. Ich versuchte, keine Grimasse zu machen. »Küß mich, Elliott«, sagte sie.

Ich wandte ihr mein Gesicht zu. Ihre Lippen knabberten an meinem Mund, öffneten ihn, und der elektrische Schock durchfuhr mich wieder. Mein Mund drückte sich fest auf den ihren. Ich küßte sie, als wollte ich sie verschlingen. Ich küßte sie, als hätte ich sie am Haken. Auf diese Weise konnte ich sie halten, egal, wie hilflos ich ihr ausgeliefert war, so stark war der Strom. Allein mit dieser Kraft konnte ich sie hochheben, sie aus sich selbst herausholen, und als ich in diesem Rausch ihre Brüste auf meiner Haut fühlte, wußte ich, daß es mir gelungen war, daß ich sie hatte. Der Kuß war naß und sinnlich und süß. Die Fingernägel zwickten meine Hoden fester, aber der Schmerz vermischte sich mit der Kraft, die aus mir in sie hineinströmte. Sie stand auf Zehenspitzen und lehnte ihr ganzes Gewicht gegen mich. Ihre linke Hand umklammerte meinen Nacken, und ich labte mich an ihr, die Zunge in ihrem Mund. Die Manschetten gruben sich tief in meine Handgelenke, und ich versuchte, jenseits jeglicher Kontrolle, freizukommen.

Sie wich zurück, und ich schloß die Augen. »Mein Gott«, flüsterte ich.

Dann fühlte ich ihren nassen, saugenden Mund an der Innenseite meines Arms, er ziepte an den Härchen, daß ich zusammenzuckte. Ich stöhnte laut auf. Sie hatte meine Hoden in die rechte Hand genommen und knetete sie sanft, so unheimlich sanft, ihre Lippen saugten an der Haut meines Arms, und ich dachte, ich würde den Verstand verlieren. Meine Haut war von oben bis unten zum Leben erwacht. Sie biß in das Fleisch, leckte daran.

Mein Körper erstarrte, ich knirschte mit den Zähnen. Ich fühlte, wie ihre Finger meine Hoden losließen, sich um den Schaft meines Penis schlossen und aufwärts strichen. »Ich kann nicht … ich kann nicht …«, sagte ich mit zusammengebissenen Zähnen. Ich tänzelte zurück, bemühte mich, nicht zu kommen, und sie ließ los und küßte mich wieder, ihre Zunge schlüpfte in meinen Mund.

»Das ist schlimmer als die Peitsche, nicht wahr?« schnurrte sie zwischen Küssen. »So mit Lust gefoltert zu werden?«

Ich wich zurück, befreite mich, dann küßte ich ihr Gesicht, saugte an ihren Wangen, ihren Augenlidern. Ich drehte mich herum und stieß mit dem Schwanz nach ihr, gegen den dünnen Stoff ihres Hemdchens. Sie durch die Baumwolle zu fühlen war göttlich.

»Nein, das tust du nicht!« Sie wich mit einem leisen, finsteren Lachen zurück und schlug meinen Schwanz mit der flachen Hand. »Du wirst das niemals tun, bis ich dir sage, daß du darfst.«

»Mein Gott, aufhören«, flüsterte ich. Mein Schwanz pulsierte und wurde mit jedem Schlag steifer.

»Soll ich dich knebeln?«

»Ja, bitte. Mit dem Busen oder mit der Zunge!« Ich zitterte am ganzen Leib, und ohne es zu wollen, zerrte ich an den Handfesseln, als wollte ich mich losreißen.

Sie lachte ein leises, herzliches Lachen.

»Böser Bube, du«, sagte sie. Und wieder hagelte es diese tadelnden, strafenden Schläge. Sie ließ ihre Fingernägel über die Eichel streifen und quetschte sie dann. Ja, ein ganz verruchter Knabe, wollte ich sagen, aber ich verschluckte es. Ich drückte meine Stirn gegen meinen Arm, um mich von ihr abzuwenden. Aber sie nahm mein Gesicht und drehte es ihr zu.

»Du willst mich, nicht wahr?«

»Ich will dich windelweich vögeln«, flüsterte ich. Mit einer blitzschnellen Bewegung erwischte ich wieder ihren Mund und saugte daran, ehe sie ausweichen konnte. Ich pumpte wieder an ihr. Sie wich zurück und versetzte meinem Schwanz erneut einen kräftigen Schlag mit der flachen Hand.

Leise zog sie sich über den Teppich zurück.

Ungefähr in zwei Meter Entfernung stand sie da und schaute mich an, eine Hand auf den Frisiertisch gestützt, ihr Haar fiel zu beiden Seiten über ihre Schultern und verdeckte halbwegs den Busen. Sie sah feucht und zart aus, ihre Wangen glühten tiefrot, desgleichen ihr Hals und ihre Brust. Mir blieb die Luft weg. Wenn ich jemals so hart gewesen war, konnte ich mich jedenfalls nicht daran erinnern. Wenn ich je bis zu diesem Punkt aufgegeilt worden war, hatte ich es aus meinem Bewußtsein gelöscht.

Ich glaube, ich haßte sie. Und dennoch verschlang ich sie mit Blicken aus den Augenwinkeln heraus, ihre rosigen Schenkel, den Spann ihrer Füße in den weißen, hochhackigen Satinsandalen, den Busen, der sich unter der Baumwollspitze wölbte, selbst die Art und Weise, wie sie sich mit dem Handrücken den Mund abwischte.

Sie nahm etwas von der Kommode. Im ersten Moment sah es aus wie ein Paar fleischfarbener, lederbezogener Hörner. Ich machte die Augen auf, um es deutlicher zu sehen. Es war ein Dildo in Form von zwei Penissen, die am Ansatz durch ein einziges Hodenpaar verbunden waren, so verdammt lebensecht, daß die Schwänze sich aus eigenem Antrieb zu bewegen schienen, als sie den weichen Hodensack quetschte wie ein Kind ein Gummitier.

Sie kam näher und hielt das Ding mit beiden Händen wie eine Opfergabe. Es war wundervoll gearbeitet, beide Schwänze geölt und glänzend, jeder mit einer sorgfältig geformten Eichel. Soviel ich wußte, war in dem großen Hodensack eine Flüssigkeit, die, wenn sie ihn richtig drückte, durch die kleinen Öffnungen in den beiden Schwänzen austreten würde.

»Schon mal von einer Frau gevögelt worden, Elliott?« flüsterte sie und warf das Haar über die Schulter zurück. Ihr Gesicht war feucht, ihre Augen weit und glänzend.

Ich gab einen schwachen Protestlaut von mir, unfähig, es zu verhindern. »Tu mir das nicht an ...«, sagte ich.

Sie lachte wieder ihr leises, gurrendes Lachen und holte einen kleinen, gepolsterten Schemel herbei, um ihn hinter meinem Rücken abzustellen.

Ich drehte mich um, um sie anzuschauen; ich starrte das Ding an, als wäre es ein Messer.

»Zwing mich nicht«, sagte sie grausam, und ihre Augen verengten sich. Ihre Hand flog hoch und schlug mir ins Gesicht.

Ich drehte mich ein bißchen, um den stechenden Schmerz des Schlags zu mildern.

»Ja, du solltest dich lieber ducken«, flüsterte sie.

»Ich ducke mich nicht, Schätzchen.« Ein zweiter Schlag traf mich, erstaunlich hart, mein Gesicht brannte.

»Soll ich dich erst peitschen, ich meine, *richtig* peitschen?«

Ich antwortete nicht, aber ich konnte meinen Atem nicht beruhigen und meinen Leib nicht am Schaudern hindern.

Dann fühlte ich ihre Lippen auf meiner Wange, genau dort, wo sie mich geschlagen hatte. Ihre Finger streichelten meinen Hals, und ein leises, pochendes Gefühl durchfuhr mich und steigerte die Empfindungen in meinem Schwanz. Sanfter, seidiger Kuß, und der Knoten in meinem Penis verdoppelte sich, und in meinem Kopf zerbarst etwas.

»Liebst du mich, Elliott?«

Eine Schutzmembran war zerrissen. Mein Bewußtsein kam nicht mehr mit. Meine Augen waren naß.

»Mach die Augen auf und schau mich an«, befahl sie.

Sie war auf den kleinen Schemel gestiegen und stand nur wenige Zentimeter vor mir. Mit der linken Hand hielt sie den Doppelphallus, während ihre rechte Hand den Spitzensaum ihres Hemdchens hob.

Ich sah ihr krauses dunkles Haar dort, winzige Löckchen vor der rosigen Haut, und scheue, zarte Schamlippen, die beinahe zaghaft unter den Haaren versteckt waren. Sie senkte den Doppelphallus und schob den einen in sich hinein; ihr ganzer Körper nahm ihn in einer graziösen Wellenbewegung in sich auf. Der andere bog sich aufwärts und auf mich zu, als wäre sie eine Frau mit einem erigierten Schwanz.

Der Anblick war umwerfend: ihre zarte Gestalt und der glänzende Penis, der so perfekt aus ihrem Kraushaar ragte, ihr Gesicht scheinbar so verletzlich, ihr Mund so tief rosenrot. Ich sah kaum, daß sie die Hände bewegte, bis ich ihre Daumen in meine Unterarme drücken fühlte. Ihr Gesicht war ganz nah vor meinem, als sie sagte: »Dreh dich um.«

Ich gab ein leises, zorniges, hilfloses Geräusch von mir. Ich konnte mich nicht rühren. Aber ich tat genau das, was sie gesagt hatte.

Ich fühlte den Schwanz gegen mich drücken, erstarrte und wich aus.

»Halt still, Elliott«, flüsterte sie. »Mach es nicht zu einer Vergewaltigung.«

Dann folgte das köstliche Gefühl der Penetration, das Geöffnetwerden, diese wundervolle Gewaltanwendung, als der geölte Schwanz eindrang.

So sanft, so behutsam, bis zum Anschlag, dann das Hin- und Herwiegen. Eine leise, surrende Lust strömte von ihrem erhitzten kleinen Mund in alle meine Gliedmaßen. Himmel, wenn sie ihn doch reingerammt hätte, wenn sie mich vergewaltigt hätte. Nein, sie vögelte mich. Das war viel schlimmer. Sie ging damit um, als sei es ein Teil von ihr. Die weichen Gummihoden warm an meiner Haut, ebenso ihr heißer nackter Bauch und ihre heißen kleinen Schenkel.

Meine Beine hatten sich gespreizt. Mich überwältigte das Gefühl, gefüllt zu werden, aufgespießt, und dann diese köstliche, sinnliche Reibung. Ich haßte sie. Und ich liebte es. Ich konnte es nicht verhindern.

Ihre Arme legten sich um mich, ihre Brüste drückten gegen meinen Rücken, ihre Finger fanden meine Brustwarzen und drückten sie kräftig.

»Ich verabscheue dich«, flüsterte ich. »Du kleines Biest.«

»Natürlich, Elliott«, gab sie flüsternd zurück.

Sie wußte, wohin sie es trieb, wohin sie es schaukelte. Ich würde kommen, direkt in die Luft spritzen. Ich keuchte jede Menge kleiner Flüche und Verwünschungen. Sie stieß härter zu, schlug ihre Hüften gegen mich, rammte mich, immer schneller, ihre Finger zogen meine Brustwarzen in die Länge, ihre geöffneten Lippen lutschten an meinem Nacken.

Es wurde stärker und stärker, und ich gab leise, stammelnde Töne von mir, dachte, sie könne doch so nicht einfach kommen, gegen mich, wenn ich nicht käme, und die Stöße klatschten gegen mich, ließen mich fast das Gleichgewicht verlieren. Und dann erstarrte sie mit einem Schrei der Ekstase. Die Hitze ihrer Brüste schlug wie ein Schwall gegen mich, ihr Haar fiel über meine Schulter, ihre Hände umklammerten mich, als würde sie fallen, wenn sie losließe.

Ich stand vor Geilheit und Wut wie gelähmt. Ich war draußen, und sie war in mir. Plötzlich fühlte ich, wie der Phallus brennend aus mir herausglitt und das weiche, heiße Gewicht ihres Körpers sich entfernte.

Sie war noch immer ganz nah bei mir. Und überraschenderweise fühlte ich ihre Hände an den Ledermanschetten über meinem Kopf. Sie löste sie, befreite meine Handgelenke und führte meine Hände seitlich an meinen Körper.

Ich warf einen Blick über die Schulter. Sie hatte sich von mir entfernt. Und als ich mich umdrehte, sah ich sie am Fußende des Betts stehen. Sie hatte den Phallus nicht mehr in sich. Trug nur noch dieses kleine Hemdchen, das kaum ihr Geschlecht bedeckte. Ihr Gesicht war rosig, und ihre Augen leuchteten. Ihr Haar war wundervoll zerzaust.

Im Geiste sah ich mich schon ihr das Hemd herunterreißen, ihren Kopf mit der linken Hand an den Haaren nach hinten ziehen …

Sie kehrte mir den Rücken zu, und ein Hemdträger rutschte über ihre Schulter. Sie teilte den leichten, baumwollenen Bettvorhang und kletterte auf das Bett, so daß ich ihren nackten Po und die winzigen, rosigen Schamlippen sehen konnte. Dann wandte sie sich zu mir um und zog die Knie beinahe schüchtern an. Ihr Haar fiel ihr über das Gesicht. »Komm her«, sagte sie.

Ich war über ihr, ehe ich wußte, was ich tat.

Ich hob sie mit dem rechten Arm in die Höhe und legte sie auf den Kissenberg. Sofort drang ich in sie ein, pfählte sie und rammte sie, wie sie mich gerammt hatte.

Ihr Gesicht und ihr Hals liefen augenblicklich rot an, in ihrem Gesicht lag der täuschende Ausdruck von Tragödie, Schmerz. Ihre Arme schlugen um sich, und sie hüpfte auf dem Durcheinander von Spitzenrüschen wie eine Stoffpuppe.

Sie war so eng und so naß und so heiß, daß ich staunte; ihre Scheide aus pulsierendem Fleisch fühlte sich fast jungfräulich an und trieb mich bis hart an die Grenze. Ich zerrte an dem Hemd, zog es über ihren Kopf und warf es vom Bett. In einem Augenblick des Wahnsinns war es, als hätte sie mich wieder, diesmal mit ihrer handschuhengen Vagina, den nackten Bauch und den Busen an mich geklebt, und ich war ihr Gefangener, ihr Sklave. Aber ich würde nicht kommen, ehe sie kam. Ich würde nicht spritzen, ehe ich sie schaudernd und hilflos vor mir sah. Ich richtete mich auf, hob ihren Po mit dem linken Arm, hob sie hoch und preßte sie gegen mich, um mich dann mit meinem ganzen Körpergewicht auf sie zu werfen, ihren Mund mit meinem Mund zu packen und sie zu küssen, bis ihr Gesicht von meinem Gesicht stillgehalten wurde. Als ich sie so hatte und rammte und küßte, explodierte sie innerlich, die Röte wurde dunkler, ihr Herz schien stillzustehen – volle Fahrt voraus »in den kleinen Tod« –, ihre Laute wurden animalisch, wild. Und nun hielt ich mich nicht mehr zurück, ich vögelte sie und spritzte in sie, vögelte sie wilder, als ich je irgendwas oder irgendwen in meinem ganzen Leben gevögelt hatte – Mann oder Frau, Hure oder Strichjunge, nicht einmal das machtlose Gespenst der Phantasie.

13
ELLIOTT
Parfüm und Leder

Ich versuchte, nicht einzuschlafen, aber es half nichts. Ich döste eine Zeitlang und wachte wieder auf. Ich fühlte eine merkwürdige Unruhe, wenn ich ihr schlafendes Profil vor der Wand aus Vorhängen anschaute. Wundervolle Frau, makellos aus der Nähe, und im Schlaf so bedrohlich wie im Wachsein.

Wie konnte sie *danach* schlafen? Wie konnte sie so sicher sein, daß ich nicht aufspringen und sie an den Haaren quer durchs Zimmer zerren würde? Ich hatte ein beinahe unbezwingbares Verlangen, sie wieder zu küssen, sie wieder zu vögeln, und gleichzeitig wollte ich nichts wie raus aus diesem Zimmer. Ich kuschelte mich an sie, ergab mich einer unüberwindlichen Schläfrigkeit, liebkoste ihre Brüste und ihr nasses Geschlecht ganz zart, und dann träumte ich und fiel in tiefen Schlaf.

Als ich erwachte, war es dunkel im Zimmer, und sie flüsterte meinen Namen. Der kleine Gefahrenalarm in meinem Kopf ging los. Wenn sie mich jetzt wegschickte, würde ich verrückt werden.

Auf der Kommode stand eine Lampe, die gelbes Licht auf die harten, eckigen Gesichter der Skulpturen und Masken warf, das auf dem Messing des Betts glitzerte. Ich lag bäuchlings auf den weichen Baumwollaken, die Kissen und Decken waren verschwunden und die Vorhänge zurückgeschlagen. Es war das vertraute Gefühl von Leder, das sich um mein linkes Handgelenk schloß, was mich völlig wach machte. Sie hatte die Schnalle schon geschlossen, und jetzt beugte sie sich über mich, die Knie an meiner Seite, um die rechte Manschette zu anzulegen.

Sie will mich peitschen, dachte ich. Sie ist mit mir noch nicht fertig. Schnelles Aufleuchten der Erregung. Ich hatte ja wirklich danach verlangt, nicht wahr, als ich jene Sachen sagte, es wird also hart werden. Und sie würde es auch tun, wenn ich nicht danach verlangt hätte. Hatte ich etwa geglaubt, ich würde sie davon abhalten können, nur weil ich sie gevögelt hatte? Furcht. Auf kleiner Flamme.

Ich zog an den Riemen, nur um ihre Stabilität zu testen, und mir war klar, daß ich mich auf keinen Fall befreien konnte. Mein linker Fuß wurde schnell an den Bettpfosten gefesselt. Dann der rechte. Das war mir alles schon früher geschehen, es war nicht das Schlimmste. Im Gegenteil, es war die angenehmste Art, gepeitscht zu werden. Warum also diese innere Panik? Weil sie es war? Weil ich nie eine von denen *gehabt* hatte, die mich folterten, jedenfalls nicht in der Weise, wie ich sie gehabt hatte. Wunderbar! Und das einzige, das mir in den Sinn kam, war eine Zeile aus einem schlechten Historienfilm, wo irgendein Sklave zu seinem dekadenten Herrn sagt: »Schlag mich, aber schick mich nicht fort.«

Ich wand mich, zerrte an den Gurten, mein Schwanz rieb sich am Laken, aber der schwere Messingrahmen rührte sich kein bißchen.

Sie stand rechts von mir und beobachtete mich.

Sie stand mit dem Rücken zur Lampe. Ihre Haut schien im Schatten zu leuchten, als habe sich ihre Hitze in Licht verwandelt.

Ich dachte wieder daran, wie ich sie unter mir gehabt hatte, an ihre Zähigkeit und ihre Zartheit, und daran, daß sie mich auspeitschen würde, und es erregte mich. Ich hatte plötzlich das Bedürfnis, etwas zu ihr zu sagen, die Spannung zu brechen. Aber ich wagte es nicht. Und ich wußte auch nicht genau, was ich sagen wollte. Sie hatte einen schwarzen Ledergurt in der Hand; es würde schlimm werden. War es nicht völlig egal, ob ich etwas zu ihr sagte? Was wollte ich denn sagen?

Sie war jetzt ganz in Schwarz gekleidet wie alle Trainer, mit Ausnahme der Spitzenbluse. Schick sah sie aus, scharf, in enger kleiner Lederweste und mit einem Lederrock, der sich an ihren

Körper schmiegte, und mit hochhackigen schwarzen Stiefeln, bis zu den Knien geschnürt. Wenn ich sie so in einem Café hätte sitzen sehen, wäre es mit in der Hose gekommen.

In der Tat kam ich beinahe auf dem Baumwollaken.

Sie näherte sich, den Riemen in der rechten Hand.

Jetzt muß ich für alles zahlen, nicht nur für die dreisten Bemerkungen, sondern auch dafür, daß ich sie gehabt hatte. Darum ging es doch, oder? Ich krümmte mich fast. Die Peitsche fühlte sich nie gut an, egal wie sehr man sie wollte und liebte, sie tat weh. Und sie wußte, wie man es macht. Sie war der Boß.

Sie kam näher. Sie beugte sich über mich, die Rüschen ihrer Bluse streiften meine Schulter, und sie küßte meine Wange. Parfüm und seidiges Haar. Ich rutschte auf dem Laken herum und dachte, ich kann doch nicht so kommen wie ein Schuljunge, nur weil sie mich küßt, das ist bescheuert.

»Du bist ein cleverer Bursche, nicht wahr?« sagte sie leise und beinahe liebevoll. »Du hast ein freches Mundwerk, und du stehst nicht unter meinem oder deinem eigenen Kommando.«

Beinahe hätte ich gesagt, doch. Ich küsse dir die Füße, wenn du mich losläßt. Aber ich sagte nichts.

Sie küßte mich wieder, und mir standen am ganzen Leib die Haare zu Berge, denn die Berührung war so irrsinnig sanft. Nur die Andeutung ihres Mundes. Ein Hauch ihres Parfüms. »Wir werden ein paar Lektionen lernen«, sagte sie, »wie im Club ein Sklave spricht und antwortet.«

»Ich lerne sehr schnell«, sagte ich und drehte den Kopf auf die andere Seite. Was, zum Teufel, versuchte ich denn? Es war auch so schon schlimm genug. Aber ich konnte ihren Anblick nicht ertragen, die enge Weste und den lockeren Ausschnitt ihrer Bluse.

»Das will ich hoffen.« Sie lachte leise. »Ich werde dich windelweich schlagen, wenn du es nicht tust.« Und ihre Lippen berührten mich wieder, grasten auf meinem Nacken. »Was ist denn das? Schon ganz erregt? Wenn du auf dem Bett kommst, während ich dich peitsche, was meinst du, was ich dann mache? Rat mal.«

Ich wagte nicht zu antworten.

»So, und während ich dich bestrafe«, sagte sie, weiterhin freundlich, und strich mir das Haar aus der Stirn, »wirst du mir, sobald ich das Wort an dich richte, ordentlich und höflich antworten, und du wirst deine starken, stolzen Impulse kontrollieren, gleich wie die Provokationen aussehen werden, verstanden?«

»Ja, Madam«, sagte ich. Ich drehte mich um und reckte mich vor, um sie zu küssen, ehe sie entkommen konnte. Sie kam wieder näher, wurde ganz sanft, kniete sich hin und küßte mich. Es war der gleiche elektrische Strom wie zuvor, der mich durchfloß, und der Kuß löste beinahe die Bombe aus.

»Lisa«, raunte ich und wußte nicht einmal, warum.

Sie hielt inne, ganz nah, und schaute mich an. Und im gleichen Moment erkannte ich, warum es diesmal so schreckenerregend war: In meiner Phantasie hatten sie immer Masken getragen, die Männer und Frauen, die mich peitschten oder unterjochten. Es war verdammt egal, wer sie wirklich waren, solange sie die richtigen Sachen sagten und gut waren. Sie dagegen trug keine Maske. Meine Phantasie stimmte nicht mehr. »Ich habe eine Höllenangst vor dir«, flüsterte ich. Ich konnte die Verwunderung in meiner eigenen Stimme hören. Ich sprach so leise, daß ich nicht sicher war, ob sie mich verstehen konnte. »Ich meine, ich ... es ist so schwierig, es ist ...«

Ich sah eine winzige Veränderung in ihrem Gesicht. Als wäre etwas zersprungen. Mein Gott, wie schön sie war. Als ob in diesem Augenblick ihr Gesicht aufgegangen wäre, als wolle sie ihr Inneres preisgeben.

»Gut«, sagte sie und formte ihre Lippen zu einem Kuß, der mich nicht berührte. Sie zog sich langsam zurück. »Bist du bereit, gepeitscht zu werden?«

Ich gab einen leisen Seufzer von mir und nickte.

»Du mußt was Besseres bringen als das.«

»Ja, Madam.«

Sie schüttelte den Kopf. Musterte mich. Ich leckte mir die Lippen und schaute auf ihren Mund. Sie runzelte die Stirn ein bißchen. Ihre Wimpern bildeten einen dunklen Vorhang, als sie den Blick senkte und mich dann wieder ansah. »Ich mag es, wie du ›Lisa‹ sagst«, meinte sie nachdenklich, als überlege sie etwas. »Laß es uns in ›ja, Lisa‹ ändern.«

»Ja, Lisa.« Ich zitterte. So war es auch mit Martin immer gewesen. Ja, Martin. Nein, Martin.

»So ist es gut.«

Sie ging zum Fußende des Betts. Und als sie loslegte, schwang sie den Riemen so kräftig wie ein Mann. Ihre Art zu peitschen hatte etwas Effizientes, jeder Hieb saß.

Die Weise, wie sie die Schläge verteilte, war wie eine Prüfung, und der Schmerz baute sich langsam, luxuriös auf, genauso wie sich die Lust gesteigert hatte, als sie mich mit dem künstlichen Phallus vögelte. Ich fühlte, wie ich zusammenbrach, wie sich unter dem Schmerz langsam eine Heiterkeit aufbaute und die ganze Abwehr schwächte, die sich solide gegen sie gerichtet hätte, wäre sie schneller, brutaler und mit mehr Lärm vorgegangen.

Dann prasselten die Hiebe ernsthaft auf mich nieder. Ich spannte die Muskeln an und bäumte mich auf. Ich konnte nicht stillhalten. Ich mühte mich durchzuhalten, wie ich es immer tue, wollte nicht nachgeben, aber es half nichts. Mein Leib brannte, ich hielt es nicht länger aus, das berauschende Stechen des Riemens suchte all die kleinen Stellen aus, die bislang vernachlässigt worden waren, die Erregung steigerte sich, obgleich ich sie unterdrücken wollte, der Riemen traf die großen Striemen erneut. Und dann kam der unbezahlbare Augenblick – ein Augenblick, der sich nicht immer einstellt –, als ich wußte, daß ich alles, aber auch wirklich alles, gleichzeitig empfand.

»Du weißt, daß du mir gehörst«, sagte sie.

»Ja, Lisa.« Die Antwort kam ganz natürlich und spontan.

»Und du bist zu meinem Vergnügen hier.«

»Ja, Lisa.«

»Und du wirst keine Unverschämtheiten mehr von dir geben.«

»Nein, Lisa.«

»Und ich werde auch keine dieser Unverschämtheiten mehr hören, die du heute nachmittag geäußert hast.«

»Nein, Lisa.«

Schließlich stöhnte ich hemmungslos, ich konnte es nicht mehr verhindern. Ich biß die Zähne zusammen, selbst wenn ich ihr antwortete. Ich dachte wieder an ihr Geschlecht, ihre gespreizten Beine, die heiße kleine Scheide, die mich umklammert hatte. Ich wollte sie sehen. Ich wollte ihr Dinge sagen, für die es keine Worte gab. Aber ich wagte nichts anderes zu äußern als die korrekten Antworten, lauschte durch die prasselnden Hiebe hindurch auf ihre Fragen. Ich war bereit für alles, was sie fordern würde.

Schließlich hörte sie auf.

Meine Haut glühte, jede Strieme, jeder Hieb dampfte, während sie die Manschetten mit ihren zum Wahnsinn treibenden, behenden kleinen Fingern löste und mich hieß aufzustehen.

Trunken taumelte ich vom Bett und fiel vor ihr auf die Knie, erschöpft, als sei ich kilometerweit gerannt. Meine Muskeln schmerzten vom An- und Entspannen während der Peitscherei, und mein Verlangen, sie in den Arm zu nehmen, war so stark, daß ich den Kopf auf den Boden drückte. Ich war geschwächt von diesem Gefühl für sie, berauscht.

Ich beugte mich vor und küßte das weiche Leder ihrer kleinen Stiefel. Ich legte meine Hand um ihr linkes Fußgelenk und rieb mein Gesicht an ihr. Mir war alles in der Welt völlig egal, nur sie nicht. Da gab es alle Abstufungen. Sie haben, sie fürchten, von ihr geschlagen werden, mich an ihr festhalten.

»Nein«, sagte sie. Ich zog meine Hand zurück und küßte ihre Füße ein paarmal. Das Wundsein und das Verlangen kamen in Wellen.

»Das war eine anständige Tracht Prügel, nicht wahr?«

»Ja, Lisa.« Ich nickte und ließ gegen meinen Willen ein kleines Lachen entschlüpfen. Wenn du wüßtest – »Sehr anständig« –, daß ich dich verschlingen möchte. Daß ich … was?

»Hast du schon bessere gehabt?« wollte sie wissen. Sie stupste mit dem Riemen gegen meine Wange, so daß ich aufschaute.

Einen Moment lang konnte ich sie nicht deutlich sehen. Ihre Umrisse waren ganz verschwommen. Dann brannte sich ihr Gesicht durch den Nebel. Sie war ein wenig feucht von der Anstrengung, ihre geschminkten Lippen schimmerten leicht, ihre Augen schauten unschuldig und voll unbestimmter Neugier. Martin hatte in solchen Momenten auch diesen Ausdruck gehabt, dieses ständige Staunen, Prüfen, Entdecken.

»Ich habe dir eine Frage gestellt. Hast du schon bessere gehabt?« sagte sie höflich, wenn auch ein wenig ungeduldig. »Ich möchte es gern wissen.«

»Länger und lauter«, murmelte ich. Ich wußte, daß ich sie anlächelte, beinahe ironisch. »Und fester, aber nicht besser, Lisa«, sagte ich.

Sie bückte sich und küßte mich, und ich dachte, ich würde schließlich kommen; das nasse Lutschen ihres Mundes, diese Art zu küssen, die ich noch nie erlebt hatte.

Ich begann mich aufzurichten. Ich wollte sie packen und an mich drücken. Aber sie wich rasch zurück. Wieder fühlte ich das warme Prickeln in meinen Gliedmaßen und diese seltsame Taubheit in meinem Mund.

»Ich hätte dich bei lebendigem Leib häuten können«, sagte sie. »Aber ich wollte dich nur ein bißchen aufheizen. Du wirst heute nacht ein paar Dinge für mich tun.«

Ich schaute zu ihr auf und hatte Angst, sie würde mich auffordern, den Blick zu senken. »Würdest du ...?« flüsterte ich. »Dürfte dein ... dürfte dein Sklave eine ganz kleine Bitte äußern?«

Sie schaute mich einen Augenblick beinahe kalt an. »Also gut.«

»Laß mich dich küssen, Lisa. Nur einmal noch.«

Sie starrte mich an. Aber dann bückte sie sich, und ich streckte die Arme aus und griff nach ihr. Es war, als ströme ihre Hitze rauschend in mich ein, brutal und poetisch zugleich. Ich war ein Tier, das sie begehrte, sonst nichts.

»Laß los, Elliott«, befahl sie. Sie klang streng und mißbilligend, aber ihre Hände umklammerten mich noch immer und ließen mich dann los, als wäre sie es, der man den Befehl gegeben hatte, nicht ich.

Ich senkte den Kopf.

»Es ist Zeit für ein paar echte Lektionen in Gehorsam und Benehmen«, sagte sie, aber ihre Stimme klang ein wenig unsicher, verwirrt. Wohltuend! »Steh auf!«

»Ja, Lisa.«

»Verschränke die Hände in Taillenhöhe auf dem Rücken.«

Ich gehorchte, und das altbekannte Gefühl – *was Übles steht bevor, ich sollte vielleicht lieber machen, daß ich wegkomme* – stellte sich wieder ein, die leise, schauderhafte Furcht. Du gehörst ihr aber, dachte ich. Denk an nichts anderes. O ja, du gehörst ihr wirklich. Ein Gedankenfetzen schoß durch mein Bewußtsein, daß wir beide irgendwie die letztendliche Marter suchten und meine darin bestand, sie zu begehren, für sie zu sterben, während sie mich strafte. Aber das traf es nicht ganz.

Sie ging in einem kleinen Bogen um mich herum, und jeder Nerv in meinem Körper war in Alarmbereitschaft. Sie sah fabelhaft aus in ihren hochhackigen Stiefeln, die Waden so stramm unter dem weichen Schaft, der kurze Lederrock schmiegte sich so hinreißend um ihre Hüften und ihren kleinen Po.

Sie kniff mir leicht in die Wange. »Du errötest wunderschön«, sagte sie voller Ernst. »Und die Striemen schauen gut auf dir aus. Sie entstellen dich nicht. Jetzt siehst du so aus, wie du aussehen solltest.«

Ich fühlte dieses vage, rieselnde Gefühl, das die Franzosen »frisson« nennen. Ich sah ihr in die Augen, aber ich wagte nicht, sie noch mal um einen Kuß zu bitten. Sie würde nein sagen.

»Schau zu Boden, Blau-Auge«, sagte sie, aber nicht mißbilligend. »Ich werde dich nicht knebeln. Dein Mund ist zu hübsch. Aber bei dem kleinsten Fehler, ich meine, der geringsten Spur des alten Elliott, den ich heute nachmittag erlebt habe, werde ich dich knebeln und anschirren, hast du verstanden? Und ich werde zornig auf dich sein. Sagt dir das was?«

»Ja, Madam!« Ich warf ihr noch einen Blick zu, bittersüß.

Sie lachte wieder wie bei den letzten Malen, ein leises Gurren, und küßte mich auf die Wange. Ich sah sie an, mit einem Hauch von einem Lächeln. Es war, als flirtete ich verstohlen mit ihr. *Küß mich noch mal, bitte.* Sie tat es nicht.

»So, du gehst jetzt vor mir her«, sagte sie, »leicht rechts vor mir. Und noch mal: die kleinste Dreistigkeit und du wirst geknebelt auf allen vieren laufen. Verstanden?«

»Ja, Madam.«

14
ELLIOTT
Die Sportarkaden

Es war verdammt zermürbend, aus dem Kokon ihres Schlafzimmers in den Club zurückzutauchen. Die flackernden Sturmlampen, der Lärm der abendlichen Menschenmenge im Garten brachten eine tiefe, ursprüngliche Saite der Angst zum Klingen.

Die Zahl der Gäste, die plötzlich um uns verstreut waren, schien noch größer als am ersten Tag, und ich hielt den Blick gesenkt. So langsam und bedächtig vor so vielen unausweichlichen Blicken entlanggeführt zu werden, löste ein dumpfes Surren aus, das meinen ganzen Leib erfaßte.

Ich folgte dem Pfad, Lisas Arm lenkte mich um die Kurven, ihre Hand wies den Weg, wenn es eine Gabelung gab.

Wir kamen an den Büfetts und den Schwimmbecken vorbei und folgten einem Pfad aus dem Hauptgarten hinaus zu einem flachen, mit einer gläsernen Kuppel überdachten Gebäude. Die Grundmauern waren mit Wein bewachsen, und die beleuchtete Kuppel schimmerte wie eine riesige Blase. Ich konnte gedämpftes Geschrei und Gelächter hören.

»Das ist die Arkade, Elliott«, sagte sie. »Weißt du, was das heißt?«

»Nein, Lisa«, antwortete ich mit erstaunlich ruhiger Stimme. *Aber es klingt schauderhaft.* Ich schwitzte schon. Die Striemen und Streifen der Peitsche brannten.

»Du bist Sportler, nicht wahr?« fragte sie. Sie schob mich ein wenig schneller den Pfad entlang, und ein junger Aufseher mit halblangem, rotem Haar und ziemlich angenehmem Lächeln öffnete die Türen des seltsamen Gebäudes. Ohrenbetäubender Lärm schlug uns entgegen.

»Guten Abend, Lisa«, sagte er laut. »Rammelvoll heute abend. Sie werden sich freuen, den da zu sehen.«

Das Licht schien weniger grell, als wir eintraten, aber das mag an der dichtgedrängten Menge und dem Rauch gelegen haben. Der Geruch von Tabak mischte sich mit kräftigem, malzigem Biergeruch.

Nur sehr vereinzelt ein paar Frauen, soweit ich sehen konnte, obgleich der Ort riesig war, eine Art überdachter Garten mit einer langen Bar längs der geschwungenen Wände. Trainer schoben sich mit nackten Sklaven an uns vorbei. Einige waren gefesselt, andere gingen wie ich, einige waren offensichtlich abgekämpft, bedeckt von Staub und Schweiß.

Um uns herum wurde gewiß ein Dutzend verschiedener Sprachen gesprochen. Ich konnte die Blicke fühlen, die mich lässig musterten, und ich hörte deutlich Französisch und Deutsch, Brocken von Arabisch und Griechisch. Lauter betuchte Männer in legerer, teurer Sportkleidung, mit all dem kleinen Zubehör von Macht und Geld.

Aber das Abstoßende war das Geschrei, das von weiter vorn kam, das bekannte, kehlige Gebrüll von Männern, die einen Wettkampf anfeuern, und dann das Fluchen und Gewieher, wenn etwas schiefging. Ich wollte sofort weg von hier.

Lisa drängte zwischen der Mauer von Männern hindurch, und ich sah eine von Bäumen gesäumte Allee aus feinem, sauberem, weißem Sand vor mir, die mehrere hundert Meter geradeaus führte, bis die Menge sie verschlang. Links und rechts im Hintergrund befanden sich große Springbrunnen und vereinzelte Parkbänke; nackte Sklavinnen, allesamt ausgesprochen hübsch, harkten ruhig und emsig den Sand, leerten die Aschenbecher und sammelten leere Gläser und Bierdosen ein.

Die Avenue selbst war eine breite Promenade, auf beiden Seiten von einzelnen, weiß getünchten Gebäuden gesäumt, alle mit Lampengirlanden behangen. Zwischen manchen Gebäuden gab es eingezäunte Bereiche, und Gruppen von Männern lehnten an den Holzbalustraden und versperrten den Blick auf das, was im Inneren vor sich ging. Hunderte schlenderten über den weißen

Sand, die Hemden bis zum Gürtel aufgeknöpft, Getränke in der Hand, und warfen hin und wieder einen Blick in die offenen Eingänge.

Ich trat, ohne es eigentlich zu wollen, einen Schritt zurück, indem ich halbwegs so tat, als müsse ich zwei Männern in Schwimmanzügen Platz machen, und spürte, wie Lisas Fingernägel in meinen Arm bissen. Mein Mund öffnete sich für ein unbedachtes Flehen von der Art: »Ich bin noch nicht bereit für das hier«, aber es kam kein Ton heraus.

Die Menschenmenge um uns herum wurde dichter. Ich wurde etwas klaustrophobisch, als Hosenbeine und Stiefel und Mäntel mich streiften. Aber Lisa hatte eine Hand auf meinem Arm und schob mich in Richtung der ersten, langgestreckten, weißen Hütte.

Im Inneren war es dämmrig, und ich konnte zunächst nicht erkennen, was dort war. Spiegel an Wänden und an der Decke, glänzender Hartholzfußboden. Dünne weiße, dekorative Neonröhren umrandeten die Decke und die Bühne. Dann sah ich, daß es sich um ein typisches Kirmesbudenspiel handelte. Man bezahlte für mehrere schwarze Gummiringe und versuchte, sie alle über einen sich bewegenden Gegenstand zu werfen. Die Gegenstände hier waren die gesenkten Köpfe männlicher Sklaven, die auf einem sich schnell über die Bühne bewegenden Fließband knieten.

Für die Gäste war es ein derber, erheiternder Zeitvertreib, eine Reihe von Ringen um den Hals des Opfers zu bugsieren, ehe es hinter den Kulissen verschwand. Und bei aller Einfachheit hatte es etwas Beängstigendes: die Demut der knienden Opfer, die Art, in der ihre gut geölten Körper als bloße Objekte vor der Menge vorbeizogen.

Ich starrte auf die kleine Bühne, die gesenkten Köpfe, die Ringe, die an den gebeugten Hälsen baumelten. Ich wollte nicht hier zurückgelassen werden. Ich konnte nicht. Es mußte eine Möglichkeit geben, das deutlich zu machen. Und ohne wirklich darüber nachzudenken, wich ich zurück, bis ich mich plötzlich hinter Lisa befand und ihr einen Kuß oben auf den Kopf drückte.

»Nach draußen«, sagte sie. »Und verschwende deine Bitten nicht. Wenn ich dich da oben haben wollte, würde ich dich raufschicken. Aber ich will's nicht.« Sie schob mich zur Tür.

Die Lichter der Avenue flackerten für eine Sekunde vor meinen geschlossenen Augenlidern, dann bewegte ich mich wieder und wurde unnachgiebig zu einer anderen Hütte auf der rechten Seite geschoben.

Sie war wesentlich größer, mit dem gleichen glänzenden High-Tech-Dekor, einer Bar und einer Messingstange entlang der Wand. Diesmal waren es keine Ringe, sondern leuchtend bunte Plastikbälle, ungefähr von der Größe eines Tennisballs, die man auf die sich bewegenden Zielscheiben warf. Diese waren in dicker, leuchtender Farbe auf die Kehrseiten der Sklaven gemalt worden, die mit über dem Kopf gefesselten Händen verzweifelt versuchten, dem, was sie nicht sehen konnten, auszuweichen. Die Bälle blieben an der Zielscheibe kleben, wenn sie trafen. Und die Sklaven wackelten, um sie abzuschütteln. Köstlich demütigend und ohne wirklichen Schmerz. Ich mußte die Gesichter der Sklaven nicht sehen, um zu wissen, daß sie sich stolz zur Schau stellten, während sie sich wanden und krümmten. Sie ließen alle ihre hinreißenden Muskeln spielen.

Mir lief der Schweiß über das Gesicht. Ich machte eine kleine abwehrende Bewegung mit dem Kopf. Unmöglich, einfach unmöglich. Ich steige aus. Aus dem Augenwinkel sah ich Lisa, die mich beobachtete, und ich machte wieder ein ausdrucksloses Gesicht.

In den nächsten beiden Buden fanden ähnliche Spiele statt, bei denen die Sklaven auf ovalen Bahnen herumliefen und den Bällen und Ringen ausweichen mußten. In der fünften Bude hingen die Sklaven kopfüber an Karussells und brauchten sich nicht selbst zu drehen und zu wenden.

Ich überlegte, ob sie sie, wenn sie von den anderen Spielen erschöpft waren, an dieses Karussell hängten, wo sie hilflos waren. Großartige Leiden. Das war der normale Dienst im Club, nicht wahr? Keine Strafe, wie zum Beispiel nach unten geschickt zu werden.

Jegliche Erinnerung an eine heile Welt, in der solche Sachen nicht vorkommen, erschien unglaubwürdig. Wir waren in ein Gemälde von Hieronymus Bosch aus lauter gespenstischem Silber und Rot geraten, und meine einzige Chance, hier wieder rauszukommen, war die Dame, die mich hergebracht hatte.

Wollte ich denn raus? Natürlich nicht. Oder sagen wir mal, nicht in diesem Augenblick. Dergleichen hatte ich mir in meinen wildesten Sex-Phantasien niemals ausgedacht. Ich hatte höllisch Schiß und war insgeheim berauscht. Es war wie in dem Gedicht »Purple Cow« von Gellett Burgess: »Lieber zuschauen als mitmachen.«

Benommen bewegte ich mich durch das gleißende Licht. Meine Sinne wurden überflutet. Selbst der Krach schien in mich einzudringen, der süßliche Rauch schien mich high zu machen, die Hände, die mich hin und wieder berührten oder abtasteten, erzeugten eine Mischung aus Abscheu und Geilheit, die ich nicht zu verbergen vermochte.

Nackte Sklavinnen tauchten auf und verschwanden wieder wie flackernde rosige Flammen in der wogenden Männermenge. Sie boten Cocktails, Champagner, Weißwein an.

»Sind wir nicht Genies in exotischem Sex?« raunte Lisa mir plötzlich zu. Ich schrak zusammen, als ich sie sprechen hörte. Aber ihr Gesichtsausdruck war noch erstaunlicher. Sie nahm die Menge in der gleichen benommenen Weise wahr wie ich, als trieben wir uns seit Stunden zusammen auf einer Dorfkirmes herum.

»Ja, ich denke schon«, sagte ich. Meine Stimme klang ebenso fremd wie ihre. Ich dampfte.

»Gefällt es dir?« fragte sie. Ohne Ironie. Als hätte sie vergessen, wer wir beide waren.

»Ja, es gefällt mir«, gab ich zurück. Die Unschuld in ihrem Gesicht und in ihrer Stimme verschaffte mir eine mächtige, verstohlene Befriedigung. Und als sie mich anschaute, zwinkerte ich ihr zu. Ich könnte beinahe schwören, daß sie errötete, als sie den Blick abwandte.

Warum packe ich sie nicht, beuge sie über meinen Arm und

küsse sie leidenschaftlich, wie Rudolph Valentino in *Der Scheich*? Umgeben von all diesem exotischen Sex wäre das ein Knüller, jedenfalls für mich. Aber ich traute mich nicht.

Ich würde sterben, wenn sie wirklich wütend auf mich werden würde. Das hieß, eines dieser reizenden kleinen Spielchen zu spielen, wenn sie es mir befahl, nicht wahr?

Als wir weitergingen, beobachtete ich sie aus dem Augenwinkel: ihre hüpfenden Brüste unter der eleganten Spitzenbluse, die Weste, die ihr die Form eines kleinen Stundenglases verlieh. Es war Himmel und Hölle gleichzeitig.

Während sie mich zu einer der kleinen Lichtungen führte, kam mir in den Sinn, daß sie mir möglicherweise alle diese Belustigungen vorführte, bevor sie sich für jene entschied, die mich am meisten beeindruckt hatte.

Aber als ich das Spiel in der Lichtung sah, konnte ich kaum verhehlen, was ich empfand.

Ein Rennen war im Gange. Männer standen rund um das eingezäunte Feld, einen Fuß auf dem Geländer wie bei einem Rodeo, und feuerten die nackten Sklaven an, die auf allen vieren die Bahnen entlanggaloppierten.

Aber die Sklaven rannten nicht nur um die Wette. Sie apportierten auch kleine schwarze Gummibälle, die von den Zuschauern auf die Bahn geworfen wurden. Sie warfen einen zweiten Ball erst, wenn der erste zurückgebracht worden war. Ein paar Gäste feuerten sie mit Lederpeitschen an.

Es sah so aus, als wären fünf Bälle im Spiel, denn ein Gewinner wurde, gleich nachdem er seinem Gebieter den fünften Ball vor die Füße gelegt hatte, an beiden Armen hochgehoben. Sein Gesicht war hochrot und schweißtriefend, man applaudierte, tätschelte, liebkoste ihn. Er wurde in ein weißes Handtuch gehüllt und aus der Lichtung herausgebracht, aber die anderen wurden mit Peitschen für das nächste Rennen auf ihre Plätze getrieben.

Ich erkannte die Strafe. Man rannte, bis man gewann.

Und wie ich gedacht hatte, genossen die Sklaven die Sache und wetteiferten wirklich miteinander. Sie knieten gefaßt und startbereit da und musterten einander mit entschlossen zusammengebissenen Zähnen.

Wieder wich ich zurück und gab mir Mühe, lässig zu wirken. Wollten wir nicht in die nächste Lichtung, die nächste Bude gehen? Es gibt doch noch soviel zu sehen, oder? Ich glaube, ich gehe jetzt nach Hause und lese die *New York Times*. Der Krach dröhnte in meinem Schädel.

»Es macht dir wirklich zu schaffen, nicht wahr?« fragte sie. Ihre braunen Augen schauten mich wieder an. Alles in mir schmolz, natürlich mit Ausnahme dessen, was nie schmilzt. Mir fielen lauter häßliche Sachen ein, die ich sagen wollte, aber ich sagte sie nicht. Ich fühlte mich ihr wonnevoll untergeben. Und keck küßte ich ihre Wange.

Sie schreckte zurück und schnippte mit den Fingern. Mit einer kleinen Geste bedeutete sie mir weiterzugehen. »Tu das nie wieder«, sagte sie. Sie war echt verwirrt. Ihr Gesicht war rosig.

Sie ging die bevölkerte Avenue entlang, ohne zurückzuschauen. Ich sagte mir, daß ich besser nicht in die Lichtungen zu beiden Seiten gucken sollte, aber ich konnte nicht widerstehen. Weitere Rennen. Verschieden lange Rennbahnen, Variationen. Aber es machte mehr Vergnügen, den Bewegungen ihres hübschen kleinen Pos unter dem Rock zu folgen, ihr wehendes Haar zu betrachten, den kleinen Streifen nackter Haut in ihren Kniekehlen.

Wir näherten uns einer dichten Menschenmenge vor einer niedrigen, angestrahlten Szenerie. Auf einer Bühne befanden sich acht oder zehn Sklaven, bis auf ein über die Schulter geworfenes weißes Handtuch nackt.

Jede Menge zerzaustes Haar, geölte Muskeln und Lächeln, unglaublich provokantes Lächeln. Die Sklaven reizten offenbar die Menge mit kleinen Gesten und aufforderndem Kopfnicken.

Ich begriff sehr schnell, worum es ging. Die Antreiber verkauften die Sklaven für Rennen oder Spiele, und die Sklaven ließen es sich nicht nur gefallen, sie wetteiferten um den Meistbietenden. Zwei wurden verkauft, während ich zuschaute, das Ergebnis einer kleinen, informellen Versteigerung zwischen drei Bietern, und sofort wurde ein neues Paar aus einem Pferch die Stufen hinaufgeführt. Sie begannen auf der Stelle mit dem gleichen vergnügten, gockelhaften Gehabe. Buhrufe und Geschrei von den Gästen, und hin und wieder Drohungen von der Art wie: »Das Lächeln werde ich dir schon austreiben!« oder: »Du meinst, für mich willst du rennen?« steigerten die gesellige Spannung.

Lisa legte den Arm um mich und zog mich an sich. Ihre Finger auf mir zu fühlen machte mich beinahe wahnsinnig. Ich warf ein paar verstohlene Blicke auf ihren Busen. In der tief ausgeschnittenen Bluse konnte ich beinahe ihre Brustwarzen sehen.

»Wer von denen ist der Attraktivste, der Sinnlichste?« wollte sie wissen und neigte ihren Kopf, als wären wir ein Pärchen bei einer Hundeausstellung. Das Gefühl, von ihr vollständig unterjocht zu sein, wurde schlimmer. »Überleg dir deine Antwort gut, und antworte mir ehrlich«, sagte sie. »Es sagt etwas über dich aus.«

»Ich weiß nicht«, sagte ich ziemlich zaghaft. Der Gedanke, daß sie einen von diesen Rohlingen kaufen und ihm ihre Aufmerksamkeit schenken könnte, machte mich rasend.

»Konzentriere dich ganz und gar auf das, was ich dir zu tun befehle«, sagte sie kalt. Sie streckte die Hand aus und strich mir das Haar aus der Stirn, aber ihr Ausdruck war unerbittlich und drohend. »Nenn mir den, den du für den Hübschesten hältst, den, den du gern vögeln würdest, wenn ich dich ließe. Und lüg mich nicht an. Schlag dir das von vornherein aus dem Kopf.«

Ich war ziemlich unglücklich. Alles, was ich empfand, war Eifersucht. Aber ich betrachtete die Männer, und in mir war alles aus dem Gleichgewicht. Sie waren alle sehr jung und athletisch, und sie waren ebenso stolz auf ihre Striemen, Streifen und die Rötung auf ihrem Hintern wie auf ihre Genitalien und ihre Arm- und Beinmuskeln.

»Ich finde den auf dieser Seite, den Blonden da, fabelhaft«, sagte sie.

»Nein.« Ich schüttelte den Kopf, als sei das völlig indiskutabel. »Auf der Bühne ist keiner, der sich mit dem dunkelhaarigen Typ dahinten im Pferch messen könnte.« Er war etwas Besonderes, selbst an einem Ort voller Leute, die etwas Besonderes waren, ein junger, schwarzhaariger, glattbrüstiger Faun, direkt dem Dschungel entsprungen. Er hätte spitze Ohren haben müssen. Sein Kraushaar war kurz, doch üppig an den Seiten und nur ein kleines bißchen länger im Nacken. Sein Hals und seine Schultern waren außergewöhnlich wohlgestaltet und kräftig. Sein halb erigierter Schwanz war dabei, den Umfang einer Bierflasche zu erreichen. Er sah wie ein kleiner Dämon aus, vor allem, als er mich direkt anstarrte, seine Lippen sich leicht kräuselten und seine schwarzen Augenbrauen sich für einen Moment einander zu einem spielerischen Stirnrunzeln näherten.

»Den würdest du nehmen, den würdest du haben wollen?« fragte sie und musterte ihn. Er wurde gerade nach vorne gebracht. Er hielt die Hände im Nacken gefaltet, und sein Schwanz wurde zusehends härter, während sich sein Blick auf uns heftete.

Ich stellte mir vor, ihn zu vögeln, während sie zuschaute, und mein Bewußtsein spaltete sich in zwei Hälften. Bei Martin war es hart für mich gewesen, verdammt hart, vor anderen zu vögeln. Es fiel mir leichter, ausgepeitscht und auf alle erdenklichen Arten gedemütigt zu werden. Ich hatte das Gefühl, daß sich etwas tief in mir verändert hatte. Er brachte meine Temperatur zum Steigen.

Lisa machte dem Aufseher ein kleines Zeichen mit der Hand, ähnlich den subtilen Handzeichen bei Kunstauktionen. Sofort beorderte er den Sklaven auf die Bühne und dann die Stufen herunter durch die Menge hin zu uns.

Bei genauerer Betrachtung war er umwerfend. Seine olivfarbene Haut war sonnengebräunt, und jeder Zentimeter an ihm war hart. Mit perfekter Höflichkeit senkte er den Blick, als er sich näherte; er hielt die Hände weiterhin im Nacken, während er sich auf die Knie niederließ und Lisas Stiefel mit überraschender Grazie küßte. Sogar sein Nacken war bezaubernd. Er schaute mich kurz von oben bis unten an. Ich sah Lisa an; halb begehrte ich ihn, halb haßte ich ihn, und ich war nicht imstande, herauszufinden, was sie von ihm hielt.

Sie nahm ihm das Handtuch von der Schulter und warf es dem Aufseher zu. Dann winkte sie uns, ihr zu folgen.

Wir gelangten gleich darauf zu einer besonders geräuschvollen Lichtung, einem weiten, offenen Kreis, um den sich eine ausgelassene Menge in ungefähr dreifacher Reihe bis hin zu einer überfüllten, halbkreisförmigen Zuschauertribüne drängte.

Lisa schob sich hindurch und winkte uns, ihr zu folgen, bis wir das Rund erreicht hatten. Die Menge drängte sich hinter uns sofort wieder zusammen.

Zwei offensichtlich frische und sexuell aufgereizte Sklaven betraten gerade auf Händen und Knien den Ring, und die Zuschauer fingen in leisem Singsang an zu zählen: eins, zwei, drei, vier, fünf ... und die beiden Sklaven rückten auseinander wie Kämpfer. Lauernd schauten sie sich, unter zerzaustem Haar hervor, an, ihre Leiber glänzten ölig, der eine war dunkelhäutig und braunhaarig, der andere silberblond mit einer dichten Mähne, die ihm ins Gesicht fiel.

Was war denn das für ein Spiel? Den anderen bis zum Auszählen auf den Boden bringen? Oder vergewaltigen?

Fauchend sprang der braunhaarige Sklave den blonden an und versuchte, ihn zu besteigen. Die dicke Ölschicht erlaubte es dem Blonden zu entschlüpfen, und noch während er es tat, drehte er sich um und sprang den Dunkelhaarigen an, wobei er in der gleichen Weise versagte. Dann folgte eine richtige Balgerei. Ölige Hände glitten hilflos von öligen Gliedmaßen ab. Der Zählsingsang war schon bei über hundert, und der Kampf wurde wilder. Der Braunhaarige war über dem Blonden, den Arm fest um seinen Hals geklemmt. Aber er war kleiner als der blonde Sklave, und so sehr er auch zustieß, er konnte nicht landen. Der Blonde rollte herum, über ihn und versuchte, ihn abzuschütteln. Schließlich befreite er sich, als das Zählen bei hundertzwanzig endete.

Kein Sieger. Beide wurden von der Menge ausgebuht.

Lisa drehte sich zu mir. »Muß ich dir sagen, was du zu tun

hast?« fragte sie. Sie winkte nach dem Aufseher. Der olivhäutige Faun schenkte mir ein weiteres Lächeln, als ich sie anfunkelte.

»Verdammt altmodischer Kram, wenn du mich fragst«, sagte ich. Meine Schädeldecke klappte auf.

»Es fragt dich keiner«, sagte sie. »Außerdem hast du dir einen Champion ausgesucht. Streng dich an.«

Die Menge machte gewaltigen Radau, als der Aufseher uns zum Einölen beiseite nahm. Der üble kleine Faun musterte mich, schätzte mich ab, und seine Lippen kräuselten sich wieder in dieser unerträglichen Weise. Er war startbereit. Ich hörte, wie Wetten abgeschlossen wurden, und sah Männer auf der überfüllten Tribüne reden und diskutieren.

Dann wich meine Wut einer anderen, wilderen Emotion. Krieg ihn. Fick ihn, den Saukerl. Ich war ebenfalls startbereit.

Champion hatte sie ihn genannt. Hatte es wahrscheinlich schon hundertmal gemacht. Ein verfluchter Gladiator, das war er, und ich war gerade erst angekommen. Also gut. Ich wurde immer überschwenglicher, wahnsinnig. Es war in sublimer Weise brutal, und es rüttelte mich wach, aber eine andere Tür öffnete sich für etwas, das immer weggesperrt gewesen war.

»Denk dran«, sagte der Aufseher und stieß mich vorwärts zum Ring. »Immer auf Händen und Knien, keine Schläge. Und verlier keine Zeit mit Abwehren. Krieg ihn. So, los jetzt.« Er drückte mich unter dem Seil hindurch.

Unter lautem Klatschen begann das Zählen.

Ich sah ihn vor mir. Finster funkelte er unter seinen dunklen Brauen hervor. Öl perlte ihm über Hände und Gesicht. Stämmiger als ich, ein kleines bißchen zu muskulös, nicht gut für ihn. Das Zählen war bei dreißig, einunddreißig …

Plötzlich stürzte er auf mich los, als wolle er über meinen Kopf springen. Ich warf mich scharf nach rechts und konnte gerade noch sehen, wie er unbeholfen im Staub landete. Ich mußte ihn jetzt besteigen, ohne eine Sekunde zu zögern, und ich sprang ihn an, ehe er sich erholen konnte. Ich warf mich auf ihn und umklammerte mit dem linken Arm seine Kehle, unterstützt von meinem rechten. Aber es war Wahnsinn. Sein Leib glitschte und flutschte unter mir; er bockte wild und bäumte sich auf, seine öligen Finger krallten sich erfolglos in meine Hände. Er knurrte wütend.

Aber er würde mir nicht entkommen, nicht mir. Das war der Kampf in der Gosse, den ich nie gekämpft hatte, die Vergewaltigung im Hinterhof, die ich mir nie wirklich vorgestellt hatte. Er würde es jetzt erleben, der Sausack, er hätte es mit mir ebenso gemacht. Es war göttlich. Ich hockte auf ihm, als sei ich schon drin, umklammerte ihn wie ein Schraubstock. Es klappte. Er konnte mich nicht abwerfen, und er wurde schwächer. Seine Finger rutschten ab, wenn sie meine Arme oder Hände fassen wollten. Die Menge grölte. Hart stieß ich zu. Er warf seinen Kopf wild hin und her und versuchte, sich zur Seite zu rollen, aber ich war zu schwer für ihn, zu wild und zu entschlossen, und ich war drin. Ich hatte ihn. Ich hatte wieder beide Arme um seinen Hals, und er hatte keine Chance mehr.

Die Menge unterbrach das Zählen – hundertzehn, hundertelf –, um zu johlen und zu applaudieren. Und sein wüstes Aufbäumen und Bocken, um sich zu befreien, machte es nur noch besser, die Reibung war göttlich. Ich kam, ich spritzte in sein heißes Inneres und drückte seinen Kopf in den Staub.

Nach der Dusche und dem Abschrubben ließen sie mich ein Weilchen ausruhen. Ich saß auf einem kleinen, weichen Rasenstück, die Arme um die Knie gelegt, den Kopf auf den Armen. Ich war nicht wirklich müde oder erschöpft.

Ich dachte nach. Warum hatte sie ausgerechnet dieses Spiel für mich ausgesucht? Es war das völlige Gegenteil von Demütigung gewesen, auch wenn die Zurschaustellung verwirrend gewesen war. Und die Erfahrung einmalig. Vergewaltigung ohne Schuld. Jeder Mann sollte einmal in seinem Leben diese Erfahrung machen, einen anderen in dieser Weise zu benutzen, aber in einer Situation, wo kein wirklicher seelischer oder körperlicher Schaden entsteht.

Ich hätte süchtig werden können nach dem kleinen Spiel.

Nur daß ich schon anfing, nach ihr süchtig zu werden. Es nagte an mir: Warum hatte sie es gewählt? Es war trickreich, mir die Gelegenheit zu geben, den anderen so zu meistern. War sie dabei, mich für einen wahren Sturz in die Tiefe aufzubauen?

Als ich schließlich den Kopf hob, sah ich sie an einem Feigenbaum lehnen und mich mit leicht zur Seite geneigtem Kopf, die Daumen in die Seitentaschen ihres Lederrocks gehakt, betrachten. Sie hatte einen ganz seltsamen Ausdruck im Gesicht, die Augen geweitet, die Lippen leicht geöffnet, ihr Gesicht mädchenhaft und weich.

Ich hatte den abwegigen Drang, mit ihr zu sprechen, ihr etwas zu erklären, den gleichen Drang, der mich schon im Schlafzimmer überkommen hatte, und wieder die gleiche Furcht: Was, zum Teufel, würde sie das interessieren? Diese Frau wollte mich nicht kennenlernen. Sie wollte mich nur benutzen, und dafür war ich hier.

Und trotzdem schauten wir uns über die Entfernung hinweg an, ohne den Radau um uns herum zu beachten, und ich hatte wieder Angst vor ihr, genauso wie ich stundenlang Angst gehabt hatte, Angst vor dem, was als nächstes geschehen würde.

Als sie mich herbeiwinkte, spürte ich eine Regung in meinen Lenden; ich wußte beinahe sicher, daß es für den Augenblick keine weiteren Macho-Antiquitäten mehr geben würde.

Ich stand auf und ging zu ihr hinüber. Die Nervosität steigerte sich.

»Du bist echt gut im Ringen«, sagte sie ruhig. »Du kannst Sachen, die die meisten Sklaven nicht können. Aber es ist wieder Zeit für die Peitsche, meinst du nicht?«

Ich starrte auf ihre Stiefel, die eng um ihre Knöchel lagen. Wieder in dein Zimmer zurück, bitte, dachte ich. Ich könnte alles ertragen, wenn wir wieder dort allein wären. Der bloße Gedanke daran ... Ich wußte, daß ich eigentlich antworten sollte, aber ich brachte kein Wort heraus.

»Blonde Sklaven verraten alles in ihren Gesichtern«, sagte sie und strich mit ihren gekrümmten Fingern über meine Wange. »Bist du schon mal an einem echten Pfahl ausgepeitscht worden?« fragte sie. »Vor einer großen, bewundernden Zuschauermenge?«

Jetzt geht's los.

»Nun?«

»Nein, Madam«, sagte ich trocken und mit einem kleinen, kalten Lächeln. Noch nie für irgendeine Zuschauermenge. Und, lieber Gott, nicht für diese Zuschauer, nicht an diesem Ort! Ich mußte mir etwas einfallen lassen, etwas, das nicht ausschließlich ein Flehen war. Aber wieder brachte ich nichts heraus.

Ein Aufseher tauchte hinter ihr auf, kurzer Blick auf ein behaartes Handgelenk, den unvermeidlichen Riemen.

»Bring ihn zum Pfahl. Laß ihn mit den Händen an den Seiten laufen. Mir gefällt er so besser. Und feßle ihn vollständig für das Peitschen. Ans Werk!«

Völliges Fehlen eines erkennbaren Pulsschlags. Und die eisige Erkenntnis, daß dieser Mistkerl, wenn ich nein sagte und stehenblieb, seine Assistenten herbeipfeifen und mich dorthin schleifen würde.

Nein, das sollte nicht geschehen.

»Lisa ...«, flüsterte ich und schüttelte ganz leicht den Kopf.

Ihre Hand näherte sich mir mit einem deutlichen Hauch ihres Parfüms – Erinnerungsfetzen an das Schlafzimmer, die Laken, sie nackt unter mir – und legte sich warm um meinen Nacken.

»Pscht, komm schon, Elliott«, sagte sie. Ihre Finger massierten meinen Nacken. »Du kannst das verkraften, und du wirst, mir zuliebe.«

»Gnadenlos«, wisperte ich, biß die Zähne zusammen und wandte meinen Blick von ihr ab.

»Ja, ganz genau«, sagte sie.

15

LISA

Der Marterpfahl

Er bekam es jetzt zum erstenmal ein bißchen mit der Angst zu tun. All die gute Laune war aus seinem Gesicht gewichen. Und auch seine Wut, so wie direkt vor dem Ringkampf, war verflogen. Nein, irgendwas hatte endlich zu wirken begonnen. Die Vorstellung, vor Zuschauern an den Pfahl gefesselt und ausgepeitscht zu werden, behagte ihm nicht. Ein wunder Punkt war endlich getroffen.

Wenn er wüßte, welche Angst ich hatte, ihn zu enttäuschen, welche verfluchte Panik, daß ich ihm nicht das geben könnte, was er erwartete!

Ich meine, diesen ganzen Unsinn mit den Sklaven, die ausschließlich dazu dasein sollen, ihren Herren und Herrinnen zu gefallen. Das ist Unsinn. Wir müssen hier jedem das bieten, was abgemacht ist, und das wissen wir. Das System steht und fällt mit vollständiger Befriedigung. Was, zum Teufel, war mit mir los, daß ich ihn nicht wirklich unterkriegen konnte, ihm nicht geben konnte, wofür er hergekommen war?

Der Pfahl war jedenfalls schon mal ein Anfang.

Ich sagte dem Aufseher, er solle ihn vor mir herführen, weil ich wenigstens für ein oder zwei Minuten sein Gesicht nicht sehen wollte. Ich mußte von ihm loskommen. Ich mußte meine Selbstbeherrschung wiederfinden.

Wenn man Sklaven ausbildet, lernt man, auf alles zu achten, die kleinste Veränderung des Ausdrucks oder Atmens, all die kleinen Notsignale, die von Strafe zu Strafe, von Motiv zu Motiv ungeheuer variieren. Im Idealfall ist man ebenfalls leidenschaftlich involviert.

Aber hier war etwas anderes im Gange. Ich beobachtete ihn

nicht nur, ich war magnetisch von ihm angezogen. Es bedeutete eine Höllenqual, ihn nicht ständig anzuschauen, seine Haut, sein Haar zu berühren. Ich wollte seine Aufmüpfigkeit provozieren, seine höchst erstaunliche Frechheit, seine Fähigkeit, absolut *da* zu sein.

Was ich nicht ertragen konnte, war die Vorstellung, ihn zu besiegen, und daß dies genau das war, was er mit allem Recht von mir erwarten konnte.

Ich ließ ihnen einige Meter Vorsprung, nur ein kleines bißchen erstaunt über seine Art, sich umzuschauen. Der Aufseher riß ein- oder zweimal an seinem Arm, aber es hatte keine große Wirkung. Ich konnte an seiner Haltung, seinen steifen Schultern, erkennen, daß er angespannt war wie eine Sprungfeder.

Jener rationale Teil von mir, jener rein professionelle Teil, versuchte ohne Unterlaß herauszufinden, was eigentlich mit uns beiden los war, warum ich so aus der Rolle fiel.

Gut, er sieht tausendmal besser aus als auf den Bildern in der Akte. Die anfänglichen Überlegungen diesbezüglich kann man vergessen. Sein Haar ist dichter und macht seine Schädelform weicher. Er hat einen leicht grausamen Ausdruck, wenn er nicht lächelt, eine Härte, die er nicht vortäuscht. Im Gegenteil, er versucht, sie zu verbergen. Er mag seine eigene Härte nicht besonders. Er nimmt sie als gegeben hin. Okay. Das ist fein.

Und blaue Augen, ja, unglaublich und unendlich schön bei Sonnenschein, Kerzenlicht, Neonlicht, egal ob er starrt, ob er nachdenklich oder ernst lächelt oder nicht. Und der Körper ist *der* Körper, den ein Mann haben sollte. Mehr gibt es nicht zu sagen.

Ja, und nun nimm dazu die langen Finger, die schmalen Hände, die gepflegten Fingernägel (sozusagen unbekannt unter Sklaven), die Körperhaltung, die tiefe Stimme und die Art und Weise, in der er fast alles tut, was ich ihm sage, und du hast Mister Macho mit unerschütterlicher Eleganz, den Typ mit dem eckigen Kinn am Feuer in der Skihütte aus der Zigarettenreklame, der an seiner Marlboro saugt, als lade er auf diese Weise seine Batterien auf, der Typ, von dem du von vornherein weißt, daß er Mozart ebenso wie Billie Holiday mag und ein recht guter Kenner französischer Weine ist.

Also, den Teil hätten wir. Und ich mußte zugeben, daß ich bisher noch keinen solchen Sklaven gesehen hatte. Traummaterial, nur daß ich es nie geträumt habe. *Liest russische Romane von Anfang bis Ende.*

Aber was ist mit dem Rest, dem Blick in seinen Augen, das seltsame, vertrauliche Lächeln, die Art, wie er mir *sagte,* daß er Angst vor mir habe, die verdammt dreisten Bemerkungen – niemand hat sich das jemals getraut – und diese sonderbare Energie, die alle Stromkreisläufe durchzubrennen drohte, sobald wir uns berührten?

Als Schülerin habe ich mich nie verliebt, den Quatsch, manche Typen »küßten« besser als andere, nie geglaubt. Aber, verflucht, wenn er nicht weiß, wie man küßt! Er küßt, wie ich mir vorstelle, daß Männer einander küssen, grob und sinnlich und von solcher Zuneigung, wie sie nur zwischen Ebenbürtigen bestehen kann. Ich würde jederzeit mit ihm auf den Rücksitz eines Chevrolet krabbeln und so stundenlang küssen. Aber Typen küssen einander nicht auf Autorücksitzen, oder?

Was, zum Teufel, ist los?

Wir waren bei den drei Pfählen angelangt. Okay. Er stand tatsächlich unter Hochspannung.

Weißes Licht flutete auf die drei runden Zementsockel. Jeder Sklave war am Hals an einen Pfosten gebunden, der ihm bis ans Kinn reichte. Eine Schlange von Sklaven wartete, bis sie an der Reihe waren, nur zwei von ihnen mit Augenbinde, einer geknebelt.

Die Zuschauer waren um neun Uhr abends von der üblichen Sorte: fünf oder sechs Drinks, und keiner muß mehr fahren, denn wir sind ja zu Hause. An den Tischen auf den erhöhten Terrassen saßen jene Gäste, die keinen Hehl daraus machten, daß das ganz einfache Peitschen sie antörnt. Spiele und Wettkämpfe finden sie albern. Es macht nichts, daß das Peitschen zu fünfzig Prozent Show und Krach ist.

Dazu die, die sich treiben ließen; gut hundert davon lungerten mit einem Glas in der Hand vor der Bühne herum.

Der Aufseher, ein ziemlich ruppiger, grober junger Mann, den ich nicht kannte, führte Elliott an die Seite, doch Elliott drehte den Kopf, um die anderen Sklaven zu sehen, und der Aufseher versetzte ihm einen strafenden Hieb mit dem Riemen.

Ich schob mich ein Stück näher. Ich hatte beinahe Lust, ihm selbst das Geschirr anzulegen, aber die Treiber machen das besser und schneller. Sie haben mehr Übung. Ich ging gerade so nah heran, daß ich nicht störte.

Elliott schaute mich eine Sekunde lang an. Ein kleiner Muskel zuckte auf seiner Wange, und sein Gesicht war dunkelrot.

Der Treiber legte ihm den dicken weißen Lederriemen um die Brust und fesselte dann seine Hände an den Gurt im Rücken. Es machte ihn wahnsinnig. Er schaute in die Menge, und ich sah, daß seine Augen glasig wurden.

Ich berührte ihn immer wieder mit einem Fingerdruck, ohne daß er es bemerkt hätte. Er starrte unverwandt auf den Pfahl, ohne mich zu registrieren, und sein Mund verzog sich; er sah ziemlich boshaft aus.

Als der Treiber ihm das Lederhalsband anlegte, glaubte ich, er würde sich wehren. Beinahe tat er es.

»Nimm's leicht«, sagte ich.

Es ist ein wunderbares Halsband, mit weichem Pelz besetzt, das das Kinn elegant nach oben drückt, aber es macht einen fünfmal hilfloser, als man sich ohnehin schon fühlt, und ich konnte sehen, daß er fest die Zähne zusammenbiß.

»Du hast das schon früher durchgestanden ...«, sagte ich und streichelte seinen Rücken. Mir gefiel die ganze Angelegenheit nicht sonderlich. Ich sah, wie schwer es ihm zu schaffen machte, daß er den Kopf nicht senken konnte, um mich anzuschauen, ihn nicht einmal mehr drehen konnte.

»Verbinde ihm die Augen«, ordnete ich an.

Das hatte er eindeutig nicht erwartet, er war offensichtlich entsetzt. Der Treiber riß grob an seinem Kopf, als er ihm die

Augenbinde überstülpte. Ich sah die dicken Polster unter dem weißen Leder und fühlte mit ihm, als sie sich auf die Augenlider drückten. Der Treiber zog sie fest. Und wie jedesmal war Elliotts untere Gesichtshälfte unwiderstehlich. Seine Lippen bewegten sich nervös, wurden steif, preßten sich zusammen und erschlafften.

Er schauderte, schluckte und verlagerte sein Gewicht.

Ich reckte mich auf die Zehenspitzen und küßte ihn auf die Wange. Er wich zur Seite. Es wurde mit jeder Sekunde unerträglicher für ihn. Sein Körper schien unter dem Geschirr anzuschwellen, seine Handgelenke wanden sich in den Manschetten, seine Lippen verzogen sich zu etwas, das wie ein bitteres Lächeln aussah. Aber in Wirklichkeit geilte es ihn auf. Er war hart, und das ließ sich nicht verbergen, egal wie wütend er sich von mir abzuwenden suchte.

Ich küßte ihn wieder und fühlte jenen Schock. Ich stellte mich auf die Zehenspitzen und küßte seinen Mund. Er wollte wütend und frustriert zurückweichen, aber er tat es nicht. Offenbar konnte er sich nicht schnell genug entschließen, und da fühlte ich sie schon wieder, diese Energie, diese Vibration, durch das Saugen seines Mundes.

Er hielt inne und drehte sich weg. Er hatte alle Selbstbeherrschung verloren. Er schüttelte den Kopf, als mache ihn die Augenbinde wild. Sie sah aus wie ein weißer Verband um seine Augen, und mit dem blonden Haar darüber wirkte er knabenhaft und verletzlich, als sei er verwundet und verbunden worden.

»Lisa!« flüsterte er und bewegte dabei kaum die Lippen. »Nimm mir die Augenbinde ab. Nimm das Halsband ab. Den Rest kann ich ertragen.« Er begann, sich gegen die Fesseln zu wehren. Sein Gesicht war tomatenrot. Der Treiber versetzte ihm einen bösartigen Hieb und zwang ihn mit Tritten, die Beine zu spreizen.

»Pscht.« Ich küßte ihn wieder und drückte mich an ihn. »Du hast die Augenbinde schon früher getragen. Du hältst sie aus.«

»Diesmal nicht. Nicht hier«, gab er in dem gleichen Flüsterton zurück. »Lisa, nimm sie ab. Ich halt's nicht aus.«

Dann schwieg er wie jemand, der bis zehn zählt, um seine Fassung zu bewahren. Schweiß rann ihm über das Gesicht.

»Ich bringe dich an den Anfang der Schlange«, sagte ich. »Du bist als nächster dran. Es wird nicht viel schlimmer sein als das, was ich mit dir im Schlafzimmer gemacht habe.«

»Nur, daß hier zweihundert Personen zuschauen«, preßte er zwischen den Zähnen hervor, »und ich sie nicht sehen kann.«

»Ich laß dich knebeln, wenn du nicht den Mund hältst.«

Das langte. Soweit würde er es nicht kommen lassen. Als ich den Arm um ihn legte, wich er diesmal nicht zurück. Er gab auf. Er wandte sich mir zu, ich stellte mich wieder auf die Zehenspitzen, und er küßte mein Haar.

Mich überkam ein solches Verlangen nach ihm, daß ich es kaum ertragen konnte. Ich winkte dem Treiber, das Auspeitschen vorzubereiten, wobei ich mein Gesicht verbarg, falls mich irgendwer beobachtete. Ich wollte das alles nicht tun, aber er war deswegen hierhergekommen, es war das, was er wirklich wollte, und ich wagte nicht, es ihm zu verweigern. Ich wußte nicht, was, zum Teufel, wirklich los war.

Plötzlich hing mir das alles zum Hals raus, die ganze Künstlichkeit und trotzdem die Erregung, das Gefühl des Verbotenen, die pure Lust, ihn hilflos zu wissen ... Außerdem fühlte er es; nicht eine Sekunde lang wurde er schlaff. Er befand sich wirklich am Rand der Klippe.

In Ordnung, Elliott, erstklassige Club-Erfahrung. Darum geht's.

»Du wirst mir eine Freude machen«, sagte ich nah an seinem Ohr. Man erwartet von einer Herrin, daß sie solches sagt. Ich sollte einen Orden dafür bekommen. »Sag mir, daß du es willst. Ich will es hören.«

Aber der Treiber war schon wieder da, es war soweit. Zwei andere frische Sklaven wurden gerade an die Pfähle gebunden. Er würde auf der rechten Seite stehen.

Ich überließ ihn dem Treiber und ging hinauf zu den obersten Rängen der Tribüne, um zuzuschauen.

Von dort aus konnte ich einen großen Teil des Geländes überblicken, die Avenuen, die Brunnen, die Buden und die Massen, die sich auf den Wegen entlangwälzten, und die erhöhten Zementsockel sehen, auf denen die Pfähle standen.

Er wurde an dem Ring an der Vorderseite seines weißen Halsbandes gezogen. Dann wurde er fest an den hohen Pfahl gebunden. Schnell wurden ihm die Gurte um die Knöchel festgezurrt. Jetzt konnte er nur noch geradestehen, die Arme stramm auf dem Rücken, und die Schläge erdulden. Er sah tatsächlich edel aus. Wie Errol Flynn in *Captain Blood,* als der Feind ihn zu fassen bekam: der gerechte Held einer Samstags-Matinee in Ketten. Knirschend vor Begierde, mit einem Ständer, hart wie Stahl.

Die Peitschenmeister ließen gleich die Riemen schwingen.

Die anderen inszenierten, wie vorherzusehen war, ein hübsches Drama, doch er war angespannt, zitterte, kämpfte die ganze Zeit dagegen an.

Ein gutes Dutzend Gäste bewegte sich mit dem unfehlbaren Blick für das Besondere in seine Richtung. Sie begannen, ihn zu verspotten. Ich fragte mich, wie viele von ihnen erkannten, daß er tatsächlich am Zusammenbrechen war.

Geräusch und Rhythmus der Riemen waren hypnotisierend. Und je länger es dauerte, desto schlimmer wurde es für ihn. So sehr es ihn auch erregte, es wirkte offensichtlich verheerend auf ihn. Er konnte sich nicht gehenlassen.

Sobald es vorüber war, winkte ich, daß man ihn gefesselt und mit verbundenen Augen zum Fuß der Tribüne bringen solle.

Er war so heiß, als sei er gerade einem Dampfbad entstiegen, sein Haar triefte, seine Brust bebte, sein Atem ging keuchend. Ich drehte ihn um, und er hatte keinen Funken Widerstand mehr in sich, als ich seine Haut inspizierte.

Er sah so anziehend aus wie immer. Er schwieg und leckte sich die Lippen, nur die Hautfarbe und die zuckenden Gesichtsmuskeln zeigten, wie elend ihm zumute war.

Ich führte ihn behutsam durch die Menge den Weg hinunter. Er war offenbar verzweifelt, weil er nichts sehen konnte. Er zuckte zusammen, wenn man ihn berührte. Aber er würde mich nicht noch einmal bitten, ihm die Augenbinde abzunehmen. Er gab keinen Ton von sich. Ich lenkte ihn schnurstracks zum Ausgang des Geländes, hinaus in den Garten und die Stille.

16
LISA
Ausgesperrt

Er war kein bißchen ruhiger, als wir mein Schlafzimmer betraten, aber er hatte keinen Laut von sich gegeben. Die schwächsten Lampen waren eingeschaltet, das Bett frisch bezogen und die Decke für die Nacht ordentlich zurückgeschlagen.

Ich führte ihn in die Mitte des Zimmers, wo ich ihm sagte, er solle stillstehen. Ich trat zurück und schaute ihn an, betrachtete ihn ganz ruhig. Er weinte unter der Augenbinde. Und er versuchte, es in der klassisch männlichen Weise zu unterdrücken, so daß die leisen Töne, die er von sich gab, sogar den Eindruck von Kraft vermittelten. Sein Schwanz war noch immer wunderbar steif.

Ich ging durch die Doppeltür und überlegte, wie scharf sein Gehör sein mochte; ich schaute zurück auf sein Profil, auf das wirklich fabelhafte Bild: er in Fesseln vor der gediegenen Ausstattung des Zimmers. Die weiße Augenbinde ließ ihn noch rosiger erscheinen, sein Haar wirkte noch voller.

Leise setzte ich mich an meinen Schreibtisch. Mein Kopf tat weh, aber es war kein wirklicher Schmerz. Es war ein lautes, scheußliches Dröhnen. Mein Körper lechzte nach ihm, doch ich war wie gelähmt, betäubt. Ich schlug seine Akte auf und betrachtete das große Schwarzweißfoto von ihm in Rollkragen und getönter Pilotenbrille, auf dem er in die Kamera lächelte. Ich klappte den Ordner wieder zu und legte ihn weg.

Ich stützte die Ellbogen auf den Tisch und preßte die Zähne gegen die Fingerknöchel, bis ich merkte, daß ich sogar hineinbiß. Ich stand auf und zog meine Kleider aus. Ich war so ungeduldig, daß ich sie beinahe zerriß, und ich ließ sie einfach auf den Boden fallen.

Nackt ging ich ins Schlafzimmer zurück und stellte mich vor ihn. Ich betrachtete sein Gesicht, strich mit den Fingern darüber und hob es ein wenig an, um es im Licht besser sehen zu können. Ich ließ meine Daumen über seine Unterlippe fahren und streichelte seine Wangen.

Er hatte seidige Haut, Haut, wie sie nur Männer haben, nicht weich wie Frauenhaut, sondern seidig. Das berauschende Gefühl, ihn zu besitzen, alles mit ihm machen zu können, war überwältigend, aber das Gefühl war nicht, wie es sein sollte! Es war nicht, war nicht ... Ich fühlte mich ausgeschlossen, und es war nicht er, der mich ausschloß! Ich hätte ihn weiter peitschen, ich hätte ihn kriechen lassen können. Er hätte es getan. Und ich wäre ausgesperrt gewesen!

Er war noch immer aufgewühlt, beinahe rasend. Und meine Berührungen machten es noch schlimmer. Ich löste die Gurte, die seine Arme und Hände fesselten. Bevor er sich selbst befreien konnte, schnallte ich das Halsband ab und warf es beiseite.

Sein ganzer Leib schien aufzuseufzen, als die Gurte zu Boden fielen, die Spannung zuckte in seinem Schwanz.

Dann erwachten seine Hände zu Leben. Erst sah es aus, als wolle er seine Handgelenke reiben, dann faßte er nach der Augenbinde, seine Finger tanzten direkt davor, ohne sie zu berühren, und dann faßte er nach mir.

Ich zuckte zusammen. Er bekam meine Arme zu fassen, legte seine Finger fest darum und zog mich näher. Dann merkte er, daß ich nackt war. Er befühlte meine Flanken, meine Brüste und gab ein erstauntes Geräusch von sich. Ehe ich ihn hindern konnte, hatte er mich fest an seine Brust gedrückt. Sein Schwanz schlug gegen mein Geschlecht, er küßte mich in dieser schockierenden Weise, und ich merkte, daß er mich hochgehoben hatte.

Ich streckte die Hände aus, schob die Augenbinde hoch und befreite seine Augen. Seine Augen waren wie ein überirdischer Teil von ihm, ein Schauspiel aus Licht und Blau, zwei lebendige, spiegelnde Gestirne. Ich verliere den Verstand, dachte ich. Ich bin offensichtlich übergeschnappt.

Aber ich konnte nichts mehr sehen. Er küßte mich wieder,

und wir sanken auf die Knie, er zog mich, und ich hatte das Gefühl, ohnmächtig zu werden, die Lichter verloschen um mich herum, die Wände schmolzen dahin. Er streckte mich auf dem Teppich aus und stieß mit einer schnellen, scharfen Bewegung in mich hinein, so daß ich mich nicht mehr beherrschen konnte, es nicht mehr zurückhalten konnte. Es zündete auf der Stelle.

Ich stöhnte in seinen Mund, dann blieb mir die Luft weg. Ich erstarrte, die Lust brach in Wellen über mich herein, eine nach der anderen, bis ich fast schrie, gewiß, daß es so nicht weitergehen konnte, sonst wäre es wirklich mein Tod. Er stürmte gegen mich, direkt gegen mein innerstes Mark, und ich spürte diesen unvermittelten Schwall meiner Flüssigkeit, dieses unsagbare Öffnen, und das Gefühl brauste auf, als er kam, er donnerte darüber hinweg, stocherte und schürte und trieb es immer weiter, bis es mich zerschmetterte, und ich schrie »nein, nein, nein» und »Gott« und »Scheiße« und »verdammt« und «halt«, und schließlich gab ich auf, zerbrochen, zerschmettert, unfähig, einen Ton von mir zu geben oder mich zu rühren.

Nach einer langen Weile stieß ich ihn ein bißchen an der Schulter, der Brust. Ich liebte sein Gewicht auf mir, seinen Kopf auf meiner Schulter, den Sonnengeruch seines Haars. Ich stieß ihn ein bißchen und genoß die Tatsache, daß ich ihn unmöglich bewegen konnte. Dann lag ich völlig still.

Als ich die Augen aufschlug, sah ich zunächst nur einen verschwommenen Lichtschimmer, dann nach und nach das Bett, die Lampen, die Masken, meine wahren Gesichter, die vor den Wänden schwebten.

Und ihn, der neben mir saß, die gebeugten Knie an meinem Schenkel.

Er saß nur da, das Haar zerzaust, das Gesicht noch immer feucht und rosig, der Mund ein wenig hart. Seine Augen waren weit und verträumt, voll von was immer er sah. Und er schaute mich an. Es war, wie wenn man am Ufer eines Stromes erwacht, an einem Ort, wo man sich gänzlich allein wähnt, und dann dieses außergewöhnliche männliche Wesen direkt neben sich entdeckt, diese Schönheit, die einen anschaut, als habe er in seinem ganzen Leben noch nie ein weibliches Wesen gesehen.

Er sah nicht geistesgestört aus oder gefährlich oder widerspenstig, nur extrem undurchschaubar, wie schon die ganze Zeit.

Ich setzte mich auf und wich ganz langsam zurück. Dann stand ich auf. Er beobachtete mich, aber rührte sich nicht.

Ich ging zur Frisierkommode und nahm das Negligé vom Stuhl. Ich zog es über und dachte, wie abwegig diese Hülle aus Baumwolle und Spitzen war, die mich vor ihm schützen sollte. Ich klingelte nach dem Aufseher, und sein Gesichtsausdruck wandelte sich.

Furcht leuchtete darin auf, dann Verzweiflung. Seine Augen wurden ein wenig feucht, als wir uns anschauten. Ich hatte einen Kloß im Hals. Es geht alles zu Ende, dachte ich. Aber was bedeutet es? Warum sage ich Sachen zu mir selbst, von denen ich nicht weiß, was sie bedeuten? Er blickte geradeaus, links an mir vorbei, als überlege er etwas, ohne sich entschließen zu können.

Daniel kam fast sofort herein; Daniel kümmert sich um mein Zimmer.

Ich sah sofort sein Entsetzen darüber, einen Sklaven ohne irgendwelche Fesseln in dieser ungehörig lockeren Haltung dort sitzen zu sehen, der nicht einmal Notiz von ihm oder mir nahm.

Elliott erhob sich langsam. Er starrte weiter nachdenklich vor sich hin und schien nur entfernt die Tatsache zu respektieren, daß wir da waren.

Daniel sah erleichtert, aber unsicher aus.

»Nimm ihn mit für die Nacht. Bad, Vollmassage, Heilbestrahlung.« Ich hielt inne und rieb mir den Hinterkopf. Stundenplan für ihn, Routine. Muß ihn aus meiner Nähe entfernen, sonst verliere ich den Verstand. Außerdem soll er kriegen, wofür er unterschrieben hat. »Am Morgen Unterricht mit den anderen Postulanten. Training mit Dana um acht, Essen und Getränke servieren mit Emmett um neun. Ich rufe Scott an, ob er ihn zu einer Demonstration im Unterricht um zehn nehmen kann.«

Nein, nein, nicht Scott. Er würde sich in Scott verlieben. Aber irgendwas mußte getan werden, irgendwas … Na gut, also doch Scott. Soll Scott ihn im Unterricht zur Demonstration benutzen, doppelter Zauber, das ist doch was. Scott wird ihn nicht im Stich lassen.

»Ruhe am Nachmittag, anschließend soll er an den Tischen oder an der Bar bedienen. Jeder darf ihn anschauen, aber nicht anfassen.«

Was sonst? Ich kann nicht denken. Er wird sich in Scott verlieben.

»Bei dem kleinsten Fehler wird er hart bestraft. Aber niemand, ich meine wirklich niemand, nicht einmal Scott, darf ihn anfassen, ich meine …«

Ich begann zu ertrinken. »Ich will, daß er sich zwischen vier und sechs ausruht und dann Punkt sechs wieder hier ist.«

»Ja, Madam«, sagte Daniel. Unbehaglich. Besorgt.

»Was, zum Teufel, ist mit dir los!« fauchte ich. »Sind denn hier alle verrückt geworden?«

»Entschuldigung!« Auch er fauchte. Er nahm Elliotts Arm.

»Schaff ihn hier raus!« befahl ich.

Elliott schaute mich an. Hör auf. Mich überkam das gräßliche, elende Gefühl, ihm fürchterlich unrecht getan zu haben, zum ersten Mal in meinem »heimlichen Leben« versagt zu haben. Es war ein Schmerz, der wie ein elektrischer Schlag durch meine Schläfen schoß. Ich drehte mich weg.

17
LISA
Besessenheit: vierundzwanzig Stunden

Ich saß da und starrte sie an, als wären sie lebendig, die beiden großen, schmuddeligen Leinenkoffer mit den Schlüsseln in den Schlössern und dem abweisenden kleinen Dokumentenkoffer obendrauf. Ich hatte Lust, sie im Schrank oder unter dem Spitzenvorhang des Betts zu verstecken.

Es war zwölf Uhr mittags. Das Frühstück war kalt und stand unberührt auf dem Tablett. Ich lehnte im Nachthemd in den Kissen und trank die zweite Kanne Kaffee. Ich hatte in der ganzen Nacht keine vier Stunden geschlafen. Ich hatte zwischen zehn und elf Uhr vormittags zu schlafen versucht, als ich ihn beim Unterricht mit dem großen, dunklen, hübschen Scott wußte, weil ich den bloßen Gedanken daran nicht ertragen konnte. Aber Eifersucht läßt dich nicht einschlafen. Sie läßt dich wach liegen und ins Leere starren.

Dennoch fühlte ich mich nicht schlecht. Ich war gerade dabei, mir dessen bewußt zu werden.

Im Gegenteil, ich fühlte mich besser, als ich mich seit vielen Jahren gefühlt hatte. Ich konnte mich nicht erinnern, mich je genauso gefühlt zu haben wie jetzt. Oder doch? Mir fiel auf, daß wir nicht genug Worte haben, um *Erregung* zu beschreiben. Man braucht mindestens zwanzig, um die Nuancen erotischer Gefühle zu erfassen, diese Art von Erregung, dieses hoch- und aus sich selbst heraus und in eine Besessenheit hineingerissen werden, diese entzündliche Mischung aus Ekstase und Schuld. Besessenheit ist das richtige Wort dafür.

Und jetzt waren da die Koffer, die nicht leicht zu kriegen gewesen waren.

Es reichte nicht zu sagen: »Ich bin Lisa, und ich brauche die persönliche Habe von Elliott Slater. Bringt sie in mein Zimmer.« Man bringt die Kleider und persönlichen Besitztümer von Sklaven nicht auf das Grundstück. Man schickt nicht einfach nach dem Dokumentenkoffer. Das Zeug ist streng vertraulich, die private Habe der Person, die der Sklave wieder sein wird, wenn er schließlich von hier abreist.

Und wer hat alle diese Regeln aufgestellt? Richtig geraten.

Aber ich hab's gedeichselt. Mit einer Mischung aus Lügen und Logik. Schließlich habe ich meine guten Gründe dafür, und ich sollte die Sache nicht erklären müssen. Die Taschen waren ausgepackt, ihr Inhalt war inventarisiert worden, nicht wahr? Die Kleider in Plastikhüllen mit Mottenkugeln aufgehängt, stimmt's? Was also ist das große Geheimnis? Ich habe sehr private und äußerst dringliche Gründe, alles persönliche Eigentum von Herrn Elliott Slater anzufordern. Ich übernehme die gesamte Verantwortung für alles, einschließlich Kleingeld und Dokumente. Packen Sie es zusammen, und bringen Sie es mir.

Die Begierde überfiel mich wieder wie ein sengend heißer Wind. Ich sehnte mich so nach ihm. Ich legte die Arme um meine Taille und beugte mich angespannt vor, bis es vorüber war. Ich erinnerte mich ziemlich unvermittelt an die ersten High-School-Jahre, als ich diese quälenden Wellen sexuellen Hungers erlebt hatte, die mir damals als rein körperlich erschienen waren, und es keine Hoffnung auf Erfüllung, keine Hoffnung auf Liebe gab. Scheußliche Erinnerungen daran, daß ich mich abartig fühlte, als trüge ich ein Geheimnis in mir, das mich zu einer Ausgestoßenen machte.

Doch gleichzeitig war es erheiternd, mich wieder so jung zu fühlen, so verrückt. Und beängstigend. Diesmal war die Hitzewelle, diese körperliche Begierde, an einen anderen Menschen gebunden, an Elliott Slater.

Ich glitt vom Bett und tappte leise zu den Koffern. Sie waren dreckig, die Lederecken zerkratzt und verbeult. Äußerst schwer. Ich drehte den Schlüssel im Schloß des linken und öffnete die Gurte.

Das Innere völlig anders. Ein Hauch von Männerparfüm

stieg von den sorgfältig gefalteten Kleidern auf. Hübsche braune Samtjacke mit Lederflecken auf den Ellbogen. Norfolk-Tweed-Jacke. Zwei vorzügliche, dreiteilige Anzüge von Brooks Brothers. Blaue Arbeitshemden, gestärkt und gebügelt, in Plastikhüllen. Rollkragenpullis. Zwei abgetragene Khakijacken mit zerknitterten Flugscheinen und Parkplatztickets in den Taschen. Bally-Mokassins, Church's-Halbschuhe, teure Jeans. Mister Slater fliegt erster Klasse.

Ich saß im Schneidersitz auf dem Teppich. Ich befühlte die Samtjacke mit den Fingern, schnupperte das Parfüm im Tweed. Kölnisch Wasser in den Pullis. Viel Grau, Braun, Silber. Keine wirklichen Farben, außer bei den blauen Arbeitshemden. Und alles makellos, mit Ausnahme der beiden schmuddeligen Safarijacken. Kleine Plastikschachtel mit einer Rolex. Sollte im Dokumentenkoffer sein. Adreßbuch in einer der Taschen und ein einfaches blaues Notizbuch, ein ... ja, ein Tagebuch. Nein, klapp das zu, es geht auch so schon weit genug. Aber vergiß nicht zu bemerken, daß die Handschrift leserlich ist. Und daß er mit schwarzer Tinte schreibt. Kein Kugelschreiber. Schwarze Tinte.

Ich zog die Hand zurück, als hätte ich etwas Heißes berührt. Flaues Gefühl in der Magengrube beim Anblick seiner Schreibe. Ich nahm den Dokumentenkoffer und schloß ihn auf.

Reisepaß, ein Jahr alt, gutes Foto, der lächelnde Mister Slater. Warum nicht? Er war im Iran gewesen, im Libanon, in Marokko, halb Europa, Ägypten, Südafrika, El Salvador, Nicaragua, Brasilien – alles im Laufe von zwölf Monaten.

Zehn Kreditkarten, die ablaufen würden, bevor er von hier fortging, außer der goldenen American Express. Und fünf Tausender – fünftausend, ich zählte zweimal – in bar.

Kalifornischer Führerschein, hübsches Gesicht, wieder mit dem nicht zu unterdrückenden Lächeln. Vermutlich das beste Führerscheinfoto, das ich je gesehen habe. In Leder gebundenes Scheckheft. Eine Adresse in Berkeley (Nord-Campus). Ungefähr fünf Blocks von dem Haus, wo ich aufgewachsen war und wo mein Vater noch immer wohnte. Ich kannte jene Häuser.

Keine Studentenhäuser so weit oben, nur jene modernen,

wettergegerbten Rotholzhäuser, jene alten Bruchstein-Einfamilienhäuser mit spitzen Dächern und rautenförmigen Fensterscheiben, hier und da eine Villa, die wie ein riesiger Felsbrocken an der Klippe klebt, alles halb verborgen in dem dichten Wald, der die geschlängelten Fußwege und krummen Straßen überwucherte. Dort oben wohnt er also.

Ich zog die Knie an und fuhr mir durchs Haar. Ich hatte Schuldgefühle. Als würde er plötzlich hinter mir auftauchen und sagen: »Faß die Sachen nicht an. Mein Körper gehört dir, aber nicht meine Sachen.« Außer dem Tagebuch war nichts Persönliches darunter. Warum sollte er schließlich Exemplare seiner eigenen Bücher dabei haben? Um ihn daran zu erinnern, wer er gewesen war, wenn diese zwei Jahre um waren?

Ich legte den anderen Koffer flach hin und machte ihn auf.

Noch mehr modische Herrenkleidung. Ein hübscher, schwarzer Smoking, fünf Anzughemden, Primo-Cowboystiefel, wahrscheinlich Schlangenleder, wahrscheinlich maßgefertigt. Burberry-Regenmantel, Kaschmirpullover, Wollschals, alles sehr britisch, pelzgefütterte Autohandschuhe. Und ein echter Kamelhaarmantel, wirklich hübsch.

Jetzt die Kehrseite sozusagen. Zwei zerknitterte, zerrissene Quittungen für Wagenpflege in einem abgegriffenen Führer der Skigebiete der Welt. Mister Slater fährt, oder fuhr, einen fünfzehn Jahre alten Porsche. Das hieß diesen altmodischen Umgekehrte-Badewanne-Porsche, den niemand je mit einem anderen Auto verwechselte. Und zwei eselsohrige Dover-Taschenbuchexemplare von Sir Richard Burtons Reisen in Arabien, mit persönlichen Notizen auf dem Buchdeckel, und schließlich ein nagelneues Exemplar von *Beirut: Twenty-four Hours,* noch eingeschweißt, mit einem Aufkleber, der es als Gewinner irgendeines Preises auswies.

Ich drehte es um. Der unnachahmliche Elliott, windzerzaust in Rollkragen und Safarijacke, in angemessener Weise unglücklich dreinschauend – meine Damen und Herren, dieser Mann hat Entsetzliches gesehen, hat sein Leben riskiert, um diese Fotos zu machen –, das unvermeidliche Lächeln, melancholisch, weise. Ich hatte wieder dieses flaue Gefühl, als wäre meine Highschool-Liebe eben an der Tür vorbeigekommen.

Nun, ich war jetzt schon so weit gegangen, was war da noch ein bißchen Plastik? Ich machte das Buch ja nicht kaputt. Ich riß die Folie auf und ging zum Bett und zum Kaffee zurück.

Beirut, eine nach Jahren von Stammeskriegen zerstörte Stadt. Das war starker Tobak. Die erschütternde Art von Fotojournalismus, die einem nichts erspart, doch der gewählte Bildausschnitt von jedem einzelnen Foto – das Nebeneinander von alt und modern, Tod und Technologie, Chaos und Abgewogenheit – ist so subtil, daß einen dieser heilige Schauer durchfährt, den nur große Kunst auslösen kann.

Ein absolut sicherer Blick, so schien es mir, für die Eloquenz von Gesichtern, Gestalten in Bewegung. Licht und Schatten wie gemalt. Die Dunkelkammerarbeit war perfekt; er entwickelte seine Schwarzweißfotos wahrscheinlich selbst. In den Farbfotos waren Dreck und Blut so faßbar wie die Struktur einer modernen Plastik, die den Krieg zum Thema hat.

Ich begann, den Kommentar zu lesen – er stammte auch von ihm. Er war zurückhaltend, klar, nahezu eine parallele Geschichte, in der das Persönliche dem, was gesehen und aufgenommen worden war, untergeordnet blieb.

Ich legte das Buch beiseite. Mehr Kaffee. Elliott ist also ein guter Fotograf, und schreiben kann er auch.

Aber was denkt er über sich selbst? Warum ist er hergekommen? Für zwei Jahre der Gefangenschaft? Was hat ihn dazu veranlaßt?

Und warum wühle ich in seinen Sachen? Warum tue ich mir das an?

Ich nahm noch einen Schluck Kaffee, stand auf und ging im Zimmer herum.

Es war keine angenehme Erregung, es war eine unangenehme Rastlosigkeit. Ich erinnerte mich zweimal daran, daß ich ihn jederzeit herbringen lassen konnte, wenn ich wollte, aber das wäre nicht richtig gewesen, nicht richtig für ihn, nicht richtig für mich. Und ich konnte es kaum ertragen.

Ich ging zum Nachttisch und nahm den Telefonhörer ab. »Verbinde mich mit Scott, falls er auffindbar ist. Ich warte.«

Viertel vor eins. Scott war vermutlich dabei, sein Glas Scotch nach dem Essen zu trinken.

»Lisa, ich wollte dich auch gleich anrufen.«

»Warum?«

»Um dir für das kleine Geschenk heute morgen zu danken. Ich habe es durch und durch genossen. Ich hatte nicht erwartet, ihn so bald in die Finger zu kriegen. Was ist in dich gefahren, ihn so wegzugeben? Wenn du behauptest, er habe dich enttäuscht, dann glaub' ich kein Wort. Bist du okay?«

»Eine Frage nach der anderen, Scott. Aber laß mich die erste Frage stellen. Wie ist es gelaufen?«

»Nun, ich habe ihn im Trainerunterricht vorgeführt, du weißt schon, Lektionen, wie man die Reaktionen eines Sklaven zu interpretieren hat, wie man seine Schwachstellen erkennt. Das hat ihn wahnsinnig gemacht. Ich dachte, er würde ausflippen, als die Klasse ihn zu examinieren begann, aber er blieb vollständig beherrscht. Auf einer Skala von eins bis zehn würde ich ihm glatte fünfzehn geben. Warum hast du ihn mir so früh überlassen?«

»Hast du ihm was Neues beigebracht?«

»Hmm ... Daß er mehr vertragen kann, als er sich zugetraut hat. Du weißt, was ich meine, von den Trainern examiniert zu werden, als wäre man ein seltenes Exemplar. Er war hinreißend unvorbereitet.«

»Hast du irgendwas über ihn herausgefunden, irgendwas Besonderes?«

»Ja. Er lebt nicht *in* einer Phantasie, er ist hellwach.«

Ich schwieg einen Moment.

»Du weißt, was ich damit sagen will«, fuhr er fort. »Er ist zu differenziert, um sich einzubilden, er ›verdiene‹ das alles oder er sei ›zum Sklaven geboren‹ oder er sei in einer Welt verloren, die ›edler und moralischer‹ ist als die Wirklichkeit – du kennst die romantischen Geschichten, die die Sklaven für sich selbst erfinden. Er weiß, wo er ist und was er sich selbst antut. Du meinst, er wird ausflippen, aber er flippt niemals aus. Warum hast du ihn mir überlassen? Wie kommt's, daß du nichts sagst?«

»In Ordnung.«, sagte ich. »Okay. Fein.«

Ich hängte ein.

Ich starrte auf die durchgewühlten Koffer. Und auf *Beirut: Twenty-four Hours* auf dem Bett. Er lebt *nicht in einer Phantasie, er ist hellwach.* Du sagst es.

Ich ging wieder zu den Koffern und nahm die zweibändige Taschenbuchausgabe von Burtons Buch *Personal Narrative of a Pilgrimage to Al-Madinah and Meccah* in die Hände. Ich hatte es vor Jahren im College in Berkeley gelesen. Burton, der Wanderer, der sich als Araber verkleidete, um in die verbotene Stadt Mekka zu gelangen. Burton, der sexuelle Pionier. Besessen von den sexuellen Praktiken anderer Völker, die so dramatisch verschieden von der anständigen englischen Gesellschaftsschicht waren, zu der er selber gehörte. Was bedeutete es für Elliott? Ich wollte Elliotts Notizen nicht lesen. Das wäre dasselbe, wie sein Tagebuch zu lesen.

Aber es war unübersehbar, daß er die Bücher sorgfältig durchgearbeitet hatte. Abschnitte waren unterstrichen, eingerahmt, rot und schwarz doppelt markiert, die Vorsatzblätter voller Anmerkungen. Ich legte die Bücher sorgfältig in den Koffer, dann packte ich auch *Beirut: Twenty-four Hours* wieder ein.

Ich mußte ihn herbringen lassen. Aber ich konnte nicht. Mußte das Verlangen in Schach halten.

Ich unternahm einen weiteren Gang durchs Zimmer und bemühte mich, etwas anderes als Verlangen zu fühlen, neben den kleinen Stichen von Eifersucht aufgrund der Einzelheiten, die ich aus Scotts Mund erfahren hatte; ich bemühte mich, etwas zu empfinden, das ein bißchen leichter zu ertragen war als dieses Besessensein.

Noch mal: Warum kommt ein Mann, der etwas wie *Beirut: Twenty-four Hours* geschaffen hat, als Sklave in den Club? Versuchte er dem Grauen Beiruts zu entkommen?

Es gibt natürlich Tausende von Gründen, warum Sklaven

herkommen. In den Anfängen des Clubs waren es vor allem marginale Gestalten, die halbgebildeten, besonders phantasievollen Kreaturen, deren Berufe ihre exotischen Energien keineswegs erschöpften. Sadomasochismus war eine kulturelle Angelegenheit für sie, vollständig verschieden von ihren tristen Jobs oder den wiederholten Fehlschlägen der Versuche, in Musik, Theater oder sonst einem Künstlerberuf erfolgreich zu sein.

Inzwischen waren die meisten gebildeter und genossen die Freiheit einer verspäteten Jugend Ende zwanzig, bereit, im Rahmen des Clubs ihre Sehnsüchte zu erkunden und auszuleben, so wie sie auch zwei Jahre an der Sorbonne hätten studieren, eine Freudsche Analyse machen oder nach Kalifornien hätten gehen können, um in einem buddhistischen Kloster zu leben.

Aber im großen und ganzen waren es Leute, die in dem, was sie hier taten, aufgingen, weil sie sich selbst noch nicht gefunden hatten. Elliott Slater dagegen hatte ein ausgefülltes Leben.

Was waren seine Gründe? War er von unserem »Spaß und Spiele« angelockt und süchtig danach geworden, so daß er alles, was ihn draußen erwartete, aus den Augen verloren hatte, die Bücher, die er schreiben, die Fotos, die er machen könnte, die Aufträge, die ihn um die ganze Welt geführt hätten?

Der Widerspruch zwischen unserem kleinen Universum und der nackten Wirklichkeit von Beirut fraß an mir. Er verursachte mir eine Gänsehaut.

Sein Buch war ein Kunstwerk. Und dieser Ort hier war ein Kunstwerk. Elliotts Gründe für sein Hiersein hatten nichts mit Flucht zu tun, genausowenig wie mit dem Verleugnen seiner Person. Seine Gründe hatten vielmehr etwas mit Burtons Pilgerfahrt zu tun, Burtons Besessenheit und Suche.

Wenn man in Beirut mitten im Krieg gelandet war, wo man von einer Kugel oder einer Bombe getötet werden konnte, was bedeutete es dann hierherzukommen, wo man wußte, daß man niemals verletzt werden würde – im Gegenteil, man wurde versorgt und gepflegt und gehätschelt? Man setzte sich freiwillig diesen rohen Demütigungen aus und Dingen, die die meisten menschlichen Wesen nicht ertragen könnten.

Was hatte Martin über ihn geschrieben? »Sklave sagt, er wolle erkunden, was er am meisten fürchte.«

Ja. Es mußte für Elliott eine sexuelle Odyssee sein, ein Eintauchen in Dinge, vor denen er Angst hatte, an einem Ort, wo er nicht verwundet werden konnte.

Mir kam der unheimliche Gedanke, daß er in Wirklichkeit als Sklave *verkleidet* war, so wie Burton sich als Araber verkleidet hatte, als er in die verbotene Stadt eindrang. Die Verkleidung war Nacktheit. Und ich hatte seine Identität in den Dingen gefunden, die er besaß, in seinen Kleidern.

Ein unheimlicher Gedanke, denn soweit ich es beurteilen konnte, war er der perfekte Sklave. Und ich war diejenige mit dem kaputten Getriebe und dem heulenden Motor. Ich erträumte mir diesen ganzen Scheiß über ihn. Ich sollte ihn in Ruhe lassen!

Ich goß mir noch eine Tasse Kaffee ein und wanderte langsam durchs Zimmer.

Warum erschienen wir ihm nicht obszön im Vergleich zu dem Elend in Beirut? Warum erschien ihm unser sexuelles Paradies nicht als die schlimmste Art dekadenter Entwicklung? Wie konnte er es in irgendeiner Weise ernst nehmen, nachdem er so fabelhafte Aufnahmen von alledem gemacht hatte?

Ich stellte die Kaffeetasse ab und preßte die Hände gegen meine Schläfen. Es war, als verursachten mir diese Gedanken heftige Kopfschmerzen.

Ich hatte wieder, so wie während der Ferien in Kalifornien und auf dem Heimflug hierher, das Gefühl, etwas sei nicht in Ordnung, etwas sei in mir im Gange, etwas, das sich in mir aufbaute und beschleunigte, das ich nicht verstand.

Der Club, Twenty-four Hours. War das für ihn alles das gleiche? Aber über diese Geschichte würde es keine Fotos geben.

Ich glaube, in all den Jahren seit seinen Anfängen haßte ich den Club zum ersten Mal, wenigstens für einen Augenblick. Ich haßte ihn. Ich hatte das irrationale Verlangen, die Mauern zu durchbrechen, die mich umgaben, die Zimmerdecke zu durchstoßen, rauszukommen.

Das Telefon klingelte. Lange starrte ich es quer durchs Zimmer einfach an, dachte, jemand solle antworten, bis ich begriff, daß ich dieser jemand war.

Ich hatte plötzlich Angst, es könne sich um Elliott handeln, Elliott wäre »ausgeflippt«.

Ausgesprochen widerwillig nahm ich den Hörer ab.

Richards Stimme: »Lisa, hast du unsere Verabredung vergessen?«

»Unsere was?«

»Mit dem Pony-Trainer aus der Schweiz, Lisa. Du weißt doch, unser Freund mit dem eleganten menschlichen Reitstall ...«

»Ach ja, Scheiße.«

»Lisa, der Mann hat wirklich was hier, was Fabelhaftes, wenn du ...«

»Erledige du das, Richard«, sagte ich und wollte schon auflegen.

»Lisa, ich habe mit Mr. Cross gesprochen. Ich sagte ihm, dir ginge es nicht sonderlich, du brauchtest etwas Erholung. Mr. Cross meinte, du müßtest dir das anschauen. Du solltest die Pony-Sklaven sehen, die ganze Sache ...«

»Richard, sag Mister Cross, daß ich 39,5 Grad Fieber habe. Du spielst die Ponyshow. Scheint interessant zu sein.«

Ich legte auf, schaltete die Klingel ab, zog den Stecker aus der Wand, kniete mich hin und schob das Telefon unters Bett.

Dann ging ich wieder zu den Koffern, nahm den silbergrauen Rollkragenpulli, den ich vorhin auseinandergefaltet hatte, heraus, drückte ihn an mein Gesicht und schnupperte das Kölnisch Wasser. Ich zog das Negligé und das Nachthemd aus und schlüpfte in den Pulli. Es war, als hätte ich mir seine Haut übergestreift, als fühlte ich sie auf Armen und Brüsten, und ich roch das Parfüm.

18
ELLIOTT
Lisa im Sinn

Nach mehreren Besuchen im Badehimmel mit dem dazugehörigen Chor kleiner Badeengel wußte ich, daß mir niemand viel darüber sagen würde, wer sie wirklich war.

Ich zog Mr. Eisenfinger-Masseur wenigstens den Wurm aus der Nase, daß es eine umwerfende Sklavin namens Diana gab, die sich irgendwo in Tränen auflöste, weil Lady Boss Perfektionistin schon seit zwei Tagen nicht mehr nach ihr geschickt hatte.

»Wo kommt sie denn her, über was für Witze lacht sie, du mußt doch irgendwas wissen, das nicht geheimzuhalten ist.«

Ich inventarisierte ihre Besitztümer, die Skulpturen, die Bücherregale.

»Wo hat sie die Bilder und die Masken her?«

»Elliott, das klingt, als spieltest du immer die gleiche Rille auf der Platte«, sagte er, während er mich bearbeitete, als wäre ich aus Ton. »Schlag sie dir aus dem Sinn. Männliche Sklaven kommen nicht in ihre Nähe. Denk an all die wundervollen Damen und Herren, für die sie dich ausbildet.«

»Was willst du damit sagen? Sie mag keine Männer, meinst du das? Und diese Diana und sie ...?«

»Du machst dich wegen nichts und wieder nichts verrückt. Sie mag überhaupt niemanden. Sie kann einfach nur mit allen Leuten besser umgehen als irgendwer sonst, klar?«

Aber eines bestätigten sie alle einhellig, wieder und wieder, daß sie die eigentliche Schöpferin des Clubs war.

Sie hatte fast jedes der kleinen Spiele erfunden; die Sportarkaden waren ganz und gar ihre Idee gewesen, und sie hatte noch manch anderes Spiel im Entwurf bereitliegen.

Ich dachte immer wieder daran, wie sie gestern abend ausgesehen hatte, als sie in der Mitte der Sportarkaden gestanden und mit jenem seltsam ironischen Ton gesagt hatte: »Sind wir nicht Genies des exotischen Sex?« Sie war wirklich eine Art Genie. Aber ein Verdacht war in mir wach geworden. Wie stand sie zu dem, was sie erreicht hatte? War sie nur einen Bruchteil so beeindruckt davon wie ich? Wahrscheinlich nicht. Ich wünschte, ich hätte sie gepackt und geküßt wie Rudolph Valentino in *Der Scheich*.

Es war zu abwegig. Wie konnte ich solche Phantasien über sie haben, mir einbilden, sie könne lieben, sie könne fühlen, ich könne etwas in ihr auslösen? Es war ... wie in diesem verfluchten Song ... fast wie Verliebtsein.

Was, zum Teufel, hatte Martin noch gesagt? Daß Sadomasochismus möglicherweise die Suche nach etwas Bestimmten sei. *Vielleicht suchst du nach einem Menschen, Elliott, und nicht nach einem System, und im Club bekommst du nur das System.*

Ich brauchte Martin nicht, um mir zu sagen, daß ich nicht noch tiefer in diese Falle tappen sollte.

Hör auf das, was Mr. Eisenfinger dir sagt. Du mußt das System erwarten. Du mußt beweisen, daß Martin sich geirrt hat.

Aber den ganzen Tag spielte ich dieses nervtötende Spiel, nach ihr Ausschau zu halten. In Scotts Unterricht war ich halbwegs erleichtert gewesen, daß sie nicht anwesend war. Und halbwegs enttäuscht, daß sie nicht da war. Ich hielt in der Menge Ausschau nach ihr, während ich Drinks mixte und servierte und versuchte, die Komplimente und das Lächeln und das Gezwicktwerden zu genießen, wie es sich gehörte.

Andererseits waren da diese letzten, verwirrenden Augenblicke gestern nacht, als sie nackt in ihrem offenen Negligé ganz feucht und süß und rosig dastand und dieser Aufseher sie anglotzte, und sie alle diese Anweisungen stammelte, als stünde das Haus in Flammen. Zur Hölle mit ihr. Ich wollte sie packen und an mich drücken. Ich wollte sagen, laß mich hierbleiben, laß uns ein bißchen reden, laß uns ...

Ich wünschte, ich könnte mit Martin sprechen. Ihn fragen, was ich tun soll. Notlage. Hilfe. In meinem Kopf geschah etwas Gefährliches, der Gedanke, ich könnte sie dazu bringen, mich zu lieben, mich wirklich zu lieben. Ach, Hochmut kommt vor dem Fall, wie jedermann weiß.

Und hin und wieder dachte ich daran, richtigen Mist zu bauen, um von ihr wegzukommen, nach unten geschickt zu werden.

Aber dafür war es längst zu spät.

Während des Trainer-Unterrichts, als ich fast vor den Händen geflüchtet wäre, die mich untersuchten, war ich entsetzt gewesen über den Gedanken, wieder nach unten geschickt, von ihr getrennt zu werden. Und dann war da dieses elektrische Feuer in meinem Kopf aufgeflammt, als Scott, der dunkle, raubkatzenhafte Trainer, in mein Ohr geflüstert hatte: »Denkst du an sie, Elliott? Träumst von ihr? Was würde sie tun, wenn ich einen negativen Bericht über dich abgäbe, Elliott?«

Martin, ich sitze in der Tinte. Und das Problem ist, es ist schon zu spät.

19
ELLIOTT
Ankleiden

Sechs Uhr, und nirgendwo auf der Insel läutet eine Glocke. Nur das Klopfen in meiner Brust. Der Aufseher schaute auf seine Uhr und sagte dann, ich solle hineingehen und neben der Tür warten.

Ich wünschte mir nichts sehnlicher, als diesen ersten Blick auf sie auszukosten. Ich wollte die Zeit anhalten, so daß ich sie in jenem Moment wirklich sehen und gleichzeitig festhalten konnte, was mir durch den Kopf ging.

Ich hänge nämlich der Theorie an, daß man nach einer längeren Abwesenheit in diesem ersten Augenblick erkennen kann, was man in bezug auf eine andere Person wirklich denkt und fühlt. Du erkennst Dinge, die du vorher nicht wissen konntest.

Vielleicht war ich gar nicht so verrückt nach ihr; vielleicht war sie ein bißchen weniger gefährlich, weniger hübsch. Ich würde vielleicht anfangen, auch an die anderen zu denken; wer weiß, vielleicht sogar an Scott.

Die Tür schloß sich hinter mir. Der Aufseher war fort. Das Zimmer wirkte warm im Lampenlicht, der Himmel hinter den Spitzengardinen war ein bleierner Schimmer. Ein verträumter Ort. Wie eine Kammer des Herzens.

Ich hörte ein kaum wahrnehmbares Geräusch und drehte meinen Kopf zu der offenen Wohnzimmertür.

Da stand sie leibhaftig. Und ich war in sie verliebt. Soviel zum ersten Eindruck. Und mir kam der wirklich wunderbare Gedanke, daß sie absichtlich versuchte, mir den Kopf zu verdrehen.

Sie trug einen Männeranzug, einen enganliegenden Dreiteiler aus staubig dunklem lila Samt, so tiefviolett, daß die Falten aschgrau schimmerten. Unter dem weißen Kragen ihres Hemds trug sie einen locker geknoteten blaßrosa Seidenschal. Das Haar hatte sie zurückgenommen, und darüber trug sie einen weichen Hut in dem gleichen dunklen Violett mit einem kohlschwarzen Seidenband. Wie aus einem Gangsterfilm der vierziger Jahre entsprungen, die Form des Huts, die Art, wie sie ihn trug. Im Schatten der Krempe zeichneten sich ihre Backenknochen ab, und ihr Mund war ein schmollender, roter Schimmer.

Die Lust, die ich empfand, war so vollkommen, daß ich mich kaum beherrschen konnte. Ich wollte mein Gesicht in ihrer Scham vergraben, sie zu mir herunterzerren. Ich bin verliebt in sie, ich liebe sie, die Worte waren gefangen in meiner Lust.

Jetzt sah ich ihre Augen ganz deutlich, und ich fühlte jene Kraft, die von ihr ausging, sah ihr Haar, ihr nacktes Ohr. Sie wirkte zart in dem Anzug, geradezu zerbrechlich.

»Komm näher«, sagte sie. »Und dreh dich ganz langsam herum. Ich möchte dich anschauen. Nimm dir Zeit.«

Die Hosen saßen so eng, daß sie maßgeschneidert sein mußten, und ihre Brüste zeichneten sich unter dem Jackett mit den stoffbezogenen Knöpfen ab.

Ich tat wie geheißen. Ich überlegte, ob man sie über die Einzelheiten aus dem Trainerunterricht informiert und wie sie den Bericht aufgefaßt hatte.

Ich konnte fühlen, daß sie sich näherte, als hätte sie Einfluß auf die Luft um sich herum, ich fühlte ihr Parfüm, ehe ich es riechen konnte, fühlte wieder diese Kraft, als ich aus dem Augenwinkel ihren kantigen Schatten sah.

Ich neigte absichtlich meinen Kopf zur Seite, schaute auf sie hinunter und saugte ihren Anblick ein, ehe ich starr geradeaus blickte. Glänzende kleine Schuhspitzen schauten unter samtenen Hosenbeinen hervor, hohe Absätze, die Hose so eng im Zwickel, daß sie die Nähte zwischen den Beinen fühlen mußte.

Ich sah, daß ihre Hand sich bewegte, und dachte, ich würde es nicht mehr aushalten. Sie muß mich berühren. Ich muß sie berühren. Rudy Valentino, der Scheich, wird sie kidnappen und in sein Zelt in der Wüste verschleppen. Aber keiner von uns bewegte sich.

»Komm mit«, sagte sie und schnippte lässig mit den Fingern.

Das Licht glitzerte eine Sekunde lang auf ihren Fingernägeln, dann drehte sie sich um und ging durch die Doppeltür.

Es war das Wohnzimmer, das ich gestern nacht kurz wahrgenommen hatte. Ich beobachtete das lockere Wiegen ihrer schmalen Hüften, lechzte danach, ihren bloßen Nacken anzufassen. Sie sah aus wie eine kleine Puppe im Anzug. Ich meine, wie ein Miniaturmensch, eine übernatürliche Kreatur, noch nicht Frau, aber klein und liebenswert und zart.

Großer Schreibtisch, mächtige afrikanische Skulptur in einer Ecke, ein fabelhaftes haitianisches Gemälde aus sechs Paneelen mit Szenen aus der französischen Kolonialzeit – etwas zum später Anschauen, wenn sie mir nicht die Augen verband, bei all den tausend und abertausend Gelegenheiten, wenn ich in diesen Räumen sein, ihre nackten Füße, ihre nackten Waden und ihre nackte Möse küssen würde, die aus dieser engen Hose befreit werden mußte. Nichts war wirklich weiblich in diesem Zimmer, mit Ausnahme von ihr, die in dem lila Samt dampfte und ziemlich ostentativ nach links starrte.

Ich schaute in die gleiche Richtung, und es dauerte ein Weilchen, bis der Groschen fiel. »Das sind ja meine Koffer«, sagte ich.

Martin hatte gesagt, die Kleider würden weggeschlossen. Das ist die beste Sicherheitsmaßnahme, denn wenn du keine Kleider und keine Papiere hast, kannst du nicht abhauen. Er hatte behauptet, die Kleider würden nicht auf der Insel aufbewahrt, sondern an einem besonderen Ort. Ich erinnerte mich, daß ich mir so was wie ein Kellergewölbe einer Bank vorgestellt hatte.

Aber es waren meine Koffer, aufgeklappt, und ich sah meinen Paß und meine Brieftasche oben auf den Kleidern liegen. Es war beinahe peinlich, diese persönlichen Dinge aus einer anderen Welt anzuschauen.

»Ich möchte sehen, wie du aussiehst«, sagte sie, »in Kleidern.«

Ich schaute sie an und versuchte herauszufinden, was das zu bedeuten hatte. Mir kam der verblüffende Gedanke, daß es äußerst demütigend wäre, in ihrer Gegenwart angezogen zu sein. Aber das war albern, göttlich albern. Ich fühlte, daß sie zitterte, auch wenn sie absolut nicht diesen Eindruck machte.

»Ich möchte dich darin sehen«, sagte sie. Sie beugte sich über den Koffer und zog einen grauen Rollkragenpulli hervor. »Du magst Grau, nicht wahr? Und du magst keine Farben. Wenn du mir in der Außenwelt gehören würdest, wenn du voll und ganz mein Sklave wärst, würde ich dich in Farben kleiden. Aber zieh jetzt mir zuliebe das hier an.«

Es war unglaublich seltsam, den Pulli von ihr entgegenzunehmen. Ich zerrte ihn mir über den Kopf, als hätte ich dergleichen noch nie getan. Es war unbeschreiblich, wie stark die Empfindung war, als der Stoff meine Haut berührte. Und meine untere Hälfte fühlte sich lächerlich nackt an. Mein Schwanz sah illegal aus. Ich kam mir vor wie ein Zentaur in einem Pornofilm.

Aber sie reichte mir ein Paar braune Hosen, ehe ich auch nur die Ärmel ein bißchen hochgestreift hatte, und ich zog sie an. Der rauhe Stoff kratzte an meinem Hintern und lag unbequem eng um meinen Schwanz und meine Hoden. Ich hielt es für ausgeschlossen, den Reißverschluß zuzuziehen. Ich steckte meine Hand hinein und versuchte, die schmerzhafte Erektion ein bißchen zu verschieben. Ich warf ihr ein kleines Lächeln zu, als ich merkte, daß sie mich beobachtete.

»Mach sie zu«, sagte sie. »Und paß auf, daß du nicht kommst.«

»Ja, Madam«, gab ich zurück. »Ich hab' mich nur gerade gefragt, ob Adam und Eva sich im Paradies ebenso gefühlt haben, als sie sich das erste Mal anzogen.«

Ich nahm den Gürtel entgegen; es war ein besonderer Trip, ausnahmsweise selber das Leder in der Hand zu haben und es durch die Schlaufen zu fädeln. Ich hätte so nicht zu ihr sprechen dürfen. Die Kleider waren schuld daran. Aber das hier war weit verrückter als die Sportarkaden und der verfluchte Pfahl und alles andere, das bisher abgegangen war.

»Du wirst wieder rot«, sagte sie. »Dein Haar sieht fabelhaft aus, richtig blond, wenn du rot wirst.«

Ich machte eine kleine Geste falscher Bescheidenheit, ein bißchen eitel, aber ich konnte nicht anders.

Sie reichte mir ein Paar Socken und die Bally-Mokassins, die ich nicht sonderlich mag. Ich mußte mich zwingen, sie nicht dauernd anzustarren, und zog die Schuhe an.

Sonderbar selbst dieser winzige Größenunterschied, das Leder unter der Fußsohle, das glatte Gefühl, als wäre es eine Verschalung, als wären alle diese Kleider nicht natürlich – so als wäre ich wieder gefesselt und angeschirrt, bloß weil ich angezogen war.

Sie hielt mir das braune Wolljackett hin.

»Nein, nicht das ...«, sagte ich.

Zögern. Sie sah plötzlich hilflos aus.

»Ich finde es einfach zu edel, wenn die Jacke zu Hose und Schuhen paßt. So würde ich mich nie anziehen.«

»Welches dann?«

»Gib mir die Norfolkjacke, den Tweed. Das heißt, wenn du nichts dagegen hast, wenn ich etwas dazu sagen darf.«

»Natürlich.« Entschuldigend! Sie hängte den braunen Sakko wieder auf den Bügel und reichte mir die Norfolkjacke. Ich trage gerne Jacken mit Gürtel. Am liebsten hätte ich eine meiner dreckigen alten Safarijacken angezogen, aber ich dachte, daß sie damit nicht einverstanden wäre.

»Zufrieden?« fragte sie. Scharf, einen Hauch sarkastisch.

»Nicht bevor ich mich gekämmt habe. Es ist fast zwanghaft; wenn ich eine Jacke angezogen habe, kämme ich mich.« Mein Hintern brannte unter dem Hosenstoff. Ich fürchtete, mein Schwanz würde abspritzen. Ich war auf der Kippe. Als sie in ihre Potasche langte, so wie ein Mann das tut, und einen schwarzen Plastikkamm hervorholte, wippten alle ihre prächtigen kleinen Kurven, und ich konnte nicht anders, als mein Gewicht zu verlagern, um zu vermeiden zu kommen. »Danke.«

»Da ist der Spiegel«, sagte sie und zeigte auf einen ziemlich schmalen zwischen den beiden Türen zum Flur.

Und darin war nun Elliott Slater zu sehen, der sein Haar kämmte und so aussah wie vor zwei Millionen Jahren in San Francisco, auf dem Weg ins Kino an seinem vorletzten Abend als freier Mann.

Ich senkte den Blick, als ich fertig war, und schaute dann langsam wieder auf, um ihr den Kamm zurückzugeben. Ich ließ meine Finger eine Sekunde lang auf ihren, dann starrte ich sie an. Sie wich zurück. Sie sprang fast. Aber als es ihr bewußt wurde, versteifte sie sich, als müßte sie das Kommando wieder übernehmen und leugnen, daß sie diesen kleinen Schimmer von Furcht gezeigt hatte.

»Was ist los?« fragte ich.

»Pssst. Geh auf und ab, damit ich dich anschauen kann«, befahl sie.

Ich ging sehr langsam von ihr weg, mit dem Rücken zu ihr. Ich spürte, wie mich alles rieb und zog und juckte und einzwängte, dann wendete ich und ging auf sie zu, kam näher und näher, bis sie die Hand hob und scharf »Halt!« sagte.

»Ich möchte dich küssen«, flüsterte ich, als wäre das Zimmer voller Leute.

»Sei still«, sagte sie, aber wieder war sie mit zwei ängstlichen Schritten zurückgewichen.

»Hast du Angst vor mir, nur weil ich angezogen bin?« fragte ich.

»Deine Stimme klingt verändert, du redest viel und benimmst dich anders!«

»Was hast du denn erwartet?«

»Du mußt in der Lage sein, es für mich auf beide Weisen zu spielen«, sagte sie und zeigte drohend mit dem Finger auf mich. »Du benimmst dich anständig, angezogen oder nackt. Eine kleine Unverschämtheit, und ich drücke einen dieser Knöpfe; dann machst du die ganze Nacht Wettkämpfe in den Sportarkaden.«

»Ja, Madam«, sagte ich, unfähig, ein kleines Lächeln zu unterdrücken. Aber dann senkte ich den Blick, um zu zeigen, daß ich es ihr recht machen wollte. Wenn sie einen dieser Knöpfe drückte, nun …

Sie drehte mir den Rücken zu, und sie kam mir vor wie ein junger, unerfahrener Matador, der dem Stier zum ersten Mal den Rücken zuwendet.

Sie beschrieb einen kleinen Kreis, und als sie mich wieder anschaute, hob ich meine rechte Hand ziemlich steif an die Lippen und warf ihr eine Kußhand zu. Sie stand da und starrte mich an.

»Ich habe etwas getan«, sagte sie. Sie stemmte die linke Hand in die Hüfte und sah unbehaglich aus, äußerst unbehaglich. »Ich habe dieses Buch in deinem Gepäck gefunden und es ausgepackt, um es anzuschauen.«

»Fein«, sagte ich. Versuch nicht, dir das zu erklären, dachte ich. Es konnte sie unmöglich interessieren. »Ich möchte es dir gern schenken, wenn du es haben willst.«

Sie antwortete nicht. Musterte mich nur eine Weile. Dann ging sie zum Tisch und nahm das Buch in die Hand.

Es versetzte mir einen kleinen Schock, es zu sehen – Elliott, der Fotograf, Elliott, der Korrespondent –, aber nicht so schlimm, wie ich erwartet hätte. Sie hielt einen Füllfederhalter in der Hand und fragte: »Signierst du es?«

Ich nahm ihn und versuchte dabei, sehr diskret ihre Hand zu berühren, was mir nicht gelang. Dann ging ich zur Couch und setzte mich. Ich kann im Stehen nicht signieren.

Ich schaltete plötzlich und vollständig auf automatische Steuerung, das heißt, ich wußte nicht, was dabei herauskommen würde, während ich die Feder über das Papier bewegte. Ich schrieb:

Für Lisa,
ich glaube, ich liebe dich.
Elliott

Ich starrte darauf. Dann gab ich ihr das Buch und hatte das Gefühl, eine Riesendummheit begangen zu haben, die ich bis ins hohe Alter bereuen würde.

Sie klappte es auf, und als sie die Widmung las, war sie hinreißend verblüfft. Hinreißend!

Ich saß noch immer auf der Couch und legte den Arm auf die Lehne, um ganz lässig auszusehen, aber mein Schwanz pulsierte, als habe er ein eigenes Bewußtsein und wollte freigelassen werden.

Alles kam zusammen, das wahnsinnige Verlangen nach ihr, die Liebe, diese Liebe zu ihr, und die überwältigende Freude, daß sie das gelesen hatte, rot geworden war und es mit der Angst bekam.

Ich glaube, wenn es in diesem Augenblick im Zimmer ein Blasorchester gegeben hätte, so hätte ich es nicht gehört. Ich hätte nur das Pochen meines eigenen Blutes im Kopf gehört.

Sie hatte das Buch zugeklappt und sah beinahe aus wie jemand in Trance. Für eine Sekunde erkannte ich sie nicht wieder. Es war einer jener absurden Augenblicke, wenn Leute nicht nur wie Fremde aussehen, sondern wie seltsame Tiere. Ich sah sie in allen Einzelheiten, als wäre sie soeben erfunden worden und wüßte ich nicht, was sie war, Mann oder Frau oder was auch immer. Ich war plötzlich beunruhigt, glaubte, sie könnte anfangen zu weinen. Beinahe wäre ich aufgesprungen, um sie in den Arm zu nehmen, etwas zu sagen oder zu tun, aber ich konnte mich nicht rühren. Der Zauber verflog so schnell, wie er gekommen war. Sie war wieder ganz Frau, sah in den Männerkleidern unglaublich sanft aus, und sie wußte Dinge über mich, die niemand wußte, keine andere Frau, und ich hatte das Gefühl, in sie hineinzuschmelzen. Vielleicht war ich es, der auf der Couch saß und sich lässig gab, aber gleich anfangen würde zu heulen.

Sie leckte sich langsam über die Lippen, und wieder schien es, als sehe sie nichts. Dann drückte sie das Buch an sich und fragte: »Warum hast du solche Angst bekommen? Ich meine, gestern abend in den Sportarkaden, als ich dich gezwungen habe, die Augenbinde zu tragen?«

Ein Schock, ein echter Schock. Als habe mir jemand einen Eimer kalten Wassers über den Kopf geschüttet. Nur wäre er dann erschlafft. Das hier machte ihn nicht schlaff. Ich fühlte mich splitternackt in diesen verdammten Kleidern. Und wie ein gefährlicher Vergewaltiger.

»Ich mochte es nicht«, sagte ich. Merkwürdig monotone Stimme. Schließlich ist das nicht gerade die Art von Konversation, die man am Tisch in einem Restaurant führt, Himmel noch mal. Und wir sind angezogen, als wären wir zum Essen im »Ma

Maison«. Wie würde es werden, wenn ich diese verfluchten Kleider auszöge? »Ich sehe lieber, was vorgeht«, sagte ich achselzuckend. »Ist das nicht normal?« Wann, zum Teufel, habe ich je normal sein wollen?

»Gewöhnlich törnt das an«, sagte sie. Aber ihre Stimme klang distanziert, nicht teilnahmslos, eher so, als ob sie im Schlaf redete.

Ihre Augen waren richtig rund. Die meisten schönen Frauen haben mandelförmige Augen, aber ihre waren rund, und das, zusammen mit dem Schmollmund, verlieh ihr ein beinahe unzivilisiertes Aussehen, obgleich sie so schlank und kantig und elegant war.

»Eine Augenbinde … manchmal macht sie es einfacher. Sich zu ergeben«, sagte sie.

»Ich gehöre dir«, sagte ich, »so oder so.« Und du hast mir das angetan, und ich habe dich gewähren lassen, und ich glaube, ich liebe dich, dachte ich.

Sie trat einen Schritt zurück. Sie drückte das Buch noch fester an sich, als wäre es ein Baby. Dann ging sie zum Schreibtisch und nahm den Telefonhörer ab.

Ich schickte mich an aufzustehen. Es war purer Wahnsinn. Sie konnte mich doch jetzt nicht wegschicken! Ich ziehe den beschissenen Telefonstecker raus! Aber noch ehe ich auf die Füße gekommen war, sagte sie etwas ins Telefon, das keinen Sinn machte.

»Macht euch in fünf Minuten bereit für die Abfahrt. Sag ihnen, der Rest des Gepäcks ist abholbereit.« Sie legte auf und schaute mich an. Ihre Lippen bewegten sich, aber sie blieb eine Sekunde lang still. Dann ordnete sie an: »Steck deine Brieftasche und deinen Paß in die Tasche, und nimm dir, was du mitnehmen willst, aus dem Koffer.«

»Soll das ein Scherz sein?« fragte ich. Aber es war einfach zu schön, so, als würde jemand sagen, wir fahren zum Mond.

Die Türen gingen auf, und zwei junge Schnösel – weiße Kleidung, jedoch kein Leder – kamen herein und wollten die Koffer nehmen.

Ich griff nach meiner Uhr, steckte die Brieftasche in meine Hosentasche, den Paß in die Jacke. Auf dem Grund des Koffers sah ich mein Tagebuch und nahm es mit einem Seitenblick auf sie heraus. Vermutlich brauchte ich meine Schultertasche, eine zerknautschte Leinentasche, die ich überallhin mitschleppte; ich zog sie von ganz unten aus dem Koffer, steckte das Tagebuch hinein und hängte sie mir über die Schulter.

»Was, in aller Welt, geht hier vor?« fragte ich sie.

»Beeil dich«, gab sie zurück.

Die beiden Schnösel trugen die Koffer hinaus.

Sie ging hinter ihnen her. Sie trug noch immer das Buch in der linken Hand.

Sie war schon auf dem Flur, als ich sie einholte.

»Wohin gehen wir?« fragte ich. »Ich versteh's nicht.«

»Sei still«, flüsterte sie. »Bis wir draußen sind.«

Sie ging quer über die Wiese und durch die Blumenbeete. Ihre Schultern waren besonders eckig, ihr Gang hastig, beinahe schwankend. Die Gehilfen luden das Gepäck in ein kleines Elektrogefährt. Die beiden setzten sich auf die Vordersitze, und sie winkte mir, mich nach hinten zu setzen.

»Wirst du mir sagen, was wir machen?« fragte ich, während ich mich neben sie quetschte.

Mein Bein war gegen sie gepreßt, und mir fiel auf, wie klein sie war, als das Fahrzeug ein bißchen zu schnell losfuhr und sie gegen mich gedrückt wurde. Sie war wie ein kleiner Vogel neben mir, und ich konnte ihr Gesicht unter der Hutkrempe nicht sehen. »Lisa, gib mir doch eine Antwort! Was ist los?«

»Okay, hör zu«, sagte sie. Aber sie verstummte. Sie errötete, als wäre sie wütend, und drückte das Buch an die Brust. Das Fahrzeug fuhr jetzt mit gut dreißig Stundenkilometern direkt um die bevölkerten Vergnügungsgärten herum und am Schwimmbecken vorbei.

»Du mußt nicht mitkommen, wenn du nicht willst«, sagte sie endlich. Ihre Stimme klang unsicher. »Es ist ein ziemlicher Hammer, rein- und rauszugehen, einen Moment splitternackt und eine Minute später angezogen. Ich kann verstehen, wenn dir das zuviel wird. Also, wenn du willst, kannst du sofort wieder in mein Zimmer gehen und dich wieder ausziehen. Auf meinem Schreibtisch den Knopf nach dem Aufseher drücken, der dich direkt zu Scott oder Dana oder einem der anderen bringt. Ich rufe vom Eingang aus an. Wenn du Scott willst, kannst du ihn haben. Scott ist der Beste. Er ist beeindruckt von dir, und er will dich. Er hätte dich genommen, als du angekommen bist, aber ich hatte die erste Wahl. Wenn du dagegen mit mir kommen willst, dann komm mit. In anderthalb Stunden sind wir in New Orleans. Kein großes Mysterium. Und wir kommen wieder hierher zurück.«

»Hmmm. Krabben kreolisch und Kaffee mit Zichorien«, sagte ich mit angehaltenem Atem. Wirklich auf dem Weg zum Mond, zur Venus und zum Mars gleichzeitig.

»Idiot«, murmelte sie. »Wie wär's mit Hummer und Dixie-Bier?«

Ich mußte lachen. Ich konnte nicht anders. Und je ernster sie wurde, um so mehr mußte ich lachen.

»Verdammt, entscheide dich endlich«, fauchte sie.

Das Fahrzeug blieb vor einem Tor neben einem beleuchteten Glashaus stehen. Wir befanden uns zwischen zwei elektronischen Scannern. Weiter vorn war ein höherer Zaun.

»Nichts ist so wertvoll wie die Zeit, wenn man große Entscheidungen zu treffen hat«, lachte ich.

»Du kannst zurückgehen«, sagte sie. Sie war echt zittrig. Ihre Augen glänzten unter der Hutkrempe. »Niemand wird dir einen Fluchtversuch unterstellen oder sagen, du hättest die Kleider gestohlen. Ich rufe sofort an und sage Bescheid.«

»Spinnst du? Natürlich komme ich mit.« Ich küßte sie.

»Fahr weiter«, befahl sie dem Fahrer und versetzte mir einen kräftigen Stoß in die Rippen.

Das Flugzeug war ein Turbo-Jet-Monster, dessen Motoren dröhnten, als wir vorfuhren. Sie sprang heraus, noch ehe das Fahrzeug stand, und stieg die Metallstufen hinauf. Wieder mußte ich rennen, um sie einzuholen – ich glaube, sie bewegte sich schneller als irgendeine Frau, die ich je getroffen hatte –, und die beiden Trottel kamen mit dem Gepäck hinter uns her.

Das luxuriöse Innere war in Braun- und Goldtönen gehalten, acht Clubsessel im Halbkreis im Salon. Ein Schlafzimmer im Hintergrund und ein vollständiger Billardsaal mit einem großen Bildschirm auf der Vorderseite.

Zwei ältere Männer, beide sehr gediegen, in häßlichen, dunklen Anzügen, sprachen über ihren Drinks mit gedämpfter Stimme spanisch miteinander. Beide machten Anstalten aufzustehen, aber Lisa winkte ihnen, sitzen zu bleiben.

Ehe ich etwas sagen oder tun konnte, ließ sie sich auf den Einzelsitz zwischen den beiden und dem Fenster gleiten, und mir blieb keine andere Wahl, als mich endlose eineinhalb Meter von ihr entfernt hinzusetzen.

Eine Stimme knisterte durch das Lautsprechersystem: »Startklar. Anruf für Lisa auf Leitung eins.«

Ich sah das Telefonlämpchen geräuschlos neben ihr blinken. Dann das kleine Intercom-Gerät, das sie mit einer Handberührung aufklappte.

»Starte, wir sind bereit«, sagte sie. »Gurt anschnallen, Mr. Slater.« Sie schaute durch das Fenster aus dickem, trübem Glas.

Die Stimme klang wieder über das Heulen der Motoren hinweg. »Lisa, sie sagen, es wäre dringend. Nimm bitte ab.«

»Darf ich Ihnen etwas zu trinken bringen, Sir?« Der Steward beugte sich nah an mein Ohr.

Die zwei Südamerikaner – ich war sicher, daß sie das waren – waren ein wenig zusammengerückt, und ihre Stimmen waren lauter geworden, um alles andere auszuschalten.

»Ja«, sagte ich mißgestimmt und funkelte die beiden Mistkerle und Lisa neben ihnen an. »Scotch, zwei Finger, mit etwas Eis.«

»Ich rufe später an«, sagte Lisa durchs Intercom. »Los.« Sie drehte ihr Gesicht zum Fenster und zog sich den Hut über die Augen.

20
ELLIOTT
Losgelassen

Als wir endlich landeten, war ich soweit, daß ich jemanden hätte umbringen können. Ich war außerdem ein bißchen betrunken. Sie blieb die ganze Zeit auf dem Fensterplatz neben den beiden Typen aus Argentinien sitzen, und ich zerfetzte beinahe den Filz des Billardtischs, wo ich gegen mich selber spielte, während der Steward, der gut genug aussah, um vergewaltigt zu werden, mein Glas ständig nachfüllte.

La Poupée, ein fabelhafter surrealistischer, französischer Film, den ich eigentlich liebe, mit einem inzwischen verstorbenen tschechischen Schauspieler, den ich eigentlich auch liebe, flimmerte, von allen ignoriert, stumm über den riesigen Bildschirm.

Sobald wir dann auf dem Flughafen von New Orleans gelandet waren (natürlich regnete es, in New Orleans regnet es *immer*), verschwanden die beiden Argentinier, und wir setzten uns allein auf den Rücksitz einer lächerlich riesigen, silbernen Limousine.

Sie saß auf dem grauen Samtsitz und starrte auf den toten Bildschirm direkt vor ihr, die Knie zusammengepreßt, und drückte mein Buch an sich, als wäre es ein Teddybär. Ich legte den Arm um sie und stieß ihr den Hut vom Kopf.

»In zwanzig Minuten sind wir im Hotel. Hör auf«, sagte sie. Sie sah schrecklich und schön aus. So, wie jemand auf einer Beerdigung schrecklich und schön aussieht.

»Ich will nicht aufhören«, sagte ich und fing an sie zu küssen. Meine Hände befühlten sie durch den Samt, durch die dicken Nähte der Hose, die schweren Ärmel der Jacke. Dann knöpfte ich ihre Jacke auf.

Sie drehte sich mir zu, drückte ihre Brüste gegen mich, und dann spürte ich diesen fatalen elektrischen Schlag, diese vernichtende Hitze. Ich zog sie an mich, und wir legten uns der Länge nach zusammen auf den Sitz. Ich zerrte an ihren Kleidern, oder wenigstens zog und schob ich daran herum, versuchte sie nicht kaputtzumachen, sondern sie aufzumachen. Ich machte die Erfahrung, wie schwierig es ist, ein Männerhemd von einer Frau runterzukriegen oder eine Frau wirklich durch ein Männerhemd hindurch zu fühlen.

»Hör auf«, sagte sie. Sie hatte ihren Mund zurückgezogen und drehte sich mit geschlossenen Augen zur Seite. Sie keuchte, als wäre sie vom Rennen aus der Puste. Ich versuchte, mich ein bißchen hochzustützen, um sie mit meinem Gewicht nicht platt zu drücken, und küßte ihren Backenknochen, ihre Haare und ihre Augen.

»Küß mich, dreh dich um und küß mich«, sagte ich und zwang ihr Gesicht zu mir. Und wieder dieser Stromstoß. Ich lief Gefahr, in meiner Hose zu kommen.

Ich setzte mich auf und drehte sie ein bißchen herum. Sie krabbelte in die Ecke. Ihr Haar löste sich aus dem Knoten.

»Schau, was du angerichtet hast«, keuchte sie, aber das hieß nichts.

»Das ist wie zu Highschool-Zeiten, verdammt noch mal«, sagte ich.

Ich schaute hinaus in die flache, heruntergekommene Landschaft von Louisiana, auf die Lianengewächse, die die Telegrafenmasten umrankten, die verfallenen, grasüberwucherten Motels, die verrotteten Fast-food-Buden. Jedes Zeichen des modernen Amerika wirkte hier wie ein Missionars-Außenposten, wie Schrott, der aus Kolonisierungsversuchen stammte, die wieder und wieder fehlgeschlagen waren.

Inzwischen hatten wir beinahe die eigentliche Stadt erreicht, und ich liebe die Stadt. Lisa hatte ihre Bürste aus der Tasche geholt. Ihr Gesicht war gerötet, und sie zog alle Haarnadeln heraus, um ihr Haar zu befreien. Ich genoß es zuzuschauen, wie es schattengleich herunterfiel und sie einhüllte.

Ich packte sie und küßte sie wieder, und diesmal legte sie sich zurück und zog mich mit. Ich küßte sie und küßte sie und verschlang einfach das Innere ihres Mundes.

Sie küßte wie keine andere Frau, die ich je geküßt hatte. Ich wußte nicht genau zu sagen, was es eigentlich war. Sie küßte, als hätte sie es gerade entdeckt, als wäre sie von einem anderen Planeten gefallen, wo man das nie tut, und als sie die Augen schloß und mich ihren Hals küssen ließ, mußte ich wieder aufhören.

»Ich möchte dich in Stücke reißen«, sagte ich zähneknirschend. »Ich möchte dich zerfetzen, ich möchte in dich hinein.«

»Ja«, sagte sie, aber sie war dabei, Hemd und Jacke zuzuknöpfen.

Wir rollten die Tulane Avenue entlang, auf die leise, unwirkliche Art der Limousinen, als bewegte man sich unsichtbar durch die äußere Welt. Auf der Höhe von Jeff Davis bogen wir nach links, und ich packte sie wieder und küßte sie. Als sie sich diesmal zurückzog, befanden wir uns in diesen engen, kleinen, von Reihenhäusern gesäumten Straßen und bewegten uns auf das Herz der Altstadt zu.

21
ELLIOTT
Über die Schwelle

Am Hotelempfang war sie einfach wunderschön, das Haar über die Schultern zurückgeworfen, den Hut schief auf dem Kopf, mit offenem Hemdkragen, aber sie zitterte so heftig, daß sie den Kugelschreiber kaum halten konnte.

Sie schrieb Lisa Kelly so krakelig wie eine alte Dame, und als ich mich mit ihr stritt, wessen American-Express-Karte wir benutzen würden, war sie völlig durcheinander und schwieg, als wisse sie nicht weiter. Ich siegte, und man nahm meine American-Express-Karte.

Der Ort, den sie ausgewählt hatte, war perfekt. Ein renoviertes spanisches Stadthaus, etwa zwei Blocks vom Jackson Square entfernt, und wir hatten das Dienstbotengebäude dahinter. Die violetten Steinplatten waren holprig, wie sie es in diesen alten Höfen in New Orleans immer sind, und der Garten war ein Dickicht aus riesigen, saftigen, glänzenden grünen Bananenstauden, rosa Oleander und Jasmin, der über Ziegelmauern rankte, und hier und da ein paar Lampen wie Laternen.

Die Brunnennymphe war von grünem Moos überzogen und das Wasser von Iris überwuchert. Das Dröhnen einer Jukebox drang von irgendwoher aus dem Häuserblock: »Beat it« von Michael Jackson. Es brachte das wirkliche Leben, das ich in Kalifornien zurückgelassen hatte, lebhafter zurück als irgend etwas anderes hier. Aus der Nachbarschaft hörte man das Getöse von klappernden Restaurant-Töpfen und -Pfannen, und es roch nach Kaffee.

Sie zitterte noch heftiger, als wir zur Tür kamen, und ich nahm sie einen Augenblick in den Arm, während der Regen auf uns prasselte. Der kleine Garten war wie eine Symphonie aus

Wassergeräuschen auf Bananenblättern, Dach und den Pflanzen, als die zwei zauberhaftesten Mulattenkinder, die ich in der ganzen Welt je gesehen hatte, das Gepäck in die Hütte trugen.

Ich wußte nicht, ob die beiden Kinder Jungen oder Mädchen waren, und ich weiß es bis heute nicht. Sie trugen Khakishorts und weiße T-Shirts, sie hatten wächsern ölige Haut und dunkle, glänzende Augen wie die Hinduprinzessinnen auf indischen Gemälden. Sie glitten mit unseren Koffern beinahe schlaftrunken in das große, weißgetünchte Zimmer und stapelten alles aufeinander.

Sie hatte die Art von Gepäck, die man hat, wenn man im Privatflugzeug reist, alles zueinander passend aus karamelfarbenem Leder mit goldenen Initialen, und ungefähr soviel, wie Leute mitzunehmen pflegten, wenn sie 1888 die große Rundreise über den Kontinent antraten.

Ich gab den Kindern fünf Dollar, und sie sagten etwas mit Stimmen, wie man sie nur in New Orleans zu hören bekommt, leise, auf französisch und beinahe in Trance. Sie sahen eine Sekunde lang aus wie alte Männer, als sie fortgingen und mich anlächelten.

Sie starrte in das Zimmer, als wäre es eine Höhle voller Fledermäuse.

»Soll ich dich über die Schwelle tragen?« fragte ich.

Sie schaute mich an, als hätte ich sie erschreckt. Und etwas kam für einen Moment an die Oberfläche, ein wilder Blick, den ich nicht zu interpretieren verstand. Ich fühlte wieder diese Hitze. Ich wartete nicht auf ihre Antwort. Ich nahm sie auf den Arm und trug sie hinein.

Sie wurde wirklich rot. Sie begann zu lachen, als wolle sie es vertuschen, als dürfe sie nicht erröten.

»Lach nur«, sagte ich und stellte sie auf die Füße. Ich lächelte sie an und zwinkerte ihr zu, wie ich es mit allen Frauen im Gartenpavillon auf der Insel getan hatte. Nur hier kam es von Herzen.

Dann riß ich mich gerade lange genug von ihrem Anblick los, um mich umzuschauen.

Selbst in diesem alten Dienstbotenquartier war die Zimmerdecke über vier Meter hoch. Das Mahagonibett mit vier Bettpfosten war riesig, mit einem alten, seidenen Hochzeitshimmel darüber, mit allem Drum und Dran: Engelchen und Rosenblüten und Stockflecken, als habe es irgendwann mal hereingeregnet. Ein solches Bett hätte man in den Häusern, in denen ich gewohnt habe, nicht unterbringen können.

Ein Spiegel reichte von der marmornen Fußleiste bis zur Decke, ein Paar Schaukelstühle aus Walnußholz mit hohen Lehnen standen am Rand eines abgetretenen Perserteppichs. Große, breite Zypressenholzbohlen auf der gleichen Höhe wie die Steinplatten draußen und Fenstertüren über die ganze Zimmerlänge, genau wie in ihrem Zimmer im Club.

Bad und Küche brachen den Zauber ein wenig. Weiße Kacheln, Chrom-Armaturen, Mikrowellenherd, elektrische Kaffeemaschine, wie man sie in allen luxuriösen Motels findet. Ich schloß die Türen.

Es war nicht heiß genug für die Klimaanlage, und der Geruch des Regens war köstlich, also stellte ich die Anlage ab und ging hinaus, um die großen, grünen Fensterläden vor den Fenstertüren zu schließen, so daß uns niemand sehen konnte. Dann ging ich wieder hinein und machte sämtliche Glastüren auf, die wegen der Klimaanlage niemand mehr öffnete, verriegelte die Läden und öffnete die Schlitze, und sofort war das Zimmer wärmer, dampfender, süßer. Das Geräusch des Regens war wirklich laut. Ich schloß die Eingangstür.

Sie stand mit dem Rücken zur Lampe und schaute mir einfach zu.

Sie war naß und zerzaust. Ihr Lippenstift war ein bißchen verschmiert, und ihr Hemd war bis unter die Jacke aufgeknöpft. Sie hatte die Schuhe ausgezogen.

Ich ging hinüber, legte einen Arm um einen der Bettpfosten und betrachtete sie einfach, ließ die Lust aufsteigen, sich verdoppeln, verdreifachen, bis sie wieder flüssige Lava war.

Hier waren wir also, und es gab keine Trainer oder Aufseher, keine Knöpfe, um Hilfe herbeizurufen, nur uns beide in diesem

Zimmer. Ich wußte, daß sie darüber nachdachte, wie ich darüber nachdachte.

Was aber wollte sie? Und was wollte ich? Ihr die Kleider vom Leib reißen? Sie vergewaltigen? Man sagt, daß ein Mann, wenn er sexuell wirklich erregt ist, nicht »denkt«. Nun, ich dachte an jeden Augenblick mit ihr, an die Sportarkaden und das Zaumzeug und wie sich die Augenbinde angefühlt hatte, als sie sie über meine Augen legte, und die Riemen und ihre nackten Brüste und wie heiß sie waren und was ich in der Limousine zu ihr gesagt hatte, daß ich sie aufbrechen, in sie eindringen wolle. Nur hatte ich nicht Vergewaltigung gemeint, als ich das sagte. War ich dabei, sie zu enttäuschen?

Ich wollte etwas sagen, aber ich fand keine Worte. Ich glaube, ich wollte sie überfallen, aber nicht böse, nicht grausam, nicht mit Gewalt, nicht mit Kraft, sondern mit etwas anderem, etwas, das mir wichtiger und bedeutsamer und privater war.

Sie machte eine unsichere kleine Bewegung in Richtung des Betts. Ich spürte wieder ihre Hitze, sah sie unter ihrer Haut tanzen, und irgendwie tanzten ihre Pupillen in der gleichen Weise, als sie mich anschaute.

Ich ging zu ihr, nahm ihren Kopf in beide Hände und küßte sie einfach, die gleiche Art von nassem, langsamem Kuß mit geöffneten Mündern, wie wir uns wieder und wieder geküßt hatten, und sie fiel gegen mich und stöhnte laut auf. Da wußte ich, daß es perfekt sein würde.

Ich zog ihr die Jacke aus, riß die Weste auf und zog ihr das Hemd über den Kopf. Als sie sich vorbeugte, um ihren Gürtel aufzumachen, fiel ihr Haar über die nackten Brüste, und irgendwas an der Bewegung, dem geneigten Kopf, den Händen, die den Gürtel lösten und die Hose aufmachten, traf mich direkt ins Gehirn. Ich zog ihr die Hose herunter und hob sie heraus, drückte meine Finger dabei in ihren nackten Po.

Ich ließ mich vor ihr auf die Knie sinken und vergrub meinen Kopf in ihrem Geschlecht, küßte und leckte sie.

»Ich kann nicht, ich halt's nicht aus«, flüsterte sie. Sie krallte sich an meinen Kopf, drückte mich gegen sich und schob mich dann fort. »Es ist zu intensiv. Hör auf. Komm in mich rein«, sagte sie, »es ist zu … zu …«

Eine Sekunde später hatte ich mich meiner Kleider entledigt. Ich schob sie auf das Bett, bis sie ganz am Fußende saß, drückte ihre Beine auseinander und betrachtete ihr nacktes Geschlecht, wie es atmete, pulsierte, das Haar glänzend, die Lippen rosig und zitternd.

»Ich möchte dich in mir haben«, sagte sie. Ich schaute sie an, und für einen Moment sah sie einfach zu außergewöhnlich schön aus, um ein Mensch zu sein, so wie ihr Geschlecht zu wild, zu animalisch war, um menschlich zu sein. Zusammen rollten wir über das Bett, küßten uns und rieben unsere nackte Haut aneinander.

Ich spreizte ihre Beine wieder, und diesmal sträubte sie sich nicht.

Aber sie konnte nicht stillhalten. Sie warf sich unter mir hin und her. Ich leckte und küßte sie und tauchte meine Zunge in sie hinein, durchtränkt von ihrem sauberen, salzigen Holzkohlenduft, und ich leckte an dem seidigen Haar. Sie wurde absolut wahnsinnig. Sie krallte sich wieder in meine Haare und sagte, ich solle mich auf sie legen. Aber ich konnte noch nicht aufhören, ich mußte noch ein bißchen weitermachen, sie schmecken, sie so besitzen, in sie eintauchen.

Ich drehte mich in die 69er-Stellung und fühlte, wie ihr Mund meinen Schwanz zu fassen bekam. So war sie einverstanden damit, daß ich sie lutschte und leckte. Sie saugte kräftig und leidenschaftlich wie ein Mann, als ob sie es gern täte. Sie lutschte kräftiger und kräftiger, die Hand um meinen Schwanz gelegt, ihr Mund wirklich naß und stetig. Ich war in ihr Geschlecht getaucht, lotete seine Tiefen mit der Zunge aus, war naß von ihr, übervoll von ihr, und ihre Finger streichelten und kratzten über die Striemen auf meinem Rücken. Ich wich zurück, um sie wissen zu lassen, daß ich kommen würde, doch sie umklammerte mich mit ihren Armen um so fester, und als ich in ihrem Mund kam, fühlte ich, wie ihre köstliche kleine Möse sich zusammenzog, ihre Hüften sich gegen mich stemmten und dieser kleine

Mund unter meinem Mund zuckte und ihr ganzer Leib aufloderte. Es dauerte fort und fort. Ich hörte ihr Stöhnen und ihre kleinen Schreie. Sie kam in einer Kettenreaktion von Explosionen.

Ich lag da und dachte daran, daß ich das noch nie mit einer Frau gemacht hatte. Wahrscheinlich mit mindestens fünfhundertachtundsechzig Männern, aber nie mit einer Frau in dieser Stellung. Und ich hatte es immer schon tun wollen. Aber was ich vor allem dachte, war, daß ich sie liebte, wirklich liebte.

Das zweite Mal war wesentlich geruhsamer. Wir fingen nicht sofort wieder damit an.

Ich glaube, ich habe eine halbe Stunde geschlafen. Irgendwann hörte ich wieder den Regen, der etwas langsamer fiel, die Töne, diese Symphonie der Regentropfen auf tausend Oberflächen und das Fließen des Wassers in Regenrinnen und Gullys.

Dann stand ich auf und knipste das Licht aus. Wir kuschelten uns wieder aneinander, aber diesmal war ich hellwach. Ich sah die Regentropfen wie winzige Lämpchen an den Schlitzen der grünen Fensterläden hängen und hörte all die unterschiedlichen Geräusche, die das Französische Viertel kennzeichnen, die gedämpften Klänge aus den Clubs der Bourbon Street einen Block entfernt, das laute Dröhnen der Autos in den engen Straßen, jene Jukebox, die irgendeinen älteren Rhythm-and-Blues-Song plärrte. Der Geruch von New Orleans. Geruch von Erde und Blumen.

Wir fingen irgendwann wieder an. Zärtlich diesmal. Wir küßten uns von oben bis unten ab. Wir küßten einander die Achselhöhlen, die Brustwarzen, den Bauch. Die Innenseite der Schenkel und die Kniekehlen.

Ich ging in sie hinein, sie hatte den Kopf weit nach hinten gebogen und gab sich ganz und gar hin. Und wieder ihre kleinen Schreie, »So, gut, ja, ja, ja«, als ich in ihr kam.

Als es vorüber war, wußte ich, daß ich hundert Jahre schlafen würde. Ich stützte mich auf einen Ellbogen, wiegte sie im Arm und schaute sie an. »Ich liebe dich«, sagte ich.

Sie hatte die Augen geschlossen. Sie runzelte einen Moment

lang die Stirn, dann drückte sie mich ganz fest an sich. »Elliott«, sagte sie, als habe sie Angst, wirklich Angst. Und sie lag einfach neben mir und hielt mich fest.

Eine kleine Weile später, schläfrig, kam mir in den Sinn, ihr zu sagen, daß ich das bisher noch nie zu jemandem gesagt hatte, aber es klang arrogant. Was war daran so Besonderes? Es hieß einfach nur, daß ich so was wie ein Armleuchter war. Ich war zu schlaftrunken, um irgendwas zu sagen, und sie lag an mich gekuschelt da. Sie hatte mir nicht wirklich geantwortet, aber warum sollte sie auch? Oder vielleicht hatte sie's doch?

Sie war jetzt knospenzart und süß, und ihr Parfüm und ihre Säfte mischten sich zu diesem überwältigenden Duft, der die Lust wieder in Wellen über mich kommen ließ.

Zwei Stunden später schreckte ich auf. Ich wollte nicht mehr schlafen, egal wie müde ich war.

Ich stand auf, öffnete meine Koffer und nahm ein paar Kleider heraus. Meine Augen waren an die Dunkelheit gewöhnt, und durch die Schlitze in den Fensterläden drang genügend Licht, um alles zu sehen. Mir wurde bewußt, daß ich keine Ahnung hatte, wie lange wir hierbleiben würden. Ich konnte nicht daran denken, jetzt sofort in den Club zurückzukehren. Was hatte sie noch gesagt? Es sei »ein ziemlicher Hammer, rein- und rauszugehen«.

Sie setzte sich auf, schlang die Arme um die Knie und beobachtete mich.

Ich zog einen weißen Rollkragenpulli an, Khakihosen und die einzige saubere Safarijacke, die in dem Koffer war. Es war die beste von allen, eine Militärjacke aus einem Militärladen, und sie war nicht allzusehr verknittert. Außerdem liebte ich sie. Ich zog sie nie an, ohne an einige der Orte zu denken, wo ich sie getragen hatte. El Salvador zum Beispiel. Nein, keine besonders angenehme Erinnerung. Aber Kairo, ja, und Haiti natürlich und Beirut, sicher, und Teheran und Istanbul und Dutzende von anderen, seltsamen Erinnerungen.

Sie stand auf, und eine Sprungfeder schnappte in meinem Inneren recht wohltuend, als ich sah, daß sie anfing, alles auszupacken. Keine Lederröcke oder Stiefel. Sie hängte hinreißende Samtanzüge und kleine schmale Kleidchen auf und warf Dutzende von hochhackigen Schuhen ins unterste Fach des Schranks.

Dann zog sie ein dunkelblaues, gepunktetes Seidenkleid an, das sich weich über ihre Kurven legte, mit breiten Manschetten, die ihre Hände noch länger aussehen ließen, und weiten Ärmeln und Smok-Stickerei auf den Schultern. Sie band sich den Stoffgürtel um die Taille, so daß der Rocksaum über ihre Knie gehoben wurde und ihre Brüste zu dunklen Spitzen unter der Seide wurden. Sie machte sich zum Glück keine Mühe mit Strumpfhosen und zog ein Paar dunkelblauer Lederschuhe mit Absätzen wie Eispickel an.

»Nein, tu das nicht«, sagte ich. »In dieser Stadt kann man wunderbar herumlaufen. Wir können einen Spaziergang machen, wenn wir gegessen haben. Sie ist völlig eben. Zieh dir ein Paar flache Schuhe an, damit wir zu Fuß gehen können.«

Sie sagte, »in Ordnung«. Sie wählte ein Paar braune Naturledersandalen mit niedrigerem Absatz aus. Sie bürstete sich das Haar, setzte die Sonnenbrille auf den Kopf, um das Haar aus dem Gesicht zu halten, räumte alle persönlichen Sachen aus einer schwarzen Handtasche in eine braune Ledertasche, dann waren wir fertig.

»Wo gehen wir hin?« fragte sie.

Die Frage überraschte mich. Ich dachte, sie träfe die Entscheidungen.

»Nun, Manale's ist auf der Napoleon Avenue«, sagte ich. »Es ist neun Uhr. Vielleicht müssen wir auf einen freien Tisch warten, aber wir könnten an der Bar ein paar Austern essen.«

Sie nickte zustimmend und lächelte unsicher, ein wirklich hübsches Lächeln.

»Die Limousine hast du nicht behalten, oder?« fragte ich und ging zum Telefon. »Ich werde ein Taxi bestellen.«

22

ELLIOTT
Die erste Schicht

Im Taxi sprachen wir nicht miteinander. Ich wußte nichts zu sagen. Da war nur diese klopfende Erregung, mit ihr zusammenzusein, und die Freude, wieder in New Orleans zu sein, unter den Eichen die Saint Charles Avenue entlang in Richtung Napoleon zu fahren und an all die Dinge zu denken, die wir tun konnten, wenn sie uns hierbleiben ließ. Uns ließ, uns ließ, uns ließ. Beinahe hätte ich sie gefragt, ob dergleichen oft geschah, aber im Augenblick wollte ich es nicht wissen. Oder vielleicht überhaupt nicht.

Als ich vor Jahren Manale's entdeckt hatte, brauchte man nie zu warten, aber inzwischen kennt es alle Welt. Die Austernbar war so voll, daß wir einander kaum hören konnten, aber wir stürzten uns direkt auf zwei Dutzend Austern und zwei Bier.

»Wann bist du zum erstenmal in New Orleans gewesen?« fragte sie. Sie trank ihr Bier so schnell wie ich und verschlang genüßlich die Austern. Sie klang natürlich, so als wären wir einfach ein Pärchen bei einem Rendezvous. »Ich bin in meinen ersten Ferien vom Club hierher gekommen«, sagte sie. »Verliebte mich in die Stadt. Seither, wann immer ich für ein paar Tage weg muß, komme ich her.«

»Urlaub mit den Eltern«, sagte ich. »Meistens zum Karneval.« Die Austern und das Bier waren göttlich. »Sie nahmen mich jedes Jahr aus der Schule, um diese Woche hier verbringen zu können.«

Ich erzählte ihr von dem kleinen Hotel in der Saint Charles Avenue, wo wir immer gewohnt hatten – sie kannte es, »großartig«, sagte sie –, und dann vom Austernfest und vom Gumbofest in Cajun Country.

»Ja, das wollte ich auch immer«, sagte sie, »nach Cajun Country. Ich bin mehrmals beinahe hingefahren, aber ich liebe diese Stadt so sehr …«

»Ich weiß, was du meinst«, sagte ich und küßte sie auf die Wange.

»Ich mache immer wieder Fotoreportagen über New Orleans, nur um einen Grund zu haben, hierherzukommen«, sagte ich. Der Kuß hatte sie überrascht. Jedesmal, wenn ich sie küßte, war sie überrascht. »Es wird miserabel bezahlt«, sagte ich. »Gewöhnlich gebe ich mehr aus, als ich verdiene. Aber ich kann nicht widerstehen. In den letzten fünf Jahren habe ich zehn Artikel geschrieben.«

»Dann freust du dich also … daß wir … daß wir hergekommen sind?«

»Soll das ein Witz sein?« Ich versuchte, ihr wieder einen Kuß zu geben, doch sie drehte sich weg, als hätte sie es nicht bemerkt. Sie trank einen großen Schluck Bier.

Sie erzählte, daß sie einmal ganz allein sechs Wochen hier in einer Wohnung nahe der Washington Avenue verbracht habe, wo sie nichts getan hatte, als zu lesen und nachmittags spazierenzugehen. Es sei, da hätte ich recht, fabelhaft, hier spazierenzugehen.

Ihr Verhalten änderte sich. Sie wurde ganz sanft. Sie lächelte. Ihre Wangen waren ein klein wenig gerötet.

Ich glaube, im Club war sie sich immer bewußt, daß Leute sie beobachteten, wahrscheinlich mehr als jeden Sklaven. Und hier ließ sie sich einfach laufen, aß ihre Austern, trank ihr Bier und genoß jeden Krümel, jeden Tropfen.

Gegen zehn Uhr war ich in einer Hochstimmung, die man nur vom Bier bekommt, und wenn man lange nichts getrunken hat.

Wir saßen in dem dicht besetzten Speisesaal unter den grellen Lampen, alle Leute redeten laut, und sie strich Butter auf das Brot, erzählte locker und angeregt von ihrem einen großen Ausflug, von diesem Haus auf einer Plantage, wo sie allein hingefahren war. Sie hatte ein Auto gemietet und war nach Saint Jacques Parish gefahren.

Sie hatte nur dieses alte, verfallene Haus sehen wollen, und es gab niemanden, der mitgekommen wäre, also fuhr sie allein. Sie sprach von dem Gefühl der Machtlosigkeit, daß sie, selbst in Kalifornien, wo sie aufgewachsen war, nichts allein unternehmen konnte und daß sie es aus unerklärlichen Gründen hier nicht hatte. Hier machte sie alle Unternehmungen allein. Sie war hinreißend angeregt, ihr Hals und ihre Hände waren außerordentlich graziös, und das Kleid warf im Lampenschein die Schatten an die richtigen Stellen.

Dann kamen die Barbecue-Garnelen, absolut phantastisch, und sie machte sich sofort darüber her.

Ich glaube nicht, daß ich eine Frau lieben könnte, die diese Barbecue-Garnelen nicht zu essen vermag. Das Gericht wird keineswegs auf dem Rost gegrillt. Es ist eine Riesengarnele, die mitsamt Kopf und Schale in einer tiefen Schüssel in einer scharfen Soße im Backofen gegart wird. Sie bringen sie genau so auf den Tisch. Man muß den Kopf abreißen und die Schale entfernen, alles mit den Fingern. Es macht einen zum Feinschmecker, dann zum Schlemmer und schließlich zum Barbaren. Man trinkt weißen oder roten Wein dazu, aber am besten paßt Bier, darin stimmte sie mir zu. Wir tranken jeder drei weitere Gläser Heineken, tauchten das französische Brot in die Soße und putzten unsere Teller sauber, als wir fertig waren. Ich hatte Lust auf mehr.

»Ich bin schier am Verhungern«, sagte ich. »Ich habe nichts als Schlabberkram gegessen, seit ich ins Gefängnis kam. Ich habe gesehen, was die Mitglieder zu essen kriegen. Warum füttert ihr die Sklaven mit solchem Schlabberkram?«

Sie lachte laut auf.

»Damit sich dein Bewußtsein auf Sex konzentriert«, sagte sie. »Sex muß das einzige Vergnügen sein, das du hast. Wir können doch nicht zulassen, daß du dich auf das Abendessen freust, wenn du mit einem neuen Mitglied Liebe machen sollst, verstehst du? Und nenn es nicht ein Gefängnis. Es sollte der Himmel auf Erden sein.«

»Oder die Hölle«, lachte ich. »Ich habe mich immer gefragt,

wie wir Masochisten, denen es irgendwie gelingt, gerettet zu werden, den Engeln je werden begreiflich machen können, daß wir uns lieber von ein paar Teufeln quälen lassen. Ich meine, wenn es der Himmel sein soll und es gibt keine Teufel, dann ist das wirklich die Hölle.«

Das zündete echt. Eine Frau zum Lachen zu bringen ist das Zweitbeste.

Ich bestellte noch ein Garnelengericht, und wir stürzten uns beide darauf. Inzwischen lichtete sich die Menge im Speisesaal. Tatsächlich waren wir die letzten Gäste im Manale's; ich bestritt die ganze Unterhaltung und redete darüber, wie man New Orleans fotografieren sollte und wie nicht, und dann fragte sie mich, wie ich zur Fotografie gekommen sei und wann ich den Doktor in Englisch gemacht habe und was die beiden, der Doktorgrad und die Fotografie, miteinander zu tun hätten.

»Gar nichts«, sagte ich. Ich blieb auf der Schule, solange es ging, erhielt wirklich eine Gentleman-Ausbildung, las sämtliche großartigen Bücher dreimal. An der Fotografie arbeitete ich, darin war ich gut, sie liebte ich.

Wir bestellten zwei Tassen Kaffe, bevor wir gingen und die Napoleon Avenue Richtung Saint Charles entlangspazierten. Es war eine beinahe perfekte New-Orleans-Nacht, ganz und gar nicht heiß, kein Wind und die Luft so, daß sie sich beinahe aufdrängte, eingeatmet zu werden.

Ich sagte wieder, daß es zum Spazierengehen keine bessere Stadt in der Welt gebe. Wenn man versucht, in Port-au-Prince herumzulaufen, bleibt man im Schlamm stecken, die Bürgersteige taugen nichts, und die Kinder lassen einen nicht in Ruhe, bis man einem was zahlt, damit er die anderen verscheucht. In Kairo kriegt man Sand in Augen und Haare. In New York ist es entweder zu heiß oder zu kalt, oder man wird überfallen. In Rom wird man an jeder Straßenkreuzung beinahe überfahren. San Francisco ist zu hügelig, um irgendwo anders als auf der Market Street herumzulaufen; der flache Teil von Berkeley ist zu häßlich. London ist zu kalt, und im Gegensatz zu dem, was alle sagen, habe ich als Spaziergänger Paris als unfreundlich empfunden, alles grau und aus Stein und zu viele Leute. Aber New Orleans. Das Pflaster ist warm, die Luft wie Seide, überall stehen große, ausladende, üppige Bäume, die ihre Äste genau in der richtigen Höhe ausgebreitet haben, als hätten sie gewußt, daß wir kommen.

Die ganze Saint Charles Avenue entlang sieht man wunderschöne Häuser.

»Und wie ist es in Venedig?« fragte sie. »Was kann denn besser sein, als in Venedig herumzulaufen?« Sie legte den Arm um mich und drückte sich an mich. Ich küßte sie, und sie sagte leise, daß wir vielleicht in ein paar Tagen nach Venedig fahren würden, aber warum jetzt daran denken, wo wir doch gerade in New Orleans seien.

»Meinst du das im Ernst?« fragte ich. »Können wir so lange wegbleiben?« Ich küßte sie und legte den Arm um sie.

»Wir fahren zurück, wenn ich es entscheide, es sei denn, du willst zurück.«

Ich nahm ihr Gesicht in die Hände und küßte sie. Ich hielt das für eine Antwort, und allein der Gedanke davon, wer wir waren und wo wir herkamen, erregte mich wieder. Ich wollte nirgendwo auf der Welt sein, wo sie nicht war. Aber der Ort auf Erden, wo ich am liebsten mit ihr zusammensein wollte, war hier.

Sie ging, die linke Hand auf meiner Brust, ein bißchen an mich gelehnt. Eine Straßenbahn kam ratternd vorbei, eine beleuchtete Kette leerer Fenster. Das gewölbte Dach war naß, und das erinnerte mich daran, daß es geregnet hatte. Wahrscheinlich regnete es in der Altstadt noch immer. Na und? Der Regen war wie alles andere hier, er hinderte einen nicht am Flanieren.

Als wir zur Louisiana Avenue gelangten, hatte ich sie wieder zum Erzählen gebracht, und sie berichtete mir ziemlich beunruhigende Sachen, wie zum Beispiel, daß sie tatsächlich nie ein wirkliches Leben außerhalb des Clubs geführt habe, daß sie die vier Jahre in Berkeley wie in einem Traum durchlebt habe, in der Hauptsache mit heimlicher S&M-Arbeit bei Martin in San Francisco beschäftigt.

Die Universität war für sie ungefähr das gleiche gewesen wie für mich, ein Ort, wo man stille Plätzchen zum Lesen finden konnte.

Eine seltsame Verlegenheit überkam mich, weil sie das Haus in San Francisco, wo ich S&M zum erstenmal erlebt hatte, und weil sie Martin kannte. Aber sie kannte Martin nicht nur, sie war mit ihm befreundet, hatte bei ihm gearbeitet. Sie kannte die Räumlichkeiten des Hauses, und wir sprachen ein Weilchen darüber, aber ich fuhr fort, ihr persönliche Fragen zu stellen, zum Beispiel, wo sie in Berkeley gewohnt habe, wie ihre Familie dorthin gelangt sei. Wenn sie von Martin sprach, lag Hochachtung in ihrer Stimme.

»Ich taugte einfach nicht für das normale Leben«, sagte sie, »und ich war absolut untauglich für das Kindsein.«

»Das habe ich noch nie gehört«, lachte ich, umarmte und küßte sie.

»Ich wußte nie, was Kindheit eigentlich sein soll. Ich hatte dunkle, seltsame sexuelle Gefühle, als ich noch ganz klein war. Ich wollte berührt werden und dachte mir Geschichten aus. Ich fand die Kindheit beschissen, um die Wahrheit zu sagen.«

»Auch in Berkeley mit all der Liberalität und der freizügigen Lebensweise und der intellektuellen Problematisierung eines jeden Schrittes, den man tut?«

»Für mich war das nicht so«, sagte sie. »Martins Haus war der Ort intellektueller Freiheit.« Sie ging mit angenehm leichtem Schritt neben mir. Wir legten die Avenue unter den filigranen Schatten der Blätter in einer guten Zeit zurück, entlang an großen, weißen Veranden, den niedrigen schmiedeeisernen Zäunen, den Gartentoren.

Ihr Vater war ein katholischer Ire aus der alten Garde, der das College in St. Louis besucht hatte und am Jesuiten-College in San Francisco unterrichtete. Ihre Mutter war eine dieser altmodischen Frauen, die zu Hause blieben, bis ihre vier Kinder herangewachsen waren, um dann in der Stadtbibliothek zu arbeiten. Sie waren in die Hügel von Berkeley gezogen, als Lisa noch ein kleines Mädchen gewesen war, weil sie die Hitze in der Ostbucht mochten und die Hügel schön fanden. Das übrige Berkeley haßten sie.

Ich kannte die Straße, sogar das Haus, ein großes, verlottertes, mit braunen Schindeln gedecktes Gebäude an der Mariposa, und ich hatte sogar häufig die Lichter in der großen Bibliothek gesehen, wenn ich dort vorbeifuhr.

Dort las ihr Vater Teilhard de Chardin und Maritain und G.K. Chesterton und all die katholischen Philosophen. Er las lieber, als mit Leuten zu reden; er war bekannt für seine Unfreundlichkeit und Kälte. In bezug auf Sex hielt er sich an die Vorgaben von Augustinus und Paulus. Keuschheit war sein Ideal. Aber er konnte es nicht praktizieren. Sonst wäre er Priester geworden. Genaugenommen war ihm Sex etwas Schmutziges. Homosexuelle sollten enthaltsam leben. Sogar Küssen war eine Todsünde.

Ihre Mutter äußerte niemals eine andere Meinung; sie gehörte sämtlichen Kirchenorganisationen an, arbeitete auf Wohltätigkeitsveranstaltungen, bereitete jeden Sonntag ein großes Abendessen, gleich, ob die Kinder zu Hause waren oder nicht. Lisas jüngere Schwester war einmal gefährlich nahe daran gewesen, Playmate des Monats im *Playboy* zu werden, eine Familientragödie. Wenn eine seiner Töchter eine Abtreibung hätte oder nackt in einer Zeitschrift abgebildet wäre, sagte der Vater, würde er nie mehr mit ihr sprechen.

Er wußte nichts vom Club. Er glaubte, Lisa arbeite für ein privates Unternehmen irgendwo in der Karibik, wo die Leute, die dort hinkamen, wegen verschiedener Krankheiten behandelt wurden. Darüber mußten wir beide lachen. Er wollte, daß Lisa kündige und nach Hause käme. Ihre ältere Schwester hatte einen langweiligen Immobilienmillionär geheiratet. Die anderen drei waren alle auf katholische Schulen gegangen, nur Lisa hatte erklärt, sie gehe auf die Universität von Kalifornien oder sie studiere überhaupt nicht. Ihr Vater spottete über die Bücher, die sie las, und die Aufsätze, die sie schrieb. Lisa hatte ihre erste S&M-Erfahrung mit einem Berkeley-Studenten, als sie sechzehn war. Mit acht Jahren hatte sie ihren ersten Orgasmus gehabt und gedacht, sie wäre geisteskrank.

»Wir waren alle gute Katholiken«, sagte sie. »Wenn du unter Katholiken einfältige, dumme Leute verstehst, Bauern, die in den Hinterreihen der Großstadt-Kathedralen ihren Rosenkranz beten, dann kennst du meinen Vater nicht. Alles, was er sagt, hat dieses fürchterlich intellektuelle Gewicht, diesen konstitutionellen Puritanismus, diese Sehnsucht nach dem Tod.«

Er war ein hochintelligenter Mann, liebte die Künste und sorgte dafür, daß seine Töchter viel über Malerei und Musik lernten. Sie hatten einen Flügel im Wohnzimmer und echte Gemälde an den Wänden, Radierungen von Picasso und Chagall. Ihr Vater hatte vor vielen Jahren Mirandi und Miro gekauft. Als Lisas jüngere Schwester sechs Jahre alt war, verbrachten sie jeden Sommer in Europa. Sie wohnten ein Jahr in Rom. Ihr Vater beherrschte die lateinische Sprache so gut, daß er sein Tagebuch in Latein führte. Wenn ihr Vater je etwas über den Club oder über ihr verborgenes Leben erführe, würde das seinen Tod bedeuten.

»Eines kann ich jedoch zu seinen Gunsten sagen, und du wirst es vielleicht verstehen, wenn überhaupt jemand es verstehen kann. Er ist ein hochgeistiger Mann, wirklich ein geistiger Mensch. Ich habe nicht viele Leute kennengelernt, die wirklich ihren Glauben leben so wie er. Und das Komische daran ist, daß auch ich nach meinem Glauben lebe, absolut. Der Club ist der ganze Ausdruck dessen, was ich glaube. Ich habe eine Philosophie des Sex. Manchmal wünsche ich mir, ich könnte mit ihm darüber sprechen. Er hat eine Tante und eine Schwester, die Nonnen sind. Eine bei den Trappisten, eine bei den Karmeliterinnen. Sie leben in Klöstern. Ich würde ihm gern erzählen, daß ich ebenfalls eine Art Nonne bin, weil ich erfüllt bin von dem, was ich glaube. Du kannst verstehen, was ich meine. In gewisser Weise ist es ein Witz, bei Lichte betrachtet. Wenn Hamlet zu Ophelia sagt: ›Geh in ein Kloster‹, meint er in Wirklichkeit ein Bordell, keineswegs ein Kloster.«

Ich nickte, ein wenig verblüfft.

Ihre Geschichte erschreckte mich, und ich drückte sie fest an mich, während sie sprach. Ihr Eifer und ihre Intensität waren hinreißend, ebenso die Direktheit und Ehrlichkeit ihres Ausdrucks. Ich genoß die Einzelheiten, die sie beschrieb, ihre erste Kommunion, das Hören von Opernmusik in der Bibliothek mit ihrem Vater, das Davonschleichen zu Martins Haus in San Francisco, um dort, und nur dort, das Gefühl zu haben, wirklich lebendig zu sein.

Als ich an der Reihe war, erzählte ich ihr von meinem Vater, der ein Atheist war und aus tiefstem Herzen an sexuelle Freiheit glaubte. Ich erzählte, wie er mich, als ich noch ein Teenager war, nach Las Vegas gefahren hatte, um gevögelt zu werden, wie er meine Mutter verrückt machte, weil er wollte, daß sie mit ihm zum Nacktbadestrand ging, und wie sie sich schließlich scheiden ließ – eine mittlere Katastrophe, von der sich niemand von uns wirklich erholt hatte. Sie gab Klavierunterricht in Los Angeles und begleitete einen Gesanglehrer und kämpfte ständig mit meinem Vater um kümmerliche fünfhundert Dollar Unterhalt monatlich, weil sie nicht genug verdiente. Mein Vater war reich. Seine Kinder ebenfalls, weil sein Vater uns Geld hinterlassen hatte. Aber meine Mutter hatte nichts.

Mich machte es wütend, darüber zu reden, also wechselte ich das Thema. Ich hatte meiner Mutter einen Scheck über hunderttausend Dollar gegeben, bevor ich zum Club abgereist war. Ich hatte ihr ein Haus gekauft. Sie hatte einen ganzen Haufen schwuler Freunde, die ich nicht ausstehen konnte, Frisör-Typen, und sie war auf eine unscheinbare Weise noch immer hübsch, doch sie glaubte nicht an sich.

Mein Vater war ein großer Umweltschützer in Nordkalifornien, kettete sich an Mammutbäume, um zu verhindern, daß sie gefällt würden, besaß ein gutgehendes Restaurant in Sausalito, zwei Pensionen in Mendocino und Elk und unzählige Morgen Land in Marin County. Er engagierte sich stark für die nukleare Abrüstung. Er besaß die größte pornographische Sammlung außerhalb des Vatikans. Doch S&M hielt er für krank.

Wieder mußten wir lachen.

Er hielt Sadomasochismus für widerlich, pervers, kindisch,

destruktiv und schwang Reden über Eros und Thanatos, und als ich ihm vom Club erzählte – ich hatte ihm gesagt, er befinde sich im Mittleren Orient –, drohte er mir, mich in die Nervenheilanstalt in Napa einweisen zu lassen. Aber dafür blieb ihm keine Zeit.

Mein Vater hatte kurz vor meiner Abreise ein einundzwanzigjähriges Mädchen geheiratet; sie war ein Dummkopf.

»Warum hast du ihm denn vom Club erzählt?« Sie konnte nicht aufhören zu lachen. »Du hast ihm detailgetreu berichtet, was du alles angestellt hast?«

»Warum nicht? Er hat auch in Las Vegas vor der Hotelzimmertür gewartet, während ich mit einer Nutte geschlafen habe. Ich erzähle ihm alles, wenn du es genau wissen willst.«

Sie lachte noch immer. »Ich frage mich, was aus uns beiden geworden wäre, wenn unsere Väter uns verlassen hätten, als wir noch klein waren.«

Wir hatten die Washington Avenue erreicht und gingen quer über die Pyrthania Street, um zu sehen, ob die Bar im Commander's Palace noch offen hatte. Sie war geöffnet, und wir tranken noch zwei Bier und redeten die ganze Zeit über unsere Eltern und was sie uns über Sex gesagt hatten und auch über andere Dinge, die nichts damit zu tun hatten. In Berkeley hatten wir die gleichen Lehrer gehabt, wir hatten die gleichen Bücher gelesen, die gleichen Filme gesehen.

Gäbe es den Club nicht, dann wüßte sie nicht, was aus ihr geworden wäre, Schriftstellerin vielleicht, aber das war nur ein Traum. Sie hatte nie etwas anderes geschrieben als ein S&M-Drehbuch.

Ihre Lieblingsbücher amüsierten mich irgendwie, aber ich liebte sie nur noch mehr deswegen. Es waren reichlich starke Sachen drunter, zum Beispiel *Fiesta* von Hemingway oder *Letzte Ausfahrt Brooklyn* von Hubert Selby oder *Nacht in der Stadt* von Rechy. Andererseits liebte sie auch *Das Herz ist ein einsamer Jäger* von Carson McCuller und *Endstation Sehnsucht* von Tennessee Williams.

»Mit anderen Worten«, sagte ich, »Bücher über sexuelle Außenseiter, Leute, die verloren sind.«

Sie nickte, aber es steckte noch mehr dahinter. Es war eine Frage der Energie und des Stils. Wenn es ihr dreckig ging, nahm sie *Letzte Ausfahrt Brooklyn* zur Hand und las »Tralala« oder »Eine Großfürstin stirbt«. Sie kannte die Geschichten so gut, daß sie sie praktisch auswendig hersagen konnte. Sie liebte die Poesie der Finsternis.

»Ich werde dir sagen, warum ich mich fast mein ganzes Leben lang als Außenseiterin gefühlt habe; nicht, weil ich mit acht Jahren einen Orgasmus gehabt hatte oder beschämt und heimlich anderen Kindern zuhörte, wenn sie beschrieben, wie ihnen der Hintern versohlt wurde, oder weil ich nach San Francisco fuhr, um mich in einem von Kerzen beleuchteten Zimmer auspeitschen zu lassen. Ich fühle mich als Außenseiterin, weil ich alle Formen von Sex zwischen zwei Individuen, die sich darüber geeinigt haben, nachvollziehen kann. Es ist, als fehle mir ein Teil des Gehirns. Nichts stößt mich ab. Mir erscheint alles unschuldig, alles hat mit intensiven Gefühlen zu tun, und wenn mir Leute sagen, sie seien von Dingen angewidert, dann verstehe ich einfach nicht, was sie meinen.«

Ich war fasziniert. Im Licht der Bar sah sie exotisch aus, ihr Gesicht bestand nur aus Ecken und Kanten, ihre Stimme klang leise und natürlich, und ihr zuzuhören war, wie Wasser zu trinken.

Bevor wir aus New Orleans abreisen würden, sagte sie, müßten wir die Transvestiten-Shows an der Bourbon Avenue besuchen, die echt obszönen, mit den Frauendarstellern, die sich Hormonspritzen geben und sich operieren lassen, um zu Frauen zu werden. Sie liebte diese Shows.

»Das ist doch nicht dein Ernst?« lachte ich. »Keine zehn Pferde bringen mich in diesen Schuppen.»

»Warum nicht?« sagte sie ärgerlich. »Diese Leute leben nach ihren sexuellen Prinzipien, sie leben ihre Phantasien aus. Sie sind willens, Außenseiter zu sein.«

»Aber das sind doch alles Touristenschuppen. Wie weit kann man sich von der Eleganz des Clubs entfernen?«

»Das spielt keine Rolle«, sagte sie. »Eleganz ist nichts als eine Form der Kontrolle. Ich mag diese Schuppen. Ich fühle mich verdammt wie ein Frauendarsteller, und ich sehe ihnen gerne zu.«

Ihre ganze Haltung änderte sich, während sie das sagte, und sie begann ein bißchen zu zittern. Also sagte ich ganz schnell, wenn sie sie unbedingt sehen wolle, gingen wir natürlich hin.

»Tut mir leid«, sagte ich. Meine Zunge war ein bißchen schwer geworden. Ich hatte zwei Heineken getrunken, seit wir in die Bar gekommen waren. »Du sagst, wo's langgeht. Warum entscheidest du nicht einfach, was wir unternehmen?«

»Weil ich das eben getan habe. Und du hast geantwortet: ›Das ist doch nicht dein Ernst‹. Außerdem habe ich keine Lust, dir zu sagen, was du tun sollst, und ich schreibe auch kein Drehbuch!«

»Laß uns von hier verschwinden«, sagte ich.

Wir gingen hinaus, standen ungefähr zwanzig Minuten vor dem Tor des Lafayette-Friedhofs und diskutierten darüber, ob wir über die Mauer klettern und zwischen den Gräbern spazierengehen sollten oder nicht. Ich mag diese Grabmäler mit den griechischen Säulen und Giebeln, den verrotteten Eingängen und den rostigen Särgen. Ich war drauf und dran, über den Zaun zu steigen. Aber andererseits riskierten wir, verhaftet zu werden.

Wir beschlossen, statt dessen durch das Gartenviertel zu schlendern.

Wir flanierten entspannt durch die Straßen, bewunderten die Häuser der Jahrhundertwende, weiße Säulen im Mondlicht, schmiedeeiserne Gitter und alte Eichen mit so dicken Stämmen, daß ich sie mit den Armen nicht umfassen konnte.

Es gibt wahrscheinlich weltweit kein zweites Stadtviertel wie dieses, die riesigen verschlafenen Häuser, Relikte einer vergangenen Zeit, adrett und heiter in den gepflegten Gärten, hier und da das Summen einer automatischen Berieselungsanlage, glitzernder Sprühregen in der blätterreichen Dunkelheit. Allein schon die Bürgersteige sind schön, mal mit Pflastersteinen im Fischgrätenmuster, mal mit violetten Steinplatten gepflastert, dazwischen Flickstellen aus Zement, von den Wurzeln der gigantischen Bäume zu kleinen Buckeln aufgeworfen.

Sie hatte Lieblingshäuser, Häuser, die sie anschauen ging seit der Zeit, als sie hier gewohnt und nichts anderes getan hatte, als zu lesen und spazierenzugehen. Wir gingen sie jetzt besuchen. Wir fanden zwei Häuser mit Schildern am Zaun, auf denen stand: »Zu verkaufen«, und eines der Häuser hatte es uns besonders angetan, ein großes, schmales, klassizistisches Gebäude mit dem Eingang auf der linken Seite und zwei Fenstertüren zur Frontveranda hin. Es war vormals dunkelrosa gestrichen gewesen, weiß abgesetzt, aber jetzt blätterte die Farbe überall ein bißchen ab, nur dort nicht, wo es mit wildem Wein überwachsen war. Es hatte korinthische Säulen, eine breite Treppe und eine Reihe von alten Magnolien entlang des Zauns. Hinter einer Ziegelmauer war ein Garten, den wir nicht sehen konnten.

Wir standen lange vor dem Tor, küßten uns und schwiegen, bis ich sagte, wir sollten das Haus kaufen. Wir würden glücklich darin leben, zusammen rund um die Welt reisen und hierher wieder zurück nach Hause kommen. Es war groß genug für rauschende Feste und Gäste und eine Dunkelkammer und eine Tafel, groß genug, um beide Familien aus Kalifornien zum Essen einzuladen.

»Und wenn uns New Orleans langweilig wird«, sagte ich, »fliegen wir für vierzehn Tage nach New York oder in den Club.«

Sie sah unwiderstehlich aus, wie sie mich im Halbdunkel anlächelte, den Arm um meinen Hals geschlungen.

»Denk dran, das ist unser Haus«, sagte ich. »Natürlich können wir zwei Jahre lang nicht hier wohnen, bis mein Vertrag im Club abgelaufen ist. Aber ich sehe nicht ein, warum wir nicht jetzt schon eine Anzahlung machen sollten.«

»Du bist ganz anders als alle, die ich bisher gekannt habe«, sagte sie.

Wir gingen weiter, küßten uns auf verträumte, sanfte, berauschte Weise und ohne Hast. Wir gingen ein paar Schritte, küßten uns, lehnten uns an einen Baumstamm. Ich brachte ihr Haar hoffnungslos in Unordnung. Sie hatte keine Spur von Lippenstift mehr auf dem Mund, und ich konnte schnell unter ihr Kleid greifen, ehe sie mich zu hindern vermochte, und die zarte

Baumwolle des Höschens zwischen ihren Beinen ertasten, naß und heiß, und ich wollte sie gleich hier und jetzt vögeln.

Schließlich gelangten wir zur Jackson Avenue und schlenderten ins Pontchartrain-Hotel, dessen Bar noch geöffnet war, und nahmen noch ein paar Drinks. Wir nahmen ein Taxi zurück in die Innenstadt. Ich hatte das Gefühl, diese Nacht sei von entscheidender Bedeutung, und jedesmal, wenn mich dieses Gefühl überkam, packte ich sie und küßte sie.

Die widerwärtigen Schuppen auf der Bourbon Avenue waren zum Glück geschlossen.

Um drei Uhr setzten wir uns in eine einigermaßen gemütliche Bar mit zwei Neonlampen und mehreren quadratischen Holztischen und gerieten uns zum erstenmal in die Wolle. Ich wußte, daß ich betrunken war. Ich hätte den Mund halten sollen, aber es ging um einen Film von Louis Malle mit dem Titel *Pretty Baby*; er spielte in dem alten Bordellviertel Storyville in New Orleans. Ich mochte den Film überhaupt nicht, aber sie fand ihn gut. Brooke Shields spielte die Kleinmädchenhure, Keith Carradine den Fotografen Belloc und Susan Sarandon Brookes Mutter. Ich fand den Film schlechter als schlecht.

»Sag nicht Idiotin zu mir, nur weil ich einen Film mag, den du nicht verstehst«, sagte sie. Ich stotterte und versuchte zu erklären, daß ich sie nicht für eine Idiotin hielte. Sie sagte, ich hätte gesagt, daß jeder, der einen solchen Mist möge, ein Idiot wäre. Hatte ich das gesagt?

Ich trank noch einen Whisky mit Wasser und wußte, daß das, was ich von mir gab, brillant war; der ganze Film war eine Lüge und völlig substanzlos. Sie dagegen sprach wieder von sexuellen Außenseitern, daß der ganze Film von diesen Prostituierten und ihrem Leben und Lieben und ihrem Außenseiter-Alltag gehandelt habe.

Es sei um Blumen, die im Schatten blühten, gegangen. Ich begann zu verstehen, was sie meinte. Sie wußte, wie Belloc, der Fotograf, der das kleine Mädchen liebte, sich fühlte und wie er am Ende von allen verlassen wird; aber die beste Szene sei gewesen, als die Hure, gespielt von Susan Sarandon, das Baby in der Bordellküche gestillt habe.

Sie sagte, man könne Leute nicht einfach dazu bringen, zu schweigen und zu sterben, nur weil sie sexuelle Außenseiter seien. Das sei es, worum es im Club ginge, auch wenn nur reiche Leute um die Swimmingpools herumsäßen und die Sklaven jung und schön sein müßten, aber dahinter stecke der Gedanke, daß jedermann dort hinkommen und seine sexuellen Phantasien ausleben könne; und das konnte man, das konnte man, das konnte man.

Ihre Augen waren jetzt richtig dunkel und ihr Gesicht angespannt, und sie sprach schnell und deutlich, doch sie fing an zu weinen, als ich sagte: »Ja, verdammt noch mal, genau das ist es, was ich im Club tue, meine Phantasien ausleben. Aber was hat das mit den Huren in *Pretty Baby* zu tun? Es sind ja nicht ihre eigenen Phantasien, die sie ausleben, sondern die von anderen.«

»Nein, aber es ist ihr Leben, und sie hoffen und träumen, und der Film zeigt den Alltag. Der Fotograf in dem Film sah in ihnen die personifizierte Freiheit, darum wollte er bei ihnen sein.«

»Aber das ist doch dummes Zeug. Alles, was Susan Sarandon in ihrer Rolle will, ist heiraten und aus dem Bordell rauskommen, und Pretty Baby ist noch ein Kind ...«

»Sag nicht, ich wäre dumm. Warum, zum Teufel, kann ein Mann nie mit einer Frau streiten, ohne zu sagen, sie wäre dumm?«

»Ich habe nicht gesagt, du bist dumm. Ich habe gesagt, das ist dummes Zeug.«

Der Barmann beugte sich plötzlich zu mir hin und sagte, die Bar sei natürlich die ganze Nacht geöffnet und es sei ihm schrecklich peinlich, uns bitten zu müssen zu gehen, doch zwischen vier und fünf sei die Zeit, wo sie saubermachten. Ob wir vielleicht um die Ecke zu Michael's gehen würden?

Michael's war ein trister Laden. Kein Sägemehl, keine Bilder, keine Neonlampen. Nur ein rechteckiger Raum voller Holztische. Sie hatten keinen Johnny Walker Black Label. Lisa weinte nicht wirklich. »Du irrst dich!« Und es war interessant in Michael's Bar.

Die Leute, die reinkamen, waren gerade aufgewacht oder wirkten so. Sie hatten nicht die ganze Nacht gebechert wie wir. Aber wer steht morgens um fünf Uhr auf, wenn es noch dunkel ist, und fängt sofort im Michael's zu trinken an? Da waren zwei unglaublich riesige Tunten mit Perücken und dickem Make-up, die mit einem jungen Mann sprachen, der entschieden zuviel getrunken und geraucht hatte. Sein Gesicht wirkte geschrumpft, und seine Augen waren blutunterlaufen. Ich hätte ihn zu gerne fotografiert. Sollten wir tatsächlich nach Venedig fahren, mußte ich einen Fotoapparat mitnehmen.

Jeder, der hereinkam, kannte die anderen. Aber unsere Anwesenheit störte nicht.

»Was meintest du eigentlich damit, du würdest kein Drehbuch schreiben?« fragte ich. »Wann sagst du mir endlich, was wir hier tun? Können die Leute einfach so vom Club abreisen und wiederkommen? Wenn man einen Sklaven hat, kann man dann den Sklaven einfach mitnehmen und ihn irgendwann wieder zurückbringen? Nehmen wir mal an, ich würde mich jetzt einfach aus dem Staub machen, jetzt sofort. Ich habe alle meine Sachen ...«

»Möchtest du das?« Sie strich sich über die Arme und sah überwältigend aus, ein bißchen italienisch mit dem inzwischen wirklich zerzausten Haar und den Augen, die immer größer wurden, je betrunkener sie war; ihre Zunge stolperte nur ein wenig.

»Nein.«

»Warum sagst du es dann?«

Wir waren wieder draußen. Der Regen hatte aufgehört. Ich konnte mich nicht erinnern, wann es zu regnen begonnen hatte. Wir saßen im Café Du Monde am Fluß, gegenüber vom Jackson Square. Wir waren in weißes Licht getaucht, und große, laute Lieferwagen dröhnten schon über die Rue Decateur.

Der *Café au lait* war köstlich, heiß, süß und perfekt, und ich aß Dutzende von kleinen, warmen, zuckerbestreuten Krapfen und erzählte Lisa von Fotoapparaten und Porträtaufnahmen und davon, wie man Leute zur Mitarbeit überredet.

»Weißt du, ich könnte für immer hierbleiben«, sagte ich. »Es ist eine heruntergekommene Stadt, aber sie ist authentisch. Kalifornien ist unecht. Hast du Kalifornien je für echt gehalten?«

»Nein«, sagte sie.

Ich hatte Lust auf noch mehr Scotch oder ein paar Dosen Bier. Ich stand auf, ging um den Tisch herum und setzte mich ganz dicht neben sie. Ich nahm sie in die Arme und küßte sie und drückte sie und hob sie vom Stuhl. An der Straßenecke blieben wir stehen und stellten fest, daß wir beide keine Ahnung hatten, wo das Hotel war.

Als wir endlich dort anlangten, klingelte das Telefon. Sie wurde wütend.

»Habt ihr alle verfluchten Hotels von New Orleans angerufen, um mich zu finden?« schimpfte sie in den Hörer. »Und ihr ruft mich morgens um sechs Uhr an, verdammt noch mal!« Sie ging mit dem Telefon in der Hand barfuß auf und ab. »Was ist denn los? Verhaftet mich doch!« Sie legte auf und zerriß die Telefonnotizen, die außen an die Tür gepinnt worden waren.

»Das waren sie, nicht wahr?« fragte ich.

Sie rieb sich die Schläfen und klang, als würde sie gleich zu weinen anfangen.

»Worüber regen sie sich denn so auf?«

Sie lehnte sich an meine Schulter, und ich summte ganz leise »I Can't Give You Anything But Love, Baby«, und wir tanzten eine lange Weile, ohne die Füße zu bewegen.

Es war Tag, und ich hielt eine Rede.

Der Garten war naß und noch üppiger und duftender, als er es im Dunkeln gewesen war. Sämtliche Fenster des kleinen Dienstbotenhauses standen offen, und sie saß auf dem hohen Bett in ihrem weißen Baumwollhöschen. Ich roch überall die Blumen. In Kalifornien duften die Blumen nie so wie in Louisiana. Es war berauschend, der rosa Oleander, der Jasmin, die wilden Rosen. Ich nannte sie »Pretty Baby« und erklärte ihr, daß ich sie liebte. Ich machte lange, komplizierte Ausführungen über das, was diese Liebe war und warum sie anders war als alles, was mir bisher widerfahren sei, daß sie Dinge über mich und meine geheimen Sehnsüchte wisse, die noch keine Frau, die mich gekannt habe, gewußt hätte; und daß ich sie liebte. Ich liebte sie.

Ich liebte, was und wer sie war, ich liebte diese kleine, dunkelhaarige, dunkeläugige, intensive Person, die so leidenschaftlich an das glaubte, was sie tat. Sie war nicht einfach ein Rätsel für mich wie andere Frauen, ich wußte, was sie war, wußte alles über sie, auch Dinge, die sie mir nicht erzählt hatte, daß es in ihrem Inneren dieses verschlossene Plätzchen gab, in das niemand eindringen konnte, aber in das ich eindringen würde. Es war sogar in Ordnung, daß sie »Pretty Baby« für einen guten Film hielt.

Sie war unglaublich verstört. Aber sie hätte sich ebenso hinter Glas befinden können. Ich war zu betrunken, um aufzuhören.

Sie zog mich aus, und wir lagen nebeneinander auf dem Bett, und das Telefon begann wieder zu klingeln. Ich langte hinüber, fiel beinahe vom Bett und zog den Stecker heraus. Wir schmusten wieder, und ich sagte ihr, es wäre okay, wenn sie mir weh täte, wirklich weh täte, daß ich damit rechnete, es erwartete. Es lohnte sich, jemanden so zu lieben. Ich sagte: »Ich bin echt betrunken. Morgen weiß ich nichts mehr.«

23
ELLIOTT
Spione und Enthüllungen

Ich erinnerte mich an alles. An jedes einzelne Wort.

Ich ging um zehn Uhr frühstücken, weil ich sie nicht aus dem Bett locken konnte, es im Hotel nichts zu essen gab und ich einen Bärenhunger hatte.

Sie küßte mich. Ich sagte ihr, der Kaffee stünde direkt neben dem Bett. Ich ginge zum Court of Two Sisters. Wenn sie wach wäre, könne sie nachkommen oder ich käme zurück, wenn ich fertig sei.

Ich ging als erstes zu einem Kiosk, um Zeitungen und Zeitschriften zu kaufen, und dann in ein Fotogeschäft, wo ich eine Canon AE1 erstand – einfach, zuverlässig und nicht so teuer, daß es unmöglich war, sie einem Kind zu schenken, bevor wir auf die Insel zurückkehrten. Man durfte keine Fotoapparate auf die Insel mitnehmen, nicht einmal im Gepäck, sonst hätte ich einen Koffer voll dabeigehabt.

Als ich den Court of Two Sisters an der Royal Avenue erreichte, hatte ich einen ganzen Film verknipst und wußte, daß ich einen wonnevollen, psychedelischen Kater hatte. Keine Kopfschmerzen, nur diese leichte Benommenheit, ein Glücksgefühl, und alles sah wundervoll aus.

Ich hätte mich gern wieder betrunken, aber ich tat es nicht. Die Augenblicke mit ihr waren zu kostbar. Heute würde alles mit ihr stattfinden, was stattfinden konnte, das heißt, wenn sie nicht bereits die Koffer packte, wenn ich zurückkam.

Ich sagte dem Kellner, daß sie vielleicht nachkäme und er sie bitte zu meinem Tisch führen möchte. Dann verschlang ich zwei Portionen Eier mit Schinken, zwei zusätzliche Schinkenportionen, trank drei Flaschen Miller's Beer, die der Kater absolut und unzweideutig forderte und zutiefst zu schätzen wußte, lehnte mich bei einer Kanne Kaffee zurück und durchblätterte die neuesten Ausgaben von *Esquire, Playboy, Vanity Fair* und *Newsweek*.

Die Welt war natürlich noch immer so, wie ich sie verlassen hatte. Es war ja auch erst knapp eine Woche her.

Es gab mindestens zwei neue Filme, die ich bedauerte, nicht sehen zu können. *Time* hatte drei meiner Bilder in einem Artikel über homosexuelle Autoren in San Francisco verwendet. Okay. In El Salvador operierten noch immer die Todeskommandos, Krieg in Nicaragua, Marine-Corps noch immer in Beirut und so weiter und so weiter.

Ich schob alles zur Seite und trank meinen Kaffee. Der Garten des Court of Two Sisters war ziemlich ruhig, und ich versuchte, rational über die vergangene Nacht nachzudenken. Es ging nicht. Ich empfand nichts als diese völlig irrationale Liebe, war glücklich und fühlte mich ausgesprochen wohl. Mir kam in den Sinn, ich sollte meinen Vater in Sonoma anrufen und sagen: »Stell dir vor, Dad, ich habe die Frau meiner Träume gefunden. Und du wirst niemals erraten, wo.« Er würde nie erfahren, wie komisch das war und daß der Witz auf meine Kosten gehen konnte.

Die Wirklichkeit stellte sich langsam wieder ein.

Zum Beispiel: Was bedeutete das alles für sie? Was ist, wenn wir in den Club zurückkommen und sie auf den Knopf drückt und zu Daniel sagt, sobald er hereinkommt: »Nimm ihn. Ich bin mit ihm fertig. Übergib ihn einem anderen Trainer.« Oder: »Ich werde in vierzehn Tagen nach ihm schicken.« Das konnte sie tun, wenn sie wollte, keine Frage, und vielleicht war es genau das, was sie jedesmal machte, wenn sie einen Sklaven mit nach draußen genommen hatte.

Vielleicht war es wie mit einem Buch aus der Bibliothek. Wenn man es durchgelesen hat, gibt man es zurück.

Nein, darüber nachzudenken, daß sie das tun könnte, brachte nichts. Und warum sollte ich darüber nachdenken, wenn wir hier waren und sie bei mir war? Wie sie es so schön ausgedrückt hatte: Warum an Venedig denken, wenn man in New Orleans ist? Aber ich mußte darüber nachdenken, und als ich es tat, fielen mir die letzten klaren Augenblicke wieder ein, als ich zu ihr gesagt hatte, ich erwartete, daß sie mir weh tun würde, und wieder überkam mich dieses Glücksgefühl, diese Heiterkeit.

Ich wollte zu ihr zurückgehen.

Aber noch etwas beschäftigte mich. Es war der Anruf und die Art, wie sie gesagt hatte: »Was ist denn los? Verhaftet mich doch!« Ich war sicher, daß sie das gesagt hatte, aber was bedeutete es? Ich sagte mir, daß sie einfach betrunken und sauer gewesen sei.

Es gab natürlich auch eine andere Möglichkeit, die großartige Möglichkeit, daß die Tatsache, mit mir aus dem Club zu verschwinden, absolut gegen alle Vorschriften verstieß und daß sie nach uns gesucht hatten.

Aber das war zu weit hergeholt, zu abwegig und zu romantisch. Denn wenn sie das getan hatte, nun … nein. Der Gedanke war absurd. Sie war der Boß. Es ist hart, rein- und rauszugehen … Ich kann verstehen, wenn du dazu nicht bereit bist. Und warum sollte sie das plötzlich tun, wo sie eine Sex-Spezialistin war und ihr ganzes Leben lang gewesen ist?

Nein, es war eine ordentliche Portion Poesie in ihr wie in jedem guten Wissenschaftler, und eine Wissenschaftlerin war sie; sie wußte ganz genau, was sie tat. Sie hatte nur irgendwelche administrativen Geschichten vergessen. *Und deswegen rufen sie sie morgens um sechs Uhr an?*

Dieser Gedankengang bedrückte mich ungeheuer. Ich goß mir noch eine Tasse Kaffee ein, gab dem Kellner einen Fünfdollarschein und bat ihn um ein Päckchen Parliament 100. Ich dachte daran, wie wir gestern Arm in Arm durch das Gartenviertel spaziert waren, da hatte es keinen Club gegeben, nur uns.

Der Kellner kam mit den Zigaretten zurück, und etwas ließ mich zusammenfahren. Am äußersten Rand des Hofs, nahe bei dem Tor zur Bourbon Street, stand jemand, den ich von irgendwoher kannte, und er schaute nicht weg, als ich ihn ansah. Und sehr schnell sah ich, daß er weiße Lederhosen und weiße Lederstiefel trug. Er war gekleidet wie die Aufseher im Club. Er konnte tatsächlich nichts anderes sein. Außerdem kannte ich den Kerl. Es war der gutaussehende, blonde junge Mann mit der gebräunten Haut, der mich in San Francisco begrüßt und mir an Deck der Jacht am ersten Tag »Auf Wiedersehen, Elliott« gesagt hatte.

Jetzt lächelte er nicht wie damals. Er schaute mich nur an. Er lehnte an der Mauer, und seine Reglosigkeit und Starre, seine Anwesenheit an diesem Ort hatten etwas Finsteres an sich.

Mich fröstelte, während ich ihn anschaute, dann begann ich vor Wut zu kochen. Immer mit der Ruhe. Es gibt zwei Möglichkeiten, stimmt's? Überwachung war üblich, wenn man einen Sklaven mit nach draußen nahm. Oder sie hatte gegen die Vorschriften verstoßen. *Und sie suchten nach uns???*

Meine Augen verengten sich, meine Wachsamkeit wuchs. *Was ist denn los? Verhaftet mich doch!* Ich drückte die Zigarette aus, stand langsam auf und bewegte mich auf ihn zu. Sein Gesichtsausdruck veränderte sich. Er wich ein wenig gegen die Mauer zurück, und sein Gesicht wurde ausdruckslos. Dann drehte er sich um und ging.

Als ich die Straße erreichte, war er natürlich verschwunden. Ich blieb zwei Minuten im Eingang stehen. Dann ging ich wieder hinein und auf die Herrentoilette, die sich gleich hinter dem Eingang befand. Dort war er nicht. Er war einfach weg.

Ich schaute über den Hof.

Lisa war gekommen. Der Kellner geleitete sie zu meinem Tisch. Sie stand dort, ein wenig nervös, wartete offensichtlich auf mich.

Sie sah so bezaubernd aus, daß ich darüber alles andere vergaß. Sie trug ein weißes Baumwollkleid mit einem mit Rüschen eingefaßten Ausschnitt und weiten Ärmeln, dazu weiße Sandalen und sogar einen weißen Strohhut, den sie an seinen langen Bändern in der Hand hielt. Als sie mich entdeckte, hellte sich ihr Gesicht auf, und sie sah aus wie ein junges Mädchen.

Sie kam mir entgegen, legte die Arme um mich, als sei keiner da, der uns sehen könnte, und küßte mich.

Ihr Haar war vom Duschen noch ein wenig feucht und duftete. Sie sah frisch und unschuldig aus in dem weißen Kleid, und ein Weilchen hielt ich sie nur im Arm.

Sie hatte den Arm um mich gelegt, als wir zum Tisch gingen.

»Was gibt's Neues in der Welt?« fragte sie und schob die Zeitungen beiseite. Eine Sekunde lang starrte sie auf den Fotoapparat.

»Ich weiß, ich darf ihn nicht mitnehmen«, sagte ich. »Ich werde ihn jemandem auf der Straße schenken oder irgendeinem interessant ausschauenden Studenten am Flughafen.«

Sie lächelte. Sie bestellte eine Grapefruit und Kaffee.

»Was ist los?« fragte sie plötzlich. »Du siehst verstört aus.«

»Nichts Besonderes, nur dieser Kerl, den du beauftragt hast, mich zu beobachten. Der Aufseher. Er hat mir einen Schreck eingejagt. Ich hatte überhaupt nicht mit ihm gerechnet.« Ich beobachtete sie, während ich das sagte.

»Welcher Kerl?« fragte sie, den Kopf ein bißchen zur Seite geneigt. Ihre Augen verengten sich, so wie meine fünf Minuten zuvor. »Wenn das ein Scherz sein soll, dann begreife ich die Pointe nicht. Wovon redest du?«

»Einer der Aufseher aus dem Club. Er stand direkt dort drüben. Als ich aufstand, um ihn zu fragen, was er da mache, ging er. Und dann bist du erschienen.«

»Woher weißt du, daß es ein Aufseher war?« fragte sie. Ihre Stimme war zu einem Flüstern geworden, ihr Gesicht rötete sich leicht. Ich sah, wie Wut in ihr aufstieg.

»Weiße Lederklamotten, mit allem Drum und Dran. Und außerdem habe ich ihn wiedererkannt.«

»Bist du sicher?«

»Lisa, er hatte die ganze Rüstung an«, sagte ich. »Wer läuft in weißen Lederhosen und weißen Lederstiefeln rum, es sei denn, er hat das passende, münzenbestückte Cowboyhemd dazu? Es ist mit Sicherheit der gleiche Kerl, den ich schon an Bord gesehen habe.«

Der Kellner servierte die Obsthälften auf einer silbernen Eisschale. Sie starrte nur darauf. Dann schaute sie mich wieder an.

»Er stand da drüben und beobachtete mich. Er wollte, daß ich merkte, daß er mich beobachtete. Aber offenbar …«

»Verdammte Sausäcke!« fauchte sie. Sie stand auf und rief dem Kellner zu: »Wo ist das Telefon?«

Ich folgte ihr in die Kabine. Sie steckte zwei Münzen in den Schlitz.

»Geh zum Tisch zurück«, sagte sie und schaute mich an.

Ich rührte mich nicht.

»Bitte«, sagte sie. »Ich bin in einer Minute wieder da.«

Ich ging zurück in den Sonnenschein und beobachtete sie. Sie sprach jetzt mit jemandem, wobei sie die Hand um die Muschel hielt. Ihre Stimme klang schrill, dann verstummte sie. Schließlich hängte sie ein und kam eilig zu mir zurück.

»Übernimmst du bitte die Rechnung?« sagte sie. »Wir werden das Hotel wechseln.« Ohne auf mich zu warten, ging sie über den Hof.

Ich erwischte sie am Handgelenk und zog sie sanft an mich.

»Warum das Hotel wechseln?« fragte ich. Ich hatte ein seltsames, benommenes Gefühl, und es war nicht mehr der Kater. Ich küßte ihre Wange und ihre Stirn, und ich fühlte, wie sie sich ganz langsam und zögernd entspannte, mir sozusagen nachgab.

»Weil ich diese verdammte Überwachung nicht will!« sagte sie und zog ein bißchen, um sich zu befreien. Sie war verstörter, als man ihr ansah. Ich spürte es.

»Was macht das schon aus?« sagte ich sanft. Ich hatte den Arm um sie gelegt und lenkte sie zum Tisch. »Komm, frühstücke erst mal was. Ich mag nicht vor ihnen weglaufen. Was werden sie denn machen? Was könnten sie denn machen?« Ich betrachtete sie. »Überleg doch mal. Ich möchte das kleine Hotel nicht aufgeben. Es ist unser Hotel.«

Sie schaute mich an, und einen Augenblick lang hatte ich den Eindruck, alles sei genau so, wie ich es erträumte. Ich küßte sie wieder, war mir nur halb bewußt, daß immer mehr Leute in den Hof kamen und einige uns beobachteten. Ich fragte mich, ob es sie beglückte, eine solch junge Frau zu sehen, so frisch und bezaubernd, und einen Mann, der sie küßte, als wäre ihm sonst alles in der Welt egal.

Sie setzte sich und senkte den Kopf. Ich zündete eine Zigarette an und betrachtete sie ein Weilchen. Dann suchte ich den Hof ab, um zu sehen, ob der Aufseher zurückgekommen war oder ob ein anderer seinen Platz eingenommen hatte. Ich sah niemanden.

»Ist das üblich auf solchen Reisen?« fragte ich. »Schicken sie immer Beobachter hinterher?« Ich glaubte die Antwort zu kennen. Dieses Rein und Raus machte man nicht mit neuen Sklaven, nur mit solchen, die schon etliche Monate dort waren, die die Vorschriften kannten und auf die man sich verlassen konnte. Sie hatte es mit mir ein bißchen früher gemacht, weiter nichts.

Aber ihr Gesichtsausdruck war ausgesprochen ironisch, als sie aufschaute. Die gesenkten Augenlider hoben sich müde, ihre Augen waren fast schwarz.

»Es ist nicht üblich«, sagte sie so leise, daß ich sie kaum hören konnte.

»Warum machen sie es dann?«

»Weil das, was ich getan habe, genausowenig üblich ist. Im Gegenteil, niemand hat das bisher gemacht.«

Ich schwieg und bedachte dies einen Moment. Mein Puls wurde schneller. Ich zog nervös an der Zigarette.

»Hmm.«

»Niemand hat je einen Sklaven aus dem Club mit nach draußen genommen«, sagte sie.

Ich schwieg.

Sie saß still. Ihre Hände strichen über ihre Oberarme, als wäre ihr kalt. Sie schaute mich nicht an. Sie schaute nirgendwohin.

»Ich glaube, kein anderer hätte das hingekriegt«, sagte sie, »wenn du's genau wissen willst.« Ihre Stimme klang rauh, und ihre Lippen verzogen sich zu einem kleinen, bitteren Lächeln. »Ich glaube, ich bin die einzige, die so was überhaupt bewerkstelligen kann.« Sie schaute mich mit dem gleichen müden Augenaufschlag an. »Das Flugzeug bestellen, dein Zeug mitnehmen, dich ins Flugzeug bringen.«

Ich schnippte die Asche von der Zigarette.

»Bis heute früh um drei Uhr wußten sie nicht, daß du weg bist. Du warst mir zugeteilt worden. Ich war weg. Du warst nicht auffindbar. Ich bin mit einem Mann weggeflogen. Wer war der Mann? Ich hatte dein Gepäck holen lassen. Sie brauchten ein paar Stunden, bis sie die Geschichte durchschauten. Dann riefen sie sämtliche Hotels in New Orleans an. Sie fanden uns kurz vor sechs Uhr. Mag sein, daß du dich an den Anruf erinnerst.«

»Ich erinnere mich«, sagte ich. Und damit sagte ich gleichzeitig, daß ich mich auch an alles andere erinnerte, einschließlich daran, daß ich ihr immer wieder gesagt hatte, daß ich sie liebte.

Ich schaute sie an. Sie befand sich tatsächlich auf dünnem Eis. Sie zitterte innerlich. Aber ich sah es trotzdem. Sie starrte auf das Frühstück, als wäre es etwas Grauenvolles.

»Warum hast du es getan?« fragte ich.

Sie gab keine Antwort. Sie machte sich steif und starrte rechts an mir vorbei. Ohne daß sie irgendeinen Laut von sich gab, füllten sich ihre Augen mit Tränen.

»Weil ich es wollte«, sagte sie.

Ihre Unterlippe zitterte. Sie nahm die Serviette vom Tisch und drückte sie an die Nase. Sie weinte.

»Ich wollte es einfach.«

Mir war zumute, als hätte mir jemand in den Bauch geboxt. Ihr zuzuschauen, wie sie zitterte und zu heulen anfing, war schrecklich. Und es kam so verdammt plötzlich. Gerade eben noch ihr starres Gesicht und gleich darauf die Tränen, die ihr über die Wangen kullerten, und ihre Lippen, die zitterten, und ihr Gesicht völlig zerknittert.

»Komm«, sagte ich. »Laß uns ins Hotel zurückgehen, wo wir allein sind.« Ich winkte dem Kellner.

»Nein, warte einen Moment«, sagte sie. Sie putzte sich kräftig die Nase und vergrub die Serviette in ihrem Schoß.

Ich wartete. Ich wußte, daß ich sie hätte anfassen sollen, in den Arm nehmen, irgendwas, aber ich tat es nicht, weil wir uns in der verdammten Öffentlichkeit befanden. Ich kam mir saublöd vor.

»Ich möchte, daß du ein paar Sachen verstehst«, sagte sie.

»Will ich aber nicht«, gab ich zurück. »Ist mir egal.«

Das war ganz und gar nicht wahr. Ich wollte nur nicht, daß sie weinte. Sie sah verletzt aus, zutiefst verletzt.

Alles, was ich wollte, war, sie jetzt sofort in den Arm zu nehmen. Wahrscheinlich dachten alle, die uns beobachteten: Was hat ihr dieser Saukerl angetan, daß sie so weinen muß?

Sie putzte sich noch mal die Nase und wischte sich die Tränen ab. Schließlich sagte sie: »Was dich betrifft, ist alles in Ordnung. Sie wissen, daß ich dich hinters Licht geführt habe. Das habe ich ihnen gesagt. Und ich werde mich vergewissern, daß sie es begriffen haben, wenn ich das nächste Mal mit ihnen rede. Sie sind verdammt hartnäckig. Die Hauptsache ist, daß sie wissen, daß ich dich mitgenommen habe, daß du das Opfer in dieser ganzen Geschichte bist, daß es meine Idee war. Ich habe dich gekidnappt.«

Ich konnte nicht anders, ich mußte lächeln.

»Und was sollst du tun?« fragte ich.

»Nun, sie wollen, daß ich dich zurückbringe, natürlich. Ich habe die Regeln verletzt. Ich habe deinen Vertrag gebrochen.« Die Tränen stiegen wieder auf, aber sie schluckte sie runter und versuchte, ganz ruhig zu bleiben, während sie den Blick von mir abwandte. »Es ist eine ziemlich schlimme Sache, so was zu tun, verstehst du?«

Sie sah ganz kurz zu mir hin und dann wieder weg, als hätte ich die Absicht, ihr schreckliche Vorwürfe zu machen. Das war ganz und gar nicht der Fall. Im Gegenteil.

»Ich soll umgehend zurückkommen«, sagte sie. »Sie haben einen Haufen Probleme. Wir haben vorletzte Nacht eine Minderjährige rausgeschmissen, und es sieht so aus, als sei an dem Vorfall nicht der Trainer schuld, der sie geschickt hat. Sie hatte mit ihrer älteren Schwester getauscht, und diese ältere Schwester ist mit einem Typen von CBS verheiratet. Die ganze Geschichte sieht geplant aus. Und CBS setzt uns unter Druck wegen eines Interviews. Wir haben niemals irgendwem ein offizielles Interview gegeben. Und alle sind stinksauer über das, was ich gemacht habe …« Sie hielt inne, als sei ihr plötzlich bewußt geworden, was sie gerade tat, indem sie mir das alles erzählte. Noch einmal schaute sie mich direkt an und wandte dann ihren Blick wieder ab. »Ich weiß nicht, was in mich gefahren ist«, flüsterte sie. »Dich da einfach rauszubringen.«

Ich lehnte mich über den Tisch, nahm ihre Hände, und obgleich sie sich ein kleines bißchen sträubte, drückte ich sie und küßte ihre Finger.

»Warum hast du es gemacht?« fragte ich noch mal. »Warum wolltest du es?«

»Ich weiß nicht!« antwortete sie und schüttelte den Kopf. Sie fing wieder an zu weinen.

»Lisa, natürlich weißt du es«, sagte ich. »Sag es mir. Warum hast du es gemacht? Was hat das zu bedeuten?«

»Ich weiß nicht«, sagte sie. Sie weinte so, daß sie die Wörter kaum aussprechen konnte. »Ich weiß es nicht!« beharrte sie. Sie brach völlig zusammen.

Ich legte zwei Zwanziger auf den Tisch und brachte sie nach draußen.

24
ELLIOTT
Tatsächlich versus symbolisch

Es hingen wieder Telefonnachrichten an der Tür, als wir zurückkamen.

Sie war jetzt einigermaßen ruhig und bat mich nicht, nach draußen zu gehen, während sie anrief.

Aber sie sah niedergeschlagen aus, unglücklich und unheimlich hübsch, und ich war unglücklich, sie so zu sehen.

Genauer gesagt, ich war fassungslos.

Innerhalb weniger Minuten war klar, daß sie mit Richard, dem Verantwortlichen für die Postulanten, sprach und daß sie sich weigerte, eine genaue Zeit für unsere Rückkehr anzugeben.

»Nein, schick das Flugzeug noch nicht!« sagte sie mindestens zweimal. Sie versprach, am Abend wieder anzurufen, um ihnen zu sagen, wie lange es noch dauern würde.

»Natürlich«, sagte sie, »ich rufe wieder an. Ich bleibe hier. Du weißt, was ich mache. Das einzige, worum ich dich bitte, ist ein bißchen Zeit.«

Sie weinte. Aber sie konnten es unmöglich merken, weil sie es tapfer runterschluckte. Ihre Stimme klang sehr fest und sehr kalt. Dann sprachen sie über die eingeschleuste Minderjährige und das CBS-Interview, und ich wußte, daß ich nicht mehr mithören sollte. Also ging ich. Sie sagte: »Solche Antworten kann ich im Augenblick nicht geben. Du verlangst von mir eine wasserdichte Philosophie, um eine öffentliche Erklärung abzugeben. Das braucht Zeit, darüber muß man genau nachdenken.«

Ich machte ein paar Fotos von dem Garten und dem kleinen Haus, in dem wir wohnten.

Sobald sie in den Garten kam, hörte ich zu knipsen auf und

sagte sofort: »Laß uns einen Spaziergang durch das Viertel machen und alle Museen und alten Häuser anschauen und ein bißchen verrückt Geld ausgeben.«

Sie war verdutzt. Sie machte einen hilflosen Eindruck, aber ihr Gesicht hellte sich ein wenig auf. Sie musterte mich, als hätte sie nicht ganz verstanden, was ich gesagt hatte.

»Und anschließend machen wir um halb drei die Dampfschiff-Rundfahrt. Es ist langweilig, aber fabelhaft, immerhin der Mississippi! Und auf dem Schiff bekommen wir auch was zu trinken. Und für heute abend habe ich eine Idee.«

»Was?«

»Tanzen gehen, ganz konventionell und altmodisch. Du hast ein paar hinreißende Kleider dabei. Ich bin in meinem Leben noch nie mit einer Frau Tanzen gegangen. Wir gehen rauf in die River Queen Lounge, oben an der Marriott Avenue, und wir tanzen, bis die Band aufhört zu spielen. Wir werden tanzen und tanzen und tanzen.«

Sie starrte mich an, als wäre ich übergeschnappt. Eine Weile schauten wir uns nur an.

»Meinst du das ernst?« fragte sie.

»Natürlich meine ich das ernst. Küß mich.«

»Klingt großartig«, sagte sie.

»Dann lächle mal«, sagte ich. »Und laß mich ein Foto von dir machen.«

Zu meiner allergrößten Überraschung gestattete sie es. Sie blieb in der Tür stehen, eine Hand an den Türrahmen gestützt, und lächelte. Sie sah bezaubernd aus in ihrem weißen Kleid und dem Hut, der an den langen Bändern an ihrem Arm hing.

Zuerst besuchten wir das Museum an der Cabildo Avenue und dann alle restaurierten Häuser, die der Öffentlichkeit zugänglich sind – Gallier House, Herman Grima House, Madame John's Legacy und Casa Hove. Wir gingen in praktisch jeden Antiquitätenladen und jede Galerie, die wir sahen.

Ich hatte den Arm um sie gelegt, und sie war munter und fröhlich; ihr Gesicht war wieder glatt, wie das eines jungen

Mädchens. Zu dem weißen Kleid hätte sie eine weiße Schleife im Haar tragen müssen.

Ich dachte, wenn ich sie nicht für immer liebe, wenn das hier in einem häßlichen, törichten Desaster endet, dann ist eines gewiß: Nie wieder werde ich eine Frau in einem weißen Kleid anschauen können.

Gegen ein Uhr, als wir in der Desire-Austernbar zu Mittag aßen, plauderten wir wieder wie in der vergangenen Nacht. Als ob der Aufseher und die Anrufe nie dazwischengekommen wären. Sie erzählte mir, wie der Club organisiert und aufgebaut war. Zu Anfang hatte es zwei Financiers gegeben, und schon am Ende des ersten Jahres waren sie in den schwarzen Zahlen. Inzwischen waren sie, dank der großen Nachfrage, soweit, Mitgliedsanträge ablehnen zu müssen. Sie berichtete mir von anderen Clubs, die sie nachzumachen versuchten, einem großen in Holland, wo alles in einem Haus stattfand, von einem Club in Kalifornien und einem in Kopenhagen.

Sie bekam ständig Stellenangebote mit höherem Gehalt, aber zusammen mit der Umsatzbeteiligung verdiente sie zur Zeit eine halbe Million Dollar im Jahr und gab keinen Pfennig davon aus, außer wenn sie in den Ferien war. Es häufte sich einfach an.

Ich erzählte ihr von meiner Sportleidenschaft, davon, wie ich beinahe mit einem Flugzeug in Texas abgestürzt wäre, von den beiden Wintern, die ich damit verbracht hatte, die gefährlichsten Skiabfahrten der Welt auszuprobieren.

Ich haßte diesen Teil meiner Persönlichkeit, hatte ihn immer gehaßt, und verachtete die Leute, die ich bei diesen Aktivitäten kennengelernt hatte, weil ich stets das Gefühl hatte, mir etwas vorzumachen. Es war bei weitem angenehmer, Fotos von Leuten zu machen, die in Mexiko von Klippen springen, als selber zu springen. Ich glaubte, die Fotografie wäre ein Ausweg aus diesem Dilemma.

Aber das Gegenteil war der Fall.

Ich akzeptierte jeden Auftrag zur Kriegsberichterstattung, den *Time-Life* mir anbot. Ich war freier Mitarbeiter bei zwei kalifornischen Zeitungen. Das Beirut-Buch kostete neun Monate Arbeit, Tag und Nacht, nachdem die Fotos geschossen waren. In Beirut war ich nie in gefährliche Situationen geraten, aber in Nicaragua und El Salvador war ich dem Tod nur knapp entkommen. In El Salvador wirklich nur um Haaresbreite. Dieser Zwischenfall in El Salvador war es auch gewesen, der mich veranlaßt hatte, über meine Situation nachzudenken.

Ich war nicht wenig überrascht, daß sie wußte, was an diesen Orten vorging. Sie wußte nicht nur oberflächlich Bescheid; sie wußte von den religiösen Parteien in Beirut, kannte die Regierungsgeschichte. Club hin oder her, sie las mehr Tageszeitungen als die meisten Leute sonst.

Es war zwei Uhr, und wir mußten uns beeilen, den Dampfer zu erreichen. Der Tag hätte nicht schöner sein können. Blauer Himmel, die bezaubernden, schnell dahinfliegenden Wolken, die man so wohl nur in Louisiana sehen kann, hin und wieder ein kleiner Regenschauer und nicht allzu viele Leute auf dem Dampfer, weil es ein Wochentag war.

Nebeneinander lehnten wir an der Reling des Oberdecks und sahen die Stadt vorüberziehen, bis weit flußabwärts nur noch triste Industrieanlagen zu sehen waren. Also besetzten wir zwei Liegestühle, ließen uns ein paar Drinks servieren und genossen die Bewegungen des Schiffs und die leichte Brise.

Es sei mir peinlich, es zuzugeben, sagte ich, aber ich liebte diese Flußfahrten, so touristisch und langweilig sie auch sein mochten. Ich liebte es einfach, auf dem Mississippi zu sein, kein anderer Strom, mit Ausnahme des Nils, löste in mir diese Art von Verehrung aus.

Sie war zwei Jahre zuvor über Weihnachten in Ägypten gewesen, weil sie den Gedanken, in der Nähe ihrer Familie zu sein, nicht ertragen konnte. Sie hatte zwei Wochen allein im Winterpalast in Luxor gewohnt. Sie wußte, was ich meinte, denn jedesmal, wenn sie einen Fluß überquerte, kam ihr der Gedanke: »Ich bin am Nil.«

»Ich möchte, daß du mir erzählst«, sagte sie ziemlich unvermittelt, »wie du in El Salvador beinahe getötet worden wärst.

Und was du damit meinst, wenn du sagst, es habe dich zum Nachdenken veranlaßt.«

Sie hatte den gleichen konzentrierten und beinahe unschuldigen Gesichtsausdruck wie in der vergangenen Nacht, als wir uns unterhalten hatten. Beide waren wir mit unseren Drinks sehr zurückhaltend. Sie entsprach eigentlich nicht meiner Vorstellung von einer Frau, wenn sie so redete. Aber das hieß nur, daß ich eine ziemlich miese Meinung von Frauen hatte. Sie erschien mir geschlechtslos, interessant, aber ohne bewußte Verführungsabsichten. Sie konnte irgendwer sein. Und das empfand ich als äußerst verführerisch.

»Ich war mit einem anderen Reporter zusammen, und wir waren nach der Sperrstunde noch draußen. Wir wurden festgenommen.«

Ich spürte wieder dieses häßliche, bodenlose Gefühl, das mich sechs Wochen lang nicht losgelassen hatte, nachdem ich aus El Salvador rausgekommen war, dieses Gefühl von absoluter Sinnlosigkeit, von Verzweiflung, die einen jederzeit im Leben überkommen kann, die man aber in den meisten Fällen nicht aufkommen läßt.

»Ich weiß nicht, wo wir zu sein glaubten; irgendwo in einem Café an der Telegraph Avenue in Berkeley oder so. Unter ein paar weißen Liberalen der gehobenen Mittelschicht, die mit anderen Liberalen der gehobenen Mittelschicht über Marxismus und Politik und ähnlichen Blödsinn redeten. Ich meine, wir glaubten uns einfach in Sicherheit, niemand würde uns in einem fremden Land irgendwas tun, es war ja nicht unser Krieg. Nun, auf dem Weg zurück ins Hotel wurden wir im Dunkeln von zwei Kerlen angehalten. Ich weiß nicht einmal, was sie waren, Nationalgarde, Todeskommando, was auch immer; der Salvadorianer, mit dem wir den ganzen Abend verbracht hatten, hatte jedenfalls höllische Angst. Nachdem wir unsere Papiere und alles gezeigt hatten, war klar, daß man uns nicht einfach gehen lassen würde. Ein junger Bursche mit einer M-16-Knarre machte nur einen Schritt zurück und schaute uns alle drei an. Es war verdammt eindeutig, daß er überlegte, ob er uns abknallen sollte.«

Ich hatte nicht den geringsten Wunsch, die Anspannung dieses Augenblicks wiederzuerleben, den Gestank echter Gefahr, die totale Hilflosigkeit, nicht zu wissen, was zu tun war – bewegen, sprechen, stillhalten –, wenn schon die geringste Änderung des Gesichtsausdrucks tödlich sein konnte. Und dann die Wut, die abgrundtiefe Wut, die auf diese Hilflosigkeit folgte.

»Wie auch immer«, sagte ich. Ich nahm eine Zigarette und klopfte damit auf mein Knie. »Er und der andere Typ fingen an zu streiten, aber währenddessen hielt der Junge weiterhin seine Knarre direkt auf uns gerichtet. In diesem Augenblick geschah etwas. Ein Lastwagen tauchte auf, und sie sollten mitfahren. Sie schauten uns an, und wir rührten uns nicht. Erstarrt. Wie angewurzelt.«

Ich zündete die Zigarette an.

»Es dauerte zwei Sekunden, und wir wußten, was sie dachten; sie mußten uns abknallen. Bis heute kann ich nicht sagen, warum sie es nicht taten. Aber sie nahmen den Salvadorianer mit. Sie zerrten ihn in den Lastwagen, und wir standen da und rührten uns nicht. Dabei hatten wir den ganzen Abend im Haus seiner Mutter verbracht und über Politik diskutiert, aber wir rührten uns nicht.«

Sie atmete zischend Luft ein.

»Mein Gott«, flüsterte sie. »Haben sie ihn umgebracht?«

»Ja. Aber wir erfuhren es erst, als wir wieder in Kalifornien waren.«

Sie murmelte etwas, ein Gebet, einen Fluch, irgend so was.

»Genau«, sagte ich. »Und, verstehst du, wir haben nicht einmal mit ihnen gestritten. Das ist der Grund, warum ich darüber absolut nicht sprechen mag.«

»Aber du glaubst doch nicht, ihr hättet mit ihnen diskutieren können ...«, meinte sie.

Ich schüttelte den Kopf. »Ich habe keine Ahnung. Wenn ich ein M-16 gehabt hätte, wäre es was anderes gewesen.« Ich nahm einen tiefen Zug. Der Rauch verschwand im Wind, und die Zigarette schmeckte nach gar nichts. »Ich bin, so schnell ich konnte, abgereist.«

Sie nickte.

»Und da hast du angefangen nachzudenken.«

»Nun, ich glaube, in der ersten Woche habe ich allen Leuten die Geschichte erzählt. Es war, als würde die ganze Sache wieder und wieder ablaufen. Wie eine Tonbandschlaufe in meinem Bewußtsein. Ich konnte es nicht abschalten.«

»Verständlich«, sagte sie.

»Mir wurde dann klar, kristallklar, daß ich viele gefährliche Sachen gemacht hatte. Daß ich durch diese Länder gewandert war, als wäre es ein Ausflug nach Disneyland. Ich wollte Aufträge haben, die mich dorthin brachten, wo was los war, ohne die geringste Vorstellung davon zu haben, was ich tat. Ich nutzte diese Leute aus. Ich nutzte ihre Kriege aus. Ich benutzte alles, was passierte.«

»Was meinst du mit ausnutzen?«

»Schatz, die Leute interessierten mich gar nicht. Es war alles nur Geschwätz. Liberales Berkeley-Geschwätz. Es war für mich wie eine Zirkusvorstellung.«

»Sie interessierten dich nicht … die Leute in *Beirut: Twenty-four Hours?*«

»Oh, doch«, sagte ich. »Sie zerrissen mir das Herz. Ich war nicht einfach bloß ein blöder Amateur, der das alles fotografierte. Doch in Wirklichkeit wurden ihre Qualen durch die Fotografie verharmlost, abstrahiert. Man kann sie nicht auf einen Film bannen. Aber auf eine unheimlich realistische Weise war mir das egal. Ich war in den tiefsten Tiefen meines Herzens froh, daß es den Krieg, das Leiden und die Gewalt gab, so daß ich sie erleben konnte. Das ist die Wahrheit!«

Sie schaute mich eine Weile an. Dann, ganz langsam, nickte sie.

»Ja, du verstehst es«, sagte ich. »Wie wenn man in Laguna Seca an der Rennstrecke steht und denkt: Wenn es einen Unfall gibt, dann hoffentlich hier, damit ich alles sehen kann.«

»Ja«, sagte sie. »Kenn' ich.«

»Aber auch das war noch nicht alles«, sagte ich. »Ich war einen Schritt davor, in das Geschehen selbst verwickelt zu werden. Aber nicht, weil ich mich dafür interessierte oder dachte, ich könnte die Welt verändern, sondern weil es dann völlig legal gewesen wäre, zu ... Dinge zu tun, die ich sonst nicht hätte tun können.«

»Leute umbringen.«

»Ja. Vielleicht ...«, sagte ich. »Das war übrigens genau das, was mir dauernd durch den Kopf ging. Krieg als Sport. Egal worum es ging, ich wollte bloß auf seiten der Guten sein, aber am Ende spielte auch das keine Rolle mehr. Kämpfen in Israel, kämpfen in El Salvador, was soll's.« Ich zuckte mit den Achseln. »Im Namen irgendeiner Sache, such dir eine aus.«

Sie nickte wieder ganz langsam, als denke sie darüber nach.

»Wenn du so alt bist wie ich, und jemand muß dir ein M-16 direkt ins Gesicht halten, damit du begreifst, was der Tod wirklich ist, damit endlich der Groschen fällt, dann mußt du, ehrlich gesagt, ein ziemlicher Dummkopf sein.«

Ich machte eine kurze Pause.

»Jedenfalls fing ich an, darüber nachzudenken. Warum suchte ich das alles, den Tod, den Krieg, das Leiden und die Entbehrungen? Warum ergötzte ich mich an der Wirklichkeit wie andere Leute an einem Film?«

»Aber das Berichten darüber, die Geschichte aufzuschreiben ...«

»Ach was«, winkte ich ab. »Ich war ein Anfänger. Es gibt einen Haufen andere.«

»Und was hast du daraus geschlossen?«

»Daß ich ein ziemlich destruktiver Mensch bin. Daß ich irgendwie verflucht bin.«

Ich trank einen großen Schluck Scotch.

»Daß ich ein verdammter Idiot bin«, sagte ich. »Das schloß ich daraus.«

»Und die Leute, die dort kämpften? Nicht die Soldaten oder die Söldner. Ich meine die Leute, die den Krieg für gerecht halten. Sind das verdammte Idioten?« Sie stellte die Frage sehr höflich und wirklich interessiert.

»Ich weiß es nicht. In gewisser Weise spielte es keine Rolle mehr, ob sie Idioten waren oder nicht. Tatsache ist, daß mein

Tod für sie nichts verändert hätte. Er wäre umsonst gewesen, ein Einzelfall, der Preis für meine sportliche Leidenschaft.«

Sie nickte bedächtig. Ihr Blick wanderte an mir vorbei über das Deck zu dem fernen Ufer des Stroms, dem flachen, olivbraunen Sumpfland, dem sich schnell bewegenden Panorama der vorübergleitenden Wolken.

»War das, nachdem du *Beirut: Twenty-four Hours* gemacht hast?«

»Ja. Und ein *Twenty-four Hours in El Salvador* hat es nie gegeben.«

Als sie sich mir wieder zuwandte, war sie so ernst, wie ich sie noch nie gesehen hatte, und vollständig bei der Sache.

»Nach allem, was du gesehen hast«, sagte sie, »dem wirklichen Leiden, der echten Gewalt, wie konntest du da die Inszenierungen bei Martin ertragen?« Sie zögerte. »Wie hältst du die Rituale des Clubs aus? Ich meine, wie hast du diesen Wechsel vollzogen?«

»Machst du dich über mich lustig?« fragte ich und nahm einen Schluck Scotch. »*Du* fragst mich das?«

Sie sah mich ehrlich verblüfft an. »Du hast gesehen, wie Leute tatsächlich gequält worden sind«, sagte sie. Sie wählte ihre Worte mit Bedacht. »Leute, denen wirklich Gewalt angetan wurde. Wie kannst du da noch billigen, was wir tun? Warum erscheinen wir dir nicht obszön, dekadent? Der Typ, der auf den Lastwagen gezerrt wurde ...«

»Ich dachte, ich hätte deine Frage verstanden«, sagte ich. »Trotzdem bin ich verwundert.« Ich nahm noch einen kleinen Schluck von meinem Drink und überlegte, wie ich die Antwort angehen sollte. Ob ich langsam vorgehen oder direkt damit herausrücken sollte.

»Glaubst du, daß die Leute auf diesem Planeten, die Krieg führen, über uns stehen?« fragte ich.

»Ich weiß nicht, was du damit meinst.«

»Glaubst du, daß Leute, die wirkliche Gewalt anwenden, sei es defensiv oder aggressiv, besser sind als jene, die die Gewalt symbolisch ausleben?«

»Nein, natürlich nicht. Denk doch nur an die, die da reingerissen werden, die dem Leiden nicht entkommen können ...«

»Ja, ich weiß. Sie werden in etwas reingerissen, das so grausig und destruktiv ist wie vor zweitausend Jahren, als noch mit Schwertern und Speeren gekämpft wurde. Und es unterscheidet sich nicht wesentlich von dem, was die Menschen vor fünftausend Jahren mit Steinen und Keulen gemacht haben. Warum soll also im Vergleich zu etwas so Primitivem, so Häßlichem, so Entsetzlichem das, was wir im Club tun, obszön sein?«

Sie verstand mich, ich wußte es, aber sie gab es nicht zu.

»Mir scheint, es ist umgekehrt«, sagte ich. »Ich bin dort gewesen, und ich versichere dir, es ist umgekehrt. Es ist nichts Obszönes daran, wenn zwei Menschen im Schlafzimmer versuchen, durch sadomasochistischen Sex die symbolische Befreiung von ihren sexuellen Aggressionen zu finden. Obszön sind jene, die tatsächlich vergewaltigen, tatsächlich töten, tatsächlich ganze Dörfer bombardieren, Busse voll unschuldiger Menschen in die Luft jagen, tatsächlich und unwiderruflich zerstören.«

Ich konnte ihre Gedanken lesen, während ich ihr Gesicht betrachtete.

»Du kennst den Unterschied zwischen tatsächlich und symbolisch«, sagte ich. »Du weißt, daß das, was wir im Club machen, ein Spiel ist. Und du weißt, daß der Ursprung dieses Spiels tief, tief in unserem Innersten, in einem Gewirr chemischer und zerebraler Prozesse zu suchen ist und sich einer kompetenten Analyse entzieht.«

Sie nickte.

»Nun, das gleiche gilt meiner Meinung nach für den Ursprung des menschlichen Impulses, Krieg zu führen. Wenn du von der jeweiligen Politik abstrahierst, vom ›Wer-hat-wem-was- zuerst-angetan‹, dann hast du das gleiche Mysterium, den gleichen Drang, die gleiche Komplexität, wie sie der sexuellen Aggression zugrunde liegen. Meines Erachtens ist das *alles* sexuelle Aggression.«

Wieder gab sie keine Antwort. Es war fast, als würde sie laut zuhören.

»Nein«, fuhr ich fort, »der Club ist nicht obszön, verglichen mit dem, was ich gesehen habe. Ich dachte, du, mehr als irgendwer sonst, wüßtest das.«

Sie schaute über den Fluß.

»So ist es«, sagte sie schließlich. »Aber ich war mir nicht sicher, ob jemand, der in Beirut und El Salvador gewesen ist, das auch so sieht.«

»Vielleicht kann jemand, der in einem wirklichen Krieg gelitten hat, der über viele Jahre geschunden worden ist, mit unseren Ritualen nichts anfangen. Sein Leben ist anders als alles, was du oder ich je kennengelernt haben.

Ihre Augen schienen sich ein wenig aufzuhellen, aber was immer sie empfand, steckte tief in ihrem Inneren. »Du bist in den Club gekommen, um es symbolisch zu verarbeiten«, sagte sie.

»Natürlich. Um es zu erforschen und zu verarbeiten, ohne daß mich jemand abknallt oder ich jemanden abknalle. Du kennst das. Du mußt das kennen. Wie hättest du diese komplizierte Insel erschaffen können, wenn du es nicht kennen würdest?«

»Ich habe dir gesagt, ich glaube daran, aber ich habe nie anders gelebt«, sagte sie. »Mein Leben ist eine selbsterzeugte Berufung. Und es gibt Zeiten, wo ich glaube, daß ich alles allein aus Trotz gemacht habe.«

Gestern abend hast du was anderes gesagt. Du weißt ebensogut wie ich, daß, wenn wir unsere gewalttätigen Gefühle innerhalb von Schlafzimmerwänden ausleben können, wo niemandem wirkliches Leid zugefügt wird – niemand wirklich Angst hat –, wir am Ende vielleicht in der Lage sein werden, die Welt zu retten.«

»Die Welt retten! Das ist ein hohes Ziel«, sagte sie.

»Nun, jedenfalls unsere eigenen Seelen. Aber es gibt heute keinen anderen Weg mehr, um die Welt zu retten, außer Arenen zu schaffen, in denen man symbolisch die Triebe ausleben kann, die wir in der Vergangenheit wörtlich genommen haben. Sex wird nicht verschwinden, genausowenig wie seine zerstörerischen Triebe. Wenn es an jeder Straßenecke einen Club gäbe, wenn es eine Million Orte gäbe, wo die Leute alle ihre Phantasien ausleben könnten, egal wie primitiv oder abstoßend sie sein mögen, wer weiß, wie die Welt dann aussähe? Wirkliche Gewalt würde dann für jedermann vulgär und obszön sein.«

»Ja, das war der Gedanke, der dahinter stand, die Idee.« Ihre Augenbrauen schoben sich zusammen, und sie sah einen Moment verloren aus und seltsam aufgewühlt. Ich wollte sie küssen.

»Und es ist noch immer der Grundgedanke«, sagte ich. »Die Leute meinen, S&M habe nur mit Kindheitserfahrungen zu tun, dem Kämpfen um Macht und Unterwerfung. Ich glaube nicht, daß es so einfach ist. Habe ich nie geglaubt. Eine der Eigentümlichkeiten von sadomasochistischen Phantasien hat mich immer fasziniert, lange bevor ich auch nur im Traum daran dachte, sie auszuleben. Keine dieser Phantasien kommt ohne entsprechendes Zubehör aus, und das hat keiner von uns in seiner Kindheit je gesehen.«

Ich trank einen Schluck.

»Du weißt, was ich meine«, fuhr ich fort, »Folterbänke und Peitschen, Zaumzeug und Ketten. Handschuhe, Korsetts. Hat man dir je mit der Folterbank gedroht, als du klein warst? Warst du jemals gezwungen, Handschellen zu tragen? Ich habe nicht einmal eine Ohrfeige bekommen. Diese Dinge stammen nicht aus der Kindheit, sie stammen aus unserer historischen Vergangenheit. Der Vergangenheit der Menschen. Die ganze verdammte Ahnenkette, die seit undenklichen Zeiten Gewalt angewendet hat. Es sind die verführerischen und beängstigenden Symbole der Grausamkeit, die bis ins neunzehnte Jahrhundert hinein alltäglich waren.«

Sie nickte. Sie schien sich an etwas zu erinnern und berührte ihre Taille leicht mit der Hand, strich über den Stoff ihres Kleides. »Das allererste Mal«, sagte sie, »als ich so ein schwarzes Lederkorsett angezogen habe, weißt du …«

»Ja …«

»… da hatte ich so ein Gefühl von der Zeit, als alle Frauen solche Sachen trugen, jeden Tag …«

»Natürlich. Als es zum Alltag gehörte. All das Zubehör ist Strandgut der Vergangenheit. Und wo ist es heute? In unseren Träumen. In erotischen Romanen. In den Bordellen. Nein, beim S&M haben wir es mit etwas anderem als Kindheitserfahrungen zu tun; es ist unsere tiefste Sehnsucht, Intimität durch Gewaltanwendung zu erreichen, unser tiefstes Streben nach Leiden und Leidenlassen, danach, andere zu *besitzen.*«

»Ja, besitzen ...«

»Und wenn wir die Folterbänke und die Peitschen und das Zaumzeug für immer in S&M-Inszenierungen verbannen könnten – wenn wir Vergewaltigung in S&M-Inszenierungen verbannen könnten –, dann könnten wir die Welt vielleicht retten.«

Sie schaute mich lange an, ohne etwas zu sagen. Und schließlich nickte sie leicht, so als habe nichts von dem, was ich gesagt hatte, sie überrascht.

»Mag sein, daß es für einen Mann anders ist«, sagte ich. »Ruf mal in irgendeiner Nacht bei der Polizei von San Francisco an und frag sie, wer die Überfälle und Diebstähle begeht. Es sind die Leute mit zuviel Testosteron im Blut.«

Sie lächelte ein kleines, höfliches Lächeln, wurde aber sofort wieder ernst.

»Der Club weist den Weg in die Zukunft«, sagte ich. »Du solltest stolz darauf sein. Man kann Sexualität nicht sanieren oder durch Gesetze ändern. Sie muß verstanden und im Zaum gehalten werden.«

Sie gab mit zusammengepreßten Lippen einen leisen, zustimmenden Laut von sich.

Ich trank einen Schluck und schwieg; ich beobachtete den Zug der Wolken am blauen Himmel.

Ich spürte das Vibrieren des Dampfers im ganzen Körper, fühlte das dumpfe Stampfen der Maschinen, selbst den starken, stillen Sog des Stroms, so kam es mir jedenfalls vor. Der Wind war ein bißchen stärker geworden.

»Du bist nicht wirklich stolz auf das, was du geschaffen hast, nicht wahr?« fragte ich. »Ich meine, ungeachtet der Dinge, die du gestern abend gesagt hast.«

Sie schaute düster, beunruhigt und sah unbeschreiblich liebenswert aus, wie sie so neben mir saß; der Saum ihres Kleides war über ihre nackten Knie hochgerutscht; ihre langen, schlanken Waden so wohlgeformt, ihr Gesicht so still. Ich wünschte, sie würde mir sagen, was sie wirklich dachte.

»Ich finde dich fabelhaft«, sagte ich. »Ich liebe dich. Es ist so, wie ich dir gestern abend gesagt habe.«

Sie antwortete nicht. Sie schaute in den blauen Himmel, ganz in Gedanken.

Nach einer Weile sah sie mich an.

»Und dir war immer voll bewußt, was du vom Club wolltest«, sagte sie. »Er sollte immer diese therapeutische Wirkung für dich haben?«

»Therapeutisch, verdammt«, gab ich zurück. »Ich bin nichts als Fleisch und Blut, und ich höre sehr auf das Fleisch, vielleicht mehr als andere Leute.« Ich berührte ihre Wange ganz leicht mit den Fingern. »Ich hatte mein Leben lang das Gefühl, daß ich ein bißchen körperbezogener bin als die meisten Menschen.«

»Das gilt auch für mich«, sagte sie.

Sie legte ihre Hand in meinen Nacken und kraulte mich sacht.

»Hm, das mag ich«, sagte ich. »Als ich das erste Mal vom Club hörte, konnte ich nicht recht glauben, daß tatsächlich jemand den Mumm gehabt hatte, so was in dieser Größenordnung auf die Beine zu stellen. Ich war baff. Ich war verrückt. Ich wußte, daß ich in den Club kommen mußte, koste es, was es wolle.«

Ich schloß eine Sekunde lang die Augen und küßte sie. Ich legte den Arm um sie, zog sie an mich und küßte sie wieder.

»Ich möchte mit dir allein sein«, sagte ich. »Ich möchte zurück ins Hotel und mit dir allein sein.«

»Küß mich noch mal«, sagte sie.

»Ja, Madam.«

25
ELLIOTT
»The Lady in My Life«

Auf dem Heimweg kauften wir Wein und einen Berg von Köstlichkeiten – Kaviar, Cracker, Äpfel, saure Sahne, geräucherte Austern. Ich kaufte Zimt, Butter und Brot, französischen Joghurt, eine gekühlte Flasche Dom Perignon (den besten, den sie hatten, fünfzig Dollar) und ein Paar Weingläser.

Als wir ins Zimmer kamen, bestellte ich einen Eiskübel, stellte die Klimaanlage ab und klinkte die Fensterläden wieder ein wie beim ersten Mal.

Die Dämmerung breitete sich aus, diese lebendige, süße Abenddämmerung von New Orleans, mit einem blutroten Himmel und dem rosa Oleander, der im Blättergewirr des Gartens leuchtete. Die Hitze hing noch in der Luft, wie sie es an der Küste niemals tut. Die Wärme fühlte sich samten an, und das Zimmer war voll dunkler Schatten.

Lisa hatte sämtliche Telefonnachrichten zerknüllt und weggeworfen. Sie saß auf dem Bett, das weiße Kleid war über die Schenkel hinaufgerutscht, die Schuhe hatte sie in eine Ecke gekickt. Sie hielt eine große, kristallene Parfümflasche in der Hand und rieb sich das Parfüm in die Haut. Sie massierte es in ihren Nacken und die Waden. Sie rieb es sich zwischen die Zehen.

Als der hübsche Mulattenjunge mit dem Eiskübel kam, brachte er weitere Telefonnachrichten mit.

»Wirfst du sie bitte weg?« fragte Lisa, ohne sie anzuschauen.

Ich öffnete den Champagner und schaffte es, ihn fast perfekt in die beiden Gläser sprudeln zu lassen.

Ich setzte mich neben sie. Das Parfüm war diesmal nicht Chanel sondern Chalandre. Wonnevoll überwältigend. Ich nahm ihr den Flakon aus der Hand, stellte ihn auf den Tisch und reichte ihr das Champagnerglas.

Das Parfüm vermischte sich mit dem Sonnenduft ihres Haars und ihrer Haut. Ihre Lippen waren feucht vom Champagner. »Vermißt du den Club?« fragte sie.

»Nein«, erwiderte ich.

»Ich meine, die Riemen und Peitschen und alles das, vermißt du es?«

»Nein«, sagte ich und küßte sie wieder. »Es sei denn, du hast das unbezwingbare Verlangen, mich kräftig zu versohlen. In dem Fall werfe ich mich dir zu Füßen, wie es sich für einen Gentleman gehört. Aber ich habe etwas anderes im Sinn, etwas, das ich schon immer tun wollte.«

»Tu es«, sagte sie.

Sie schlüpfte aus dem Kleid. Ihre sonnengebräunte Haut war sehr dunkel auf dem weißen Bett, aber das Licht war noch ausreichend, um ihre erdbeerroten Brustwarzen zu erkennen. Ich ließ meine Hand hinunter zwischen ihre Beine wandern, berührte ihr weiches, heimliches Haar, liebkoste sie, stand auf und ging leise aus dem Zimmer hinaus in die kleine, dunkle Küche.

Ich kam mit der Butter und dem gemahlenen Zimt zurück.

Ich entledigte mich meiner Kleider. Sie lehnte sich, auf die Arme gestützt, zurück, und ihre aufragenden Brüste, die lange, elegante Kurve ihres flachen Bauchs bis zu dem Hügel dunklen Haars waren hinreißend.

Auf ihren Wangen lag eine leichte Röte.

»Was willst du tun?« fragte sie und schaute beinahe schüchtern auf die Dinge, die ich mitgebracht hatte.

»Nur etwas, das ich schon immer tun wollte«, sagte ich, legte mich neben sie, drückte sie aufs Bett, nahm ihren Kopf zwischen meine Hände und küßte sie. Mit der rechten Hand griff ich über sie hinweg und nahm etwas Butter mit den Fingerspitzen auf. Die Butter war von der Hitze schon wundervoll weich; ich strich sie um ihre rosigen Brustwarzen, liebkoste sie dabei und zog ein bißchen daran. Sie atmete tief. Unsichtbar stieg die Hitze von ihr auf wie das Parfüm. Ich hielt die kleine Zimtdose an meine

Lippen. Schnupperte daran, roch diesen köstlichen, östlichen Duft, diesen verbotenen Duft, wohl das wildeste aphrodisische Aroma, das ich je gerochen habe, außer dem Geruch eines männlichen oder weiblichen Körpers. Ich rieb ihre Brustwarzen mit Zimt ein.

Dann rollte ich mich auf sie, erdrückte sie ein bißchen, mein Schwanz lag hart auf ihrem Schenkel, und begann, an ihren Brüsten zu lecken und zu lutschen.

Ich fühlte, wie sie sich unter mir anspannte. Die Hitze ihres Geschlechts war unglaublich, und sie stöhnte und kämpfte offenbar dagegen an, die Arme zu heben, dann umklammerte sie meinen Kopf. Sie war wild erregt, aber irgendwie wehrte sie sich, verängstigt.

»Es ist zuviel«, sagte sie, »zuviel.«

Ich strich ihr das Haar aus dem Gesicht. Ich war jetzt nur noch Tier, wollte nichts, als sie besitzen. Mir fiel ein, was sie über die Augenbinde gesagt hatte, daß sie mir die Dinge hätte erleichtern sollen. Ich streckte die Hand aus und griff nach dem kleinen Baumwollhöschen, das sie unter dem Kleid getragen hatte. Ich dehnte es, bis es nur noch ein Streifen weißen Stoffs war, und verband ihr damit die Augen. Ich drückte den Knoten auf dem Hinterkopf zusammen, bis er flach war, dann legte ich ihren Kopf auf das Kissen zurück.

Sie atmete einmal lang, tief und schmachtend. Ihr Mund entspannte sich. Ihre Lippen wurden weich und voll und sinnlich, und in ihrem ganzen Körper unter mit löste sich die Verkrampfung. Ich fühlte, wie er warm wurde und sich mir öffnete. Sie schlang die Arme um meinen Hals, und ihre Hüften hoben sich mir entgegen.

Sie murmelte etwas, ganz leise. Und als ich diesmal ihre Brust leckte, sie in den Mund nahm und daran saugte, sich meine Zähne um die Brustwarzen schlossen und daran knabberten, stöhnte sie und drückte sich an mich. Es machte mich wild, es mit ihr zu machen, und ich mußte mich ein bißchen aufrichten, um meinen Schwanz von ihren Schenkeln, ihrer heißen Nässe zu entfernen, sonst wäre ich gekommen, und es wäre zu schnell vorüber gewesen. Sie stieß rauhe Schreie aus, Schreie, die ein Kind oder eine Nonne hätten glauben lassen, daß ich sie quälte. Irgend etwas in ihr war aufgebrochen.

Ich nahm wieder von der weichen Butter, rieb sie in ihr Schamhaar und auf die Lippen ihrer Vagina. Ich rieb sie mit Zimt ein, rieb Zimt auf ihre Klitoris, als sie die Beine spreizte. Sie war die personifizierte Hingabe.

»Tu es, tu es ...«, flüsterte sie. So klang es jedenfalls.

Ich war jetzt so wild, daß ich es nicht länger hinauszögern konnte. Ich vergrub mein Gesicht in ihr, suhlte mich in ihrem Duft, ihrem sauberen Duft und dem Duft von Butter und Zimt.

Ich begann, unterhalb der Klitoris zu lecken, öffnete sie mit der Zunge, schleckte aufwärts, und dann umschloß ich sie mit dem Mund, umschloß die Lippen und begann zu saugen.

Sie tobte, war vollständig mein. Sie wand sich, drückte ihre Hüften in die Höhe, aber sie wehrte sich nicht. Sie gehörte mir. Ich verschlang die Butter, ich verschlang den Zimt, ich kostete diesen aphrodisischen Geschmack, das Gewürz und ihre Säfte und ihre Hitze. Sie kämpfte; sie sagte, sie werde gleich kommen.

Ich rollte mich auf sie, und als mein Schwanz in sie eindrang, war sie so eng und so heiß, daß ich in ihr explodierte. Sie kam und kam gleichzeitig mit mir, ihr Gesicht scharlachrot, die Augenbinde aus weißer Baumwolle leuchtete in der Dunkelheit, ihre Lippen bebten.

»Sag meinen Namen, Lisa«, sagte ich.

»Elliott«, sagte sie. Und sie sagte es noch einmal. Ihr Geschlecht war fest um mich geschlossen und bebte wie ihr Mund, und ich lag ganz still in ihr.

Ein Weilchen später erhob ich mich und drehte die Dusche auf. Ein schöner, angenehmer Regen warmen Wassers, und das kleine, weiß gekachelte Badezimmer war sofort voller Dampf. Ich seifte mich von oben bis unten ein und dachte nach, versuchte, die postorgastische Müdigkeit abzuschütteln.

Ich schrak zusammen, als sie vor der Glastür auftauchte. Ich machte ihr auf.

Sie kam herein, sah ebenfalls verschlafen aus, das Haar zerwühlt. Ich zog sie unter den Wasserstrahl. Dann rieb ich Seife in den Waschlappen und seifte sie ein. Ich rieb ihre Schultern und Brüste, wusch alle restliche Butter ab. Ich konnte sehen, wie ihre Begierde erneut erwachte.

Sie küßte meine Brustwarzen, liebkoste sie mit den Fingern. Dann umschlang sie mich. Ich küßte ihren Hals, und das Wasser strömte über uns beide. Ich liebkoste ihr Geschlecht mit dem seifigen Lappen, wusch es in langsamen, kräftigen Bewegungen.

»Komm«, raunte ich, »komm in meinen Armen. Ich möchte dich kommen sehen.« Ich liebte es, sie nackt und glitschig und schaudernd an mich gelehnt zu fühlen.

Ich fühlte, wie sich ihr Geschlecht öffnete, als sie sich auf die Zehenspitzen stellte. Ich fühlte, wie ihre Hand meinen Rücken hinunterglitt, wie sich ihre Finger zwischen meine Pobacken schoben, mich massierten, mich aufmachten und ganz, ganz zart hineinschlüpften.

Dieses unbeschreibliche Gefühl, aufgemacht und gevögelt zu werden. Sie hatte zwei Finger in mich gesteckt. Sie bohrte tief, tief und sanft hinein, so wie sie es mit dem Phallus im Club getan hatte, berührte genau die richtige Stelle, fand die Drüse, drückte darauf.

Ich ließ den Waschlappen fallen und drang in sie ein. Sie kam mit heftigen Schaudern. Sie hatte den geöffneten Mund an meine Wange gedrückt. Die Schluchzer blieben ihr im Halse stecken. Ich vögelte sie vor der weißen Kachelwand. Ihre Finger steckten noch immer in mir. Sie kam wieder, wenn sie überhaupt aufgehört hatte zu kommen. Ihre Brüste waren so gerötet wie ihr Gesicht, über ihr Gesicht perlten die Wassertropfen, das Haar floß über ihre Schultern und ihren Rücken, als wäre es Wasser.

»Ich meinte es ernst, als ich sagte, ich liebe dich«, sagte ich.

Keine Antwort. Ihr Gesicht zu mir gehoben, küßte sie mich, legte den Kopf an meine Schulter. Wundervoll, genug für den Augenblick, meine Schöne, ich kann warten.

Das River Queen Lounge war gut besucht, als wir hinkamen, aber sie war bei weitem die schönste Frau im Raum.

Sie trug ein kleines schwarzes Saint-Laurent-Kleid und hohe Stöckelschuhe, ihr Haar war wild und hexenhaft. Die Diamanten ließen ihren Hals lang und exotisch aussehen. Ich denke, ich war auch recht ansehnlich in meinem schwarzen Smoking. Aber das war nicht der Grund, warum uns alle anstarrten.

Wir waren wie eine Pärchen auf Hochzeitsreise, schmusten, sobald wir unsere Drinks bekommen hatten, und schoben uns, aneinander klebend, auf die Tanzfläche zwischen die Polyester-Ehepaare.

Der Raum war in sanftes, pastellfarbenes Licht getaucht, die Stadt ein glitzernder Ozean jenseits der Spiegelglasfenster, eine lateinamerikanische Band spielte richtige Tanzmusik.

Die Drinks stiegen uns zu Kopf. Mit zwei Hundertdollarscheinen brachte ich die Band dazu, während der Pause weiterzuspielen, und wir tanzten Rumbas und Cha-Cha-Chas und lauter Sachen, die ich früher nie getanzt hätte. Ihre Hüften wiegten sich hinreißend unter dem schwarzen Kleid, ihre Brüste wippten in der Seide, ihre Füße drehten sich auf den hohen Absätzen.

Wir hatten einen Lachanfall nach dem anderen.

Nachdem wir einen Cha-Cha-Cha getanzt hatten, kehrten wir zum Tisch zurück und bogen uns vor Lachen.

Und wir tranken lauter klebrige, ekelhafte, lächerliche Touristencocktails. Alles, was Ananas oder kleine Papierschirme oder bunte Strohhalme enthielt, was Sunrise oder Voodoo oder Sazarac im Namen hatte, das wollten wir. Aber am meisten Spaß hatten wir, als die Band einen Bossa Nova spielte. Der Sänger war eine miserable Imitation von Gilberto, mit den einschläfernden portugiesischen Texten und den berauschenden Rhythmen; wir waren nicht mehr zu bremsen und unterbrachen nur kurz, um im Stehen einen Schluck von unseren Drinks zu nehmen.

Gegen elf Uhr wollten wir etwas Geräuschvolleres. Ich trug sie in den Fahrstuhl, und sie kicherte an meiner Brust.

Wir gingen in die Rue Decateur und fanden eine dieser neuen Discos, einen Schuppen, wie ich ihn niemals mit New Orleans in Verbindung gebracht hätte, genau wie Tausende anderer Discos in der ganzen Welt, gerammelt voll, mit blitzendem buntem Licht. Die Gäste waren jung, die Musik ohrenbetäubend. Über einen riesigen Bildschirm flackerte Michael Jackson, der grölte »Wanna Be Startin' Something«, und wir stürzten uns sofort mitten hinein, schaukelnd und uns drehend, in dieses Meer von Leibern geworfen, hielten einander fest und schmusten mit neuer Leidenschaft. Niemand, absolut niemand hier war angezogen wie wir. Alle starrten uns an. Und wir fanden es einfach großartig.

Kaum hatten wir unsere Drinks bekommen, zog uns der langsamere Sound von Eddie Grants »Electric Avenue« zurück auf die Tanzfläche. Wir erfanden, was wir machten, egal was die anderen taten. Gleich anschließend »Every Breath You Take« von Police und »King of Pain«. Und dann wurde der Bildschirm dunkel für »L.A. Woman« von den Doors. Es hatte nichts mehr mit Tanzen zu tun, es war totaler Wahnsinn, Krämpfe, Zuckungen, Hüpfen und Wirbeln, Lisa auffangen, wenn sie den Boden unter den Füßen verlor. Das Haar klebte ihr in nassen Strähnen im Gesicht.

Dergleichen hatte ich seit Jahren nicht mehr erlebt, nicht mehr, seit den großen Rock-Konzerten in San Francisco, als ich dort Student war. Wir kippten reihenweise Drinks. Wir glitten durch David Bowie und Joan Jett und Stevie Smith und Manhattan Transfer, dann wieder zurück zu Jackson mit einer dieser Wange-an-Wange-Nummern, und wir befanden uns in einer süßen Umarmung auf der Tanzfläche, als sie »The Lady in My Life« sangen.

Ich sang es ihr ins Ohr. Ich hatte mit dem Rest der Menschheit nichts mehr zu tun. Ich hatte alles auf der Welt, was ich je gewollt hatte. Wir hielten uns umarmt und waren ein einziger Leib, ein einziger warmer Körper, ein Satellit, der seine Umlaufbahn verlassen hat und für immer auf seinem eigenen himmlischen Pfad kreist.

»Hab Mitleid mit den anderen«, sagte ich, »sie wissen nicht, daß dies der Himmel auf Erden ist; sie wissen nicht, wie man hineingelangt.«

Um ein Uhr schlüpften wir Arm in Arm nach draußen und ließen uns einfach durch die engen Straßen treiben.

Wir waren schlapp und müde, und als wir zu einem dieser kitschigen, altmodischen Laternenpfähle kamen, nahm ich sie in die Arme und küßte sie, wie ein Matrose ein Mädchen küßt, das er gerade aufgegabelt hat. Ich nagte an der Innenseite ihres Mundes und befingerte ihre Brustwarzen durch den schwarzen Seidenstoff.

»Ich möchte nicht ins Hotel zurück«, sagte sie. Sie war ganz zerzaust und bezaubernd. »Ich möchte woanders hingehen, aber laufen kann ich nicht mehr, ich bin zu betrunken. Laß uns ins Monteleone gehen.«

»Warum willst du nicht zurück?« fragte ich. Sie hätte im Club anrufen sollen, aber ich wußte, daß sie es nicht gemacht hatte. Sie war nie außerhalb meines Blickfeldes gewesen, abgesehen von den kurzen Momenten, als sie zur Toilette gegangen war.

»Ich will einfach das Telefon nicht klingeln hören«, sagte sie. »Laß uns woanders hingehen, irgendwohin, warum nicht ins Monteleone, einfach nur in ein Hotelzimmer, weißt du, so als hätten wir uns eben erst kennengelernt.« Es lag ihr wirklich viel daran. »Bitte«, sagte sie. »Bitte, Elliott.«

»Okay, mein Schatz.«

Wir drehten um und gingen zum Monteleone.

Man gab uns ein Zimmer im vierzehnten Stock. Perlgrauer Samt, Spannteppich an den Wänden, ein kleines Doppelbett, genau wie eine Million altmodischer Hotelzimmer in Amerika. Ich schaltete die Lichter aus, zog die Vorhänge auf und schaute hinunter auf die Dächer des Französischen Viertels. Wir tranken Scotch aus der Flasche, die wir unterwegs gekauft hatten, und dann legten wir uns angezogen auf die Bettdecke.

»Eines möchte ich gerne noch wissen«, sagte ich in ihr Ohr. Ich ließ meinen Finger um den Rand ihres Ohres wandern. Sie war wie ein kleiner, schlaffer Sack, süß und heiß neben mir.

»Was?« fragte sie. Sie war schon fast eingeschlafen.

»Wenn du in mich verliebt wärst, wenn du mich hergebracht hättest, weil du verliebt bist, wenn du einfach bis über beide Ohren in mich verliebt wärst, so wie ich in dich, und es für dich nicht einfach ein Spielchen wäre oder ein Nervenzusammenbruch oder dergleichen, würdest du es mir dann sagen?«

Sie antwortete nicht. Sie lag still, als wäre sie schon eingeschlafen. Der Schatten ihrer Wimpern dunkel auf ihren Wangen, das Saint-Laurent-Kleid weich wie ein Nachthemd. Sie atmete tief. Ihr rechter Arm lag auf mir, und ihre Finger versteiften sich auf meinem Hemd, aber so, wie eine Hand es im Schlaf tun mag.

»Fahr zur Hölle, Lisa«, sagte ich.

»Jaaa«, sagte sie. Aber im Schlaf. Sie war weggetaucht.

26
ELLIOTT
Sehnsucht unter Eichen

Wir waren die einzigen Menschen am nächsten Tag, die in Abendgarderobe durch die Plantagen fuhren. Aber was soll's, wir waren auch die einzigen gewesen, die im Drugstore in Abendgarderobe gefrühstückt hatten.

Die Privatlimousine brachte uns nordwärts nach Destrahan Manor, dann zur San-Francisco-Plantage und weiter nach Oak Alley in Saint Jacques.

Wir kuschelten uns auf dem großen grauen Samtsitz aneinander und erzählten uns wieder Geschichten aus unserer Kindheit, redeten über Enttäuschungen und Träume. Es war unwirklich, mit hundert Stundenkilometern durch die flache Landschaft von Louisiana zu fliegen. Der Deich versperrte den Blick auf den Mississippi, und der Himmel war häufig über grünem Laub versteckt.

Die Klimaanlage war leise und angenehm kühl, und wir rollten durch einen Tunnel der Zeit, wie wir durch einen Tunnel aus üppig strotzendem Grün des subtropischen Landes rollten.

Wir hatten reichlich Getränke in der kleinen Kühlbox. Wir hatten kaltes Bier und Kaviar und Cracker. Wir schalteten den kleinen Farbfernseher ein und schauten Shows und Serien an.

Und dann machten wir Liebe, wundervoll verkaterte Liebe, ohne Augenbinde, ohne alles, einfach ausgestreckt auf dem breiten, weichen Sitz.

Doch in Oak Alley geriet ich ins Grübeln, vielleicht weil es eine der prachtvollsten Plantagen ist, die ich je gesehen habe. Oder vielleicht auch, weil ich endlich ein bißchen Zeit zum Nachdenken hatte.

Oak Alley hat tatsächlich eine Eichenallee, die zum Eingang

des Hauses führt. Es ist eines jener wirklich harmonischen Häuser mit einer zentralen Eingangshalle und mit Treppen, die einem das Gefühl geben, jede andere Art von Haus sei unordentlich. Aber Oak Alley ist nicht nur erhaben und würdevoll. Da ist die Farbe des Lichts, das durch das Eichenlaub fällt, das hohe Gras, in dem man zu versinken meint, wenn man ums Haus geht; da sind die schwarzen Angus-Kühe in der Ferne, die einen anstarren wie Geister aus einer exotischen Vergangenheit; da sind die runden Säulen, die hohen Veranden, und über allem liegt eine wundervolle Ruhe.

Ich war störrisch und still, während wir herumstreiften, ich mußte mir über etwas klarwerden.

Ich liebte sie. Ich hatte es ihr und mir selber mindestens dreimal gesagt. Sie entsprach in jeder Hinsicht der Frau, die ich mir immer gewünscht hatte, vor allem, weil sie sinnlich war und ernst; sie war klug, und sie war direkt und schmerzhaft ehrlich auf ihre eigene Weise, was wohl der Grund dafür war, daß sie jetzt schwieg. Und zu alledem war sie schön, unerbittlich schön. Egal ob sie redete oder schwieg, tanzte oder lachte oder aus dem Fenster schaute; sie war die erste Frau, die ich *so interessant* fand wie einen Mann.

Wäre Martin hier gewesen, hätte er vielleicht gesagt: »Ich hab's dir doch gesagt, Elliott. Du hast die ganze Zeit nach ihr gesucht.«

Mag sein, Martin. Mag sein. Aber wie hättest du, oder irgendwer sonst, das hier vorhersagen können?

Das war alles ganz wunderbar. Sie hatte uns auf spontane und romantische Weise aus dem Club herausgeschmuggelt, genauso wie ich es in der ersten Nacht gehofft hatte. Aber es war klar, daß es dafür mindestens drei mögliche Gründe gab. Entweder sie liebte mich, oder sie hatte die Nerven verloren. Oder sie gönnte sich tatsächlich nur ein kleines Vergnügen. Also, ich meine, wenn du sechs Jahre lang im Club gelebt hast, dann ist das Ausleben von Phantasien wirklich dein Ding, stimmt's?

Aber was auch immer zutraf – sie wollte es mir nicht sagen.

Als ich ihr sagte, daß ich sie liebte, war ihr Gesichtsausdruck so offen und zugänglich, wie ich es mir nur wünschen konnte. Aber sie hatte nicht geantwortet. Sie legte sich nicht fest. Entweder konnte oder wollte sie nicht rauslassen, was in ihr vorging.

Also gut. Was war zu tun? So bockig, grüblerisch und schweigsam ich auch sein mochte, ich liebte sie und den Irrwitz der ganzen Geschichte. Aber was sollte ich tun?

Als wir Oak Alley verließen und die Limousine auf die Flußstraße fuhr, war ich soweit zu glauben, daß die Situation genauso war, wie Männer sie sich wünschen: Sex und Spaß ohne Verpflichtungen, eine Affäre ohne Bindung. Nur war sie diejenige, die sich wie ein Mann verhielt. Und ich war derjenige, der sich wie eine verdammte Frau benahm und wollte, daß sie mir endlich sagte, wie es denn nun eigentlich mit uns stand.

Ich war ziemlich sicher, daß ich, wenn ich sie unter Druck setzen und erklären würde: »Schau, du mußt es mir sagen. Wir können keinen Schritt mehr weitergehen, wenn du mir nicht sagst, wie es mit uns steht«, die ganze Sache zerstören würde. Mit hoher Wahrscheinlichkeit. Sie könnte mir etwas so Enttäuschendes und Simples antworten, daß es mich vollständig zerschmettern würde.

Ich beschloß, sie einfach weiterhin zu lieben und nichts mehr zu sagen. Es war ein bißchen wie an jenem ersten verkaterten Morgen, als ich ihr gesagt hatte, sie würde mir weh tun und das wäre okay. Ungefähr. Nur daß ich jetzt zu erregt war und mir zu viele Dinge durch den Kopf gingen, um so sentimental darüber zu denken.

Mein Verstand begann sich zu regen. Ich sollte den Makler wegen des Hauses im Gartenviertel anrufen. Ich mußte meinen Vater anrufen. Ich mußte einen neuen Fotoapparat kaufen.

Ich wollte sie nicht fragen, warum wir nicht ins Hotel zurückfuhren, wem oder was wir auswichen, was der Club wohl unternehmen würde.

Doch als wir Oak Alley verließen und sie dem Fahrer sagte, er solle in das Sumpfgebiet nach Saint Martinsville fahren, da wußte ich, daß wir endgültig »abhauten«.

Wir hielten vor einem dieser typisch amerikanischen Discount-Läden und kauften Toilettenartikel und Zahnbürsten und die billigsten Klamotten, die man in den Staaten finden kann.

Im Motel in Saint Martinsville zogen wir Khaki-Shorts und weißte T-Shirts an und wanderten dann Arm in Arm wie ein Liebespaar in die feuchten, grünen Tiefen des stillen, endlosen Evangeline-State-Parks.

Das war ein weiterer verwunschener Ort, denn dort gibt es drei- und vierhundert Jahre alte Eichen, deren gewaltige, wunderschöne Äste bis zum Boden reichen, wahre Weltwunder. Das Gras ist wie Samt, und der Himmel schimmert wie glänzendes Porzellan zwischen den Zweigen und Blättern der Bäume hindurch. Wie Oak Alley war auch diese Welt ein dunkler, stiller, grünender Ort.

Als wir vögelten, hatten wir weder Butter noch Zimt, sondern wie in der Limousine nur uns beide in der winzigen, mit Tapeten ausgekleideten Kabine des Motels, und diesmal gelangten wir direkt zum Mond und zu den Sternen.

Sanfter, süßer, wilder ging es den ganzen Nachmittag weiter, die Küsse und die Seufzer und die leise gehauchten Worte zwischen den heruntergekommenen Puppenhausmöbeln und in einem Licht, das durch die schmutzigen, brüchigen, gelben Fensterläden und die zerknitterten Vorhänge drang und das immer goldener wurde, bis es ganz dunkel war.

Ich hatte Hunger. Ich wollte eine Cajun-Mahlzeit, echtes Cajun-Jambalaya und Shrimps und rote Bohnen. Und ich wollte die schrille Cajun-Musik mit Gesang hören und irgendwo eine kleine Bar finden, wo wir tanzen könnten.

»Ich werde das Haus im Gartenviertel kaufen«, sagte ich.

Sie schreckte hoch, als hätte jemand an einer Strippe gezogen.

»Es wird eine Million Dollar kosten«, sagte sie. Ihre Augen waren starr und fremd.

»Na und?« sagte ich.

Wir duschten zusammen und zogen wieder Discount-

Shorts und Sandalen an. Wir waren mehr oder weniger bereit zum Ausgehen.

Dann passierte was Blödes.

Eine von diesen dicken, braunen, widerlichen Louisiana-Kakerlaken kam ins Zimmer, und Lisa sprang vom Bett und kreischte, kreischte wirklich schrill.

In Wirklichkeit handelt es sich um eine Art Wasserkäfer, so wurde mir jedenfalls gesagt. Aber niemand in Louisiana nennt sie je anders als Kakerlaken, und es gibt viele Leute, die wegen dieser Kakerlaken ausflippen.

Ich persönlich habe keine Furcht vor Kakerlaken. Während Lisa also völlig hysterisch schrie und brüllte: »Elliott, bring sie um! Bring sie um! Bring sie um!«, war es mir ein Vergnügen, das Biest mit der Hand vom Teppich zu pflücken, um es durch die Tür hinauszuwerfen. Das ist viel besser, als sie zu zerschmettern, denn erstens gibt es ein widerwärtiges Geräusch, wenn man sie zertritt, und zweitens ist eine plattgetretene Kakerlake ein scheußlicher Anblick.

Aber die Tatsache, daß ich sie in die Hand nahm wie einen Nachtfalter, versetzte Lisa in katatonisches Entsetzen. Sie hielt sich die Hände vor den Mund und starrte mich an, als könne sie nicht glauben, was sie sah. Dann ließ sie die Hände sinken und sagte mit kreidebleichem Gesicht, schwitzend und zitternd: »Na, wenn das nicht der verfluchte Samurai persönlich ist, Mister Macho, der die verdammte Kakerlake mit bloßen Händen anfaßt!«

Ich weiß nicht, was genau in ihr vorging. Vielleicht war sie einfach nur verschreckt. Aber was immer es war, sie klang wütend und verächtlich und ironisch, und ich sagte, ohne darüber nachzudenken, möglicherweise auch unterbewußt irritiert über ihr unglaubliches Gekreische: »Was ist los, Lisa? Soll ich dir die Kakerlake ins T-Shirt stecken?«

Sie schnappte total über.

Sie schrie auf, rannte in das winzige, schäbige Badezimmer, knallte die Tür zu und schob den Riegel vor. Und durch die Tür klang das erbarmungswürdigste Schluchzen und Heulen, das ich je gehört hatte.

Nun, sie fand es einfach nicht komisch, ganz und gar nicht komisch. Sie hatte gräßliche Angst. Und ich war ein Schwein.

Eine volle Stunde lang konnte ich sie nicht überreden herauszukommen. Ich hatte die Kakerlake nach draußen befördert und umgebracht. Sie war tot. Es tue mir leid, sagte ich, ich würde dergleichen nie wieder tun, ich sei ruppig und gemein gewesen.

Aber gerade als ich sie beruhigt hatte und sie mir glaubte, daß ich einsah, mich gräßlich benommen zu haben, mußte ich einfach noch eine kleine, hänselnde Bemerkung fallenlassen: »Natürlich würde ich dir niemals eine dicke, klebrige, häßliche, vielfüßige, krabbelnde, braune Kakerlake ins Hemd stecken!«

Ich wußte, daß ich das nicht hätte sagen sollen, es war so sadistisch, aber gleichzeitig war es so verdammt komisch, daß ich mich nicht hatte bremsen können.

Schließlich bettelte ich, daß sie herauskommen möge.

»Ich hasse dich, Elliott«, sagte sie endlich mit tiefer, inbrünstiger Stimme. »Du verstehst das nicht. Du hast keine Ahnung, wie das ist. Du kannst dir nicht vorstellen, wie mir zumute ist. Ich schwöre bei Gott, daß ich dich in diesem Augenblick zutiefst hasse. Ich hasse dich wirklich.«

»Lisa, bitte, entschuldige! Es ist sieben Uhr. Es ist dunkel. Wir sind in dieser beschissenen Sumpfland-Stadt. Ich habe Hunger. Komm raus! Wenn du nicht rauskommst, Lisa, dann wird Mister Macho jetzt diese verdammte Tür aufbrechen.«

Sie kam nicht raus.

Ich brach die Tür auf.

Es war ganz leicht. Die Scharniere waren rostig, und als ich mit dem Holzstuhl dagegenschlug, brachen sie aus dem Rahmen. Lisa stand mit verschränkten Armen auf der Toilette, vor ihr lag die zerkratzte Tür, und sie starrte mich an. Der Türrahmen war völlig zersplittert.

»Schau, Mama«, sagte ich und hielt ihr beide Handflächen hin. »Keine Kakerlaken. Ich schwör's.« Ich stand ruhig da und lächelte sie an, flehte sie schweigend an. Ich winkte ihr, doch bitte runterzusteigen und zu mir zu kommen; und dann gab sie nach, sprang von der Toilette, lief über die Tür und fiel mir in die Arme.

»Ich will raus aus diesem Rattenloch«, sagte sie. Ich hielt sie im Arm und küßte sie, strich ihr das Haar aus dem Gesicht und entschuldigte mich wieder. Und leise und heiß und hilflos brach sie wieder in Tränen aus.

Es war ein außergewöhnlicher, süßer Augenblick, und ich kam mir vor wie ein Schwein.

Der Manager trommelte an die Eingangstür, seine Frau keifte laut.

Wir kriegten wieder alles auf die Reihe. Der Fahrer wartete schon draußen. Ich gab dem Manager einen Hundertdollarschein für den entstandenen Schaden und sagte mit höhnischer, hochnäsiger Stimme: »Soll Ihnen eine Lehre sein, an Rockstars zu vermieten.«

Wir krümmten uns vor Lachen, als wir ins Auto stiegen.

»Gottverdammte Hippies!« schimpfte der Manager.

Das versetzte uns in Hysterie.

Dreißig Kilometer außerhalb der Stadt fanden wir ein großartiges Restaurant an der Landstraße, mit eisiger Klimatisierung, und wir aßen alles, worauf ich Lust gehabt hatte, auf sechs unterschiedliche Arten zubereitete Garnelen und Jambalaya, und tranken kaltes Bier, und die Juke-Box spielte die schönste Kakophonie von Cajun-Musik, die ich mir wünschen konnte. Ich fraß wie ein Schwein.

Stunde um Stunde rollten wir nordwärts.

Wir schmusten, plauderten ein bißchen, und um uns herum fiel langsam die Nacht ein, und es spielte eigentlich keine Rolle, wo wir waren oder wo wir hinfuhren.

Als wir wieder leichten Hunger verspürten (ich jedenfalls, nicht sie. Sie staunte, daß ich schon wieder hungrig war), fuhren wir in ein Autokino, ließen den Fahrer zum Schlafen auf den Rücksitz, kauften Hot Dogs und Popcorn und schauten uns *Mad Max III* mit Mel Gibson an, einen australischen Film von

George Miller, den ich trotz der ironischen, sarkastischen Witzeleien seitens der weiblichen Insassin des Wagens fabelhaft fand.

Ich hatte ein Sechserpack Bier getrunken. Ich döste ein, als der zweite Teil endete, und sie startete den Motor.

»Wo fahren wir hin?« fragte ich schlaftrunken. Ich konnte kaum aus den Augen gucken.

»Schlaf nur«, sagte sie. »Wir sind auf dem Weg in unbekanntes Gelände.«

»Unbekanntes Gelände.« Das gefiel mir. Der kühle Wind der Klimaanlage wehte über mir. Ich kuschelte mich an sie und streckte die Beine seitlich aus. Die Nacht war ein Traum.

27
ELLIOTT
Warmhalten

Als ich aufwachte, schien die Sonne durch die Windschutzscheibe, und wir fuhren mit mindestens hundertsechzig Stundenkilometern. Der Fahrer schlief noch immer auf dem Rücksitz.

Ich warf einen Blick auf die Landschaft und wußte, daß wir nicht mehr in Louisiana waren. Und ein Blick nach vorn sagte mir, daß die Skyline vor uns nur zu einer Stadt in der Welt gehören konnte. Wir fuhren auf Dallas, Texas, zu, und man konnte die Hitze förmlich von der Straße aufsteigen sehen.

Ohne mich anzuschauen oder den Fuß vom Gaspedal zu nehmen – ihre nackten Beine ragten lang, sonnengebräunt und glatt aus den Khaki-Shorts –, griff sie nach einer silbernen Thermoskanne und reichte sie mir. »Kaffee, Blauauge«, sagte sie.

Ich trank einen großen Schluck heißen Kaffee und starrte nach vorn, beeindruckt von dem texanischen Himmel, den unglaublich hohen, dicken Wolken. Jemand hatte die ganze Welt aufgemacht. Die in der Stratosphäre aufgetürmten Wolken waren eine wogende weiße Landschaft, die sich in den Strahlen der Morgensonne rosa und gelb und golden färbte.

»Und was werden wir hier machen, meine Schönste?« Ich beugte mich hinüber und küßte sie auf die weiche Wange.

Wir befanden uns schon in dem Wirrwarr der makellosen Schnellstraßen von Dallas und glitten durch die Wildnis aus gläsernen Türmen und Stahlmonolithen. Überall sah ich futuristische Gebäude von beinahe ägyptischer Reinheit und Größe, makellose Spiegelungen der Wolkenlandschaft, die über die hochglänzenden Mauern glitten.

Sie schlängelte sich durch den Verkehr wie ein Rennfahrer.

»Schon mal von Billy Bob's Texas gehört?« fragte sie. »In Fort Worth? Da will ich heute abend tanzen gehen.«

»Donnerwetter! Du bist ein Mädchen nach meinem Geschmack«, sagte ich. Ich trank noch einen Schluck Kaffee. »Aber ich habe meine Schlangenlederstiefel in New Orleans gelassen.«

»Ich kaufe dir ein Paar neue Schlangenlederstiefel«, sagte sie.

»Wie wär's mit einem Frühstück?« Ich küßte sie wieder. »Neben dir sitzt einer, der dringend ein paar Eier mit Schinken, Pfannkuchen et cetera zwischen die Zähne kriegen muß.«

»Du denkst wirklich nur ans Essen, Slater.«

»Sei nicht eifersüchtig, Kelly«, sagte ich. »Im Augenblick bist nur du es, die ich noch mehr liebe.«

Wir blieben lange genug in dem riesigen, geschmacklosen, silbernen Hyatt-Regency-Hotel, um in der Dusche Liebe zu machen – dem Fahrer hatten wir ein eigenes Zimmer besorgt –, dann machten wir uns auf zu Neiman's, Sakowitz und den protzigen futuristischen Geschäftsstraßen mit ihren Glasdächern, Brunnen, Feigenbäumen, chromsilbernen Rolltreppen, wo man von Diamanten bis zu Fast Food alles kaufen kann.

Bei B. Dalton kaufte ich ein paar gute Bücher, vor allem ein paar alte Sachen, die ich ihr vielleicht vorlesen würde, wenn sie es zuließ. Und sie suchte lauter blaue, lavendelfarbene und violette Kleider für mich aus – Rollkragenpullis und Samtjacken, die ich ihr zuliebe im Laden überzog, dafür mußte sie mir zuliebe jedes weiße Kleid anprobieren, das wir fanden.

Am späten Nachmittag gingen wir zu Cutter Bill's, um zu kaufen, was wir wirklich haben wollten – Cowboyhemden mit Perlmuttknöpfen, verrückte Gürtel, hautenge Wrangler-Jeans und Mercedes-Rio-Stiefel.

Es war dunkel, als wir zu Billy Bob's Texas gelangten, und es war rammelvoll. Wir waren im Partnerlook bis hin zu den Hüten und schlenderten hinein wie ein Paar Einheimische, glaubten wir jedenfalls. Wer weiß, wie wir wirklich aussahen? Wie zwei über beide Ohren ineinander Verliebte?

Ich brauchte eine Weile, bis ich begriff, daß wir einen Komplex von der Größe eines ganzen Häuserblocks betreten hatten. Es gab Andenkenläden, Billardtische, Restaurants und Bars – sogar eine Rodeo-Arena –, und Tausende aßen und tranken und drängelten sich auf dem Tanzboden, während der ununterbrochene Sound einer Live-Country-Western-Band über alles hinwegdröhnte und mir sofort zu Kopfe stieg.

Während der ersten Stunde tanzten wir jedes Stück, schnell, langsam, mittel, tranken Bier aus der Flasche und imitierten einfach die Tänzer um uns herum, bis wir's begriffen hatten. Wir schlenkerten über die Tanzfläche, die Arme einander um den Hals gelegt, wirbelten, schwangen, drehten uns, tanzten Wange an Wange, knutschten. Mir schien es absurd, daß Frauen je Kleider getragen hatten, daß Verliebte nicht immer genau die gleichen Sachen trugen. Ich konnte meine Hände kaum von ihrem prächtigen kleinen Po in den engen Jeans lassen. Als sie sich den Hut über die Augen zog, an der hölzernen Barriere lehnte, die Füße kreuzte und die Daumen in die Jeanstaschen hakte, sah sie einfach so verdammt schön und zum Vögeln einladend aus, daß ich es nicht aushielt. Blieb nichts anderes übrig, als zu tanzen.

Das Rodeo in der kleinen Arena war echt, nichts Halbgares. Ich liebe den Geruch und den Lärm der stampfenden Tiere. Sie bedeckte sich das Gesicht ein paarmal, als die Typen beinahe unter die Hufe gerieten, dann schlenderten wir in das Restaurant, um ein paar Hamburger und Fritten zu essen, und gegen elf fand ich heraus, daß sie Pool-Billard spielen konnte.

»Warum hast du mir das nicht früher gesagt?« fragte ich. Es war an der Zeit für ein paar echte Spiele. Und um Mitternacht hatte sie drei Milliarden Dollar von mir gewonnen. Ich schrieb ihr einen Scheck.

Meine Füße brannten. Aber ich schwelgte noch immer in dem goldgelben Licht, der dröhnenden Musik, der tiefen, süßen, sentimentalen Baritonstimme Linda Ronstadts, die von »Faithless Love« sang. Einen letzten Tanz.

»S&M-Stiefel«, sagte ich schließlich. »Warum fängst du mich nicht mit dem Lasso und schleppst mich zum Auto, damit ich nicht laufen muß?«

»Das ist kein Scherz«, sagte sie. »Rat mal, wer auch auf Socken hier rausgehen wird? Komm, Cowboy, Zeit für das sprichwörtliche Tummeln im Stroh.«

Kurz nach acht, als ich im Schwimmbad ein paar Bahnen schwamm und unter viel Geblubber »Faithless Love« sang, kam sie, wieder in Jeans und Stiefeln gekleidet, heraus und sagte, wir sollten sofort nach Canton aufbrechen. Es war allerdings nicht Canton in China, sondern »Cant'n«.

»Immer mit der Ruhe, wo das auch sein mag«, sagte ich, während ich aus dem Wasser stieg. »Aber vorher eine Notration Rührei und Miller-Bier, okay?«

Außerdem wollte ich ihre Wranglers mit der Schere aufschneiden und mit ihr vögeln, ehe wir losfuhren. Wir einigten uns auf einen Kompromiß.

(Wir hatten nämlich keine Schere.)

Canton ist eine Stadt, eine Stunde südlich von Dallas, wo seit hundert Jahren jeden ersten Montag im Monat ein gigantischer Flohmarkt abgehalten wird, der Leute aus allen Teilen der Staaten anlockt. Gegen zehn Uhr rollten wir in der Limousine südwärts, der Fahrer wieder auf dem Rücksitz, Lisa am Steuer wie tags zuvor.

»Ich will nach Quilts schauen«, sagte sie, »den letzten echten Originalen aus den dreißiger und vierziger Jahren, die in Kansas, Texas und Oklahoma entstanden sind, wo die Frauen noch wußten, wie man sie macht.«

Es waren über fünfunddreißig Grad, als wir aus dem Auto stiegen.

Von elf bis eins schlurften wir über die staubigen Wege des riesigen Marktes an Tausenden von Buden und Tischen voller ramponierter Möbelstücke, Prärie-Antiquitäten, Puppen, Gemälde, Teppiche, Plunder vorbei. Quilts fanden wir kiloweise. Ich weiß es, weil ich sie in einem grünen Plastiksack auf der Schulter schleppte.

»Was würdest du ohne mich machen?« fragte ich.

»Tja, das weiß ich nicht«, sagte sie. »Halt mal still, Elliott, damit ich dir den Schweiß von der Stirn wischen kann.«

Aber in der Zwischenzeit hatte ich mich auch sozusagen in Quilts verliebt und die alten Muster kennengelernt – Dresdner Teller, Ehering, Blumenkorb, Sterntaler, Briefmarke. Mir gefielen die Farben, die Art, wie diese alten Dinger sich anfühlten, der saubere Baumwollgeruch und die Freundlichkeit der Verkäufer, die Lisa immer auf den Preis runterhandelte, den sie zahlen wollte.

Wir aßen Hot Dogs und dösten ein Weilchen im Schatten eines Baumes. Wir waren verstaubt und verklebt und betrachteten die vorüberziehenden Familien – die tonnenförmigen Männer in kurzärmeligen Hemden, die Frauen in Shorts und ärmellosen Oberteilen, die kleinen Kinder.

»Gefällt's dir hier?«

»Unheimlich gut«, sagte ich. »Es ist wie in einem fremden Land. Hier würde uns nie jemand finden.«

»Ja. Bonnie und Clyde«, sagte sie. »Wenn die hier wüßten, wer wir wirklich sind, würden sie uns umbringen.«

»Kann sein«, sagte ich. »Aber ich könnte mit ihnen umgehen, wenn sie grob würden.« Ich stand auf, besorgte zwei neue Dosen Bier und setzte mich wieder neben sie. »Wozu brauchst du eigentlich alle diese Quilts?« fragte ich.

Einen Moment lang sah sie seltsam aus, so als hätte sie ein Gespenst gesehen oder so was. Dann sagte sie: »Um mich warm zu halten.«

»Das ist aber gar nicht nett, so was zu sagen, Bonnie. Kann der alte Clyde neben dir dich nicht warm halten?«

Sie schenkte mir eines ihrer seltenen Lächeln, einfach hinreißend.

»Wenn du dich an mich hältst, Bonnie«, sagte ich, »dann schwöre ich dir, daß du nie wieder frierst.«

Auf dem Rückweg nach Dallas machten wir auf dem Rücksitz Liebe auf all den Quilts.

Wir breiteten sie auf dem Bett aus, als wir ins Hyatt kamen, und sie verhalfen dem Zimmer zu echter Eleganz. Dann gingen wir schwimmen, aßen im Zimmer zu Abend, und anschließend las ich ihr vor, während sie neben mir auf dem Bett lag.

Sie war eine fabelhafte Zuhörerin. Ich hatte mir immer ein Mädchen gewünscht, dem ich vorlesen konnte, und ich sagte es ihr.

Es war Mitternacht. Wir zogen uns wieder an und fuhren im Fahrstuhl bis unter die Kuppel, wo wir tanzten, bis die Band zu spielen aufhörte.

»Laß uns ein bißchen rumfahren«, sagte sie, »die Landhäuser von Turtle Creek und Highland Park im Mondschein anschauen, ja?«

»Gern, aber unter der Bedingung, daß wir Rip Van Winkle aufwecken und ihn fahren lassen, damit ich mit dir auf dem Rücksitz kuscheln kann.«

Ich hatte das Gefühl, schon seit vielen Jahren mit ihr zusammen zu sein. Ich hätte mir nichts Besseres wünschen können als das, was in jedem Augenblick geschah.

Wir verbrachten vier solche Nächte in Dallas.

Wir aßen Hähnchen vorm Fernseher, während wir uns die Basketball-Spiele anschauten; wir wechselten uns beim Vorlesen ab. Wir gingen schwimmen.

Abends gingen wir zum Essen in die großen, glitzernden Restaurants von Dallas, in die Discos und Nachtclubs, und manchmal machten wir lange Fahrten durch das saubere Land und versuchten, alte, weiße Farmhäuser oder alte, zugewucherte Friedhöfe mit den Gräbern von toten Südstaatlern zu finden.

Wir schlenderten bei Sonnenuntergang, wenn die Zykaden in den Bäumen zirpten, durch altmodische Straßen kleiner Städte, und wir saßen auf Bänken am Marktplatz und beobachteten gedankenverloren, wie der Himmel langsam seine Farben und sein Licht verlor.

Wir schauten morgens um zwei alte Filme im Fernsehen an, kuschelten uns unter den Quilts aneinander und machten die ganze Zeit Liebe.

Wir redeten von den schlimmsten Sachen, die uns widerfahren waren, Eltern, Schule und dergleichen, und wir sprachen von den Dingen, die uns schön erschienen: Malerei, Bildhauerei, Musik.

Aber nach und nach begannen unsere Gespräche sich von uns wegzubewegen, an anderen Themen hängenzubleiben. Vielleicht hatte sie Angst. Vielleicht wollte ich nichts mehr sagen, ehe sie nicht etwas Bestimmtes gesagt hatte, das ich hören wollte. Ich weiß es nicht. Wir redeten noch immer viel, aber über alles andere.

Wir stritten uns über Mozart und Bach, Tolstoi und Dostojewski, darüber, ob Fotografie eine Kunst war – sie sagte, ja, ich, nein –, Hemingway und Faulkner. Wir hatten eine heftige Auseinandersetzung wegen Diane Arbus und über Wagner. Wir waren uns einig über das Genie von Carson McCullers, Fellini und Antonioni, Tennessee Williams und Jean Renoir.

Es herrschte eine fabelhafte Spannung zwischen uns, eine magische Spannung. So als könnte jeden Augenblick etwas geschehen. Etwas außerordentlich Bedeutsames, gut oder schlecht. Wer würde die Waage aus dem Gleichgewicht bringen? Wenn wir wieder über uns reden würden, würde es einen Schritt weitergehen müssen, und diesen Schritt konnten wir nicht tun. Doch Stunde um Stunde war es bemerkenswert wunderbar, bemerkenswert gut, einfach rundum in Ordnung.

Am fünften Tag nachmittags erklärte der Fahrer, daß er nach Hause müsse. Er sei zufrieden mit der Bezahlung, und das Reisen und das Essen seien ausgezeichnet, aber sein Bruder würde in der Redemptorist Church in New Orleans heiraten und er müsse zurück.

Wir wußten, daß wir ihn einfach hätten fahren lassen und einen anderen Wagen hätten mieten können.

Wir fuhren aus einem anderen Grund zurück.

Sie saß schweigend beim Abendessen und sah tragisch aus, das heißt, sie sah hinreißend, entzückend, herzzerreißend, beängstigend und umwerfend traurig aus. »Wir fahren zurück, nicht wahr?« sagte ich.

Sie nickte. Ihre Hand zitterte. Wir fanden eine kleine Bar an der Cedar Springs Avenue mit Juke-Box, und wir konnten ganz allein tanzen. Aber sie war zu verkrampft, zu unglücklich. Vor zehn Uhr gingen wir ins Hotel zurück.

Um vier in der Früh, als die Sonne bereits auf die gläserne Stadt schien, waren wir beide hellwach. Wir zogen wieder unsere Abendgarderobe an und verließen das Hotel. Sie sagte dem Fahrer, er solle sich auf den Rücksitz setzen, denn sie wolle fahren.

»So kannst du mir vorlesen, wenn du Lust hast«, sagte sie zu mir.

Das hielt ich für eine blendende Idee, denn wir hatten Kerouacs *Unterwegs* noch nicht angefaßt, mein Lieblingsbuch, das sie zu meiner Verwunderung nicht kannte.

Ich las ihr alle meine Lieblingsstellen vor, die wirklich verblüffenden, originellen Passagen, obwohl eigentlich das ganze Buch verblüffend und originell ist, und es dauerte nicht lange, da genoß sie es auch, nickte und lächelte und lachte und stellte mir Fragen über Neal Cassady, Allen Ginsberg, Gregory Corso und die anderen, die dieses Buch inspiriert hatten.

Schließlich las ich ihr den Abschnitt aus dem Buch vor, wo Sal und Dean in Denver sind und Dean ein Auto nach dem anderen klaut, so daß die Bullen nicht mehr begreifen, was eigentlich abläuft, und dann die Passage, wo sie eine Limousine nach New York fahren und Dean zu Sal sagt, er solle sich mal vorstellen, wie es wäre, wenn das Auto, das sie fuhren, ihnen gehörte, und daß sie diese Straße nehmen könnten, die quer durch Mexiko und Panama und sogar bis ans südliche Ende von Südamerika führt.

Ich hörte auf.

Wir waren gerade an Shreveport in Louisiana vorbeigerast und fuhren direkt nach Süden.

Sie schaute starr und mit weit aufgerissenen Augen geradeaus und blinzelte plötzlich, als versuche sie, durch einen Nebel hindurchzublicken.

Für den Bruchteil einer Sekunde schaute sie mich an und dann wieder auf die Straße.

»Die Straße gibt's noch, muß es noch geben«, sagte ich. »Durch Mexiko, Mittelamerika bis nach Rio ... Wir könnten ein besseres Auto mieten. Himmel, wir könnten fliegen, wir könnten irgendwas machen ...«

Schweigen.

Es war genau das, was ich mir vorgenommen hatte, nicht zu tun. Ich klang zu verärgert. Es würde nie hinhauen.

Sie wischte sich über die Augen. Tränen, tatsächlich.

Dann faßte sie sich wieder, starrte auf die Straße und konzentrierte sich aufs Fahren. Nach einer Weile klappte ich das Buch zu, öffnete die Flasche Johnny Walker, die ich irgendwo in Texas gekauft hatte, und nahm einen kleinen Schluck. Ich konnte nicht weiterlesen.

Gleich hinter Baton Rouge fragte sie: »Wo ist dein Paß? Hast du ihn dabei?«

»Nein, der liegt im Hotelzimmer in New Orleans«, sagte ich.

»Mist.«

»Und deiner?«

»Den hab' ich mit.«

Es war schon fast dunkel, als wir durch die engen Straßen des Französischen Viertels rasten. Sie weckte den Fahrer über die Sprechanlage.

Wir stiegen aus, zerknittert, müde, hungrig, mit einem Haufen lumpiger Papiertüten voller Plunder und betraten die gepflasterte Auffahrt des kleinen Hotels.

Lisa drehte sich um, ehe wir zum Empfangstresen kamen.

»Willst du wirklich?« fragte sie.

»Selbstverständlich will ich«, gab ich zurück.

Ich schaute sie an, ihr bleiches Gesicht, pure Angst in den Augen. Ich wollte fragen: Wovor laufen wir denn weg? Warum muß sich das so abspielen? Sag mir, daß du mich liebst, Lisa, verdammt noch mal.

»Viele Anrufe für Sie«, sagte die Dame am Empfang.

»Geh rein und hol deinen Paß«, flüsterte sie. Ihre Finger

krallten sich tief in meinen Arm. »Ich warte im Wagen auf dich. Komm gleich wieder raus.«

»Und Besuch ist auch für Sie da«, sagte die Frau. Sie reckte den Hals, um durch die Glastüren in den Hof zu schauen. »Zwei Herren warten auf Sie. Schon den ganzen Tag.«

Lisa schnellte herum und schaute durch die Glastüren.

Richard, der große Meister der Postulanten, stand in dem kleinen Garten und beobachtete uns, den Rücken unserer Hütte zugewandt. Und Scott, der Trainer der Trainer, stand gerade auf und drückte seine Zigarette aus.

28
ELLIOTT
Die Mauern von Jericho

Sie trugen dunkle Anzüge, düster und makellos, und begrüßten uns äußerst höflich, wenn nicht gar freundlich, als wir den Garten durchquerten, die Kate betraten und das Licht einschalteten.

Alles wirkte ordentlich, korrekt und normal, außer daß sie sich in der Hütte aufgehalten hatten und in den Zimmern noch immer der Zigarettenqualm hing. Aber die Tatsache, daß sie hier waren, hatte etwas Unheilvolles.

Richard, mit buschigen Brauen und lächelnd, war riesig, das heißt, er war noch gut fünf Zentimeter größer als ich. Scott, ein kleinerer und wesentlich eleganterer Mann, sah ebenso kräftig aus.

Lisa zitterte jetzt wirklich. Und sie tat etwas ausgesprochen Sonderbares, indem sie das ganze Schlafzimmer durchquerte und sich vor die Wand stellte. Es war so was wie eine hysterische Handlung. Andererseits war ich auch ganz schön nervös, als ich den beiden zunickte und die Tüten in das andere Zimmer trug.

Ich schaute nach, ob sonst noch irgendwer im Bad oder in der Küche war. Keiner war dort.

Scott, der in seinem gutsitzenden schwarzen Anzug blendend aussah, kam langsam in die Küche – alle seine Bewegungen und Gesten, so schien es, waren dazu angetan, jemandem die Befangenheit zu nehmen – und sagte mir, daß sie gern mit Lisa allein sprechen würden. Er schaute bekümmert drein. Er sah mich an, und ich fragte mich, ob er dachte, was ich dachte, nämlich, daß wir das letzte Mal, als er mich gesehen hatte, Herr und Sklave für ein Publikum von zwanzig Trainer-Novizen in seinem Unterricht gespielt hatten.

Ich wollte in diesem Augenblick lieber nicht daran denken. Aber ich konnte es fühlen, so, als habe eben jemand die Tür eines heißen Backofens aufgemacht. Er gehörte zu jenen Männern, die noch animalischer wirken, wenn sie elegant gekleidet sind.

»Wir müssen einen Moment mit ihr allein sprechen«, sagte er mit leiser, beinahe schnurrender Bruststimme.

»Ja, sicher, natürlich«, sagte ich.

Er legte seine linke Hand in meinen Nacken und drückte leicht; er lächelte, ein Aufblitzen angenehmer, dunkler Augen und weißer Zähne, und ging zurück ins andere Zimmer.

Ich ging hinaus und setzte mich auf die schmiedeeiserne Bank, die am weitesten von den Zimmern entfernt stand.

Aber ich wußte, daß Lisa mich dort, wo ich saß, sehen konnte. In dem kleinen Garten waren gerade mit Anbruch der Nacht die Lampen angegangen, und ich saß im Licht. Ich stellte einen Fuß auf die Bank und zündete eine Zigarette an. Ich wünschte, ich hätte die Flasche Scotch mit nach draußen genommen.

Es war natürlich besser, nichts zu trinken. Ich konnte sie durch die beleuchteten Fenstertüren sehen, vor dem Hintergrund der rosenfarbenen Wände, dem riesigen Himmelbett und den antiken Mahagonistühlen. Die beiden Männer in ihren schwarzen Anzügen gingen auf und ab und redeten gestikulierend auf Lisa ein. Lisa saß im Schaukelstuhl und hörte ihnen zu. Das Lampenlicht tanzte auf ihrem schwarzbraunen Haar.

Hören konnte ich wegen der verdammten Klimaanlage nichts, aber ich sah, daß Lisa immer verstörter wurde. Schließlich sprang sie auf und zeigte mit dem Finger auf Richard, der die Hände hob, als wäre ihr Finger eine geladene Pistole. Das ewige Lächeln um seinen Mund war verschwunden, doch seine Augen waren noch immer zusammengekniffen, als würde er lächeln. Aber tiefliegende Augen wie seine sehen oft so aus.

Sie schrie, und Tränen liefen über ihr Gesicht. Ich sah, daß ihre Halsschlagadern angeschwollen waren. Ihr Gesicht war verzerrt, und sogar ihre Beine in den hochhackigen Schuhen waren steif und zitterten.

Ich hielt es nicht länger aus. Ich stand auf und trat an die Tür. Lisa ging auf und ab, warf ihr langes Haar über die Schultern und redete laut. Aber ich konnte trotzdem nichts verstehen. Mir schien, daß Scott zu Richard gesagt hatte, er solle sich mal zurückhalten, denn Scott übernahm das Gespräch. Lisa beruhigte sich etwas. Scott bewegte sich auf diese katzenhafte, fließende Art, die Handflächen nach oben gerichtet, während er gestikulierte. Sie hörte zu und nickte, und dann schien sie mich durch die Glastür entdeckt zu haben. Wir schauten einander durch die Scheibe an.

Scott drehte sich um und guckte mich an. Ich blieb einfach stehen und wartete, nicht bereit, mich abzuwenden und fortzugehen.

Er trat ans Fenster, bedeutete mir, mich zu gedulden, und schickte sich an, die Vorhänge zuzuziehen.

Ich machte die Tür auf.

»Nein, mein Lieber«, sagte ich und schüttelte den Kopf. »Das geht nicht.«

»Wir reden nur, Elliott«, sagte Scott. »Du bist eine Ablenkung da draußen, und es ist unheimlich wichtig, daß wir dieses Gespräch führen.«

Lisa, die sich mit angezogenen Knien wieder in den Schaukelstuhl gesetzt hatte und sich die Nase putzte, schaute auf und sagte leise: »Ist okay, Elliott. Glaub mir. Es ist okay. Geh in die Bar, und hol dir einen Drink. Es ist wirklich in Ordnung.«

»Laßt uns erst noch was klarstellen, ehe ich das tue«, sagte ich. »Ich weiß nicht, was hier gespielt wird, aber niemand wird irgendwen zu irgendwas zwingen ...«

»Elliott, dergleichen tun wir nicht«, sagte Scott. »Wir zwingen niemanden, irgendwas zu tun. Du weißt doch, wer wir sind.« Er sah ein wenig beleidigt und qualvoll ehrlich aus. Seine schwarzen Augen waren ausdrucksstark, und sein Mund formte sich zu einem leichten und irgendwie traurigen Lächeln. »Aber es steht etwas auf dem Spiel, das für uns ungeheuer wichtig ist. Wir müssen mit Lisa darüber sprechen.«

»Ist in Ordnung, Elliott«, sagte sie, »wirklich. Ich ruf' dich in der Bar an. Bitte. Würdest du es mir zuliebe tun?«

Es waren die längsten fünfundvierzig Minuten meines bisherigen Lebens. Ich mußte mich tatsächlich alle dreißig Sekunden daran erinnern, daß ich mich nicht betrinken wollte. Sonst hätte ich mich mit dem verfluchten Scotch vollaufen lassen. Alle vergangenen Ereignisse explodierten wie Knallfrösche in meinem Hirn. Durch die offene Tür sah ich einen Ausschnitt der French Quarter Street, ein langes, schmiedeeisernes Rosenspalier auf einer Galerie über dem schmalen Bürgersteig, Pärchen, die Arm in Arm an den Neonlichtern eines Restaurants vorbeigingen. Ich hielt meinen Blick darauf gerichtet, als hätten die dunkelgrünen Türen im flackernden Licht etwas zu bedeuten.

Endlich kam Scott. Dieser Panthermensch mit dem kurzen, schwarzen Kraushaar erforschte mit flinken Augen den Raum.

»Jetzt müssen wir uns unterhalten, Elliott«, sagte er. Die Hand wieder in meinem Nacken, heiße, seidige Finger. Jeder im Club hat heiße, seidige Finger, dachte ich.

Richard wartete im Zimmer und erklärte, daß Lisa in der Küche sei. Ihre hochhackigen Schuhe mit den straßbesetzten, glitzernden Riemen lagen auf dem Teppich. Wie die Pantöffelchen in ihrem Schlafzimmer beim ersten Mal. Wie ein Eispickel quer durch den Schädel.

Ich setzte mich in den Sessel. Scott saß auf einem Stuhl mit gerader Lehne beim Sekretär. Richard lehnte mit den Händen in den Taschen am Bettpfosten.

»Elliott, ich möchte dir ein paar Fragen stellen«, sagte Richard. Angenehmes Gesicht, das Auftreten ähnelte dem von Martin, freundliche, tiefliegende Augen, das Lächeln ein wenig verkrampft.

Scott schien in seine eigenen Gedanken versunken zu sein.

»Warst du glücklich im Club, bevor du abgefahren bist? Ich meine, liefen die Dinge glatt, war es okay?«

»Ich möchte eigentlich nicht ohne Lisa darüber reden«, sagte ich.

Er schüttelte den Kopf, kleiner Anflug von Ungeduld.

»Wir müssen erst allein mit dir reden, Elliott. Wir müssen wissen, was im Gange ist. Aus allen unseren Berichten geht hervor – und wir sind verdammt gut im Beurteilen solcher Situationen –, daß es mit dir im Club wunderbar gelaufen ist. Wir sind alle dabei auf unsere Kosten gekommen.« Zusammengekniffene Augen. Eine Pause, die besagte: Sag mal was dagegen.

»Wenn ein Sklave in den Club kommt, ich meine, noch ehe irgend etwas dort mit ihm geschehen ist, Elliott, dann steckt dieser Sklave ziemlich tief im S&M. Er weiß eine Menge über seine Sexualität und was er will. Ich will sagen, man verpflichtet sich nicht langfristig beim Club, weil man ein schicksalhaftes Wochenende mit einem schrulligen Freund im Castro District von San Francisco verbracht hat.«

Ich nickte.

»Man hat ein Individuum vor sich, das nicht nur daran interessiert ist, seine Phantasien auszuleben, sondern eines, das entschlossen ist, sie in intensiver Weise über geraume Zeit zu leben.«

Wieder nickte ich. Wo war Lisa? War sie im Nebenzimmer? Ich hörte keinen Laut. Ich rutschte unbehaglich auf dem Sessel herum. Sehr höflich bat ich: »Könntest du zur Sache kommen?«

»Tue ich«, sagte er. »Was ich zu sagen versuche, ist, daß die Erfahrung des Clubs gewöhnlich sehr große Bedeutung für den Sklaven oder die Sklavin hat, sonst wären sie nicht dort. Schließlich sind wir kein Allerweltspuff in ...«

»Glaub mir«, sagte ich, »darüber sind wir uns völlig einig. Es ist unnötig, weiter darüber zu reden.«

»Also gut. Was ich dir jetzt sagen werde, wird vielleicht grausam klingen, aber du mußt verstehen, warum ich es sage, und ich möchte, daß du mich nicht unterbrichst, bis ich fertig bin. Wenn du nicht sofort freiwillig mit uns zum Club zurückfliegst – und ich garantiere dir, daß niemand Hand an dich legen und dich dazu zwingen wird –, wirst du für immer aus dem Club ausgeschlossen. Du wirst den Club nie wiedersehen, weder als Sklave noch als Mitglied, noch als Angestellter, noch als irgendwas sonst.«

Pause. Ruhiges Atmen. Die Stimme eine Nuance ruhiger und langsamer, als er weitersprach.

»Du wirst von allen Orten, die mit dem Club in Verbindung stehen, ausgeschlossen werden. Das schließt auch Martin Halifax mit ein. Er wird dich nie mehr ins Haus lassen, denn wenn er es tut, werden wir mit ihm nichts mehr zu schaffen haben, und das wird Martin nicht riskieren.

Für dich, Elliott, bedeutet das, daß du dich für den Rest deines Lebens an diese bemerkenswerte starke Erfahrung erinnern wirst, aber du wirst sie nie wiederholen können. Je größer der Club wird, desto mehr wirst du darüber lesen, aber du wirst nie mehr zugelassen werden. Ich bitte dich, das zu bedenken.«

Ich nickte nicht und sagte nichts.

Er fuhr fort: »Ich bitte dich, darüber nachzudenken. Ich bitte dich, deine Sexualgeschichte, deine Herkunft und die Umstände, wie du zu uns gekommen bist, zu bedenken. Ich bitte dich, an die ganze Vorbereitung zu denken, die du durchgemacht hast, bevor du bei uns gelandet bist. Ich möchte, daß du an das denkst, was du erwartet hast und was du das Recht hattest zu erwarten, bevor Lisa dich rausgeholt hat. Du mußt mir nicht sofort antworten, aber ich möchte, daß du darüber nachdenkst.«

»Ich glaube, hier handelt es sich um etwas, das ihr nicht versteht«, sagte ich. »Wenn ich mit Lisa sprechen könnte …«

»Lisa mußt du im Moment vergessen, Elliott«, sagte Richard. »Jetzt geht es nur um uns. Wir stellen dich vor die Wahl …«

»Genau das begreife ich nicht.« Ich stand auf. »Wollt ihr mir sagen, daß Lisa aus dem Club raus ist? Daß ihr sie gefeuert habt?« Ich wußte, daß ich wütend klang, kampflustig. Ich bemühte mich, es nicht zu sein. Ich zwang mich zur Ruhe.

»Nein, Lisa ist *nicht* gefeuert worden«, sagte er. »Lisa ist eine Kategorie für sich. Und wenn irgendwem Zugeständnisse gemacht werden müssen, dann Lisa.«

»Nun, worum geht es dann?« Ich wurde noch wütender, und plötzlich wurde ich wütend auf Lisa. Was hatte sie ihnen erzählt? Ich versuchte, sie zu beschützen, und ich wußte nicht einmal, was sie ihnen gesagt hatte.

»Soweit ich weiß«, sagte ich, »hat sie euch die Umstände erklärt, unter denen ich abgereist bin. Du sprichst mit mir, als wäre ich ausgebrochen oder so was. Und du läßt mich nicht mit ihr reden, um herauszufinden, was sie euch gesagt hat. Ich verstehe nicht, was hier eigentlich läuft …«

»Sie kann dir nicht helfen, Elliott«, ließ Scott sich vernehmen.

»Was meinst du mit ›mir helfen‹?«

»Elliott«, sagte Scott sachlich und machte ein paar Schritte auf mich zu. »Lisa ist ausgeflippt.«

Das Wort löste ein unangenehmes Vibrieren in meinem Schädel aus.

»Im Club«, sagte Scott, »hat das Wort ›ausgeflippt‹ eine eigene Bedeutung.«

Er warf einen Seitenblick auf Richard. Richard beobachtete ihn.

»Es heißt nicht, daß jemand verrückt geworden ist«, fuhr Scott fort, »'ne Schraube locker hat oder so was. Es bedeutet, daß jemand mit unseren Lebensbedingungen nicht mehr fertig wird. Und um ganz ehrlich zu sein, passiert das Belegschaftsmitgliedern nur äußerst selten. Wenn es passiert, dann passiert es den Sklaven. Ich rede nicht von gewöhnlichem Widerstand, Angst, kalten Füßen. Diese Symptome erkennen wir, wenn wir sie sehen, aber hin und wieder flippt ein Sklave wirklich aus. Er macht sich stark und sagt: ›Hört mal, Kumpels, ich kann das nicht mehr mitmachen‹, und wir erkennen es als das, was es ist, wenn es passiert. Es ist sinnlos, zu …«

Richard hob plötzlich die Hand. Er machte eine kleine, vielsagende Geste, die Scott zu verstehen gab: »Überflüssig, ihm das alles zu erzählen.«

»Verstehe«, sagte ich. »Es gehört irgendwie dazu, aber ihr erzählt es nicht allen Sklaven, es sei denn, die Sache wird echt haarig …«

»Genau«, bestätigte Scott. »Und das hat etwas mit dem zu tun, was uns im Moment beschäftigt. Wenn du in den Club kommst, wird dir gesagt, daß es kein Entkommen, keine Entlassung, kein Ausbüchsen gibt. Es ist Teil des Vertrags, den du unterschreibst, um uns deine Dienste in einem ganz spezifischen Aspekt menschlichen Verhaltens zur Verfügung zu stellen. Aber es ist auch Teil der Garantie, die wir dir geben: daß du es dir nicht anders überlegen kannst, daß du nicht rausdarfst. Die Gründe dafür sind offenkundig, Elliott. Wenn du nicht weißt, daß deine Einkerkerung absolut ist, dann kannst du nicht locker sein und genießen, was geschieht. Du fängst an zu denken: ›Was ich hier mache, ist wirklich Klasse, aber ich komme mir albern vor, es zu tun! Was würde passieren, wenn mich Tante Margaret in diesen Fesseln und Ketten sähe? Mensch, das ist großartig hier, aber ich sollte lieber machen, daß ich wegkomme. Ich steh' das nicht durch.‹ Aber wenn du eingekerkert bist und keine Alternative hast, dann kannst du wirklich die Erfahrung des Zusammenspiels von Dominanz und Unterwerfung machen. Und es ist eine unabdingbare Voraussetzung, daß ein Entkommen unmöglich ist. Das ist der Grund, warum du in den Club zurückkommen mußt.«

Er hielt inne und schaute zu Richard.

»Elliott, jeder Trainer und jeder Aufseher auf der Insel weiß von dir und Lisa«, sagte Richard. Seine Stimme klang müde. »Sie wußten, daß Lisa dich rausgeschummelt hatte, ehe wir davon erfuhren. Und ich zweifle nicht daran, daß eine ganze Menge Sklaven ebenfalls davon weiß. Nun können wir so etwas aber nicht zulassen, Elliott, und ich glaube, wir haben es ausreichend begründet. Wir können nicht zulassen, daß Leute bocken, Verträge brechen und sich über unsere grundlegenden und wichtigsten Abmachungen hinwegsetzen. Der Club funktioniert wie eine Schweizer Uhr, Elliott, das heißt ebenso stetig, kompliziert und präzise.«

Ich schaute von einem zum anderen. Ich wußte, wovon sie redeten. Dazu gab es nichts zu sagen. Ich hatte es schon gewußt, bevor ich auf die Jacht gestiegen war.

»Was ihr damit sagen wollt«, sagte ich und ließ meinen Blick langsam von einem zum anderen wandern, »ist, daß Lisa *nicht* in den Club zurückfährt.«

»Sie weigert sich zurückzufahren«, sagte Scott.

Ich starrte ihn eine geraume Weile an.

»Ich muß mit ihr reden«, sagte ich. Ich schickte mich an, zur Küchentür zu gehen.

Scott kam ganz vorsichtig näher und bedeutete mir zu warten.

»Ich möchte, daß du über alles nachdenkst. Ich möchte, daß du dir Zeit dafür nimmst«, sagte er.

»Verstanden«, sagte ich und versuchte, an ihm vorbeizukommen.

»Warte.«

Wir schauten einander zwei Sekunden lang an.

»Es ist kein Vergnügen, von irgendeiner Gruppe von Leuten ausgeschlossen zu werden, Elliott«, sagte er, »denk daran, wer du bist, und wer wir sind. Ich lüge nicht, wenn ich behaupte, daß du nirgendwo sonst kennenlernen kannst, was du bei uns kennenlernst. Und glaube ja nicht, daß wir die Ausschließung nicht durchsetzen können.«

»Es gibt Dinge, die es wert wären«, sagte ich.

Richard schob sich zwischen mich und die Küchentür.

»Elliott, wir müssen darauf bestehen. Das Band ist zerrissen, in gefährlicher Weise zerrissen, und es muß wiederhergestellt werden.«

»Würdest du bitte aus dem Weg gehen?«

»Da ist noch eine Sache«, sagte Scott und winkte Richard, er solle aus dem Weg gehen. »Und die ist recht bedeutsam. Wir sollten das gleich klarstellen.«

Er schob seine linke Hand auf meinen Rücken und übte den gleichen leichten Druck aus wie vorher. Seine schwarzen Augen blickten ruhig, und als er weitersprach, war seine Stimme leise und zärtlich, ungefähr wie im Trainer-Unterricht.

»Niemand wird dich grob behandeln, Elliott«, sagte er. Es lag kein Spott und keine Ironie in seinem Tonfall. »Niemand wird dich zu etwas wirklich Hartem zwingen, wenn wir zurückkommen. Wir werden dich reindoktrinieren, und wir werden es so langsam tun, wie es die Situation verlangt. Du kannst dich eine Woche ausruhen, wie einer der Gäste auf der Insel leben, mit allen Privilegien, solange es diskret geschieht. Anschließend gibst du das Tempo vor.«

Er stand sehr nah und rückte noch ein Stückchen näher, bis unsere Körper sich berührten. Seine Hand lag noch immer auf meinem Rücken.

»Ich glaube, daß du unendlich erleichtert sein wirst, wenn du schließlich die Landebahn der Insel siehst. Und sollte dem nicht so sein, werden wir ganz langsam vorgehen. Wir sind Experten, Elliott. Es wird gut werden, das verspreche ich dir. Ich werde persönlich dafür sorgen.«

Ich spürte die Elektrizität, die von ihm ausging, seine Energie, die kluge Ehrlichkeit seines Gesichtsausdrucks. Ich glaube, in diesem Augenblick gab es ein Erkennen zwischen uns, etwas weit Dunkleres und Urtümlicheres als ein Lächeln, ein stilles Einverständnis ohne Ironie oder Humor, das seiner Bemerkung einen unwiderstehlichen Zauber verlieh. Ich fühlte die Kraft, die von ihm ausging, und Vertrauen in diese Kraft, und in der Art, wie er weitersprach, lag eine starke, verführerische Intimität.

»Du bist es uns wert, Elliott, was es auch an Zeit und Mühe kosten mag. Das ist kein Blabla. Ich rede vom Geschäft, Elliott, ohne Schmus, und du weißt, was unser Geschäft ist.«

»Das Wichtigste ist«, sagte Richard, »daß du jetzt mit uns zurückfliegst.«

»Nachricht laut und deutlich empfangen«, sagte ich. »Und jetzt geht mir bitte aus dem Weg.«

Die Küchentür ging auf, noch ehe einer der beiden sich rühren konnte, und Lisa stand da, die Hand auf dem Türknauf. Ein Träger ihres Kleides war über die Schulter gerutscht. Ihr Haar war zerwühlt und leblos, als hinge sein ganzer Glanz von ihrem Seelenzustand ab. Sie war barfuß, und sie sah gebrochen und traurig aus in ihrem hübschen schwarzen Kleid. Ihr Gesicht war vom Weinen gerötet, und die Wimperntusche war verschmiert, aber sie weinte jetzt nicht mehr.

»Ich möchte, daß du mit ihnen zurückfliegst, Elliott«, sagte sie. »Sie haben in allem, was sie sagen, recht, und im Augenblick ist es wichtig, daß du zurückgehst.«

Ich schaute sie lange an, dann drehte ich mich um und warf einen Blick auf die beiden Männer. Ich hatte das Gefühl, mir stecke ein Felsbrocken im Hals.

»Geht raus«, sagte ich.

Sie zögerten einen Moment, dann winkte Scott Richard zu, ihm zu folgen, und sie gingen in den Garten hinaus.

Wütend zog ich die Vorhänge zu, und als ich mich umdrehte, stand Lisa noch immer in der Tür.

Ich schaute sie quer durchs Zimmer hindurch an, mit dem Rücken zur Tür, als könnten sie nicht wieder hereinkommen, solange ich da stand.

Einen Moment lang war ich zu aufgewühlt, um etwas zu sagen – vielleicht aus Wut, Schmerz oder Verwirrung. Dann fragte ich: »Du willst also, daß ich zurückgehe?«

Sie sah jetzt erstaunlich ruhig aus, so, als würde meine Wut sie beruhigen. Aber sie biß sich ganz kurz auf die Unterlippe, als würde sie doch gleich wieder anfangen zu weinen.

»Sag was, Lisa!« sagte ich. »Du willst also, daß ich zurückgehe!« Meine Stimme klang unheimlich laut.

Sie rührte sich nicht, aber sie schien irgendwie kleiner zu werden und sich festzuklammern, ohne sich zu bewegen. Dann blinzelte sie, als ob die Lautstärke meiner Stimme sie schmerzte.

Ich bemühte mich um mehr Ruhe. »Ist es das, was du sagst?« Ich konnte nicht anders als brüllen. »Du willst, daß ich zurückgehe?«

»Ja«, sagte sie, und ihr Mund zuckte. »Ich glaube, es ist absolut unumgänglich, daß du zurückgehst.« Sie schaute auf, und ihr Blick war jetzt fest. »Ich habe den Vertrag mit dir gebrochen, Elliott«, sagte sie, und ihre Stimme wurde leiser, als würde sie verschluckt. »Ich habe etwas für dich sehr Wichtiges versaut. Ich möchte, daß du zum Club zurückgehst und Richard und Scott die Chance gibst, den Schaden wiedergutzumachen, den ich angerichtet habe.«

»Ich kann's nicht fassen!« flüsterte ich. »›Wichtiges‹, zum Teufel!« Ich ging auf sie zu, aber ich wagte nicht, sie zu berühren. »Das ist nicht das, was du willst, was du fühlst! Tu mir das nicht an, Lisa! Tu's nicht!« Ich brüllte schon wieder.

»Es ist genau das, was ich will und was ich fühle«, sagte sie. Ihre Lippen zitterten. Sie stand kurz vor einem Nervenzusammenbruch.

»Fang nicht wieder an zu weinen«, sagte ich. »Bitte nicht! Weine nicht, Lisa!« Aber es waren keine Worte, es waren herausgesprudelte Geräusche. Ich ging vor und zurück und wußte, daß ich gleich überschnappen würde. Etwas zertrümmern würde. Ich blieb vor ihr stehen. Ich beugte mich vor, so daß ich ihr direkt in die Augen schaute, und senkte die Stimme. Was ich ihr zu sagen hatte, war nicht für die Ohren von jemandem bestimmt, der an der Tür lauschte.

»Lisa, wie oft habe ich dir gesagt, was ich für dich empfinde? Ich liebe dich, Lisa, verstehst du das? Ich habe das in meinem ganzen Leben noch niemals zu einer Frau oder einem Mann gesagt. Sieh mich an und sag etwas! Und erzähl mir nicht, daß du willst, daß ich in den verdammten Club zurückgehe! Ich scheiß' auf den verdammten Club!«

Ich schaute jemanden an, der erstarrt war. Eine trostlose, schwarzäugige, barfüßige Frau, die mich anstarrte, die feuchten Augen mit Wimperntusche verschmiert, der Mund mit geöffneten Lippen eingefroren.

»Was bedeutet das hier für dich, Lisa?« Ich knirschte so stark mit den Zähnen, daß es schmerzte. Ich hörte, wie meine Stimme sich überschlug. Ich hörte mich flehen. »Lisa, sei ehrlich mit mir. Sei ehrlich! Wenn du mir sagen kannst, daß du ausgeflippt bist, einfach ausgeflippt, und ich nur eine Rolle dabei zu spielen hatte, wenn du mir sagen kannst, daß ich nichts anderes als ein Fluchtweg war, dann sag es mir jetzt laut und deutlich!«

Ich konnte nicht mehr. Ich konnte nicht mehr sprechen, und mich überkam wieder dieses grauenhafte Gefühl, daß sie mir weh tun würde, und die fürchterliche Erkenntnis, daß es jetzt geschah.

»Teufel noch mal!« Ich fluchte, stammelte. Ich ging im Kreis umher, dann stürzte ich mich auf sie und packte sie, als sie in die dunkle Küche zurückwich, und hielt sie fest. »Sag mir, daß du mich nicht liebst, Lisa!« brüllte ich sie an. »Wenn du nicht sagen kannst, daß du mich liebst, dann sag mir, daß du mich nicht liebst. Sag, daß du mich nicht liebst. Sag, daß du mich nicht liebst. Sag es mir!«

Ich zog sie an mich, und sie, so schien es, sträubte sich mit aller Kraft dagegen. Sie hatte die Augen geschlossen, das Haar hing ihr ins Gesicht, und sie keuchte und würgte, als hätte ich die Finger um ihren Hals gelegt. Hatte ich nicht. Ich hielt nur ihre Arme fest.

»Scott!« rief sie plötzlich. »Scotty!« Und kaum ließ ich sie los, sprang sie zurück. »Scotty!« schrie sie.

Sie kauerte sich schwer atmend und schluchzend auf einen der Küchenstühle, das Haar hing ihr ins Gesicht.

Scott und Richard waren ins Zimmer gekommen, Richard rannte um mich herum, trat hinter sie und fragte sie ganz leise, ob sie in Ordnung sei.

Zu sehen, wie er sich über sie beugte, und den besorgten Ton seiner Stimme zu hören, ließ mich glattweg den Kopf verlieren.

Ich tat nichts. Ich drehte mich nur um und ging hinaus. Blinde Wut hatte mich gepackt. Ich hätte mit einem einzigen Hieb eine Ziegelmauer zum Einstürzen bringen können. Daß sie nach diesem Kerl rufen konnte, daß sie nach ihm rufen konnte, als täte ich ihr was zuleide!

Das nächste, was ich wußte, war, daß ich im Innenhof auf der kleinen schmiedeeisernen Bank saß und es mir irgendwie gelungen war, eine Zigarette anzuzünden. Ich starrte in das dunkle Blätterwirrwarr des kleinen, überwucherten Gartens. Mein Gesicht brannte vor Hitze. Ich hörte nichts. Ich prägte mir den Brunnen ein, die kleine, zerbröckelte Nymphe, die Brunnenschale mit dem Wasser voller Algen und den Spinnweben über dem Auge der Nymphe. Ich weiß nicht, ob sie mit mir sprachen oder nicht.

Lange Zeit verstrich, zwanzig Minuten vielleicht. Mein Herz klopfte wieder ziemlich regelmäßig. Mir war so elend zumute, und mir wurde noch elender, als ich daran dachte, daß ich zusammenbrechen würde. Ich würde verrückt werden oder so was.

Ich hätte jemanden umbringen können. Die Experten des Schmerzes, zum Beispiel, diese klugen, eleganten Herren des Clubs. Diese Kerle! Diese verfluchten Mistkerle! Ich schluckte es wieder und wieder herunter. Dann hörte ich jemanden aus dem Zimmer kommen und schaute auf. Es war Scott, der Schutzengel.

»Komm ins Haus«, sagte er. Man hätte denken können, daß gerade jemand gestorben war und er der Leidtragende oder der Bestattungsunternehmer war. Und ich war bereit, einen Mord zu begehen. »Sie will mit dir sprechen. Sie hat dir etwas zu sagen.«

Sie saß wieder auf dem Schaukelstuhl, ein Taschentuch in der Hand. Aus für mich absolut unersichtlichen Gründen hatte sie die Schuhe wieder angezogen. Richard stand hinter ihr wie ein weiterer Schutzengel, und Scott behielt mich im Auge, als könnte ich jeden Moment jemanden anfallen. Könnte ich.

»Ich kann verstehen, daß du sauer bist, Elliott«, sagte sie.

»Spar dir den Scheiß«, sagte ich, »ich will diesen Schmarrn nicht hören.«

Sie zuckte zusammen, als hätte ich sie geschlagen. Aber sie schaute mich weiter direkt an, durch einen Schleier neuer Tränen hindurch.

»Elliott, ich bitte dich, wieder zurückzugehen«, sagte sie. »Ich flehe dich an, mir zuliebe zurück in den Club zu gehen und dort auf mich zu warten.«

Tränen strömten ihr übers Gesicht, ihre Stimme bebte.

»Ich bitte dich, zurückzugehen und ein paar Tage auf mich zu warten, bis ich … bis ich komme.«

Das hatte ich nicht erwartet. Ich schaute Richard an. Ein Vorbild an Aufrichtigkeit und Mitgefühl. Und Scott, der hinter mir an der Wand entlanggeschlichen war und sie mit gesenktem, seitlich geneigtem Kopf ziemlich traurig beobachtete.

»Sie werden dich zu nichts zwingen, Elliott. Sie werden, verstehst du … nichts …«

»Ganz genau«, sagte Scott leise.

»Sie sollen dich nur aus dem Flugzeug steigen sehen«, sagte Richard. »Anschließend kannst du entscheiden, was du tun willst.«

»Elliott«, sagte sie. »Ich verspreche dir, daß ich nachkomme.« Ihr Mund zuckte wieder, sie biß sich auf die Unterlippe. »Ich brauche ein paar Tage Zeit. Ich muß allein sein, um zu verstehen, warum ich ausgeflippt bin, warum ich das alles getan habe. Aber ich verspreche dir, daß ich nachkomme. Was immer du über die ganze Sache denkst, ich sehe dich wieder, und du kannst es mir sagen. Dann kannst du mir alles sagen, von dem du meinst, daß ich es hören muß. Und wenn du dann den Club verlassen willst, wird dein Abschied korrekt und offiziell arrangiert werden.«

Ich warf einen Blick auf Richard, der nickte.

»Kooperiere nur ein bißchen mit uns«, sagte Scott.

»Ich flehe dich an«, sagte sie. »Wirst du es mir zuliebe tun?«

Eine Minute lang antwortete ich nicht.

»Bist du ganz sicher«, fragte ich dann so ruhig ich konnte, »daß du das willst?«

»Glaub mir, Elliott«, sagte sie mit noch immer zitternder Stimme, »das ist *das einzige,* was ich will.«

Eine Sekunde lang konnte ich nicht atmen.

Ich war so verletzt, und der Schmerz ging so tief, daß ich vermutlich bleich wurde. Der Schmerz fühlte sich an wie eine stramme Maske, die sich über mein Gesicht legte. Ich schaute die beiden Männer nicht an, aber ich wußte, daß Richard mich beobachtete und daß Scott respektvoll den Kopf gesenkt hatte und zur Tür gegangen war.

In Lisas Ausdruck lag verblüffende Unschuld, und ihre großen Augen waren schön, trotz der verschmierten Wimperntusche und obwohl sie müde wirkten.

»Es ist wie alles andere, was du gesagt oder getan hast«, sagte ich zu ihr. »Es kann mindestens zwei verschiedene Dinge bedeuten!«

Wir schauten einander an, und ich hätte schwören können,

daß etwas geschah, irgendein kleines, privates Einverständnis. Mag sein, daß ihr Blick weicher wurde, mag sein, daß ich sie mit einem Gedanken überrascht hatte, den sie nicht erwartet hatte.

Es dauerte einen Moment, bevor sie etwas erwiderte, und sie hatte wieder Tränen in den Augen.

»Mein Leben fällt in sich zusammen, Elliott«, sagte sie beinahe flüsternd. »Es stürzt um mich herum ein wie die Mauern von Jericho. Du mußt in den Club zurückgehen und auf mich warten.«

Richard und Scott verstanden das beide als Hinweis. Richard bückte sich und küßte sie auf die Wange, während Scott mich sanft zur Tür dirigierte.

Ich trat in den Garten hinaus, ein wenig erstaunt, daß ich es tat, und blieb dort stehen, ohne etwas zu sehen oder zu denken, und ich hörte, wie Richard hinter mir mit einer gewissen Kälte und Reserviertheit in der Stimme zu ihr sagte:

»Du bist ganz sicher, daß du …«

»Ich werde klarkommen«, sagte sie müde und mit monotoner Stimme. »Bitte, geht jetzt. Ich verspreche dir, daß ich das Hotel nicht verlasse. Ich stecke das Telefon wieder ein. Ich bleibe hier. Postiert meinetwegen einen dieser Typen vorm Haus, aber sagt ihm, er soll sich nicht blicken lassen. Erlaubt mir, das zu bekommen, was ich im Moment brauche.«

»Also gut, meine Liebe. Du kannst uns zu jeder Tages- und Nachtzeit anrufen.«

Ich starrte auf die fernen Glastüren, die zur Eingangshalle des Hotels führten. Die sanfte Abendhitze flimmerte im Takt der Zikaden. Der Himmel war tief violett in dem scharf umrissenen Rechteck zwischen den Ziegelmauern.

»Schau«, sagte Scott, »es wird sich alles zum Guten wenden.« Er sah wirklich unglücklich aus.

»Können wir sie einfach so hierlassen?« fragte ich skeptisch.

»Wir haben einen Mann hier, der aufpaßt. Er ist in der Bar. Sie ist okay.«

»Bist du wirklich sicher?«

»Hör zu, Mensch, sie will es so«, sagte Scott. »Sie ist okay, ich kenne sie.«

Du kennst sie!

Ich entfernte mich ein paar Schritte von ihm. Ich zündete mir eine Zigarette an. Das ist eine ganz private Geste, man senkt den Kopf, hält die Hand schützend über die Flamme. Für eine Sekunde pustet man sie alle einfach weg.

Richard war herausgekommen und neben mir aufgetaucht. Er warf einen verstohlenen Blick zu ihr zurück und sagte leise:

»Du tust das einzig Richtige.«

»Hau ab, du Armleuchter«, gab ich zurück.

»Liebst du diese Frau?« fragte er. Seine tiefliegenden Augen verengten sich, seine Stimme klang eisig. »Willst du ihr ganzes Leben ruinieren? Sie kommt nur in den Club zurück, wenn du dort auf sie wartest.«

»Spiel mit, Elliott«, sagte Scott. »Ihretwegen.«

»Ihr habt euch das alles ganz genau ausgedacht, stimmt's?«

Ich drehte mich um und schaute zu ihr zurück. Sie war aufgestanden und an die Fenstertür getreten, ein bißchen wackelig in den gefährlichen Schuhen. Sie hatte die Arme verschränkt und sah niedergeschmettert aus, völlig gebrochen.

Ich zertrat die Zigarette auf den Steinplatten.

»In ein paar Tagen«, sagte ich in ihre Richtung.

Sie nickte.

»Ich werde Wort halten«, sagte sie.

Ich hätte ihr gern kalt und ruhig erklärt, daß es mir egal war, ob sie käme oder nicht. Ich hätte ihr gern jeden Schimpfnamen an den Kopf geworfen, den ich kannte, jede Beleidigung in jeder Sprache, die ich je gehört hatte. Aber diese Worte hatten nichts mit ihr zu tun. Sie war Lisa. Und die eine Lüge, die sie mir gegenüber gebraucht hatte, hatte sie an jenem ersten Morgen im »Court of Two Sisters« zugegeben. Und danach hatte sie nie wieder gelogen, mir nichts versprochen oder sich irgendwie kompromittiert.

Dennoch hatte ich das Gefühl, daß etwas so Lebenswichtiges,

so Kostbares zerstört worden war, etwas so Außergewöhnliches und Entscheidendes, daß ich ihr nicht mehr in die Augen schauen konnte. Es war, als hätte sich eine Tür geöffnet, und das Entsetzen, dieser grauenhafte Horror, den ich mein Leben lang gefürchtet hatte, stand nun vor mir.

29
LISA
Kirchenbesuch

Alles, worum wir dich bitten, ist, daß du es uns erklärst, daß du uns hilfst, es zu verstehen. Wie konntest du das tun?

Es war ein Loch, ein Bumslokal, eine Drecksbude, ein mieser Schuppen, alles, was einem einfällt für eine heruntergekommene Touristenfalle. Es war ein langgestreckter Raum mit einer Bank an der einen Wand für die Kunden und einem grell beleuchteten Steg als Bühne gegenüber hinter der Bar.

Ein Mann, der aussah wie eine riesenhafte Frau, tanzte, wenn man das so nennen konnte, denn er schlurfte in Satinpantöffelchen nur vor und zurück, das Licht flackerte auf seinem weißen Satingewand, den dick geschminkten Wangen, der weißen Perücke, in den leblos stieren Augen. Er/sie beobachtete sich selbst im Spiegel, tanzte mit sich selbst, bewegte die Lippen zu dem Lied, das aus dem Lautsprecher knatterte, ein trostloses Rieseln rhythmischer Klänge, die Silberboa flatterte über glatten, kräftigen Armen, und die ganze Erscheinung war sonderbar und unleugbar sinnlich in ihrer Künstlichkeit, schön in ihrer Scheußlichkeit.

Für mich jedenfalls. Ihr seid alle Engel. Ihr habt alles in das reine Theater, das ihr selber seid, transzendiert. Ich verehre euch.

Du bist schließlich Mentorin und Schutzengel dieses Systems, und du verlangst von mir, daß ich dir keine Fragen stelle!

Ich saß reglos an der Wand, schaute zu; die schweren, schwerfälligen Schritte der großen Füße, das billige Rosa der gewachsten Lippen, der leblose, starr geradeaus gerichtete Blick unter dem Saum falscher Wimpern. Uringestank aus dem kleinen Abort direkt hinter dem dreckigen roten Samtvorhang. Der Modergeruch eines schmutzigen Teppichs, feucht, verschimmelt. Schwacher Geruch von süßlichem Make-up, unsauberen Kleidern. Wie die riesigen Marmorengel in der Kirche, die uns die Weihwasserbecken hinhalten, damit wir unsere Finger hineintauchen. Groß und glatt, unbestreitbar perfekte Kreaturen.

Ich saß schon seit Stunden dort.

Wie konntest du ihm das antun, aus was für Gründen auch immer? So mit ihm zu spielen? Wofür hältst du den Mann, daß du dir erlaubst, ihn so zu manipulieren, so auszunutzen? Du bist diejenige, die uns gelehrt hat, nie, niemals den psychischen Sprengstoff zu unterschätzen, mit dem wir zu tun haben.

Zwei Hundertdollarnoten, damit der Laden geöffnet bleibt. Zehn, elf, zwölf Flaschen Nachtclub-Bier, die Bourbon Street draußen fast menschenleer und nur noch ein weiterer Kunde in diesem Club, in diesem Loch, dieser Absteige, dieser Gosse, dieser Kapelle der Perversität, dieser Katakombe, ein ausgemergelter Mann, am Ende der Bar über seinen Drink gekauert, karierte Jacke. *Wie konntest du das nur tun?*

Hin und wieder kam der Rausschmeißer herein. Niemand belästigte mich.

Eine Mann-Frau nach der anderen glitt auf dem Flittersteg über den zahllosen Reihen von schwach beleuchteten Flaschen vorüber, nackte Schultern, lange rosafarbene Arme, schiefgetretene Absätze, hoher Anteil an künstlichem Östrogen von oben bis unten.

Was soll der Typ denn machen? Er bereitet sich auf die *sinnliche Erfahrung seines Lebens vor, und du schnappst ihn dir und reißt ihn einfach raus? Du entscheidest ganz allein, daß du den Vorhang ziehst! Ich möchte verständnisvoll sein, aber wieviel Verständnis hätte ich bei dir gefunden, wenn ich das getan hätte, wenn ich Diana oder Kitty Kantwell oder irgendeine andere einfach so entführt hätte? Glaubst du, du wärst fünfzehnhundert Kilometer weit geflogen, um es mit mir durchzusprechen, Fräulein Perfektionistin?*

Ich wußte plötzlich nicht mehr, ob ich den Weg zurück finden würde. Ich mußte überlegen, wo das Hotel war. Und was war mit diesem Schafskopf, der mir hinterherlief und sich irgendwo versteckte, würde der zurückfinden? *Es geht nicht um die Unkosten oder das Gerede auf der Insel. Denk an den Mann und was du ihm angetan hast. Was zum Teufel sollen wir Martin sagen? Martin hat ihn zu uns geschickt.*

Ich stand auf, um zu sehen, ob ich noch laufen konnte, und dann stand ich draußen auf dem Bürgersteig und fragte den Rausschmeißer, wo ein Telefon sei. Als ich an mir runterschaute, sah ich, daß ich diese häßlichen, billigen Plastikschlappen trug, die wir im Discountmarkt gekauft hatten. Elliott sah fabelhaft aus in den Safari-Shorts, dem weißen Hemd und den weißen Tennisschuhen.

Was wir wissen wollen, ist, warum? Warum hast du es getan?

Ich stand auf der Straße in diesen fürchterlichen Sandalen, und ich trug eine Art Regenmantel, einen burgunderroten Regenponcho, und ich erinnerte mich vage, ihn in San Francisco in einem Laden namens »All American Boy« an der Castro Street gekauft zu haben, zusammen mit meiner Schwester, die sagte: »Mir ist es egal, aber mitten unter ihnen zu sein macht mich einfach nervös.« Sie hatte die Homosexuellen gemeint. Sie sollte diese Engel sehen, meine Engel. Der Regenponcho war viel zu dick für New Orleans, sogar in dieser Frühlingsnacht, wo es nicht heiß war, sondern, wie Elliott gesagt hatte, sublim. Aber ich erinnerte mich jetzt, warum ich ihn angezogen hatte. Ich hatte nichts drunter.

Als ich mich erbrechen mußte, hatte ich mir dieses schöne Kleid, mein Lieblingskleid, mein allerliebstes Lieblingskleid, vom Leib gerissen. Das Kleid war hinüber, zerfetzt und lag ruiniert auf dem Badezimmerfußboden. Als ich aufgestanden war, hatte ich gedacht, ich ziehe einfach den Poncho an. Der tut's. Ich trug darunter nur ein Baumwollhemdchen.

Und keine Unterwäsche, dieses heimliche, nackte Gefühl ohne Unterwäsche. Macht nichts. Ganz offen, aus Liebe, das wunderbare, nackte Gefühl, nichts anzuhaben.

Da stand ich also auf der Bourbon Street, war betrunken und

trug einen burgunderroten Regenponcho mit nichts als einem Hemdchen darunter. Ich hatte Geld in den Taschen, zu viel Geld. Ich hatte Hundertdollarnoten und jede Menge Münzen. Ich hatte die Scheine ausgegeben, wie Elliott es machte: den Schein in der Mitte gefaltet und der Person lächelnd und ohne großen Aufwand zugeschoben, weiter nichts. Und eine dieser Mann-Frauen, die große, hübsche Brünette mit einer Stimme, die ganz oben aus der Kehle kam wie die elektronische Stimme eines Kinderspielzeugs, hatte sich neben mich gesetzt und mich Schätzchen genannt und mit mir geredet. Rosig und schlank wie ein Engel oder ein riesiger Seehund, je nachdem …

Sie hatten sich alle operieren lassen, die Frauen. Die Engel. Sie machten es Stück für Stück. Sie hatte ihre Hoden und den Penis ganz nach unten gebunden, damit man sie nicht sah, wenn sie sich bis auf den G-String auszog; und sie hatte Brüste durch die Östrogenspritzen.

»Du wirst doch nicht wirklich …, ich meine, du läßt dir doch nicht die Hoden abschneiden, oder?«

»Schätzchen, wir finden diese Dinger nicht besonders damenhaft!«

Er sagte: »Da drüben ist das Telefon.«

»Wie bitte?«

»Das Telefon, Schätzchen«. ›Schätzchen‹, zutraulich, als hätten wir uns gerade ineinander verliebt, schmeichlerisch, »gibt's jemanden, der dich abholen kann?«

Nun, wie würdest du es nennen? Wir sagen Betrug! Du hast deine Position und deine Macht ausgenutzt. Wenn du die Wahrheit hören willst: Du hast dich wie eine verdammt egoistische, emotionale Frau benommen.

»Wie spät ist es?«

»Zwei Uhr.« Er schaute auf seine billige Uhr. Zwei Uhr morgens. Elliott war vor genau sieben Stunden abgefahren. Wir hätten jetzt schon in Mexiko sein können. Auf dem Weg nach Panama. An El Salvador vorbei.

»Schätzchen, wir machen jetzt zu.«

Na los, macht den Traumgirl-Club ruhig zu. Als ob mich das

störte. Knisternde Musik auf der leeren Bühne hinter den Flaschen. Jetzt lassen sie sich alle weiße Satinflügel wachsen und fliegen durch die Hintertür in den dunklen, feuchten Himmel über den Dächern von New Orleans und entschwinden für immer aus dem Schmutz der Kapelle.

Die Rücksichtslosigkeit ist es, die ich nicht begreife, dieser Vertrauensbruch, diese absolute Mißachtung des … HÖR AUF!

»Wo gibt es ein Telefon? Kannst du mir sagen, wo ich ein Telefon finden kann?«

»Gleich dort drüben, Schätzchen.«

Ich steckte die Münzen in den Telefonapparat, eine nach der anderen, eine nach der anderen. Ich glaube eigentlich nicht, daß es nötig ist, so viele Münzen reinzustecken, ehe man die Verbindung hat. Die Wahrheit ist, daß ich nicht mehr aus einem Münzfernsprecher telefoniert habe, seit … drei Tagen? Ob es nach sieben Jahren noch immer die gleiche Nummer ist, aber warum sollte es nicht die gleiche Nummer sein, nichts hat sich geändert, nichts hat sich bewegt. Es klingelt in San Francisco. Hier ist es zwei Uhr, dann ist es dort erst zwölf. Und um zwölf schläft Martin Halifax noch nicht.

Aha, da steht er neben dem Laternenpfahl, der Club-Idiot, und woran kann ich das erkennen? Er ist der einzige Mensch auf der Bourbon Street um zwei Uhr morgens mit der Eine-Million-Dollar-Sonnenbräune, den regelmäßigen, weißen Zähnen, in Designer-Jeans und rosa Tennisschuhen! Wir engagieren keine Schlampen, nicht wahr? (Es klingelt in San Francisco.) Keine Leute, die in Regenponchos und Plastikschlappen rumlaufen.

»Hallo.«

»Martin!«

»Ja, hier ist Martin, wer ist da?«

»Kannst du mich gut hören, Martin? Martin, du mußt mir helfen. Martin, ich brauche dich!« *(Martin wird es erfahren müssen. Martin hat ihn zu uns geschickt. Was, zum Teufel, sollen wir Martin sagen? Sie hat sich Elliott Slater einfach geschnappt und ihn gekidnappt!)* »Martin, ich brauche dich, wie ich dich noch nie gebraucht habe. Ich muß mit dir reden.«

»Lisa? Bist du's? Wo bist du?«

»In New Orleans, Martin. Auf der Bourbon Street. Und ich habe nur einen Regenponcho und Plastiksandalen an. Es ist zwei Uhr morgens. Martin, hilf mir bitte. Bitte komm her. Ich bezahl's dir, jeden Pfennig, Geld spielt keine Rolle. Kannst du das nächste Flugzeug nehmen und herkommen? Martin, ich weiß, daß das viel verlangt ist, ich weiß es. Martin, diesmal stehe ich's nicht allein durch. Kannst du kommen?«

»Lisa, hast du ein Zimmer in New Orleans? Kannst du mir sagen, wo du bist?«

»Im Marie Laveau Court, Rue Sainte Anne, der Taxifahrer wird wissen, wo's ist. Ich bin in der kleinen Suite im ehemaligen Dienstbotentrakt unter dem Namen ›Mrs. Elliott Slater‹. Kommst du her?«

»Mrs. Elliott Slater?«

»Ich hab' was Schreckliches gemacht, Martin. Mit Elliott Slater. Ich habe alles verraten, Martin. Alles, woran wir glauben. Ich brauche dich so dringend. Bitte, hilf mir.«

»Lisa, ich bin da, so schnell ich kann. Ich rufe sofort im Flughafen an; ich möchte, daß du auf schnellstem Wege ins Hotel zurückgehst, Lisa. Glaubst du, du kannst ein Taxi finden? Ich kann dafür sorgen, daß dich jemand abholt, dort, wo du bist ...«

»Das schaffe ich noch alleine, Martin. Ich habe es vor einer Woche geschafft, ich werde es wieder schaffen.« Und da drüben steht dieser Schafskopf, dieser helle, muskulöse Idiot mit weißen Zähnen und dem bis zum Gürtel aufgeknöpften Hemd, den engen Jeans und den Schwanz so nach oben geklemmt, daß es aussieht, als habe er einen Steifen, selbst wenn's nicht stimmt. Ich habe gerade den ganzen Inhalt meiner Tasche fallen lassen. Nein, habe ich nicht. Ich habe keine Tasche. Ich habe nur ein paar Münzen fallen lassen. Er sammelt sie auf. Ein hübscher, strammer Jüngling.

»Geh ins Hotel und leg dich schlafen. Ich bin da, sobald ich kann, ich versprech's. Ich bin da, bevor du aufwachst, wenn ich's organisieren kann.«

»Ich hab' was Schreckliches gemacht, Martin. Mit Elliott Slater. Und ich weiß nicht, warum ich es gemacht habe.«

»Ich bin schon unterwegs, Lisa.«

Ein Tisch in der Bar zum Hinsetzen. Nein. Geh nicht in die Bar. Geh ins Hotel. Geh um die Ecke. Im Eisschrank gibt's Bier. Nein, schon ausgetrunken. Elliotts Kleider. Nein, die haben sie mitgenommen.

»Soll ich dich zum Hotel zurückbringen, Lisa?«

»Wenn du nicht vorher irgendwo einen Sechserpack Miller's Beer auftreibst, kannst du's vergessen.«

»Komm, Lisa.«

Gute Nacht, Engel.

30
LISA
Liebe und Ideale

»Warum fängst du nicht noch mal von vorne an?«

Wir saßen in der Ecke des kleinen italienischen Restaurants, und er sah so ruhig aus, so unendlich beruhigend. Er hatte ein paar graue Haare mehr an den Schläfen als beim letzten Mal und einen Tupfer Grau in den Augenbrauen, der die Offenheit seines Blicks noch zu steigern schien. Aber ansonsten war er einfach Martin, unverändert, und er hielt meine Hand fest in der seinen, und nichts deutete darauf hin, daß er sie loslassen würde, bevor alles in Ordnung war.

»Sie haben dich angerufen, nicht wahr?« fragte ich. »Als sie nach uns gesucht haben?«

»Nein«, antwortete er sofort.

»Nun, das zeigt das Ausmaß der Geschichte. Sie wollten nicht, daß du erfährst, was ich getan habe. Du hast Elliott trainiert und zu uns geschickt. Sie wollten wahrscheinlich, daß niemand es erfährt. Dumm von mir, zu glauben, daß sie dich anrufen würden.«

Ich nippte an dem Weißwein und versuchte, gegen die Übelkeit anzukämpfen.

Martin trank seinen Kaffee und versuchte, nicht das Gesicht zu verziehen.

»Ach, New Orleans«, sagte er kopfschüttelnd mit seinem entspannten, hinreißenden Lächeln. »Kaffee und Zichorien.« Er zog eine ironische Grimasse.

»Ich lasse dir einen richtigen Kaffee bringen«, bot ich an.

»Nein, unnötig. Wir Masochisten lieben miesen Kaffee.« Seine Hand drückte die meine ein kleines bißchen fester. »Berichte mir von Elliott. Erzähl mir die ganze Geschichte.«

»Ich weiß nicht, was schiefgegangen ist. Ich weiß nicht, wie es überhaupt so weit kommen konnte. Irgendwas ist mit mir passiert, über das ich nicht die geringste Kontrolle hatte, mir sind alle Sicherungen durchgebrannt. Ich habe alles verraten, an was ich glaube, alles, was ich die anderen zu glauben gelehrt habe.«

»Lisa, komm zur Sache.«

»Ich habe ihn rausgeschmuggelt. Ich habe seine Kleider aus dem Lager bringen lassen. Ich habe ihm gesagt, er solle sich anziehen. Ich habe ihn mit ins Flugzeug genommen. Ich ließ ihn in dem Glauben, das wäre im Club so üblich, man könne einen Sklaven mit rausnehmen und wieder zurückbringen. Wir sind nach New Orleans geflogen, und fünf Tage lang ... ich weiß nicht ... vielleicht auch länger ... haben wir einfach ... einfach alles Mögliche gemacht. Wir sind Tanzen gegangen und ausgegangen, wir sind mal nach Dallas gefahren und ... mein Gott, es gibt so viele Dinge, die wir niemals haben machen können ...« Ich verstummte. Es fing schon wieder an.

Ich verlor den roten Faden in der Woge einer Gefühlsaufwallung.

»Ich habe etwas Schreckliches getan«, fuhr ich fort. »Ich habe seinen Vertrag gebrochen. Ich habe ihn betrogen, Martin, und ich habe den Club betrogen, und dich auch.«

Seine Augen verengten sich, und es wirkte wie die höflichste Geste überhaupt. Seine Art, sein Gegenüber wissen zu lassen, daß er wirklich zuhörte, obgleich sein Gesicht so ruhig und wohlwollend blieb wie immer.

»Und wo ist Elliott jetzt?« wollte er wissen.

»Im Club. Sie kamen her und haben ihn wieder mitgenommen. Es war unglaublich. Sie waren wie zwei Bullen, Richard und Scott. Sie sahen aus, als würden sie für das FBI arbeiten. Der Aufsichtsrat ist außer sich. Natürlich haben sie mich nicht gefeuert. Mister Cross hat erklärt, daß ich unersetzlich sei. Sie wollen nur, daß ich zurückkomme. Sie haben Elliott mitgenommen, und weiß der Henker, was in seinem Kopf vorgeht.«

Plötzlich konnte ich nicht mehr sprechen. Meine Stimme

versagte, als hätte mir jemand die Hand an die Gurgel gelegt. Ich schaute ihn nicht an. Ich betrachtete den Teller mit dem Silberrand. Ich wollte nach meinem Weinglas greifen, aber ich konnte nicht. Es war schier unmöglich, diese winzige Bewegung zu machen.

»Warum redest du nicht weiter?« fragte er. Warme, trockene Finger. Er neigte den Kopf ein wenig, um mir in die Augen zu schauen.

»Hilf mir, Martin«, flüsterte ich.

»Ich bin kein Arzt, Lisa. Das weißt du. Aber ich kann gut zuhören, und ich möchte, daß du es mir von Anfang an erzählst, alles, und in allen Einzelheiten.«

Ich nickte. Aber es war sehr schmerzlich, diese fünf Tage wieder aufleben zu lassen, sie irgendwem verständlich zu machen. Ich heulte schon wieder. In den letzten Tagen habe ich mehr geheult als in den vergangenen zehn Jahren.

»Martin, ich möchte, daß du mir etwas ganz offen sagst.« Ich nahm seine Hand in beide Hände. »Ich muß es wissen.«

Ich sah die Besorgnis in seinen Augen, aber er sah bei weitem nicht so erschrocken aus wie Elliott, als ich im Court of the Two Sisters angefangen hatte zu weinen. Elliott hatte ausgesehen, als ob er gleich umkippen würde.

»Ist das, was wir tun, in Ordnung, Martin? Oder ist es schlecht? Sind wir das Gute, das wir uns selber einreden zu sein, sind wir die gute Sache, die wir anderen gegenüber zu sein behaupten? Oder sind wir üble, abartige Personen, die eigentlich nicht existieren dürften? Sind wir schlecht?«

Er schaute mich geraume Zeit nur an; falls er sich angegriffen fühlte, so zeigte er es nicht.

»Das fragst *du mich*, Lisa?« antwortete er zögernd. »An dem Abend, als du zum erstenmal in das Haus in San Francisco gekommen bist, habe ich dir erzählt, wie ich zu alldem stehe.«

»Ich muß es noch einmal hören, Martin, bitte, als ob ich es nie begriffen hätte.«

»Lisa, was mich betrifft, ist das Haus ein Beweis für meine Weigerung, ein schlechter Mensch zu sein. Das weißt du.«

»Aber ist es schlecht oder gut, was wir machen?« fragte ich wieder.

»Lisa, wir haben die Suche nach exotischem Sex aus den Bars, von den Straßen und aus den schäbigen Nepp-Hotelzimmern geholt; wir haben uns dagegen gewehrt, zu Verbrechern und Bettlern gemacht zu werden. Wie kann das nicht gut sein? Aber du hast das schon gewußt, als du zum erstenmal in das Haus gekommen bist, und seither hat sich nichts geändert. Der Club ist ein Meisterwerk, das auf den gleichen Prinzipien aufbaut; dort wurde nie jemand hintergangen, der je über seine Schwelle getreten ist.«

»Nun, Elliott Slater wurde hintergangen«, sagte ich.

»Hmm. Das weiß ich nicht. Aber was ist geschehen, daß du nicht mehr an das glaubst, was wir erreicht haben?«

»Das ist es ja. Ich weiß es nicht! Ich weiß es beim besten Willen nicht. Es brach einfach alles auseinander. In einem Augenblick wußte ich noch, wo ich hingehörte und wer ich war, und im nächsten war ich jemand, den ich nicht kannte, und ich verstand absolut nicht mehr, was los ist.«

Er schaute mich an. Er wartete. Aber ich wußte, daß ich nicht mehr sagen konnte.

»Lisa«, sagte er geduldig, »es ist Jahre her, seit wir das letzte Mal miteinander geredet haben, Jahre seit jener ersten Nacht, als wir uns in dem Untergeschoßzimmer getroffen haben und ich dir erklärt habe, was das Haus ist. Aber ich erinnere mich ganz genau daran, wie und wer du damals warst. Du warst ein bezauberndes junges Mädchen, wenn auch bei weitem nicht so hübsch wie heute. In deinem Gesicht lag eine solche Weisheit, beinahe engelhaft, daß ich in jener Nacht mit dir gesprochen habe wie nur mit ganz wenigen Menschen in meinem Leben.«

»Ich erinnere mich an jenen Abend«, sagte ich.

Ich wollte, daß er es wieder heraufbeschwor, das Wunder, das Gefühl einer Erkenntnis, die großartige, beruhigende Illusion des Hauses, von etwas, das schon verwirklicht, etabliert war.

»Ich habe über Liebe und über Ideale gesprochen«, sagte er, »und von meiner Überzeugung, daß die Leute eines Tages aufhören würden, eine so bedeutsame Angelegenheit wie abweichendes Sexualverhalten der Polizei oder dem Gesindel zu überlassen.«

Ich nickte.

»Ich erinnere mich, daß ich dich gefragt habe, ob du die Leute lieben kannst, die in mein Haus kommen«, fuhr er fort. »Weißt du noch, was du geantwortet hast? Du sagtest, daß du alle sexuellen Abenteurer liebtest, die anderen nichts zuleide tun, daß du ihnen gegenüber gar nicht anders fühlen könnest. Du empfändest Liebe und Mitleid mit dem alten Exhibitionisten im Park, der seinen Mantel aufschlägt, für den Kerl im Bus, der sich an einem hübschen Mädchen reibt und sich nie trauen wird, das Wort an sie zu richten. Du wärst voller Liebe für die Transsexuellen und die Transvestiten. Du sagtest, du seist sie und sie seien du. Es sei so gewesen, solange du dich erinnern könntest.«

Er schob die Kaffeetasse beiseite und lehnte sich ein bißchen vor.

»Nun«, fuhr er fort, »zuerst dachte ich, dieses Mädchen ist ebenso romantisch wie ich und fünfzigmal unschuldiger, als ich je gewesen bin, und vielleicht ein bißchen verrückt. Aber zwei Jahre später, nachdem du an jedem Wochenende im Haus gearbeitet hattest, als du die Gäste ebensogut kanntest wie ich, da wußte ich, daß es tatsächlich so war. Du liebtest sie wirklich. Nichts Sexuelles war dir zuwider oder verstörte dich oder ging dir gegen den Strich. Du warst genau so, wie du es von dir behauptet hattest. Aber es ist vollkommen normal, daß eine solche Liebe nicht ewig dauert.«

»Nein, das ist es nicht«, widersprach ich. »Es ist nicht so, daß sie sich verändert hätten oder ich mich. Irgend etwas völlig Unerklärliches ist dazwischengekommen.«

Er trank einen Schluck Wein, der während der Mahlzeit unberührt geblieben war, und hob die Flasche, um das Glas wieder zu füllen.

»Also gut«, sagte er. »Dann fang mit dem Moment an, ab dem die Sache schieflief. Ich werde einfach zuhören.«

Ich nahm meinen Kopf zwischen die Hände, lehnte mich über den Tisch und schloß die Augen.

»Ich glaube, es fing irgendwann während der Ferien an«, sagte ich. »Als ich in dem Hotel in Dallas diesen Videofilm anschaute – *Angelo, My Love* –, sie waren so lebendig, diese Zigeuner … sie waren so unbestreitbar gesund, egal, was sie taten. Sie klauten und machten allen möglichen Scheiß und logen, aber sie lebten in dieser unglaublich vitalen, geschlossenen Gesellschaft, und ihr Leben hatte eine wundervolle Kontinuität. Du wolltest einfach, daß ihnen nie etwas zustieße, daß sie niemals Teil der Herde würden.«

»So, wie du im Club.«

»Na ja, normalerweise hätte ich so gedacht. Das ist ihre Welt, und dies ist meine. Aber so war das nicht mehr. Es war, als hätten sie etwas, das ich nie gehabt habe. Etwas, das ich mir schon als Kind gewünscht habe, du weißt schon, dieses heimliche Leben, unser Leben, und ich dachte, Himmel, vielleicht werde ich es nie haben. Es werden immer nur Phantasien in meinem Kopf sein. Diese Hoffnungslosigkeit.«

»Natürlich.«

»Na ja, wie auch immer. Ich war in dem Hotel und war verrückt danach, in den Club zurückzukommen. Ich mußte wieder im Club sein. Und dann kam das Foto, das Bild von Elliott in der Akte. Es hat natürlich nichts mit dem Film zu tun, verstehst du, aber als ich es sah, da hat in meinem Kopf irgendwas gefunkt.«

»Sprich weiter.«

»Du weißt ja, ich habe immer behauptet, daß Frauen nicht in der gleichen Weise visuell stimuliert werden wie Männer. Du kennst diesen alten Streit, aber als ich das Foto gesehen habe, nur das Foto …«

31
LISA
Die ganz alltägliche Liebe

Es dämmerte schon, und wir redeten noch immer.

Wir hatten uns aus einem kleinen Lokal ins nächste treiben lassen, tranken hier ein Glas, dort einen Kaffee. Jetzt waren wir auf dem Weg durch die Straßen zum Hotel. Die ganze Stadt glimmte in der schwindenden Sonne, wie das nur in New Orleans möglich ist. Vielleicht hat das Licht in Italien diese Farben, im Augenblick wußte ich es nicht zu sagen. *Warum an Venedig denken, wenn wir gerade in New Orleans sind?* Im Moment waren die bunten Mauern, der milchig grüne Lack der langen Fensterläden, die purpurfarbenen, mit grünem Moos gesprenkelten Steinplatten einfach zu schön.

Martin hatte den Arm um mich gelegt. Er hatte mir die ganze Zeit zugehört und mich nur hin und wieder unterbrochen, um die seltsamsten Fragen zu stellen. Zum Beispiel: »Was für Lieder haben sie im Mariott gespielt?« – »Welchen Abschnitt aus dem Buch hat er dir am Schwimmbad vorgelesen?« – »Was hast du empfunden, wenn er dich so angelächelt hat?«

Jedesmal, wenn ich die Fassung verlor, wartete er und tröstete mich dann liebevoll.

Aber so langsam beruhigte ich mich wieder.

Im Hotel angekommen, gingen wir in die lange, dunkle Bar im Erdgeschoß. Wir bestellten uns etwas zu trinken, er seinen gewohnten Weißwein, ich meinen Bombay-Gin mit Eis, und dann setzten wir uns an einen der kleinen schmiedeeisernen Tische im Innenhof. Der Garten war leer.

Martin trank einen Schluck Wein. Dann lehnte er sich zurück, streckte die langen Beine aus, die Füße übereinandergeschlagen, und fragte leise: »Ist es wirklich möglich, daß du *nicht* weißt, was passiert ist?«

»Mein Gott, ich habe es dir doch gesagt«, sagte ich. »Ich versteh's einfach nicht. Es war, als löste ich mich plötzlich auf, als wäre ich noch nie jemand gewesen und hätte es plötzlich entdeckt. Als wären die Wände aus Papier und alles erstunken und erlogen. Ich bin mit ihm in das Flugzeug gestiegen, wie jemand, der in den Abgrund springt. Und trotzdem möchte ich niemand anderer sein als die, die ich bin. Himmel! Ich habe schließlich im Lauf meines Lebens ein paar außerordentliche Erfolge erzielt.«

Er musterte mich einen Moment, ehe er nickte.

Dann versank er in Gedanken. Es sah so aus, als wolle er etwas sagen, doch er schwieg lange, trank seinen Wein, genoß ihn und stellte schließlich sein Glas auf den Tisch, wandte sich mir zu und berührte meinen Handrücken leicht mit den Fingern.

»Also gut«, sagte er, als habe er eine Entscheidung getroffen. »Sei nicht ungeduldig, wenn ich dies jetzt sage, aber während ich dir zuhörte, mußte ich immer wieder an eine andere Geschichte denken. Eine Kurzgeschichte, die ich vor einiger Zeit gelesen habe. Sie stammt von einem wahren Erzählgenie, einer Autorin namens Eudora Welty. Es ist mir unmöglich, ihr gerecht zu werden, wenn ich sie dir jetzt erzähle, aber ich möchte sie dir erzählen, so gut ich kann.«

»Dann erzähl«, sagte ich ziemlich hastig.

»Also gut«, sagte er wieder. Dann entstand eine Pause, in der er sich zu sammeln schien. »Sie trägt den Titel ›The Death of a Traveling Salesman‹. Wenn ich mich recht erinnere, war der Handlungsreisende wieder unterwegs, nachdem er lange schwer krank gewesen und in einem Hotelzimmer von Fremden gepflegt worden war. Er war wieder unterwegs in der Hitze, auf dem Land; er hatte sich verfahren, und sein Wagen blieb auf einer Klippe stecken. Er war gezwungen, zu einem einsamen Haus zu gehen und Hilfe zu erbitten. Eine Frau war in dem Haus, später kam ein Mann dazu. Obgleich es dem Mann gelang, den Wagen wieder flott zu kriegen, wollte der Handlungsreisende noch in dem kleinen Haus auf dem Land bleiben und zu Abend essen.

Recht bald nach seiner Ankunft hatte der Mann das Gefühl, daß in dem Haus etwas Mysteriöses geschah, etwas, das er nicht ergründen konnte. Jede Einzelheit dieses Ortes schien ihn zutiefst zu berühren, fast Halluzinationen auszulösen. Die einfachsten Sätze der Frau oder des Mannes schienen von enormer Bedeutung zu sein. Es gab am Anfang sogar einen Augenblick, wo der Handlungsreisende drohende Gefahr witterte.

Doch noch ehe die Nacht vorüber war, erkannte der Handlungsreisende, was ihm in diesem Haus so mysteriös erschienen war. Es war ganz einfach so, daß der Mann und die Frau verheiratet waren und ein Baby erwarteten. Es war die ganz alltägliche Liebe zwischen zwei Menschen, die ein Kind erwarten, die dem Handlungsreisenden als so ungewöhnlich und beinahe beängstigend und magisch erschienen war. Er hatte sich so lange und so weit von dieser einfachen Intimität des Lebens entfernt, daß er sie kaum wiedererkannte, als er sie vor sich sah.

Nun, mir scheint, daß dir etwas Ähnliches mit Elliott Slater passiert ist. Lisa, du hast dich ganz einfach verliebt. Aus vielerlei komplizierten, persönlichen und unerklärlichen Gründen hast du dich verliebt.

Das ist eine überwältigende Sache. Es gibt Menschen, denen das ihr ganzes Leben lang nicht passiert. Aber ich kann einfach nicht glauben, daß du, die du dich der Erforschung der Liebe in allen ihren Formen verschrieben hast, ganz normale Liebe nicht als solche erkannt haben willst. Du weißt es. Du hast es schon die ganze Zeit gewußt.«

Er schwieg einen Moment und betrachtete mich nachdenklich.

»Du brauchst mich nicht, um dir das zu sagen. Du weißt es selber. Aber etwas anderes stimmt nicht.«

»Ja …«

»Du hast das Gefühl, daß diese Liebe und das heimliche Leben, das Leben des Clubs, unvereinbar sind. Aber das stimmt nicht. Geh in den Club zurück und sag Elliott das, was er hören wollte, als er dir sagte, daß er dich liebt.«

»Martin, das ist unmöglich. Du kennst mich«, sagte ich. Ich flehte ihn an, mich zu verstehen. »Du kennst die Wege, die ich gegangen bin.«

»Elliott ebenfalls«, antwortete er. »Lisa, diese Liebe ist im Club geboren. Sie ist im Mittelpunkt deines verborgenen Lebens geboren. Glaubst du, es hätte irgendwo anders passieren können? Und Elliott? Glaubst du, das sei ihm schon mal passiert?«

»Ich weiß es nicht.«

»Nun, ich weiß es aber. Elliott liebt dich, ganz genau wissend, wer und was du bist, und du liebst Elliott, genau wissend, wer und was er ist. Du hast das, wonach sich alle Männer und Frauen sehnen: den Geliebten, vor dem du nichts zu verbergen brauchst.«

Ich hob die Hände und machte eine kleine Geste, die um Stille bat. Es ging alles ein bißchen zu schnell, ich kam nicht mehr mit.

»Warum kann ich dann nicht wieder in den Club zurück?« fragte ich. »Warum habe ich solche höllische Angst, diesen Ort auch nur zu sehen?«

»Warum bist du mit ihm von dort geflohen?«

»Weil die Person, die ich dort bin, ihn nicht so kennenlernen konnte wie hier! Ich konnte die beiden nicht miteinander vereinen. Andere Leute können das. Scott kann es. Richard kann es. Du kannst es. Du kannst mit deinen Geliebten schlafen und mit ihnen reden und direkt wieder zurücktauchen …«

»Aber die Rituale haben dich immer genau davor geschützt.«

»Ja!«

Wir schauten einander an. Ich hatte die Hand an die Lippen gehoben. Was ich sagte, überraschte mich.

»Ich kann nicht denken«, sagte ich. Meine Stimme wurde rauh, und es machte mich wütend, dieses Heulen, dieses ewige Heulen. »Ich kann nicht klar denken, und ich kann nicht glauben, daß jemand, der all die Sachen gemacht hat, die ich gemacht habe, geliebt werden kann!«

Ich hörte seine Reaktion, auch wenn es keine Worte waren, nur ein leises, erschrecktes Murmeln.

Ich wühlte in meiner Tasche nach einem Taschentuch und verbarg mein Gesicht in der Hand. Zum erstenmal an diesem Tag wollte ich allein sein.

»Es geht alles zu schnell«, sagte ich. »Ich brauche Zeit zum Nachdenken.«

Aber das war eine Lüge. Wenn ich allein war, konnte ich nicht denken. Darum hatte ich nach ihm gerufen. Um ihm das zu sagen, nahm ich seine Hand. Ich drückte sie so fest, daß es ihm wahrscheinlich weh tat, aber er zog sie nicht zurück.

»Weißt du, Lisa, du steckst zwischen dieser schändlichen, repressiven katholischen Moral, aus der du kommst, und der Vision einer Welt, in der die Liebe in keiner Form eine Sünde ist. Du hast zwar ein paar spektakuläre Siege errungen, aber wenn du meinst, du könntest Elliott nicht lieben, dann hast du einen fürchterlich hohen Preis dafür bezahlt.«

Ich sagte nichts. Lange Zeit blieb ich stumm und versuchte, nicht nachzudenken.

Die süße, subtropische Nacht war hereingebrochen, und die vereinzelten Lampen unter den zitternden Farnblättern und den schläfrigen Wedeln der Bananenstauden waren angegangen. Der Himmel über uns war tiefschwarz, ohne Sterne.

Martin hielt noch immer meine Hand; er drückte sie ganz sanft, bevor er sagte: »Ich möchte, daß du etwas für mich tust.«

»Und was ist das?«

»Als du mich gerufen hast, bin ich sofort hergekommen. Jetzt mußt du etwas für mich tun.«

»Du machst mir angst«, sagte ich.

»Flieg zurück in den Club. Geh hinein, ruf Richard an und sag ihm, daß du zurückkommst; er soll das Flugzeug sofort schicken. Und wenn du dort ankommst, tust du zwei Dinge. Erledige, was zu erledigen ist, damit Mister Cross zufrieden ist. So bleibst du mit dem Club in gutem Einvernehmen. Dann geh zu Elliott. Sag ihm alles. Sag ihm, warum du gezögert hast, warum du dich nicht festlegen konntest, erzähl ihm von deinen ganzen Schwierigkeiten.«

»Es wäre wirklich wohltuend … ihm alles zu sagen. Zu erklären.« Ich weinte schon wieder. Wie ein Schloßhund. Schrecklich. Aber ich nickte und bedeckte meine Augen mit der Hand. »Ich wünschte, er wäre jetzt hier.«

»Er ist nicht sehr weit weg. Ich glaube, daß er die Situation verstehen wird, vielleicht sogar besser als du.« Der Druck seiner Hand wurde fester.

»Aber was passiert, wenn … wenn es zu spät ist?«

Der Gedanke war grauenvoll. All die verpaßten Gelegenheiten, jene letzten Momente, all das Ungesagte.

»Ich glaube nicht, daß es zu spät ist«, sagte er zurückhaltend. »Elliott – ich weiß, er würde mich das wirklich gerne sagen hören – ist ein verdammt zäher junger Mann. Ich glaube, er wartet auf dich. Wahrscheinlich gekränkt. Wahrscheinlich stocksauer. Aber mit absoluter Sicherheit wartet er auf dich. Immerhin hast du ihm versprochen, daß du nachkommst. Geh rein und bestell das Flugzeug.«

»Gib mir eine Minute Zeit.«

»Du hast deine Minute schon gehabt.«

»Es könnte ein schrecklicher Fehler sein!«

»Könnte es in beiden Fällen. Begeh also den Fehler in Elliotts Richtung. Die andere Richtung kennst du. Daran ist nichts neu.«

»Dräng mich nicht!« sagte ich.

»Ich dränge dich nicht. Ich tue nur, was ich am besten kann: Leuten helfen, ihre Phantasien zu verwirklichen. Du hast mir den ganzen Nachmittag lang deine Phantasie erzählt. Jetzt helfe ich dir, sie Wirklichkeit werden zu lassen.«

Gegen meinen Willen mußte ich lächeln.

»Deswegen hast du mich doch hergerufen, oder?« fragte er. »Jetzt geh und telefoniere. Und ich fliege mit. Ich werde dir helfen. Ich habe zwar keine große Lust auf Ferien in der Karibik mit zwei Dutzend nackter junger Männer, die sich alle überschlagen, um mir zu gefallen, aber dir zuliebe werde ich's ertragen.«

Er beugte sich vor und küßte mich auf die Wange.

»Los.«

Ich knipste das Licht an und setzte mich vor das Telefon am Bett. Sechs auf meiner Uhr und auf dem Wecker auf der Kommode. Ich nahm den Hörer und wählte.

Drei Minuten und sechsundvierzig Sekunden, ehe die Verbindung hergestellt war.

Richards Stimme.

»Hallo, hier ist Lisa«, sagte ich. »Ich bin soweit, daß ich wieder nach Hause kommen kann. Könntest du das Flugzeug hierherschicken, oder soll ich nach Miami fliegen?«

»Wir schicken es sofort los.«

»Ich möchte eine Zusammenkunft mit dem Aufsichtsrat und mit Mister Cross. Ich möchte meinen Schreibtisch aufräumen und über eine Beurlaubung sprechen. Das heißt, wenn ihr es ernst gemeint habt, daß ihr mich nicht rausschmeißen wollt.«

»Aber Lisa! Wir tun alles, was du willst. Ich glaube, eine Beurlaubung ist eine gute Idee, und Mister Cross wird dir aus der Hand fressen, solange sicher ist, daß du wieder zurückkommst.«

»Wie geht es Elliott?«

»Du klingst besser. Du klingst wieder wie du selbst.«

»Wie geht es Elliott?« fragte ich noch einmal.

»Sehr gut, die alte Ungeduld, der alte Befehlston!«

»Bitte, Richard, antworte mir. Wie geht es Elliott. Gib mir einen ausführlichen Bericht.«

»So ein süßes Mädchen«, seufzte er. »Also: Elliott erfreut sich allerbester Gesundheit, keine Sorge, auch wenn seine Reorientierung gewissermaßen zum Stillstand gekommen ist. Um genauer zu sein, im Augenblick befindet er sich auf einer der Jachten beim Hochseefischen, und wenn er nicht beim Hochseefischen ist, spielt er Tennis, heftig genug, um seinen Gegner zu enthaupten, und wenn er nicht Tennis spielt, schwimmt er. Und wenn er nicht schwimmt, dann tanzt er in der Lounge mit zwei oder drei Sklaven gleichzeitig. Er trinkt keinen Chivas Regal, sondern nur Johnny Walker. Er hat uns eine Liste von etwa zwanzig Filmen gegeben, die er auf Video haben will, und die Steaks schmecken ihm nicht. Er will, daß wir das Rindfleisch bei einer bestimmten Rinderfarm in Kalifornien einkaufen. Ihm gefällt die Bibliothek nicht. Wir sollen sie erneuern. Die Leute wollen nicht nur vögeln, schwimmen und essen. Sie sollten ein paar gute Bücher zur Verfügung haben. Und er hat sich einen verblüffenden Zusatz für die Sportarkaden ausgedacht. ›Die Jagd im Labyrinth‹, die von Scott im Moment entwickelt wird. Es scheint, daß er und Scott ›Kumpel‹ geworden sind.«

»Soll das heißen, daß er Scott bumst?«

»›Kumpel‹ bumsen nicht miteinander«, sagte er. »›Kumpel‹ spielen Poker, trinken Bier und reden mit vollem Mund. Was ich sagen will, ist, daß Mister Slater uns in der Tasche hat. Und Scott, sein ›Kumpel‹, empfiehlt, Mister Slaters Status vom Sklaven zum Mitglied zu verändern, unter Erlassung sämtlicher Beiträge.«

Ich hielt die Sprechmuschel des Hörers zu. Ich wußte nicht, ob ich lachte oder weinte.

»Das heißt, er ist okay?«

»Okay? Das ist eine gewaltige Untertreibung, würde ich sagen. Und was den Klatsch auf der Insel angeht …«

»Ja …«

»Der wurde mit dem Gerücht zum Schweigen gebracht, daß Mister Slater zur Belegschaft gehört und immer gehört hat, und daß er heimlich die Systeme des Clubs getestet habe.«

»Genial!«

»Ja, das meinte er auch, als er den Vorschlag machte. Und höchst glaubwürdig, möchte ich hinzufügen! Er wäre ein ausgezeichnetes Belegschaftsmitglied. Er hat ein vorzügliches Talent, Leute herumzuscheuchen. Übrigens, er hat mir aufgetragen, dir etwas auszurichten. Ich mußte schwören, daß ich es dir sage, sobald du anrufst.«

»Warum, zum Teufel, hast du das nicht gleich gesagt? Was sollst du mir sagen?« fragte ich.

»Er behauptet, du würdest verstehen, was es heißt.«

»Dann sag schon.«

»Er sagt, er hätte dir die Kakerlake doch unters Hemd stecken sollen.«

Schweigen.

»Verstehst du, was das heißt? Er hielt es für ungeheuer wichtig.«

»Ja«, sagte ich. Es hieß, er liebte mich noch. »Ich werde sofort zurückkommen.«

32

LISA

Abschlußbericht für den Aufsichtsrat

Das Flugzeug erreichte New Orleans erst um drei Uhr morgens. Um acht Uhr landete es im Club. Ich machte mich sofort an die Arbeit.

Mister Cross, Richard und Scott waren in meinem Büro, als ich ankam, und bei einer Runde Bloody Marys zum Frühstück machten wir klar Schiff.

Ja, wir übernehmen fünfzehn von den Pony-Sklaven aus der Schweiz auf Probe. Wir verwenden sie ausschließlich als Zugtiere, bringen sie unter, füttern und bestrafen sie, um ihnen ihr höchst spezialisiertes Selbstgefühl zu erhalten. Alle Bedingungen annehmbar. Scott und Deena erarbeiten die Liste der Möglichkeiten.

Ja, wir setzen die Geschäftsbeziehungen mit Ari Hassler in New York fort, da zweifelsfrei bewiesen ist, daß der Teenager, den wir rausgeschmissen haben, tatsächlich die jüngere Schwester der Sklavin war, die Ari ausgebildet und in gutem Glauben an uns verkauft hat. Bessere Fotokontrolle an Bord der Jacht empfohlen. Fingerabdrücke sind kein probates Mittel. Sklaven wollen keine Fingerabdrücke geben, und wer würde ihnen das verübeln?

Ja, ein neues Salzwasser-Schwimmbad, Seeblick-Apartments im Süden der Insel.

Höfliche, aber endgültige Absage des erbetenen CBS-Interviews.

Jedoch volle Übereinstimmung bei sämtlichen Aufsichtsratsmitgliedern, daß offizielle Interviews nicht für immer vermieden werden können. Mit einer gut vorbereiteten Erklärung, möglicherweise einer Broschüre, an die Öffentlichkeit zu treten wäre wahrscheinlich sinnvoller. Beginn der Vorbereitung für eine solche informative Broschüre. Martin Halifax, der sich zur Zeit im Club aufhält, konsultieren oder direkt für die Aufgabe engagieren.

Ja, Sklavinnen in den Sportarkaden zulassen. Aber nur die einsetzen, die es wünschen. Gut aufpassen! Alle Sklavinnen müssen im Gelände als Kellnerinnen arbeiten, um sich mit der ausgesprochen männlichen Atmosphäre dort vertraut zu machen, ehe sie eingesetzt werden. Überwachen, ob sich die Atmosphäre für die Männer verändert, wenn Frauen dabei sind. Ja zu der neuen Rollschuhbahn sowie der Entwicklung und dem Bau des Dschungel-Labyrinths zur Sklavenjagd, angrenzend an das Sportarkaden-Gelände.

Ja zur unbegrenzten Beurlaubung von Lisa Kelly mit vollem Gehalt, auch wenn sie das nicht fordert. Sie wird immer innerhalb von vierundzwanzig Stunden telefonisch für den Club erreichbar sein, wo immer sie sich aufhält. (Persönlicher Zusatz von Mister Cross: Lisa Kelly während ihrer Beurlaubung nur stören, wenn absolut notwendig.)

Ja zur Bereitstellung des Flugzeugs, das Lisa Kelly sobald wie möglich, allein oder in Begleitung, nach Venedig fliegen wird. Bitte eine Suite mit Blick auf die Lagune im Royal Danieli Excelsior reservieren.

Ja, ich werde mit Diana, der Sklavin, die ich vier Jahre lang hatte, sprechen, bevor ich die Insel verlasse, und ihr alles erklären. In einer Stunde in meinem Zimmer.

Ja zur Vollmitgliedschaft von Elliott Slater. Untersuchungsergebnis ist absolut überzeugend. Sämtliche Unkosten für das erste Jahr erlassen. Entlassung Slaters aus dem Sklavenvertrag.

Ernste Erwägung, Elliott Slater ins Direktorium aufzunehmen, Teilzeit, Beratung und so weiter. Die Idee des Dschungel-Labyrinths und die dem Aufsichtsrat vorgelegten Skizzen gehen auf Gespräche zwischen Elliott Slater und Scott zurück.

Gegenwärtiger Aufenthalt Slaters?

Unbekannt.

»Unbekannt?«

33
LISA
In guten und in bösen Tagen

»Er ist eine Stunde vor deiner Ankunft abgereist.«

»Und ihr habt ihm gesagt, daß ich auf dem Weg hierher bin?«

»Ja, haben wir.« Scott schaute zu Richard. Ich hatte Lust, sie alle beide zu ohrfeigen.

»Verdammt noch mal. Und ihr habt mir nichts davon gesagt, ihr habt mich einfach glauben lassen, er sei noch da!«

»Schau doch, Lisa. Was hättest du denn gemacht? Wärst du ihm nach Port-au-Prince nachgefahren? Du bist sofort ins Direktionsbüro gegangen. Ich habe absolut keine Gelegenheit gehabt, es dir zu sagen. Er hatte es so verflucht eilig, von der Insel runterzukommen, daß er nicht einmal auf die Cessna gewartet hat. Er nahm den Helikopter, der ihn nach Haiti brachte. Von dort flog er nach Miami und dann weiter an die Westküste.«

»Warum ist er abgereist? Hat er eine Nachricht für mich hinterlassen?«

Widerlicher Austausch von Blicken zwischen den beiden.

»Lisa, wir haben wirklich nichts gemacht«, sagte Scott. »Ehrenwort. Ich bin heute früh in sein Zimmer gegangen und habe ihm gesagt, daß du New Orleans verlassen hast. Er hatte die ganze Nacht getrunken. Er war in echt bösartiger Stimmung. Er schaute sich *Road Warrior* an. Er ist ganz wild auf diesen Film. Er hat das Gerät abgeschaltet und ist im Zimmer auf und ab gegangen. Dann erklärte er: ›Ich muß hier raus. Ich will weg von hier.‹ Ich versuchte, ihn zu überreden, wenigstens noch eine Stunde hierzubleiben. Hat nichts geholfen. Er rief beim *Time-Life*-Büro an. Sie gaben ihm irgendeinen Auftrag in Hongkong. Er sagte, er wäre übermorgen dort, müßte erst noch zu Hause seine Ausrüstung holen. Er rief irgendwen an, er solle ihm seinen Wagen nach San Francisco bringen und sein Haus für ihn aufmachen.«

»Das Haus in Berkeley.«

Ich bediente die Sprechanlage. »Schickt Diana sofort auf mein Zimmer. Ändert den Flugplan für San Francisco. Und bringt mir die Akte über Elliott Slater. Ich brauche seine Adresse in Berkeley.«

»Die ist hier«, sagte Scott. »Er hat sie mir gegeben, für den Fall, daß irgendwer ihn erreichen möchte.«

»Verdammte Scheiße, wieso hast du mir das nicht gleich gesagt?« Ich riß ihm den Zettel aus der Hand.

»Lisa, tut mir leid ...«

»Zur Hölle mit dir«, sagte ich und steuerte auf die Tür zu. »Zur Hölle mit euch allen, zur Hölle mit dem Club.«

»Lisa ...«

»Was?«

»Viel Glück.«

Fünfzehn Minuten nach der Landung fuhr die Limousine auf dem Bayshore Freeway durch leichten Abendnebel nordwärts nach San Francisco und zur Bay Bridge.

Ich glaube, der Wahnwitz der Sache traf mich erst, als ich das städtische Elend der University Avenue sah: Ich war in meine Heimatstadt zurückgekommen. Diese kleine Jagd, die in einer anderen Galaxie begonnen hatte, führte mich zurück in die Hügel von Berkeley, wo ich aufgewachsen war.

Wie nett, Elliott. Nur dir zuliebe.

Die Limousine schlingerte unbeholfen, als wir die steilen, kurvenreichen Straßen hinauffuhren. Es war schlimmer als nur vertraut. Der Anblick der überwucherten Gärten, der im Dikkicht aus Eichen und Monterey-Zypressen verborgenen Häuser ließ meine Seele erstarren. Nein, dieser Ort war nicht einfach nur Heimat, eher die Landschaft einer Identität, eines Lebensabschnitts, der geprägt war von ständigem Schmerz.

Plötzlich hatte ich Angst, daß mich jemand trotz der dunklen Scheiben sehen und erkennen könnte. Diesmal war ich nicht zu einer Hochzeit oder einer Beerdigung oder auf eine Woche Ferien hergekommen. Ich war Sir Richard Burton, der sich in die verbotene Stadt Mekka schleicht. Wenn man mich erwischt, werde ich umgebracht.

Ich schaute auf die Uhr. Elliott hatte nur zwei Stunden Vorsprung. Vielleicht war er noch gar nicht da.

Es war genau so ein Haus, wie ich mir vorgestellt hatte. Eines dieser kleinen Steinhäuser am Steilhang, mit einem Rundbogen über der Tür und einem Türmchen, das es zu einer winzigen Burg machte. Der Garten war verwildert, der Zedrachbaum versperrte fast den Eingang, Gänseblümchen wuchsen zwischen den Steinplatten des Wegs.

Dahinter sah ich das tintenschwarze Wasser der Bucht, und in der Ferne ragten die Wolkenkratzer von San Francisco aus einer Schicht rosenfarbenen Dunstes. Die beiden Brücken wie Lichtbogen über der Dunkelheit, und ganz weit rechts die undeutlichen Silhouetten der Hügel von Marin.

All diese vertrauten Dinge, und doch waren sie so fremd. Ich, aus Fleisch und Blut, an diesem wirklichen Ort. Und er, aus Fleisch und Blut, dort drinnen, denn der Porsche, der aussah wie eine umgestülpte Badewanne, stand in der unglaublich schmalen Zufahrt, und überall in dem kleinen Haus waren die Lichter an.

Als ich den Knauf berührte, ging die Tür einen Spaltbreit auf.

Steinboden, große Kaminöffnung mit loderndem Feuer in der Ecke, ein paar trübe Lampen unter der niedrigen Balkendecke. Und die bleiverglasten Fenster zeigten den spektakulären Blick auf die Stadt, das Wasser und den Nachthimmel.

Nette Wohnung. Wunderschöne Wohnung. Geruch von brennendem Holz. Unmengen von Büchern an den Wänden.

Elliott saß, eine Zigarette im Mund, am Tisch in dem kleinen Eßzimmer und telefonierte.

Ich stieß die Tür ein kleines Stück weiter auf.

Er sagte etwas von Katmandu. Daß er voraussichtlich Hongkong vor Ende der Woche verlassen und drei Tage in Katmandu bleiben würde.

»Dann eventuell Tokio, ich weiß es noch nicht.«

Er trug eine Safarijacke und einen weißen Rollkragenpulli. Er war sehr braun, das Haar mit hellen Strähnen durchsetzt, als habe er die ganze Zeit, die wir nicht zusammen waren, mit Schwimmen und Sonnenbaden verbracht. Ich konnte die Sonne auf seiner Haut förmlich riechen, und er wirkte ein bißchen fehl am Platz in diesen dunklen, winterlichen Räumen.

»Wenn ihr mir den Auftrag gebt, fein«, sagte er. »Wenn nicht, fahre ich trotzdem. Ruf mich an. Du weißt, wo du mich erreichen kannst.« Er war dabei, einen Film einzulegen und faßte schnell nach dem Hörer, als er ihm von der Schulter zu rutschen drohte. Schließlich knipste er den belichteten Teil des Films ab.

Dann sah er mich. Er hatte keine Zeit, seine Überraschung zu verbergen.

Ich umklammerte den Türknauf fester, weil mein ganzer Arm zu zittern anfing.

»Ja, ruf mich wieder an«, sagte er und legte auf. Er stand auf und sagte sehr leise: »Du bist gekommen.«

Ich zitterte jetzt am ganzen Leib. Meine Knie schlotterten. Die Luft von draußen fühlte sich plötzlich kalt an.

»Darf ich reinkommen?« fragte ich.

»Klar«, sagte er. Noch immer verblüfft. Er versuchte nicht einmal, hart oder boshaft zu sein. Er stand einfach nur da, den Fotoapparat um den Hals und schaute mich an, während ich die Tür zumachte.

»Das Haus ist muffig«, sagte er. »Es war ein paar Wochen lang verrammelt. Die Heizung geht nicht. Es ist ...«

»Warum hast du im Club nicht auf mich gewartet?« fragte ich.

»Warum hast du nicht mit mir geredet, als du angerufen hast?« Aufflammende Wut. »Warum hast du mit Richard gesprochen statt mit mir? Dann tauchte Scott auf und sagte, du hättest am Vorabend angerufen und wärst unterwegs.« Rot bis unter die Haarwurzeln. »Ich kam mir vor wie ein Eunuch, da rumzuhängen und zu warten. Ich wußte nicht, worauf ich eigentlich warten sollte.« Die Röte verflog. »Außerdem hatte ich die Nase voll vom Club«, sagte er.

Schweigen.

»Willst du dich nicht setzen?« fragte er.

»Ich stehe lieber«, gab ich zurück.

»Na ja, dann komm wenigstens rein.«

Ich machte ein paar Schritte ins Zimmer. Große, geschwungene Eisentreppe zum Turmzimmer in der hinteren rechten Ecke. Geruch von Räucherkerzen, vermischt mit dem Geruch des Feuers. Büchergeruch.

Die fernen Lichter von San Francisco schienen jenseits der bleiverglasten Fenster stärker zu pulsieren.

»Ich habe dir ein paar Dinge zu sagen«, erklärte ich.

Er nahm eine Zigarette aus der Tasche und hatte ein wenig Mühe, das Feuerzeug dranzuhalten. Tat mir gut, das zu sehen. Dann warf er mir einen Blick zu, wie Leute Fausthiebe austeilen. Die Augen so blau. Einer der bestaussehenden Männer, denen ich je begegnet bin. Auch wenn sein Mund boshaft ist.

Ich holte tief Luft.

»Schieß los«, sagte er. Diesmal schaute er mich direkt an und blieb so.

Seine Stimme machte mich frösteln.

»Ich, äh ... ich bin hergekommen ...« Luft holen. »Ich bin hergekommen, um dir zu sagen, daß ich ...«

Schweigen.

»Nun, ich höre zu.«

»... daß ich dich liebe.«

Keine Veränderung seines Gesichtsausdrucks. Dann führte er die Zigarette ganz langsam an die Lippen.

»Ich liebe dich«, wiederholte ich. »Und, äh ... ich liebte dich, als du mir sagtest, daß du mich liebst. Ich konnte es nur nicht aussprechen. Ich hatte Angst.«

Schweigen.

»Ich habe mich in dich verliebt und den Kopf verloren. Ich bin mit dir weggerannt und habe alles versaut, weil ich nicht wußte, wie ich damit umgehen sollte, nicht wußte, was ich tun sollte.«

Schweigen.

Ganz kleine Veränderung seines Gesichtsausdrucks. Sanfter, aber vielleicht war es nur Einbildung. Den Kopf ein wenig zur Seite geneigt. Wut und Kälte schwanden sehr langsam.

Meine Augen brannten plötzlich, als sei Rauch im Zimmer. Spielte es eine Rolle, ob er noch immer sauer war?

Ich würde ihm alles sagen, egal, wie er reagierte. Egal, was er sagte. Ich wußte, daß es richtig war, es zu sagen, daß es richtig war, herzukommen und ihm alles zu sagen, und genau in der Mitte, in dem toten Zentrum des Schmerzes, fühlte ich eine seltsame Freude, Erleichterung.

Ich sah ihn nicht mehr an, sondern an ihm vorbei auf die glitzernden Umrisse der Golden-Gate-Brücke und die Lichter der Stadt.

»Ich liebe dich«, sagte ich noch einmal. »Ich liebe dich so sehr, daß ich dir nachlaufe. Ich will nie wieder von dir getrennt sein. Ich wäre dir auch nach Hongkong oder Katmandu gefolgt, um es dir zu sagen.«

Schweigen.

Die Lichter entlang des Brückenbogens, in den Wolkenkratzern, die wie Leitern zu den Sternen aufstiegen, schienen zu leben.

»Ich ... ich muß mich bei dir entschuldigen«, sagte ich, »für das, was ich getan habe, und dafür, daß ich dir den Club verdorben habe.«

»Zur Hölle mit dem Club«, sagte er.

Ich schaute ganz langsam und vorsichtig zu ihm hin, so daß ich, falls er wirklich böse aussah, schnell wieder wegschauen könnte. Aber im Flackern des Feuers und in den Schatten konnte ich es nicht erkennen. Alles, was ich deutlich sehen konnte, war, daß er Elliott war und ein bißchen näher vor mir stand als einen Moment zuvor. Doch inzwischen tränten meine Augen heftig, und ich mußte zum zigsten Mal das Taschentuch hervorholen.

»Eine andere hätte das alles besser gemacht«, sagte ich. »Eine andere hätte gewußt, was zu sagen, was zu tun war. Ich wußte nur, daß ich nicht mit dir im Club bleiben und in dich verliebt sein konnte. Ich konnte dich nicht lieben und die Person sein, die ich dort war. Ich weiß, ich hätte dir das schon in New Orleans sagen sollen, aber ich hatte solche Angst, daß du vielleicht in den Club zurück wolltest. Ich wußte, daß ich das einfach nicht mehr machen konnte, die Rollen spielen und all das. Ich dachte, ich würde dich ent…, ich würde dich enttäuschen. Die Sache noch schlimmer machen, als sie ohnehin schon war. Dich echt enttäuschen.«

Schweigen.

»Nun, der Punkt ist, daß ich es noch immer nicht kann. Nach wie vor nicht. Irgendwas in meinem Kopf hat geklickt. Ich kann es mit dir nicht mehr, und ich weiß nicht, ob ich es jemals mit irgendwem wieder können werde. Es ist künstlich geworden. Es ist zu einer Falle geworden.«

Ich schloß für eine Sekunde die Augen. Er schaute mich an, als ich sie wieder aufmachte.

»Du warst ein Ausweg. Du warst es – du hast es zusammenbrechen lassen – du und ich.«

Er starrte mich an, aber sein Gesicht wurde sanfter, weicher.

»Wenn du mich so nicht willst«, fuhr ich fort, »so, wie ich in den letzten Tagen gewesen bin, dann kann ich das verstehen. Schließlich bist du nicht deswegen gekommen, oder? Ich kann verstehen, wenn du mir nicht antwortest, ich kann verstehen, wenn du mich beschimpfst. Aber so ist es nun mal. Ich liebe dich. Ich bin in dich verliebt, und ich habe das noch nie zu jemandem gesagt.«

Ich putzte mir die Nase und trocknete meine Augen.

Dann starrte ich auf den Fußboden und dachte, nun ist es gesagt. Was immer passiert, es ist jedenfalls gesagt. Das Schlimmste war überstanden. Ich hatte das starke Gefühl, daß es überstanden war.

»Wie auch immer, das war es, was ich dir sagen mußte«, sagte ich. »Daß ich dich liebe, und daß mir leid tut, was ich getan habe.«

Neue Tränen.

»Das ist vielleicht ein Ding«, sagte ich, »dieses Geheule im Vierstundentakt. Langsam fühlt es sich schon ganz natürlich an, diese Hitze und dieses Frösteln, als wäre es eine neue Form von Sadomasochismus.«

Das Zimmer verschwand, als wären die Lampen ausgegangen. Dann kam es wieder, schrittweise und hell. Er hatte sich genähert und dabei das Feuer ein bißchen verdeckt, und nun stand er direkt vor mir, und ich konnte das Licht über seine Schulter hinweg sehen. Ich konnte sein Kölnisch Wasser riechen und den Seesalzgeruch seiner Haut und seiner Haare.

Wir standen beide da und rührten uns nicht. Ich konnte nicht, ich wagte es nicht, den ersten Schritt zu tun.

»Ich, äh ... also, ich habe das Flugzeug nach Venedig gebucht«, sagte ich. »Ich dachte, wir würden es irgendwie wieder hinkriegen. Und diesmal könnten wir wirklich verschwinden. In Venedig könnten wir einfach herumlaufen und über alles reden. Das heißt, wenn das zwischen uns wieder geflickt werden könnte, wenn du... Ich meine, wenn's nicht endgültig kaputt ist.«

Schweigen.

»Erinnerst du dich, wie du gesagt hast, es gäbe in der ganzen Welt außer New Orleans keine andere Stadt so zum Rumlaufen wie Venedig.«

»Du hast das gesagt«, sagte er.

»Ich? Nun, du kennst das Essen in Venedig, also, ich meine Pasta und Wein und alles.« Achselzucken meinerseits. »Also, ich hab' gedacht, es wäre den Versuch wert.« Ich schaute ihn direkt an. »Ich habe gedacht, es wäre es wirklich wert, alles zu versuchen ... Ich würde alles tun, um dich zurückzubekommen.«

»Alles?« fragte er.

»Ja. Alles, außer ... die Perfektionistin zu sein. Du würdest mich doch nicht bitten, das wieder zu sein ...«

»Mich heiraten zum Beispiel? Meine Frau sein?«

»Dich *heiraten*?!«

»Das habe ich gesagt.«

Für eine Sekunde war ich zu baff, um zu antworten. Er sah

aus, als meine er es vollständig ernst, und er war so schön, daß ich es kaum ertragen konnte.

»Dich heiraten!« sagte ich wieder.

»Ja, Lisa, heiraten«, sagte er mit einem winzigen Lächeln. »Zum Beispiel den Hügel runtergehen und mich deinem Vater vorstellen? Und dann nach Sonoma fahren, damit du meinen kennenlernst? Und vielleicht eine kleine Hochzeit im Weinland mit deiner Familie und meiner …«

»Einen Moment mal!« sagte ich.

»Ich dachte, du hättest gesagt, daß du mich liebst. Du wolltest für immer mit mir zusammensein … Du würdest alles tun, um mich zurück zu haben. Also, ich liebe dich, du weißt es, und wahrscheinlich hast du es inzwischen satt, es zu hören. Und ich möchte dich heiraten, Lisa. Das ist, was ich unter ›für immer‹ verstehe! Das ist auch, was ich unter Liebe verstehe.« Seine Stimme wurde lauter, bestimmter. »Kein Rumvögeln mehr, wie wir es bisher gemacht haben. Du und ich verheiratet, das ist es, mit Ringen und Gelübden und allem Drum und Dran.«

»Du brüllst mich an, Elliott«, sagte ich. Ich wich zurück. Es war, als hätte mich jemand geschlagen. Den Hügel runtergehen und meinen Vater kennenlernen! Heiraten. Himmel noch mal.

»Ich brülle nicht«, sagte er.

Er zog an seiner Zigarette und drückte sie dann im Aschenbecher auf dem Tisch aus. Alle diese Gesten wirkten wie die Vorbereitung auf eine Schlägerei in einer Bar.

»Das heißt, ich brülle dich an, weil du so dumm bist«, sagte er. »Weil du dich selbst nicht kennst, nicht weißt, wer du wirklich bist. Ich will dich heiraten. Das ist es, was ich wirklich will.«

»Hör zu, Elliott, ich bin so verliebt in dich, daß ich völlig außer Fassung bin«, sagte ich. »Ich kümmere mich um nichts mehr, was ich, seit ich achtzehn bin, gemacht habe. Mein Leben, die Karriere, die ich mir aufgebaut habe, so verrückt sie auch sein mag. Deinetwegen ist das alles futsch! Aber heiraten? Eine altmodische Ehe? Zeremonie und Ringe und Gelübde …?«

»Falsch. Absolut falsch«, sagte er. »Keine altmodische Ehe. *Unsere* Ehe.« Er nahm eine neue Zigarette und kämpfte mit dem Feuerzeug. »Und wer verlangt von dir, mir zuliebe deine Karriere zu opfern?«

»Was willst du damit sagen?«

»Daß ich dich heiraten will, so wie du bist! Und das heißt, Lisa, den Kopf des Clubs, und Lisa, die hier steht, die Frau, mit der ich in New Orleans war. Ich habe nie verlangt, daß du aufhörst. Und ich tue es auch jetzt nicht.«

»Verheiratet sein und im Club arbeiten? Du spinnst.«

»Nein. Ich rede davon, wie das Leben eben ist. Lisa, wir scheren uns jetzt einen Dreck um den Club. Wir haben, was wir wollen. Wir sind uns darüber im klaren. Aber irgendwann kommt unweigerlich der Moment, wo du daran denkst, dorthin zurückzugehen.«

»Nein.«

»Doch«, sagte er. »Du kannst nicht etwas so Komplexes, etwas für so viele andere so Erfolgreiches schaffen, ohne einen gewissen Stolz zu fühlen, ohne dich mit deinem Werk zu identifizieren ...«

»Und was ist mit dir?« konterte ich. »Wird die Zeit kommen, wo du wieder Spaß und Spiele willst? Vermißt du sie im Augenblick?«

»Nein«, sagte er ruhig. »Aber um ganz ehrlich zu sein, ich weiß nicht, was im Laufe der Zeit geschehen wird. In diesem Augenblick scheint es undenkbar, diesen Weg wieder einzuschlagen. Ich will dich. Aber was immer geschieht, ich will, daß es ein Band zwischen uns gibt, einen Vertrag, wenn du so willst, der uns zu unserem eigenen kleinen Zweier-Club macht. Ich meine die Kraft, Dinge gemeinsam zu bewältigen. Ich meine Treue, und ich meine Ehrlichkeit.«

»Elliott, laß uns von hier fortgehen. Laß uns einfach ...«

»Kommt nicht in Frage, Lisa. Ich will dich heiraten.«

Ich schaute ins Feuer und beobachtete ihn aus dem Augenwinkel.

Ich drehte mich um und schaute ihn an. Ich glaube nicht, daß ich alle die hinreißenden körperlichen Einzelheiten sah, die blauen Augen, die sanfte Linie der Lippen. Ich hatte keine Angst mehr, daß er mich anfassen, küssen und mich durcheinanderbringen würde. Ich sah nur jemanden, den ich wirklich gut kannte, dem ich näher stand, als ich je jemandem gestanden hatte. Trotz der Spannung zwischen uns fühlte ich mich beinahe geborgen.

»Und du glaubst, das könnte gutgehen?« fragte ich.

»Natürlich glaube ich das«, sagte er. »Wenn du einen Ort wie den Club auf die Beine stellen kannst, dann kannst du auch alles andere, was du willst.«

»Du machst dich über mich lustig.«

»Nein. Ich zolle nur Anerkennung, wem Anerkennung gebührt.«

Er kam mit ausgestreckten Armen auf mich zu, aber ich drehte mich wieder weg und wich zurück.

»Also gut!« sagte er wütend. Er ließ die Hände sinken und ging zurück. »Denk darüber nach. Bleib hier und denk darüber nach. Der Gefrierschrank ist voll. Es gibt Holz für den Kamin. Das Haus steht dir zur Verfügung! Ich fliege nach Hongkong. Ruf mich an, wenn du heiraten willst. Wenn du ja sagst, tun wir's. Dann komme ich sofort zurück.«

Er ging zum Tisch, drückte die zweite Zigarette aus, als ermorde er sie, und nahm den Hörer von der Gabel. Er war wieder glühend rot angelaufen.

»Warte einen Moment«, sagte ich.

»Nein. Ich muß nach Hongkong«, sagte er. »Ich warte nicht mehr auf den Lady-Boss, der immer seinen Kopf durchsetzen muß.«

Er wählte die Nummer.

»Das ist nicht fair«, sagte ich.

»Allerdings nicht.«

»Willst du nach Hongkong?« fragte ich, »in einem hübschen, gemütlichen Privatjet?«

Er hörte auf zu wählen.

»Anschließend einen netten Flug nach Katmandu? Und vielleicht danach nach Tokio?«

Er drehte sich um und schaute mich an.

»Wir klauen das Flugzeug«, sagte ich. »Wir fliegen nach Venedig und ... he, ich weiß, was wir tun. Wir fliegen zum Filmfestival nach Cannes!«

»Ins Carlton kommen wir jetzt nicht rein, das ist ausgebucht. Laß uns nach Hongkong fliegen.«

»Zur Hölle mit dem Carlton. Der Club hat sein eigenes Hausboot in Cannes. Erst fliegen wir dorthin, dann klauen wir das Flugzeug und fliegen nach Hongkong. Sie werden toben, wenn wir das Flugzeug klauen.«

»Und in Cannes heiraten wir. In einer kleinen französischen Kirche.«

»Himmel noch mal, in der Kirche.«

»Komm schon, Lisa!«

»Martin hat recht«, sagte ich. »Du bist ein Romantiker. Du bist verrückt.«

»Du irrst dich«, sagte er. »Ich mag es einfach, wenn die Dinge ein bißchen riskant sind. Ich mag es, wenn's ein bißchen gefährlich ist. Du weißt, was ich damit meine?«

Eine Sekunde lang sah er unheilvoll drein, die Brauen gerunzelt, die Lippen ein klein wenig hart.

Dann erschien das Lächeln wieder, unwiderstehlich. Im nächsten Moment stand er vor mir, umarmte mich und ließ mir keine Chance zu entkommen.

»Hör auf«, sagte ich. »Ich versuche zu denken.«

Die Küsse, die alles auslöschen, Elliotts Duft, Elliotts Geschmack, Elliotts Lippen, Elliotts Haut.

»Du weißt, daß es sich lohnen wird«, sagte er.

»Hör auf«, sagte ich leise. Ich konnte nichts sehen. Die Küsse lähmten mich völlig. »Ich überlege, warum ich mich eigentlich so sträube.«

»Hmm. Das frage ich mich auch«, sagte er. »Mein Gott, ich habe dich so vermißt. Und du hast dieses verdammte weiße Kleid an, um mich absolut wahnsinnig zu machen, stimmt's? Und diesen verdammten weißen Hut.«

Er hörte nicht auf, mich zu küssen, und zerrte an meinem Reißverschluß im Rücken.

»Hör auf, warte, bis wir im Flugzeug sind.«

»Welches Flugzeug?« Er zog den Reißverschluß auf.

»Wirst du wohl aufhören? Du zerreißt mir das Kleid, verdammt noch mal. Also gut, ich werde es tun. Hör jetzt auf. Warte, bis wir im Flugzeug sind.«

»Was wirst du tun?« fragte er. Er riß mir den Hut herunter und löste mein Haar.

»Heiraten, verdammt noch mal!« schrie ich. »Heiraten!« Ich wollte nach ihm schlagen, aber er wich aus.

»Du willst mich heiraten!«

»Zum Teufel mit dir, Elliott.« Ich schwang meine Tasche gegen ihn und traf seine schützend gehobenen Arme. Er lachte.

»Also, dann komm schon, um Himmels willen«, sagte er, wich dem nächsten Schlag aus und erwischte mich an den Handgelenken. »Laß uns von hier abhauen. Laß uns nach Cannes fliegen, Baby. Und nach Hongkong und Venedig – mir ist egal, wohin!«

Er zog mich zur Tür.

»Du brichst mir die Knöchel!« sagte ich und versuchte, den Reißverschluß zuzumachen, während er mit dem Fahrer seine Taschen in den Wagen lud. Er lief zum Haus zurück, um abzuschließen.

Es war jetzt richtig Nacht geworden, und die Lichter von San Francisco brannten jenseits des Gartens, und als das Haus dunkel wurde, waren da die einzigen Lichter, die ich sehen konnte.

Mein Herz klopfte so, wie es vor vielen Jahren geklopft hatte, als ich zusammen mit Barry, diesem gesichtslosen Knaben, den ich nie gekannt habe, zum erstenmal über die Brücke in die Stadt gefahren bin. Es klopfte so wie an dem Tag, als ich Jean Paul getroffen habe und mit ihm nach Süden zu dem Landsitz in Hillsborough gefahren bin, oder so wie an den Tagen, wenn ich Martin im Haus besuchte.

Doch diesmal war die Erregung vermischt mit einem neuen Gefühl, zu reich und zu köstlich, um etwas anderes als echte Liebe zu sein.

Elliott war zwei Schritte von mir entfernt, und der Fahrer

hatte den Motor angelassen. Ich stand da, hielt meinen Hut in der Hand und schaute hinauf zu den Sternen, wie ich es so oft auf diesem Hügel getan hatte, als ich noch ein kleines Mädchen war.

»Komm, Mrs. Slater«, sagte er.

Er nahm mich auf die Arme, wie er es in New Orleans getan hatte, und setzte mich ins Auto.

Ich kuschelte mich an ihn, während die Limousine die schmale, kurvenreiche Straße den Hügel hinunterfuhr.

»Sag mir noch mal, daß du mich liebst«, sagte er.

»Ich liebe dich«, sagte ich.

MINETTE WALTERS

»Dieser mit stilistischer Bravour geschriebene literarische Krimi sollte am besten in einem Rutsch verschlungen werden!«

Der Spiegel

42462

GOLDMANN

JUNGE AUTORINNEN BEI GOLDMANN

Freche, turbulente und umwerfend komische Einblicke in die Macken der Männer und die Tricks der Frauen.

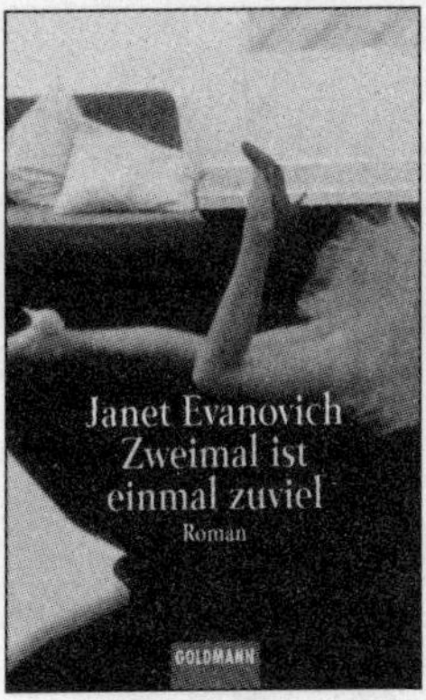

42878

44392

44280

44284

GOLDMANN

JUNGE AUTORINNEN BEI GOLDMANN

Freche, turbulente und umwerfend komische Einblicke in die Macken der Männer und die Tricks der Frauen.

43865

44248

43595

44148

GOLDMANN